Sonja Bethke-Jehle

Schrankgeflüster

Roman

Sonja Bethke-Jehle

Schrankgeflüster

Roman

Bibliografische Information der Deutschen Nationalbibliothek:
Die Deutsche Nationalbibliothek verzeichnet diese Publikation in der Deutschen Nationalbibliografie;
detaillierte bibliografische Daten sind im Internet über http://dnb.dnb.de abrufbar.

© 2021 Name des Autors/Rechteinhabers
Sonja Bethke-Jehle

Illustration: Markus Jehle
Lektorat: Juno Dean
Korrektorat: Tanja Körber und Markus Jehle

Herstellung und Verlag: BoD – Books on Demand, Norderstedt

ISBN: 9783753408545

Für alle Menschen, die vor die Entscheidung gestellt werden, ein Teil ihrer Herkunftsfamilie zu bleiben oder mit ihrem Lieblingsmenschen zu leben.

Liebe sollte kein *oder* sein, sondern ein *und*!

Sonja Bethke-Jehle wurde am 07.11.1984 im Odenwald geboren und lebt heute an der Bergstraße. Das Lesen und Schreiben ist bereits seit ihrer Kindheit eine große Leidenschaft von ihr. Mit dem ersten Teil der Umdrehungen-Trilogie veröffentlicht sie 2015 erstmals ein Buch. Ein großer Traum erfüllt sich. Die beiden Nachfolgebände, diverse Kurzgeschichten, die erfolgreiche Gesamtausgabe sowie die eigenständigen Romane *Kontaktaufnahme* und *Tango in der Dunkelheit* folgen.
Nach *Schrankgeflüster* sind weitere Romane geplant.

Zusätzliche Informationen zu der Autorin finden Sie im Internet unter www.sonja-bethke-jehle.de

Vorwort

Die Geschichte von Jona, seiner Familie und seinen Freunden befindet sich zu Teilen bereits seit 2016 – also fünf Jahren – auf meinem Computer, in meinem Kopf und in meinem Herzen. Bis die Abschnitte sich zueinander fügten und die Puzzleteile ein Bild ergaben, dauerte es bis zum Sommer letzten Jahres.

Ich bin christlich erzogen und katholisch getauft worden. Mit dem Islam kam ich in Berührung, als Ece und ich nach der Grundschule in eine Klasse sortiert wurden. Wir wurden beste Freundinnen. In einer unversöhnlichen Welt, in der Kriegstreiber Religionen dazu nutzen, Menschen gegeneinander aufzuhetzen, um ihre eigene Macht auszubauen, interessierte uns an unseren unterschiedlichen Religionen lediglich die vielen Gemeinsamkeiten. Es war der Glaube an ein höheres Wesen, an die gleiche höhere Macht, die mir Jahre später Trost brachte, denn Ece starb bereits mit Anfang 20.

Schrankgeflüster ist der Versuch einen religionskritischen aber glaubensbejahenden Roman zu schreiben. Ich hoffe, es ist mir gelungen! Trotz meiner großen Probleme, die ich mit Religionen im Allgemeinen und den monotheistischen Strömungen im Speziellen habe, konnte ich die Faszination an einige der tröstlichen Rituale sowie den Glauben, dass da irgendetwas sein muss, nicht ablegen.

Solltet ihr Euch in einer ähnlichen Situation wie Jona befinden, hoffe ich von Herzen, dass ihr eine Vertrauensperson habt, der ihr Euch anvertrauen könnt. Sucht euch Verbündete und beginnt, über eure Zweifel, Probleme und Ängste zu sprechen. Ihr habt ein Recht darauf, zu sein, wer ihr seid; und die Person zu lieben, die ihr liebt!

Ich wünsche allen Leser*innen viel Spaß mit Jona und Flo. Mögen sie euch so sehr ans Herz wachsen, wie sie mir in den letzten fünf Jahren ans Herz gewachsen sind.

Eure *Sonja.*

حبيبي حياتي

Schrankgeflüster

»Schaust du dir das Spiel an?«

Jona stopfte die Fußballschuhe in die Sporttasche und nickte. »Sicher«, sagte er. Immer wieder nervte es ihn, dass viele dachten, er würde sich kein Spiel der Nationalelf ansehen, nur weil er Algerier war. Seine Familie war zwar erst vor zehn Jahren hierhergekommen, und sein Herz schlug nach wie vor für sein Heimatland, da viele seiner Verwandten dort lebten, trotzdem hatte er hier in Deutschland eine neue Heimat gefunden. Er hatte einen Schulabschluss erworben, obwohl ihm die Sprache fremd gewesen war, und anschließend eine Ausbildung gemacht. Nun arbeitete er in einem türkischen Obst- und Gemüseladen. Zwar verdiente er nicht viel, doch er war fest angestellt und profitierte von einer angenehmen Arbeitsumgebung. Er wusste, dass er das nicht nur seinem eigenen Willen zu verdanken hatte, sondern ebenso den Lehrern in der Schule und seinem Chef, der selbst Migrationshintergrund hatte, aber schon viel länger in Deutschland lebte.

Natürlich würde er sich das Spiel anschauen! Er war begeisterter Fußballer und liebte den Kitzel und die Spannung, die vor einem Tor spürbar waren. Die deutsche Mannschaft war ihm sympathisch, und er mochte die Art, wie sie ihre Manöver ausspielten.

»Ich feiere meinen Geburtstag nach. Wir grillen im Garten, danach sehen wir uns zusammen das Spiel an«, kündigte Luca an. »Hast du Lust zu kommen?«

Überrascht sah Jona ihn an. Er stand auf und hob die schwere Tasche hoch, um sie sich über die Schulter zu werfen. Noch nie war er zu jemandem nach Hause eingeladen worden. Also von keinem Deutschen. Von Hani wurde er natürlich ständig eingeladen. Weil er in Algerien ziemlich gut im Fußball gewesen war, hatte sein älterer Bruder Abdel ihn gedrängt, in den Verein einzutreten. Seine Eltern waren dagegen gewesen – zu teuer, sinnlos, unbrauchbar. Doch Abdel hatte nicht aufgehört, sich dafür einzusetzen. Und Jona war der Meinung, dass Fußball eine gute Methode war, um von sich und seinem Geheimnis abzulenken. Das war der Grund, warum er sich getraut hatte, sich gegen seine Eltern durchzusetzen.

Es fiel ihm schwer, mit Deutschen Freundschaften zu schließen. Er war innerhalb der Mannschaft ein Außenseiter. Was Lucas Einladung so ungewöhnlich machte.

»Es wird eine große Party. Ich meine, man wird nicht jedes Jahr 26, oder?« Luca grinste.

Jona zögerte.

»Von der Mannschaft kommen fast alle. Gib dir einen Ruck. Wir kennen dich immer noch nicht so richtig.« Luca klopfte ihm auf die Schulter.

Zusammen liefen sie auf den Ausgang der Umkleidekabine zu. Jona betrachtete Luca von der Seite und fragte sich, ob dieser irgendwas ahnte und sich nur mit ihm anfreunden wollte, weil er neugierig war. Zumindest war er keine große Gefahr für Jona, nichts an ihm faszinierte Jona auf die Art, wie er es schon bei anderen Männern empfunden hatte und von denen er sich fernhielt, um ja kein Risiko einzugehen.

»Du könntest jemanden mitbringen. Überleg es dir und sag mir Bescheid.«

Luca nannte ihm Uhrzeit und Adresse. Anschließend eilte er zu einer hübschen Frau, die rechts des Feldes auf ihn wartete. Er küsste sie auf die Wange und nahm sie in den Arm, bevor er mit ihr Richtung Ausgang ging.

Zumindest hatte er eine Freundin, was Jona beruhigte.

Aber was wollte Luca von ihm? Warum hatte er ihn eingeladen? Misstrauisch starrte Jona dem Pärchen nach und runzelte die Stirn. Wollte Luca ihn irgendwie verarschen? Sie hatten doch zuvor nie miteinander gesprochen.

Luca war beliebt, hatte eine Freundin und scheinbar einen großen Freundeskreis – wofür brauchte er Jona bei seiner Party? Oder wollte er einfach nur nett sein und dachte sich gar nichts dabei?

Trotz seiner Irritation verspürte Jona einen Hauch von Aufregung. Er würde sich vermutlich nur verdächtig machen, wenn er nicht käme. Dann wäre er erst recht der komische Typ, der mit keinem redete. Grundsätzlich klang die ganze Sache nach einer lustigen Grillparty, und Fußball nicht zu Hause mit seinen Eltern schauen zu müssen, schien ebenfalls verlockend.

Mit dem Besuch bei Jona könnte er endgültig klarstellen, dass er bei der Weltmeisterschaft eindeutig für Deutschland war, zumindest jetzt, nachdem Algerien in der Vorrunde rausgeflogen war.

♥

Innerhalb der Familie sprachen sie in der Regel Arabisch. Obwohl seine Eltern behaupteten, sie sollten sich alle integrieren, hatten sie selbst nicht viel dafür getan. Beide konnten nur mittelmäßig Deutsch, waren strenggläubig und schwärmten für die Kultur und die Traditionen Algeriens. Abdullah, sein grauhaariger, gebeugter Vater würde das Deutschlandspiel niemals schauen, wenn nicht eines der Kinder zu Hause wäre und das einfordern würde. Nadira, seine Mutter, die zwar nicht viel jünger als sein Vater war, aber erheblich unverbrauchter aussah, trug nach wie vor ein Kopftuch, allerdings nicht auf die spielerische Art, wie es seine Schwester tat. Sie ging fast nie raus und verstand es als ihre einzige Aufgabe im Leben, ihre Familie zu versorgen. Sie hatte weder Hobbys noch besonders viele Freundinnen. Fußball interessierte sie nicht, sträuben würde sie sich allerdings nicht, wenn jemand von ihnen schauen wollte.

Zum Glück war seine Schwester Raya da anders, sie hatte einen guten Kompromiss zwischen Tradition und Integration gefunden. Sie sah mit ihrem Tuch, welches sie eher lässig über die Schultern warf, in Verbindung mit der westlichen Kleidung ziemlich modern aus. Stets ließ sie, vermutlich aus Protest gegen ihre Eltern, ein paar dunkle Locken herausschauen.

Jona war 25 Jahre alt und ging seit einigen Jahren arbeiten, trotzdem hatte er nie daran gedacht auszuziehen. Er würde vermutlich erst in eine eigene Wohnung ziehen, wenn man für ihn eine geeignete Frau gefunden hatte, die er aber gar nicht wollte. Jona hatte keine Ahnung, ob er bis an sein Lebensende bei seinen Eltern leben würde. Da er jede Frau ablehnte, die sie ihm vorstellten, würde es wohl genauso kommen. Dann wäre er ein seltsamer alter Mann, und jeder würde denken, ihn hätte keiner gewollt.

Lediglich sein älterer Bruder wohnte in einer eigenen Wohnung. Statt auf die Empfehlung des Vaters zu hören, hatte er keine Algerierin geheiratet, sondern lebte mit seiner Freundin zusammen, die er aus der Uni kannte. Ohne sie vorher geheiratet zu haben. Sie war Studentin, Abdel in der Uni Hausmeister. Alleine das hatte in der Familie für Empörung und viel Streit gesorgt. Der Gedanke, dass die Partnerin seines Bruders gebildeter war als Abdel, machte ihre Eltern zusätzlich nervös. Abdullah erwähnte regelmäßig, seine Hoffnung, die Familienehre aufrecht zu erhalten, läge nun auf Jona und seinem jüngeren Bruder, jetzt, wo er Abdel verloren habe. Abdel ließ sich immer seltener blicken, weil es sowieso nur Streit gab. Seine Freundin brachte er nie mit. Jona kannte sie nur, weil er Abdel häufiger besucht hatte.

Ungeachtet dessen, dass Abdels Lebensweise nicht mal ansatzweise das war, von was Jona manchmal träumte, hielt er Abdel für aufgeschlossener als den Rest der Familie. Schon einige Male hatte Jona überlegt, ob er sich Abdel anvertrauen sollte. Bisher hatte er es nicht gewagt.

»Ich sehe mir das Spiel am Wochenende bei einem Freund an«, teilte Jona beim Abendessen auf Arabisch mit.

»Welcher Freund? Und welches Spiel?«, erkundigte sein Vater Abdullah sich misstrauisch.

»Deutschland spielt im Achtelfinale, Baba«, erinnerte Raya ihn. Seine jüngere Schwester klang genervt und verdrehte die Augen in Jonas Richtung.

Abdullah schaute auf sein Essen und brummte etwas.

»Welcher Freund?«, wiederholte seine Mutter die Frage seines Vaters.

Nadira sah ihn erstaunt an.

»Vom Fußball. Ein Freund halt.« Jona stocherte in seinem Reis herum.

»Aha.« Nadira klang interessiert, aber sie hakte nicht weiter nach. Vermutlich, weil sie sich in Anwesenheit ihres Mannes nicht traute. Vielleicht würde sie später versuchen, ihn über Luca auszuhorchen, wie alt er war und wo er wohnte, und ganz wichtig: Ob seine Familie nett und Luca wohlerzogen war.

Jona seufzte. Manchmal nervte es ihn, wie wenig seine Eltern sich integriert hatten, wie wenig sie sich für das Land interessierten, das sie aufgenommen hatte.

Gleichzeitig liebte er sie und wollte ihnen gehorchen und alles dafür tun, dass sie eines Tages stolz auf ihn sein konnten.

»Sind das Deutsche?«, hakte Abdullah nach und hob eine Augenbraue.

Raya verdrehte wieder die Augen. Sie lehnte sich von den drei in diesem Haushalt übrig gebliebenen Geschwistern am meisten gegen die alten Zwänge auf und war viel häufiger beim ältesten Bruder zu Besuch als alle anderen. Sie diskutierte mit ihrem Vater und nahm dabei kein Blatt vor den Mund. Sie scheute sogar einen lautstarken Streit nicht, wenn es darum ging, etwas durchzusetzen.

Rasch sah Jona zu Adil, der hämisch kicherte. Er war das jüngste Kind. Schrecklich angepasst und den Eltern nervig treu ergeben. Manchmal hatte Jona den Eindruck, als würde Adil sich freuen, wenn Raya oder er Ärger mit Abdullah hatten. Ständig offenbarte er seinen Spott und Hohn darüber. Adil folgte der Linie ihres Vaters protestlos. Er war der Einzige der Brüder, der regelmäßig zur Moschee ging und tatsächlich fünfmal am Tag betete. Als Abdel begonnen hatte, gegen sein strenges Elternhaus zu rebellieren, war Adil noch ein Kind gewesen. Vermutlich hatte der Vater geglaubt, auf Jona nicht mehr einwirken zu können, also hatte er die strengen Erziehungsmaßnahmen hauptsächlich an Adil ausgeführt, mit Erfolg. Adil war algerischer als mancher Algerier in der Heimat.

Wie so oft versuchte Jona sich an einer Art Mittelweg. Er hatte die Erfahrung gemacht, dass er sich auf diese Weise so unauffällig wie möglich benahm. Er traute sich keinen offenen Protest und versuchte nur stillschweigend und heimlich auszubrechen. Er hatte nicht den Mut von Raya, das Selbstbewusstsein von Abdel oder den Willen, sich allem zu beugen wie Adil. Er wollte einfach nur unter dem Radar bleiben, um unauffällig zu bleiben.

»Ja, das sind Deutsche, aber ich werde Hani mitnehmen.«

Beruhigt nickte Abdullah und widmete sich wieder dem Essen. Nadira wirkte ebenfalls besänftigt. Sie lächelte ihn an und kontrollierte dann die Teller der Familie. Als sie sah, dass einige schon fast leer waren, sprang sie auf und eilte in die Küche, um Nachschub zu holen.

Hani war ebenfalls Algerier und lebte wie Jona bei seinen wenig integrierten Eltern. Gegen ihre Freundschaft hatte somit niemand etwas einzuwenden, und jeder schien beruhigt, wenn sie gemeinsam unterwegs waren. Solange er Hani dabeihatte, so dachten sie, würde er nichts anstellen. In Wahrheit trank er mit Hani ab und an ein Bier in einer Kneipe oder sie gingen ins Kino statt zum Gebetskreis, wie zuvor behauptet.

Eigentlich befanden sie sich in einer Art Zweckgemeinschaft. Jona hatte keine Ahnung, ob er mit Hani befreundet wäre, hätte er andere Freunde oder wären die Umstände andere. Abdullah war in der Firma von Hanis Vater untergekommen, was ihn davor bewahrt hatte, arbeitslos zu bleiben. Inzwischen war er wegen seines Rückens und den Gelenken in Frührente. Somit verdankten sie Hanis Familie viel, und scheinbar lag es an Jona, diese Dankbarkeit zu zeigen, indem er Hani überall hinschleppte.

Hani war ein gern gesehener Gast, im Gegensatz zu den Freundinnen von Raya, die größtenteils aus Deutschland stammten. Sie war die Einzige der Geschwister, die Deutsche mit nach Hause brachte. Nicht einmal Abdel hatte das gemacht, als er noch hier gewohnt hatte. Zwar waren die Mädchen alle wohlerzogen und nett, trotzdem war Nadira ihnen gegenüber skeptisch, und Abdullah ignorierte sie weitgehend.

Hani hingegen liebten sie, und sie waren bereit, bei ihm alle Augen zuzudrücken. Vielleicht lag es daran, dass er, ähnlich wie Jona, nur heimlich rebellierte: Nach außen hin war er stets der brave Sohn. Oder aber sie wagten nicht, Kritik auszusprechen, weil sie wussten, wie viel sie seinen Eltern verdankten.

♥

Während Hani an der Haustür klingelte, balancierte Jona das Geschenk für Luca im Arm. Obwohl sie bereits ein Buch für ihn gekauft hatten, hatte es sich Jonas Mutter nicht nehmen lassen, ihm selbstgebackene Gebäckteilchen mitzugeben.

»Hey.« Luca schlenderte über den Rasen auf sie zu. »Kommt doch einfach durch den Garten.« Er öffnete das Gartentürchen und ließ sie beide rein. Freundlich begrüßte er zunächst Hani, dann gab er Jona die Hand.

»Meine Mutter hat dir was gebacken«, murmelte Jona und drückte Luca das Geschenk in den Arm. »Nach einem Rezept aus Algerien.«

Es war ihm jedes Mal peinlich, wenn Nadira den Menschen traditionelles Essen aus Algerien schmackhaft machen wollte. Die meisten reagierten erfreut – genauso wie Luca, der neugierig auf das Präsent schaute.

»Kommt schon.« Er winkte ihnen und lief hinter das Haus.

Luca hatte auf jeden Fall nicht übertrieben, als er gesagt hatte, dass viele Leute kommen würden. In einzelnen Gruppen standen junge Frauen und Männer herum, aber auch einige Kinder rannten über den Rasen.

»Es gibt gleich Essen.« Luca zeigte auf den Grill.

»Schön wohnst du hier«, sagte Hani und nickte anerkennend zu dem Haus.

»Nur meine Eltern. Ich feiere hier nur meine Partys, weil es in meiner Wohnung dafür zu eng ist.« Luca sah amüsiert aus. »Nehmt euch was zu trinken und mischt euch unter das Volk.« Er legte das Geschenk auf einen Gartentisch am Rand der Terrasse, auf dem bereits andere Geschenke aufgestapelt waren.

»Echt cool.« Hani sah begeistert aus, während er sich umschaute.

Jona runzelte die Stirn und hob die Schultern. Er war nicht halb so glücklich wie Hani. Stattdessen fühlte er sich so unwohl, dass ihm ganz heiß wurde. Es waren zu viele Gäste. Zwar hatte er schon einige aus seiner Mannschaft erkannt, doch die standen alle bei Besuchern, die Jona nicht kannte. Viel zu selten war Jona auf Partys wie solchen, und er war verunsichert und wusste nicht, was er jetzt tun sollte. Einerseits hatte er stets den Eindruck, dass man über ihn dachte, er wäre komisch oder nicht integriert, wenn er mit niemandem sprach, andererseits war er zu schüchtern, einfach zu fremden Leuten zu gehen, um sich vorzustellen. Aus dem Grund wollte er lieber nicht draußen im Garten bleiben.

»Lass uns reingehen«, bat er und zeigte durch die Terassentür auf das Wohnzimmer. Ein riesiger Fernseher hing an der Wand, und Lucas Freunde saßen auf dem Sofa, auf dem Boden und auf herbeigeschleppten Stühlen davor, um sich die Vorberichte anzuschauen. Wenigstens würden sie nicht wie zwei Idioten in der Gegend herumstehen und alle anstarren, sondern könnten vorgeben, beschäftigt zu sein.

Oft gingen Hani und er irgendwo hin, weil sie sich mal wieder vorgenommen hatten, rauszukommen und andere zu treffen, und dann lungerten sie doch nur wie zwei Deppen, die bestellt, allerdings nicht abgeholt worden waren, am Rand und sahen nur zu. So war es jedes Mal. Hani hatte genauso wenig Mut wie er selbst, aber eine viel größere Klappe.

Hani folgte ihm, wirkte dabei jedoch etwas enttäuscht. »Kennst du hier jemanden?«, fragte er, als Jona durch die Terrassentür ging.

»Nicht so richtig«, murmelte Jona und lehnte sich gegen die Wand. »Ich habe nicht so viel mit denen zu tun.«

»Aber ihr spielt zusammen Fußball.« Ratlos musterte Hani ihn und stellte sich daneben.

Jona hob die Schultern und starrte nach vorne zum Bildschirm.

»Dieser Luca war ja eigentlich ganz nett«, fügte Hani hinzu.

»Wenn du draußen jemanden vollquatschen willst, kannst du das ja gerne tun.« Jona verlagerte sein Gewicht.

Hani verdrehte die Augen. Genau das hatte Jona erwartet. Sein Freund hatte die tollsten Ideen, war aber zu feige, um sie auszuführen. Oft schickte er Jona vor. Zum Beispiel, wenn es darum ging, Frauen anzusprechen oder in einer Kneipe an der Theke Bier zu bestellen. Hani tat so cool, war aber genauso hilflos wie Jona und kam genauso wenig mit deutschen Mitmenschen zurecht. Erst bei ihren algerischen Freunden taute er auf und war eine Spaßkanone.

Das war bei Jona anders. Das Problem war nicht, dass er nicht integriert war, das Problem war eher, dass er schüchtern war und Angst hatte, dass man ihm etwas anmerken würde, wenn er mit einer Frau sprach. Oder mit einem Mann.

Er wollte keinen schwulen Eindruck erwecken und versuchte deswegen, besonders charmant bei Frauen zu sein, andererseits hatte er dabei Berührungsängste wegen seiner Religion. Abdullah sah es nicht gerne, wenn er zu viel mit Frauen zu tun hatte. Bei Männern war es jedoch genauso gefährlich, denn Jona achtete stets darauf, ihnen niemals zu nahe zu kommen, weil genau das genauso verdächtig war. Es war ziemlich anstrengend. Mit Männern konnte er nicht umgehen, weil er schwul war, mit Frauen ebenso nicht, weil er Moslem war. Wie man es drehte und wendete, es schien, als sei er für die Einsamkeit bestimmt.

Angefangen hatte es vor ungefähr fünf Jahren, als ihm bewusst geworden war, dass er homosexuell sein könnte. Zuvor hatte er zu viele andere Sorgen gehabt, um groß darüber nachzudenken.

In seiner Kindheit war der Bürgerkrieg in Algerien ausgebrochen, dessen Auswirkungen ihn bis heute quälten. Seine Eltern waren arbeitslos gewesen und hatten keine Perspektive für ihre Kinder im Heimatland gesehen. Die Entscheidung, alles zu verkaufen, war ihnen sicherlich nicht leichtgefallen. Jona erinnerte sich gut, dass weder er noch seine Geschwister hatten hierherkommen wollen, die Flucht war ihnen auch erst im zweiten Anlauf gelungen. Beim ersten Versuch war Abdullah verhaftet worden, was die Lage der Familie nicht verbessert hatte. Der Gefängnisaufenthalt hatte Abdullah verändert und etwas in ihm kaputt gemacht. Jona wusste nicht, was genau man ihm angetan hatte, er war sich allerdings sicher, dass sein Vater gefoltert worden war.

Raya und Abdul schienen das vergessen zu haben, doch Abdullah war nicht immer so gewesen, er hatte in Algerien viel mit seinen Kindern unternommen und war lebensfroh gewesen. Nadira war noch fröhlicher gewesen, und beide hatten mal einen liebevollen Umgang miteinander und zu den Kindern gepflegt.

Es folgte diese Idee von der Flucht und die Verhaftung von Abdullah, und ihr Leben war auseinandergefallen wie der Plastikbagger, den Jona während der Flucht bei sich gehabt hatte und den sein älterer Bruder jedes Mal aufs Neue mit Klebeband repariert hatte – bis das nicht mehr geholfen hatte.

Dann hatte sein Vater keine Arbeit mehr gefunden, und ihre Familie wurde geächtet. Spätestens zu diesem Zeitpunkt gab es für sie keine Alternative, als es erneut mit der Flucht zu versuchen. In Deutschland war das Leben zunächst mühsam gewesen. Was auch immer sich seine Eltern vorgestellt hatten, ihre Träumereien waren keine Wirklichkeit geworden. Anfänglich hatten sie in einer Asylunterkunft gelebt, an die Jona nur schlechte Erinnerungen hatte. Die Eingewöhnungsphase und das jahrelange Bangen darum, ob sie bleiben durften, hatte Jona so mitgenommen, dass ihm nicht danach gewesen war, sich Gedanken über seine Sexualität zu machen.

Ein weiteres Mal kam ihm der Gedanke, ob er das nicht einfach loswerden konnte, das Verlangen danach, sich Männer im Internet anzusehen oder irgendwelche Fremden in der Straßenbahn zu beobachten und zu bewundern, wie sie sich bewegten, wie sie sich gaben. Ob er die Sehnsucht danach, von einem Mann berührt und angefasst zu werden, irgendwie hinter sich lassen könnte. Es würde so viele Probleme lösen.

»Hey!« Luca beugte sich durch die Terrassentür nach drinnen. »Kommt. Die ersten Würstchen sind fertig.« Er grinste und winkte sie alle nach draußen.

♥

Das Essen war weniger schlimm, als Jona befürchtet hatte. Zwei weitere Mannschaftskameraden kamen zu ihm und Hani und begannen ein Gespräch, sodass sie nicht isoliert von der Gruppe waren. Hani verzichtete komplett auf Fleisch, weil er befürchtete, dass das Rindfleisch mit Schweinefleisch in Berührung gekommen war. Jona jedoch nahm ein Steak vom Rind gerne an. Hanis Abneigung gegen Schweinefleisch war so extrem, dass man es kaum noch als religiösen Gehorsam bezeichnen konnte. Er behauptete, ihm würde bei dem Geruch schon schlecht.

Jona selbst hatte einmal Schweinefleisch gegessen, als er in der Schule gewesen war. Damals hatten ihm die Mitschüler einen Streich gespielt und behauptet, es sei Geflügelwurst. Erst nachdem er das ganze Brot verspeist hatte, fest davon überzeugt, seine Mitschüler wollten ihm nur aushelfen, weil er vergessen hatte, sein eigenes morgens einzupacken, waren sie lachend zusammengebrochen. Weil Jona sich keine Blöße hatte geben wollen, war er nicht sofort aufgesprungen, um sich den Mund auszuspülen. Er hatte es ausgehalten, den ganzen Schultag zu überstehen, und so getan, als würde es ihm nichts ausmachen. Erst zu Hause hatte er sich die Zähne geputzt.

Er hatte sich gedemütigt gefühlt, verletzt, ausgeschlossen und nicht akzeptiert. Auf so eine Erfahrung hätte er gerne verzichtet, denn es hatte verursacht, dass er den Menschen weniger vertraute und sich schwerer tat, Freunde zu finden.

Pünktlich zum Anpfiff setzten sich alle ins Wohnzimmer vor den Fernseher. Hani und Jona ergatterten einen Platz auf dem großen Sofa eng aneinandergedrückt. Das ganze Wohnzimmer war ziemlich voll.

Auf seiner anderen Seite, ebenfalls dicht neben ihm, saß eine Frau in seinem Alter. Sie hatte die Beine nach oben gezogen, und ihre Füße berührten seinen Oberschenkel. Zunächst war es ihm unangenehm. Ihre Nähe machte ihn nervös. Er konnte ihr Parfüm riechen, und er mochte es, wenn sie lachte. Er hatte so wenig Kontakt mit jungen Frauen in seinem Alter, dass selbst seine Homosexualität es nicht verhindern konnte, dass er aufgeregt war, sie so nah neben sich zu wissen. Ständig musste er daran denken, was sein Vater sagen würde, würde er ihn so sehen.

Bei dem Anblick der jungen Frau neben sich dachte er darüber nach, wie seine Mutter die Szene kommentieren würde. Die langen, blonden Dreadlocks, das Piercing in der Nase und das knappe Oberteil würden sie die Nase rümpfen lassen.

Die ganze Gruppe war gut gelaunt und kommentierte das Spiel auf eine witzige Art und Weise; oft versuchten sie sich zu übertrumpfen mit dummen Sprüchen oder frechen Wortwitzen. Nicht nur Jona musste einige Male laut lachen, Hani amüsierte sich ebenfalls.

Es war das erste Mal, dass Jona so viel Spaß bei einem Fußballspiel hatte. Wenn Algerien spielte und die ganze Familie vor dem Fernseher saß, war das ein kleines Highlight in seinem ansonsten recht grauen Alltag, doch auch das konnte es nicht mit dem heutigen Erlebnis aufnehmen. Das Spiel war nicht besonders spannend, da die deutsche Mannschaft ziemlich schnell hintereinander zwei Tore schoss, doch ungeachtet dessen machte es Spaß. Sie saßen mitten in einer Gemeinschaft, und je weiter das Spiel voranschritt, desto entspannter wurde Jona. Er fühlte sich wohl und plauderte sogar in der zweiten Halbzeit mit der Frau, die neben ihm saß. Er erfuhr, dass sie Stefanie hieß, lieber Steffi genannt wurde, zwei Jahre älter als er war und Luca kannte, weil sie früher in seiner Nachbarschaft gewohnt hatte.

♥

Direkt nach dem Spiel standen Hani und er auf, um sich zu verabschieden. Alle anderen machten den Eindruck, als würden sie jetzt erst richtig losfeiern, doch sie hatten ihren Eltern versprochen, nicht zu lange weg zu bleiben. Sie bedankten sich bei Luca und liefen zusammen zu Hanis Auto.

»Das war echt ein toller Abend«, schwärmte Hani.

»Ja, das war er wirklich.« Jona stieg ins Auto ein und grinste, während er sich anschnallte.

»So zufrieden habe ich dich ja schon ewig nicht mehr gesehen«, behauptete Hani und erwiderte das Grinsen. Er startete das Auto, ohne sich anzuschnallen. Erst nachdem er einige Meter gefahren war, holte er das nach. Er musste wohl einfach mal wieder den Coolen spielen.

»Ich habe mich wohl gefühlt«, bestätigte Jona.

»Und Stefanie?« Hani lachte und zwinkerte ihm zu. Es sah merkwürdig aus, wenn er das machte, zwanghaft cool und gerade deshalb albern.

»Was soll mit ihr sein?« Jona hob die Schultern.

»Findest du sie süß?« Hani fuhr um die Kurve und beschleunigte.

Jona hob wieder die Schultern. Er hasste diese Art des Aushorchens. Leider kannte Hani kaum ein anderes Thema als Frauen. Er hatte keine Freundin und vermutlich nie eine gehabt, trotzdem tat er manchmal so, als wäre er der größte Macho und Frauenschwarm.

»Sicher findest du sie süß.«

»Vielleicht.« Jona seufzte. Er hasste es, dass er ständig beobachtet wurde und jeder darauf wartete, dass er sich in ein Mädchen verliebte. Es war schon schlimm genug, schwul zu sein und für immer alleine zu bleiben, mussten alle um ihn herum ihm auch noch ständig Druck machen? Konnten sie ihn nicht einfach in Ruhe lassen? Vermutlich würde er sowieso ein einsames Leben führen, war das nicht schon Strafe genug?

»Habt ihr Nummern ausgetauscht?« Hani kicherte.

Jona sah ihn an und schüttelte den Kopf.

»Warum nicht?« Hani runzelte die Stirn.

»Glaubst du, mein Vater würde es zulassen, dass ich mich mit einer deutschen Frau verabrede?« Jona verschränkte die Arme und schnaubte. Abdullah würde bald eine Frau für ihn aussuchen, mit großer Wahrscheinlichkeit eine Algerierin, die man zur Hochzeit nach Deutschland einfliegen lassen würde, und Nadira würde voller Eifer die Festlichkeit planen.

Jona hatte das ganze Theater mit Abdel angesehen, der genau das nicht mit sich hatte machen lassen. Er wusste aber, dass er nicht so stark war. Abdel konnte sich durchsetzen, notfalls mit Androhung des Kontaktabbruchs, Jona hatte zu große Furcht. Er würde sich vermutlich beugen und heiraten, weil man es von ihm verlangte. Sein älterer Bruder hatte sich geweigert und war als Konsequenz ausgezogen. Das war für ihn keine Alternative.

»Du musst es ihm ja nicht sagen.« Hani hob die Schultern.

»Nicht so mein Ding.« Jona schüttelte den Kopf.

»Was ist nicht dein Ding?« Hani bremste beim Ortsschild abrupt ab, weil direkt danach ein Blitzer kam.

»Ein Mädchen heimlich daten, ohne eine Chance auf eine gemeinsame Zukunft«, brummte Jona. »Was bringt mir das?«

»Spaß?«

»Ne, kein Interesse. Es ist erbärmlich.«

»Dann ist dir wohl noch keine heiße Frau über den Weg gelaufen.« Hani bog nach links ab, ohne zu blinken.

»Als hättest du schon mal ein heimliches Date gehabt.« Jona verdrehte die Augen. Er hob die Hände und fuhr sich damit durch die Haare. »Du hast immer so tolle Sprüche auf Lager, aber selbst traust du dir ja auch nichts zu.«

»Ich hatte sehr wohl Verabredungen«, betonte Hani.

»Treffen mit meiner Schwester oder deinen Cousinen zählen nicht, Hani«, erinnerte Jona ihn. »Wenn du dich mit Frauen triffst, die aus Algerien stammen, ist das nicht sonderlich mutig oder gar aufregend.«

»Nein, ich hatte richtige Dates.« Hani grinste und hielt vor Jonas Haus an.

»Klar.« Jona verdrehte die Augen. Er schnallte sich ab.

»Doch, sicher.«

»Arbeitskolleginnen in der Kaffeepause zählen auch nicht.« Jona öffnete die Tür und stieg aus. »Danke fürs Heimbringen«, fügte er hinzu und beugte sich hinab, um ins Auto hineinsehen zu können.

»Jona?« Hani lehnte sich über den Beifahrersitz. »Ganz im Ernst jetzt. Jeder macht das ab und zu. Ich weiß, dass du deinem Vater gehorchst, du solltest allerdings wenigstens dein Leben genießen, bevor du ... Wir alle wollen später fürsorgliche Ehemänner sein und eine große Familie haben, doch … bis dahin darfst du … Frauen treffen. Du solltest nur nicht darüber sprechen.«

Jona lehnte sich gegen die geöffnete Tür. »Willst du das wirklich, Hani? Heimlich irgendwelche Mädels treffen, mit denen du keine Zukunft hast? Und willst du dir tatsächlich eine Frau aussuchen lassen und mit einer Wildfremden Kinder zeugen?«

»Willst du das nicht?« Hani sah ihn verständnislos an.

Jona hob die Schultern. Niemals würde er Hani sagen, was bei ihm los war. Trotzdem konnte er nicht glauben, dass Hani nicht wenigstens ein bisschen den Wunsch verspürte auszubrechen.

»Willst du enden wie dein Bruder? Alleine ohne Familie?«, hakte Hani nach.

»Nein, natürlich nicht.« Jona schluckte.

»Siehst du?« Hani trommelte auf dem Lenkrad. »Also mein Bruder und seine Frau haben sich nach der Hochzeit lieben gelernt. Du kennst sie ja. Sie sind wunderbar zusammen.«

»Das ist nicht die Regel, Hani, und das weißt du.« Jona warf die Tür zu. Weil er wusste, dass er sich sonst mies fühlen würde, drehte er sich nochmals um, um Hani zu winken. Dieser winkte jedoch nicht zurück, sondern sah gekränkt aus.

Er war so gut gelaunt gewesen, jetzt saß er wie ein Häufchen Elend in seiner alten Karre. Jona hatte ein schlechtes Gewissen und war atemlos angesichts der Zwänge, die seine Familie, seine Religion ihm auferlegten. Manchmal bekam er Wut, wenn er seine deutschen Teamkollegen aus dem Fußball sah, die sich aussuchen konnten, welche Frau sie heirateten, die die Wahl hatten, ob sie Kinder wollten oder nicht, oder ob sie ganz einfach Single bleiben wollten. Ganz schlimm war es, wenn Jona Schwule auf der Straße sah. Es kam nicht so oft vor, aber wenn, dann war der Neid so allumfassend, dass er sich schnell in Wut verwandelte. Jona hätte auch gerne eine Wahl. Und er hasste es, dass er für die Wahl so hart kämpfen musste, wie es sein älterer Bruder getan hatte. Vermutlich noch viel mehr.

♥

Für Jona war die Tatsache, dass er auf Männer stand, zwar eine Katastrophe, doch es fühlte sich natürlich an. Nicht gewöhnlich, aber wie etwas, das schon ewig da gewesen war. Bevor ihm die ganze Sache bewusst geworden war, hatte er schon unbewusst für Männer geschwärmt. Erst später hatte er verstanden, warum er sich in einem Sportmagazin lieber die Bilder ansah, auf denen ein Mann zu sehen war, als die mit dem tollen Körper einer Frau. Er war in dem Bewusstsein erwachsen geworden, dass Männer das attraktivere Geschlecht waren. Erst später, als seine Freunde begonnen hatten, über Frauen zu sprechen, war ihm klar geworden, dass nicht alle Menschen so empfanden.

Angeblich war es eine Sünde, Jona verstand allerdings nicht, warum Gott sich daran stören sollte, wenn er sich selbst zum Orgasmus brachte, während er sich im Internet erotische Bilder ansah. Es waren nicht einmal Pornos, denn er wagte nicht, solche Seiten zu öffnen, aus Angst vor einem Virus oder dass jemand erfuhr, wo er sich herumgetrieben hatte. Seine Eltern hatten freilich keine Ahnung, wie sie einen Computer bedienten, doch seine Geschwister kannten sich gut genug aus. Nur etwas freizügigere Bilder von Models, die sah er sich an. Was konnte daran Sünde sein? Er tat ja damit niemandem weh. Anders wäre es natürlich, wäre er verheiratet und würde mit einem Mann schlafen. In dem Fall würde er die Gefühle seiner Frau verletzen. Es wäre Sünde im doppelten Sinne: Ehebruch und homosexuelles Verhalten.

Aber das hier?

Jona konnte sich wirklich nicht vorstellen, dass Gott sich um banale Dinge wie so etwas kümmerte, wenn es überall sonst auf der Welt Mord und Totschlag, Kriege und Korruption, Elend und Hunger gab. Da war er, der sich Erleichterung suchte und dabei die falschen Bilder ansah, sicherlich unwichtig.

Trotzdem fühlte Jona sich danach stets schlecht, und das war heute wieder Fall. Er löschte den Verlauf seines Internetbesuchs und klappte den Laptop zu. Anschließend öffnete er die Tür, die er sicherheitshalber abgeschlossen hatte, obwohl er gerade alleine in der Wohnung war, huschte über den Flur und wusch sich ordentlich die Hände. Erst danach ließ er sich auf den Schreibtischstuhl in seinem kleinen Zimmer nieder.

Nachdenklich spielte er mit dem Kabel der Maus herum und schauderte. Er war verrückt nach Selbstbefriedigung, und das war in den letzten Jahren schlimmer geworden. Vorher spürte er Aufregung, währenddessen ebenfalls, danach fühlte er sich allerdings selten wohl, sondern eher dreckig. Nur wenn er sich nachts verwöhnte, im Dunkeln und unter der Decke, genoss er die Momente nach dem Orgasmus, wenn sich der ganze Körper entspannte. Danach schlief er meist wie ein Baby, und am Morgen wachte er energiegeladen auf.

Er wusste genau, wie bescheuert es war. Warum sollte Selbstbefriedung besser sein, wenn man es im Dunklem machte? Das war absurd. Als könne man Gott damit täuschen. Aber zumindest konnte Jona anscheinend sich selbst damit täuschen.

Am Anfang hatte Jona verzweifelt versucht, an Frauen zu denken, während er sich berührte, doch es machte einfach keinen Spaß. Zum Orgasmus kam er zwar – irgendwann, nach einer quälend langen Zeit. Meist schlich sich gegen Ende doch noch ein Abbild von einem Mann vor sein inneres Auge. Für Jona war es eben normal, währenddessen an Männer zu denken.

Seufzend klappte er den Laptop erneut auf und kontrollierte, ob der Verlauf tatsächlich gelöscht war. Er war ziemlich paranoid deswegen, denn es wäre eine Katastrophe, wenn Raya oder gar Adil etwas erfahren würden.

Er rief die Homepage seines Fußballvereins auf. Gleich auf der Startseite war ein Gruppenbild von ihnen. Jona war weit hinten zu sehen, fast verdeckt von zwei anderen Spielern. Luca hingegen sah man gut. Er kniete vorne in der ersten Reihe neben dem Torwart. Er strahlte in die Kamera und hatte den Arm um den Torwart gelegt. Die zwei anderen Spieler, mit denen Jona auf der Party gesprochen hatte, standen in der zweiten Reihe. Auch sie lachten.

Jona war froh, dass er auf der Party gewesen war. Er musste ständig daran denken, wie es gewesen war, eingequetscht zwischen Hani und Stefanie zu sitzen und den frechen Sprüchen der anderen zu lauschen, während sie das Spiel ansahen. Und wenn ein Tor fiel, hatten sie alle zusammen gejubelt. Es hatte richtig real gewirkt, so als hätte Jona Freunde. Echte, wahre Freunde.

Die wenigen Bekannten, die Jona hatte, waren algerischer Herkunft, und ihre Eltern waren ebenfalls alle miteinander befreundet. Es war wie eine Zweckgemeinschaft. Sicherlich notwendig, wenn man bedachte, dass Jonas Familie vor zehn Jahren hier bei Null angefangen hatte, aber eben nicht wahrhaftig. Lediglich Hani, den wollte Jona nicht missen, obwohl er manchmal mit seiner gespielt draufgängerischen Art nervte. Ja, es hatte den Anschein, dass Hani dem am nächsten kam, was man einen beständigen und treuen Freund nennen würde. Er glaubte, dass Hani ihn mochte. Oder bewunderte. Warum auch immer.

Jona fragte sich, ob er ein zweites Mal eingeladen werden würde. Es wäre cool, wenn er mehr Anschluss finden könnte. Er stellte sich gerade vor, dass er derjenige war, der eine Grillparty veranstalte. Er musste kichern, als er an die Blicke seiner Familie dachte, wenn sie die langen Haare von Luca sahen oder Stefanie, die Jona kumpelhaft in den Arm nahm, ohne an eine Etikette zu denken. Dann wurde er sofort traurig, denn ihm wurde bewusst, dass er niemals selbst eine Grillparty organisieren würde. Die Welten waren einfach zu unterschiedlich, viel zu weit voneinander entfernt. Die Tatsache, dass Jona weder in der einen noch in der anderen komplett anwesend war, verursachte vermutlich, dass er so verdammt einsam war.

♥

»Hey.«

Als wären sie nicht schon seit zwei Runden im Stadion gejoggt, grinste Luca ihn an und hob die Hand. Er überholte Jona, drehte sich im Laufen um und joggte rückwärts vor ihm, um ihn zu mustern.

»Hallo.« Jona fuhr sich mit der Hand über die Stirn. Der Schweiß fühlte sich heiß an.

»Das Gebäck von deiner Mutter war lecker.« Luca lächelte. Er wandte sich um und joggte neben Jona.

»Freut mich sehr.« Jona vergaß, dass ihm die Oberschenkel schmerzten. Dass Luca ihn angesprochen hatte und die Backkünste seiner Mutter lobte, stimmte Jona das erste Mal an dem Tag fröhlich. Könnte Luca ein Freund werden? Ein richtiger, echter Freund, durch den Jona ein bisschen in die Welt seiner deutschen Mitbürger eintauchen konnte? »Soll ich dir noch mal welche mitbringen?«, erkundigte er sich höflich.

Luca winkte ab. »Nein, Quatsch. Ich will deiner Mutter keine Umstände machen.«

Jona konzentrierte sich wieder auf sein Laufen. Lucas Ablehnung verletzte ihn ein bisschen. Ob Luca sich nur über ihn lustig machen wollte? Warum hatte er ihn sonst angesprochen?

»Wo schaust du dir das nächste Deutschlandspiel an?«, erkundigte Luca sich.

Jona hob die Schultern. »Keine Ahnung.« Eigentlich zusammen mit seinen jüngeren Geschwistern im Wohnzimmer seiner Eltern, doch das wollte er nicht so offen sagen. Es war erbärmlich, wenn er erwähnte, wie oft er daheim war oder dass er überhaupt noch dort wohnte, das war ihm bewusst.

»Wir gehen in unsere Stammkneipe. Dachte, du hättest auch eventuell Lust. Kannst auch deinen lustigen Kumpel mitbringen.« »Hani?«

Jona war verwirrt.

Luca grinste. »Ja, der kam gut an.«

Jona runzelte die Stirn. Damit hatte er nicht gerechnet, eher, dass alle von Hani genervt waren, weil er manchmal so cool tat, obwohl er in Wahrheit der uncoolste Typ der Welt war.

Luca streckte die Hand aus. »Gib mir dein Handy, ich speichere dir meine Nummer ein. Wir bleiben in Kontakt.«

Fassungslos sah Jona ihn an, dann blieb er stehen, griff in seine Hose, zog das Handy aus der Seitentasche und reichte es Luca. Während dieser etwas eintippte, betrachtete Jona die langen Haare, die Luca während des Sportes zu einem Knoten zusammenband Ob Luca sehr darunter schwitzte? Er hatte ziemlich dichtes Haar. Beim Fußball nervte es bestimmt, aber es sah richtig cool aus.

»Schreib mir einfach nach dem Training, damit ich deine Nummer auch habe«, wies Luca ihn an.

»Wer ist … wir?«, erkundigte Jona sich anschließend und steckte das Handy ein. Er war nie mit Anderen außer Hani in einer Kneipe verabredet gewesen, und er freute sich, dass Luca an ihn gedacht hatte. Trotzdem wollte er wissen, mit wem er es zu tun hatte. Es wäre möglich, dass man ihn sah und seinen Eltern berichtete, mit wem er sich rumgetrieben hatte. Wenn das der Fall wäre, würde er sich abermals einen Vortrag darüber anhören, dass es nicht ehrenvoll war, zu trinken und einen lockeren Umgang mit Mädchen zu haben.

Wann hatten Abdullah und Nadira eigentlich aufgehört, sie bei der Integration zu unterstützen? Vor zehn Jahren, als sie ganz neu hier gewesen waren und im Asylantenheim lebten, hatten sie dafür gesorgt, dass sie alle die neue Sprache rasch lernten, um möglichst bald in der Schule mitzukommen. Sie hatten Raya sogar erlaubt, regelmäßig mit ihrer Freundin in die katholische Bücherei in den Räumlichkeiten der Kirche zu gehen, weil sie der Meinung waren, dass Bücher förderlich waren.

Doch irgendwann hatte sich das Blatt gewendet. Möglicherweise zu dem Zeitpunkt, als sie gemerkt hatten, dass sie sich selbst nicht richtig eingliedern konnten und ihre Kinder einfach besser darin waren. Es war ihnen nie gelungen, tatsächlich hier anzukommen, obwohl sie in Algerien nicht mehr sicher und ebenfalls kein Teil der Gesellschaft mehr gewesen waren. Womöglich steckte hinter all dem nur die Angst, dass sie hier fest verwurzelt waren, während ihre Eltern nach wie vor nur Besucher zu sein schienen.

»Timmy, ich und Thomas, es kommen noch ein paar andere Freunde, die du nicht kennst. Steffi kommt auch.« Luca hob die Augenbraue und grinste.

»Steffi?« Jona spürte, dass ihm langsam heiß wurde. Er räusperte sich schnell.

»Stefanie. Du hast neben ihr gesessen und dich blendend mit ihr verstanden.« Luca schlug ihm auf die Schulter.

»Ach so.« Jona wischte sich den Schweiß aus dem Nacken. »Nicht, dass du denkst, dass ...«

»Ach.« Luca winkte ab. »Ich denke gar nichts.« »Nein, im Ernst. Wirklich«, betonte Jona hastig.

»Mach dir keine Gedanken. Ich wollte lediglich damit ausdrücken, dass sie Single ist.« Er zwinkerte Jona zu und gab dann Gas.

Jona ließ er mit einem ungutem Gefühl zurück. Er starrte Luca hinterher und fragte sich, wie er solche Gerüchte loswerden konnte. So etwas konnte er keineswegs gebrauchen. Nicht mal als Ablenkung von seiner Homosexualität taugte es, da seine Eltern ihm den Kopf abreißen würden, wenn sie erfuhren, dass er mit einem deutschen Mädchen flirtete. Außerdem ... Was sollte eine Frau wie Stefanie schon mit ihm zu tun haben wollen? Er war langweilig, schüchtern und in ihren Augen sicherlich auch etwas seltsam.

Trotzdem würde Jona in die Kneipe gehen, einfach, weil er merkte, dass es ihm guttat, mit Menschen in seinem Alter das Spiel anzusehen. Ein kleiner Ausflug in die Freiheit, bevor er zu seiner Familie zurückkehren musste.

♥

Die Kneipe war natürlich voll, und Jona und Hani mussten sich durch die Menge kämpfen. Stefanie entdeckte sie als Erstes und winkte. Erleichtert erwiderte Jona den Gruß und zog Hani hinter sich her durch das Gedränge. Luca stand auf, gab ihnen die Hand und wies ihnen Plätze auf der Bank in der Ecke zu. Schon zuvor war die Bank voll gewesen, jetzt aber war es richtig eng und unbequem, Jona fühlte sich dennoch wohl. Er saß erneut zwischen Stefanie und Hani und war damit in fast gewohntem Gebiet.

Abgesehen von Luca und Mario war niemand vom Fußball da. Einige kannte Jona von der Gartenparty, allerdings konnte er sich nur schwach an sie erinnern. Er hatte nie mit ihnen gesprochen. Ihm gegenüber saß ein Pärchen, von dem er wusste, dass sie nicht bei Lucas Party gewesen waren. Die Frau hatte die Beine auf den Stuhl gezogen und umschlang sie mit beiden Armen, das Kinn auf den Knien abgelegt. Es sah unbequem aus, gleichzeitig irgendwie sehr unbefangen und zwanglos. Ihr Freund war der Inbegriff von Lässigkeit. Er hatte den Arm um ihre

Schultern gelegt und hing breitbeinig und mit einer unbekümmerten Miene auf dem Stuhl. Abwesend streichelte er ihren Rücken und starrte zum Fernseher. Seine Haare waren halblang und reichten ihm bis ans Kinn. Sein Shirt war verwaschen. Ein Piercing steckte in seiner Augenbraue. Bartstoppeln zierten sein Gesicht.

»Trinkt ihr Bier?«, wollte Luca wissen und beugte sich zu ihnen über den Tisch.

Jona zögerte. Normalerweise natürlich nicht, doch er wollte sich nicht die Blöße geben.

Hani war mutiger. Er schüttelte den Kopf. »Nein, danke.«

»Dann gibt's Wasser«, stellte Luca fest und wartete nicht mehr auf Jonas Antwort, sondern drehte sich um.

Jona sah Luca hinterher, der für sie an die Bar ging. Er überlegte, ob es wirklich nur Bier und Wasser gab, er wollte Luca allerdings nicht hinterherrufen und ihm sagen, dass er gerne eine Limonade oder Apfelsaftschorle gehabt hätte. Schließlich war er dankbar dafür, dass Luca sie ein wenig unter seine Fittiche nahm.

»Also, ihr spielt mit Luca Fußball?«, erkundigte sich plötzlich der Mann ihnen gegenüber.

Er hatte den Arm von den Schultern seiner Freundin gelöst und sich auf den Tisch gestützt. Vor ihm stand ein Bier. Er spielte mit den Fingern an dem Glas herum, indem er es in den Händen drehte. An seinem linken Handgelenk trug er mehrere Lederbändchen. Er sah nicht zu ihnen, trotzdem war es klar, dass er sie meinte.

Jona räusperte sich. Er fühlte sich unsicherer, als er es sonst sowieso war. Der Mann strahlte eine Präsenz aus, die ihn beeindruckte. »Nur ich.«

Nun blickte sein Gegenüber kurz auf. »Ah ja.« Er sah wieder zum Fernseher.

Obwohl Jona wusste, dass es unhöflich war, konnte er nicht wegsehen und starrte auf die Finger, die nach wie vor gedankenverloren mit dem Glas spielten. Der Mann hatte sehr helle Augen, dafür, dass er braune Haare und eine sonnengebräunte Haut hatte. Schöne, hellblaue Augen, fast als wären sie farblos. Ein schmerzendes Ziehen fuhr durch Jonas Körper.

Als der Mann sich ein weiteres Mal zu ihm wandte, zuckte Jona zusammen und schluckte schwer.

»Ich bin übrigens Florian. Meine Freunde nennen mich Flo.«

»Hani.« Hani grinste, anschließend konzentrierte er sich auf den Bildschirm, völlig unbeeindruckt von dem Mann.

Kurz musterte Flo seinen Freund, betrachtete dann Jona und schob das Glas zur Seite, um Jona die Hand hinzuhalten.

»Jona.« Schüchtern schüttelte Jona die Hand und bemerkte, wie weich sie war. Er schluckte erneut. Er wusste genau, was gerade bei ihm passierte, und er wollte es nicht. Das würde alles kaputt machen. Er hasste es, verknallt zu sein, denn in dem Zustand benahm er sich noch komischer als sonst und wirkte auch ungeschickter. Das könnte alles zerstören, zum Beispiel die Hoffnung, endlich ein paar Freunde zu finden.

»Jonas?«, fragte Flo.

»Jona«, korrigierte Jona lächelnd. Das war gewohntes Territorium. Wie oft hatte er seinen Namen verbessert, weil man stets davon ausging, sein Name würde mit einem s am Ende geschrieben werden?

»Echt?« Flo zog die Augenbrauen hoch und sah zur Mattscheibe, ohne die üblichen Nachfragen zu stellen. Seine Freundin lehnte sich eng an ihn, flüsterte etwas, und er lachte, während er seinen Oberkörper an sie presste und ihre Hand berührte. Es sah vertraut aus.

Jona drückte sich gegen die Lehne der Bank und merkte, dass er die Lust an dem Abend verlor. Genau so wollte er berührt werden. Von irgendjemandem, am besten von jemandem wie Flo. Verärgert biss er sich auf die Lippen, als ihm bewusst wurde, was er dachte.

Es war ständig das selbe. Er war eifersüchtig, weil Flo sich nicht sonderlich für ihn interessierte und stattdessen mit seiner Freundin flirtete. Warum musste er immer auf Typen stehen, die eine Freundin hatten? Und was genau störte ihn daran? Schließlich konnte er sowieso keinerlei Annäherung zulassen. Also was interessierte es ihn? Es sollte ihm egal sein, und er müsste gleichgültig bemerken, dass Flo unbesorgt hetero und glücklich mit seiner Freundin war. War doch schön für die beiden.

Es war nicht egal. Verdammt!

Plötzlich runzelte Flo die Stirn, während er zum Fernseher sah, dann drehte er sich um und musterte Jona. »Im Religionsunterricht haben wir da so eine Story von einem Fisch gehört.«

Ein Kitzeln durchfuhr Jonas Bauch. Er nickte. »Ja, Jonas, der von dem Fisch verschlungen und wieder ausgespuckt wird.«

»Also hattest du ebenfalls katholischen Religionsunterricht bei einem staubigen Pfarrer?«, erkundigte sich Flo und wirkte das erste Mal während des Gesprächs wirklich interessiert.

Jona schüttelte lächelnd den Kopf. »Nein, ich bin Moslem. Komme aus Algerien.«

»Die Fischgeschichte ist doch eine christliche Erzählung«, betonte Flo und sah ihn misstrauisch an. »Ich weiß nicht mehr viel vom Religionsunterricht, aber daran kann ich mich erinnern. Das war eine richtig gute Abenteuergeschichte. Da habe ich mich endlich nicht mehr gelangweilt. Dieser Jonas war echt cool.«

Jona wurde rot, obwohl das Lob nicht ihm galt. Es war trotzdem ein tolles Gefühl, dass er nach einer coolen Persönlichkeit benannt worden war. »Die Geschichte gibt es auch im Koran. Jonas oder Jona, wie wir ihn nennen, ist ein Prophet des Islam.«

»Und das ist die gleiche Geschichte? Die mit dem Fisch?« Ungläubig sah Flo ihn an.

»Ja, steht in der Bibel und im Koran.« Jonas nickte, ihm fiel etwas ein. »Und natürlich zusätzlich in der Tora der Juden«, fügte er hinzu. Vielen war nicht bewusst, wie sehr die monotheistischen Religionen zusammenhingen.

Flo trank einen Schluck von seinem Bier. »Sich die Köpfe einschlagen, gleichzeitig an die selbe Kindergeschichte glauben und sie für bare Münze nehmen.« Er lachte verächtlich und drehte sich zum Fernseher.

Beleidigt starrte Jona ihn an, während Luca ein Glas Wasser vor ihn stellte. Jona bedankte sich artig und sah erneut zu Flo. »Die Geschichte hat Symbolkraft. Es geht um Hoffnung und den Glauben daran, niemals aufzugeben. Darum geht es. Nicht darum, die Geschichte wortwörtlich zu nehmen.«

Flo drehte sich zu ihm um. »Das mag sein, aber die Dinge werden zu oft einfach viel zu wörtlich genommen. Deswegen halte ich nichts von der Bibel oder dem Koran. Sollte man verbrennen. Alle. Auf einen Haufen und ein schönes Lagerfeuer draus machen. *Das* ist ein Symbol für Hoffnung und Wärme.«

Entsetzt starrte Jona ihn an. »Bedenke bitte, dass diese Bücher Millionen Menschen Trost bringen.«

»Trost, den sie vermutlich nicht bräuchten, wären sie nicht religiös«, erwiderte Flo.

»Blödsinn. Nicht jeder Kummer ist das Ergebnis von Religionskriegen. Wenn in deinem Umfeld zum Beispiel jemand stirbt, siehst du das vielleicht anders.« Jona trank einen Schluck Wasser. Er sollte sich nicht in religiöse Diskurse stürzen. Das ging nie gut aus. Deswegen hatte er nie mit einem Deutschen über Religion gesprochen, lediglich mit seinen Geschwistern hatte er manchmal diskutiert. Jetzt hatte er allerdings den Eindruck, verpflichtet zu sein, seine Religion vor Flo zu verteidigen. Warum auch immer.

»Mein Vater ist vor drei Jahren gestorben«, sagte Flo, und seine Stimme klang tiefer als zuvor.

»Das tut mir leid.« Jona stellte das Glas abrupt auf den Tisch zurück und fühlte sich wie ein Trottel.

»Bauchspeicheldrüsenkrebs. Hat ihn innerhalb eines Jahres dahingerafft.« Flo seufzte, er nahm ein Haargummi, das er um sein Handgelenk trug und band damit die Haare zusammen.

»Das tut mir wirklich leid«, wiederholte Jona.

Flo lächelte ihn versöhnlich an. »Du kannst ja nichts dafür.« Er zeigte auf den Bildschirm. »Das Spiel hat angefangen.«

Jona sah zu Stefanie, die wie gebannt auf den Bildschirm starrte. Tatsächlich lief das Spiel schon. Er warf Flo einen vorsichtigen Blick zu, der ihn allerdings nicht mehr beachtete, dann sah er zum Fernseher.

♥

Es war mal wieder passiert. Jona schwärmte für jemanden. Ständig musste er an Flo denken und an das kurze Gespräch, das sie vor dem Spiel geführt hatten. Leider hatte Deutschland verloren und war damit aus dem Turnier geflogen. Jona ging davon aus, dass Luca ihn nicht mehr einladen würde, mit ihm und seinen Freunden Fußball zu sehen. Somit würde er Flo vermutlich nie wiedersehen.

Vielleicht war das besser so.

Er würde ihn vergessen, genauso wie er alle anderen vergessen hatte, auf die er heimlich gestanden hatte. Und je weniger er Flo über den Weg lief, desto besser würde das auch funktionieren.

Obwohl er wusste, dass es die beste Lösung für sein Problem war, war er traurig. Ihm wurde bewusst, dass er niemals die Chance haben würde, ein Leben in Zweisamkeit zu führen, einen Partner zu haben, dem er alles anvertrauen konnte, der sein bester Freund war und gleichzeitig die Person, der er sich sowohl körperlich als auch seelisch komplett hingeben konnte.

Bestenfalls hatte er irgendwann das Glück, einer Frau zu begegnen, mit der er sich sehr gut verstand und die gleichzeitig seinen Eltern sympathisch war. Allerdings war das mehr als unwahrscheinlich. Selbst wenn sie eine Partnerin fänden, auf die er bauen konnte, würde sie nie das in ihm auslösen, was Flo nur mit einer Geste schaffte.

Er wusste nicht, was genau ihn an Flo faszinierte, doch sein Bauch kitzelte, als er sich daran erinnerte, wie Flo mit seinen schlanken Fingern die Haare im Nacken zusammengebunden hatte. Oder wie er lässig die Beine ausgestreckt und mit seinen Händen mit dem Glas vor sich gespielt hatte. Er hatte Flo beobachtet, wie der den Arm um die Schultern seiner Freundin gelegt hatte, und er stellte sich vor, er wäre derjenige, der sich an Flos Körper lehnen dürfte.

Die Art von Nähe könnte ihm keine Frau je bieten.

Er würde das niemals erleben – einfach, weil er auf Männer stand, seine Eltern eine Beziehung zu einem Mann jedoch niemals akzeptieren könnten. Auch wenn das unwahrscheinliche Szenario eintreten würde, dass es seinen Eltern egal wäre, hätte er den Mut, offen schwul zu leben? Es würde sein ganzes bisheriges Leben infrage stellen, seine Religion, seine Herkunft, seine Kultur.

Andererseits ... War es nicht Allah gewesen, der ihn geschaffen hatte, mit all den Gefühlen und verwirrenden Gedanken und dem Bauchkribbeln, wenn er an Flo dachte? Hatte er das wirklich nur getan, um Jona zu testen? Daran hegte Jona Zweifel. Wieso sollte er Jona testen wollen, seinen Vater oder seine Brüder aber nicht? Es kam Jona unlogisch vor, und er grübelte, welches Interesse Gott damit verfolgen sollte, ihn derart zu prüfen.

All das Grübeln half am Ende überhaupt nicht.

Jona wollte kein schwules Leben führen, er wollte keinen Mann an seiner Seite haben, weil er feige war und niemals zu sich stehen konnte. Und Flo war sowieso außer seiner Reichweite und ganz nebenbei noch heterosexuell und mit seiner Freundin wohl ziemlich glücklich.

Jona versuchte, seinen Alltag zu leben. Zwar schlief er nachts nicht gut und hatte ein schlechtes Gewissen, wenn er sich in den Schlaf masturbierte, während er an Flo dachte, doch sein Job brachte ihm eine gewisse Ablenkung. Zum Fußballtraining ging er die Woche nach dem Spiel wieder, Luca erwähnte allerdings kein gemeinsames Schauen der Spiele ohne deutsche Beteiligung. Er war freundlich, machte aber nicht den Eindruck, als wäre er ab sofort gut mit Jona befreundet. Die anderen Mannschaftsmitglieder, die bei der Grillparty gewesen waren, verhielten sich ebenfalls nicht anders als vorher. Freundlich, jedoch distanziert. Jona war also weiterhin ein Außenseiter.

Abgesehen von dem Liebeskummer, den Jona wegen Flo hatte, trauerte er der Chance hinterher, Freundschaften zu schließen. Weder hatte er mit Stefanie eine Handynummer ausgetauscht, noch hatte er Anschluss zu Lucas Freunden gefunden.

Wäre die deutsche Mannschaft doch nur weiter gekommen ...

♥

An einem Samstagnachmittag besuchte Jona heimlich seinen ältesten Bruder. Er sagte seinen Eltern, er müsse länger arbeiten. Jedes Mal, wenn er sich mit Abdel verabredete, gab es Diskussionen. Abdullah hatte Angst, dass Abdel ihn, Raya oder Adil negativ beeinflussen könnte, weswegen er den Kontakt unterband. Nadira trauerte dem Auszug ihres ältesten Sohnes hinterher und vermisste ihn, gleichzeitig traute sie sich aber nicht, ihrem Mann zu widersprechen.

Jona war früh bewusst geworden, dass er ein friedlicheres Leben führte, wenn er gewisse Dinge heimlich machte und sich ausschwieg. Seine Eltern stellten keine Fragen, ließen ihn in Ruhe, und es gab keinen Streit, wenn er sich unsichtbar machte.

Jona bewunderte seinen Bruder Abdel und konnte sich nicht vorstellen, den Kontakt zu ihm abzubrechen. Früher hatten sie viel gestritten, teilweise so heftig, dass die Auseinandersetzungen körperlich ausgetragen worden waren, seit Abdels

Auszug verstanden sie sich gut. Vielleicht war sich Abdel nun bewusst, dass Jona und Raya die einzige Familie waren, die ihm blieb. Jona hatte großen Respekt vor seinem älteren Bruder und war fast bereit dazu, ihn zu seinem Vorbild zu ernennen.

Nicht nur Abdel war zu Hause, sondern auch Linh, seine Freundin. Beide freuten sich, Jona zu sehen, und Abdel erkundigte sich nach Raya, die schon seit einigen Wochen nicht mehr gekommen war. Er wollte danach noch wissen, wie es Adil ging, obwohl dieser noch nie bei Abdel gewesen war.

Sowohl Abdel als auch Jona vermieden es, über ihre Eltern zu sprechen. Abdel wurde dann meist wütend, und Jona ertrug den Gedanken nicht, dass seine Familie immer weiter zersplitterte.

Beim Abschied eine Stunde später sagte Abdel: »Du wirkst bedrückt, Jona.«

Seufzend hob Jona die Schultern.

»Du weißt, dass du mit mir reden kannst, oder?« Abdel sah ihn ernst an, legte ihm eine Hand auf die Schulter und drückte sie fest.

Jona nickte. »Ich weiß. Aber mir geht es gut.«

»Bist du dir sicher? Du schläfst nicht gut in letzter Zeit, oder? Du siehst erschöpft aus.« Abdels Stimme klang so besorgt und freundlich, dass Jona vor Rührung fast losheulen wollte.

Am liebsten hätte er seinem Bruder alles gesagt, ihm von seiner unglücklichen Schwärmerei für einen Mann erzählt, berichtet, dass er einsam war und sein Leben sich leer anfühlte, weil er keine echten Freunde hatte. Dass ihn der Job im Gemüseladen nicht so ausfüllte, wie er es sich gewünscht hatte, und dass er mehr vom Leben wollte.

War er undankbar? Sollte er nicht erleichtert sein, die Chance zu haben, Geld zu verdienen?

Er schüttelte den Kopf und winkte ab. Wenn er länger blieb, würde das seinen Eltern auffallen, und er wollte seinen Vater nicht zornig erleben und Nadira in der Küche schluchzen hören. Und er wollte nicht Adils gehässigen Blick sehen. Das würde Raya dazu provozieren, ihren ältesten Bruder zu verteidigen, gegen ihren Vater aufzubegehren und damit alles schlimmer machen. Niemand würde als Sieger hervorgehen. Besser war es, wenn niemand das Thema ansprach, er zügig heimging und nicht riskierte, zu spät nach Hause zu kommen.

»Alles in Ordnung«, fügte er hinzu, weil Abdel nicht aufhörte, ihn besorgt zu mustern.

»Und zu Hause?«, fragte er leise.

Jona nickte. »Ja, alles in Ordnung. Du kennst das ja, die ständigen Diskussionen, ansonsten ist alles wie immer.«

»Das ist ja das Schlimme«, murmelte Abdel.

»Tja.« Jona hob die Schultern. »Unsere Eltern hängen nun mal sehr an Algerien.«

»Nein, sie hängen nicht an Algerien. Sie leben noch dort. Sie sind nie hier angekommen.« Abdels Stimme klang bestimmt.

»So kannst du das nicht sagen«, erwiderte Jona rasch. »Sie hatten es nicht leicht, das weißt du.«

Abdel verdrehte die Augen. »Wann hörst du endlich auf, sie zu verteidigen?«

Jona hob die Schultern. »Sie sind unsere Eltern.«

Als ob er noch was sagen wollte, öffnete Abdel den Mund, doch er schloss ihn wieder und hob stattdessen seinen Arm. Er zog Jona kurz zu sich heran und drückte ihn. »Schön, dass du da warst. Sag Raya, dass sie uns bald besuchen soll.«

»Werde ich machen«, versprach Jona, nahm sich jedoch vor, es nicht zu tun, denn Raya sah nicht ein, ihren Bruder heimlich zu treffen. Stattdessen redete sie offen darüber, und das würde natürlich Streit nach sich ziehen.

Jona verabschiedete sich von Linh und lief eilig zur nächsten Straßenbahnhaltestelle, weil er nicht mehr so viel Zeit verlieren wollte. Nadira würde schon gekocht haben und misstrauisch werden, wenn er sich verspätete.

♥

Alle zwei Monate schnitt Raya Jona die Haare. Sie war ausgebildete Friseurin und arbeitete in einem Laden in der Innenstadt.

Die Geschwister waren besser ausgebildet, je jünger sie waren. Als sie alle nach Deutschland gekommen waren, war Abdel bereits 18 Jahre gewesen. So hatte er sofort angefangen zu jobben, nachdem er die Arbeitserlaubnis erhalten hatte. In Algerien hatte er schon früh versucht, Geld zu verdienen, um die Familie zu unterstützen, als Abdullah im Gefängnis gewesen war. Er war – zumindest beruflich gesehen – der größte Verlierer, und Jona fragte sich manchmal, ob es nicht besser für ihn gewesen wäre, in Algerien zu bleiben. In Deutschland hatte man bessere Chancen, aber das galt nicht für Abdel. Er war einfach im falschen Alter gewesen.

Jona war fünfzehn Jahre alt gewesen und durfte in der Schule zwei Jahre wiederholen, und so war ihm der Einstieg viel leichter gefallen. Er hatte die Sprache gelernt und immerhin einen guten Hauptschulabschluss gemacht. Dass er danach in dem türkischen Obst- und Gemüseladen zunächst ein Praktikum machen konnte, war ebenfalls Glück gewesen. Sein Chef war begeistert gewesen und willig, ihn zu unterstützen. Und so hatte er Jona angeboten, bei ihm eine Ausbildung zu machen.

Raya war fünf Jahre jünger als Jona und somit noch ein Kind gewesen. Sie hatte die mittlere Reife vollendet und in der Schule Freunde kennengelernt, mit denen sie bis heute Kontakt hatte. Friseurin zu werden, war ihr Wunsch gewesen, und sie hatte sehr schnell einen Ausbildungsplatz ergattert.

Adil war weitere zwei Jahre jünger als Raya und somit das jüngste Kind in der Familie. Er hatte mehr Zeit gehabt, die Sprache zu lernen, und war entsprechend besser in der Schule gewesen. Vor drei Jahren hatte er von seiner Lehrerin die Empfehlung erhalten, auf das Gymnasium zu gehen. So hatte Adil das große Los gezogen und erhielt die beste schulische Ausbildung. Vermutlich würde er sogar studieren, worauf Jona ein wenig neidisch war.

»Was hat Abdel so erzählt? Wie geht es Linh?«, fragte Raya und kämmte Jonas Haare mit einer beeindruckenden Geschwindigkeit. Es sah nach Kunst aus, wie sie mit ihren Utensilien hantierte.

»Hat sich nach dir erkundigt.« Jona beobachtete seine Schwester im Spiegel. Weil es ihm schäbig ihr gegenüber erschienen wäre, hatte er sich dazu entschieden, ihr doch zu erzählen, dass er bei Abdel gewesen war, statt sich darüber auszuschweigen, wie er es ursprünglich vorgehabt hatte.

Raya nahm den Kamm in die andere Hand. »Ich will bald wieder hingehen.«

Jona betrachtete die Fliesen vor sich. Das Bad war nicht besonders schön, doch Nadira versuchte, durch geeignete Deko und Pflanzen den Eindruck zu übermitteln, es wäre eine Spa-Oase. Es kam ihm vor, als solle es über die Armut und die Verbitterung seiner Eltern hinwegtäuschen.

»Aber mach's heimlich«, bat er. »Du musst ihnen nicht ständig alles sagen.« Erst am vorigen Tag hatte es Streit gegeben, weil Raya mit einem deutschen jungen

Mann ins Kino gehen wollte, ohne die Begleitung ihrer Freundinnen. Sie hatte es ganz offen gesagt, so als wäre nichts dabei.

»Wieso heimlich?« Raya hob die Schultern.

»Du musst nicht immer so provozieren«, zischte Jona. Mittlerweile bereute er, dass er seiner Schwester überhaupt vom Besuch beim älteren Bruder berichtet hatte.

»Beweg dich nicht«, ermahnte Raya ihn und presste ihre Finger gegen seine Schläfen, um seinen Kopf zu fixieren. »So. Nicht bewegen.«

Jona atmete tief ein, um sich wieder zu beruhigen. »Das mit dem Kino hättest du auch nicht sagen sollen. Man muss manche Dinge für sich behalten.«

»Ich sehe nicht ein, zu lügen. Ich tue nichts Schlimmes. Moritz ist ein sehr netter Mann«, sagte Raya ruhig.

»Willst du etwa was mit ihm anfangen?«, fragte Jona hastig. Seine Stimme überschlug sich.

»Vielleicht.« Raya bekam strahlende Augen.

»Das kannst du nicht tun.« Jona drehte sich um, keine Rücksicht darauf nehmend, dass sie gerade eine Strähne zwischen den Fingern hielt, um sie zu schneiden.

»Warum nicht?« Raya hob lässig die Schultern.

»Warum nicht? Bist du verrückt? Du kannst doch nicht einfach ...« Jona dämpfte seine Stimme, denn wenn er herumschrie, würde Adil es mitbekommen, und ihm vertraute Jona nicht. Er würde es ihrem Vater erzählen, und anschließend würde Raya ein großes Problem bekommen.

»Moritz achtet meine Kultur. Er würde nicht mit mir schlafen, ohne dass ich es mit meiner Religion vereinbaren kann. Keine Sorge. Er ist wirklich nett«, versuchte Raya ihn zu beruhigen.

»Aber er ist ein Deutscher«, murmelte Jona.

»Natürlich ist er Deutscher. Wir leben in Deutschland. Die Auswahl an algerischen Männern ist begrenzt«, teilte Raya ihm mit kühler Stimme mit, so als wüsste er das nicht. »Wartest du etwa auf die richtige Frau, die zufälligerweise aus Algerien kommt? Bist du deswegen immer noch Single?«

Jona spürte Hitze in sich aufsteigen. »Was meinst du damit?«

»Du bist fünfundzwanzig«, erinnerte Raya ihn.

»Tu nicht so, als wäre ich bescheuert«, erwiderte Jona hitzig. »Das bin ich nämlich nicht.«

»Ach, komm schon, Jona. Du wirst ja wohl mal für eine Frau geschwärmt haben. Hattest du nie den Wunsch, dich mit jemandem zu treffen und näher kennenzulernen? Abdel hat ja auch eine Freundin. Unsere Eltern müssen damit klarkommen, weil das eine normale Entwicklung ist, wenn Kinder erwachsen werden. Du musst keine Rücksicht auf sie nehmen.« Raya lief um den Stuhl und sah ihn ernst an.

Jona wandte den Blick ab. »Ich bin nicht verliebt. Hör auf, mich unter Druck zu setzen. Du willst nur, dass ich Baba erzürne und du unter dem Radar bleiben kannst.«

»Was denkst du von mir?« Raya schüttelte den Kopf so heftig, dass ihr Kopftuch fast abrutschte. »Was ich eigentlich sagen will: Solltest du dich eines Tages doch mal verknallen, versuch dein Glück.« Raya legte ihre Finger unter sein Kinn und hob seinen Kopf an. Sie sah ernst aus. »Wirf dein Leben nicht wegen ihnen weg. Bitte.«

»Hast du nicht Angst, so zu enden wie Abdel?«, wollte Jona wissen. Er bekämpfte den Drang zu fliehen, denn das hätte Raya stutzig gemacht. Stattdessen versuchte er, möglichst lässig auszusehen.

»Es ist mein Leben, Jona. Genauso wie dein Leben deines ist. Vergiss das nicht. Sie müssen das akzeptieren.« Raya begann, seinen Pony zu schneiden. Ihre Kette fiel ihm dabei gegen die Brust, weil sie sich vorbeugte. Er hatte sie zuvor noch nie an ihr gesehen, und er fragte sich plötzlich, ob sie vielleicht von Moritz war.

Jona räusperte sich. »Soll ich ihnen sagen, dass ich dich begleite? Ich gehe in einen anderen Film, wenn du das möchtest.«

Raya richtete sich auf und lächelte ihn an. »Nett von dir, Jona, aber nein, das will ich nicht. Ich will nicht lügen, ich will keine Kompromisse eingehen. Ich will mich mit einem Jungen treffen, genauso wie es andere Mädels in meinem Alter tun. Das heißt nicht, dass ich sofort mit ihm schlafe, keiner muss sich Sorgen machen.«

»Und wenn er es dir verbietet?«, erkundigte Jona sich leise.

»Ich bin volljährig. Nach deutschem Gesetz darf ich ins Kino, wann und mit wem ich will. Wenn er mich einsperrt, sitze ich am nächsten Tag bei der Polizei und zeige ihn wegen Freiheitsberaubung an. Und weißt du was?« Raya legte wieder ihre

Hände an seine Schläfen, diesmal stand sie vor ihm. »Sie wissen das, und deswegen werden sie zwar meckern, Baba wird rumbrüllen, Mama wird aufhören, mit mir zu sprechen – doch sie werden es mir nicht verbieten.« Sie strahlte.

Jona spürte, dass seine Augen brannten. Woher hatte Raya nur diese Stärke? Einerseits bewunderte er sie dafür, andererseits empfand er eine innere Abneigung dagegen.

Er könnte das nicht. Wenn er ihren Rat befolgte und sein Leben lebte, würde er seine Homosexualität ausleben müssen. Und er bezweifelte, dass das als harmloser angesehen wurde, als das, was sie vorhatte.

Andererseits ... Raya hatte als Frau ganz andere Schwierigkeiten. Sie musste Jungfrau bleiben, durfte ihre Ehre nicht verlieren. Vielleicht ... Wer weiß, eventuell hatte er durch sein Geschlecht doch einige Freiheiten mehr als seine Schwester?

♥

Jona lud sich eine Palette Dosenbohnen auf den Arm und öffnete die Tür des Lagers, indem er sich mit dem Rücken dagegenstemmte.

»Warte, ich helfe dir!«

Zunächst erkannte Jona ihn nicht, als der junge Mann nach vorne sprang und ihm die Tür aufhielt. Erst als er ihn ansah, um sich zu bedanken, wurde ihm heiß. Es war Flo.

»Danke«, murmelte er und lief schnell zu dem Regal, in dem die Konserven standen.

Statt sich seinen Einkäufen zu widmen, ging Flo ihm hinterher. Jona befürchtete, rot im Gesicht zu sein, und wischte sich eilig den Schweiß von der Stirn. Die Begegnung war ihm peinlich, außerdem war er gerade dabei, Flo mehr oder weniger erfolgreich aus seinen Gedanken zu verdrängen. Seit sie sich kennengelernt hatten, waren ungefähr zwei Monate vergangen. Von der Fußballweltmeisterschaft redete kaum noch jemand, und Jona verfolgte seinen normalen Alltag – so gut es ihm möglich war.

Warum war Flo hier? Warum ausgerechnet hier in dem Geschäft, wo Jona arbeitete? Und wieso ausgerechnet jetzt, wo Jona endlich seine Verknalltheit so weit im Griff hatte, dass er nicht mehr ständig an ihn denken musste?

»Warte.« Wieder streckte Flo seinen Arm aus, um die anderen Konserven zur Seite zu ziehen, damit Jona seine Palette besser hineinschieben konnte.

»Ich schaffe das schon.« Jona richtete sich auf und lächelte, zumindest versuchte er es, aber er vermutete, dass es eher wie eine Grimasse aussah.

Verdammt! Er musste Flo loswerden. Irgendwie.

»Hey, ich habe ihn gefunden!« Flo hob den Arm und winkte.

Rasch drehte Jona sich um und erkannte Luca, der auf ihn zumarschierte, mit zwei weiteren Männern im Schlepptau. Jona kannte sie weder vom Fußball noch von dem Kneipenbesuch. Ob sie bei der Party von Luca gewesen waren, wusste er nicht mehr.

In einem Anflug von Eifersucht wunderte Jona sich, wie viele Freunde Luca eigentlich hatte. Er schien eine endlose Auswahl zu haben.

»Hi Jona.« Luca hielt ihm die Hand hin, entschied sich dann wohl um, denn gerade als Jona die Hand nehmen wollte, um sie zu schütteln, schob er sich nach vorne und schlug ihm freundschaftlich auf den Rücken.

»Was macht ihr hier?«, fragte Jona und hoffte, man hörte die Ungeduld in seiner Stimme nicht. Zwar wollte er nicht unhöflich sein, doch er wollte hier auch nicht gesehen werden. Es war ihm unangenehm. Er musste wie ein Trottel wirken mit dem weißen Kittel und dem leuchtend roten Gesicht. Niemand sollte wissen, dass er in diesem Laden arbeitete. Luca nicht, keiner von der Fußballmannschaft und schon gar nicht Flo! Mit dem wollte er lieber überhaupt nichts zu tun haben.

»Tim hat Geburtstag, und wir helfen ihm einzukaufen. Ich habe erzählt, dass du hier arbeitest, und wir haben uns gedacht, warum nicht einfach … hier einkaufen?« Luca drehte sich um und zeigte auf einen kräftigen, jungen Mann mit Brille, der hinter ihm stand. Er war nicht nur der Einzige, der keine langen Haare hatte, er hatte überhaupt keine. Die Glatze sah allerdings ähnlich cool aus wie der lange Pferdeschwanz von Luca, die halblangen, offenen Haare von Flo, die ihm ins Gesicht fielen, und die wirren, in alle Richtungen abstehenden Locken des vierten Typen. Sie alle waren viel zu cool für Jona, wirkten lebensfroh und selbstbewusst, nicht gerade wie Menschen, die extra wegen ihm hierherkamen.

Jona nickte, wusste jedoch nicht, was er sagen sollte. Die Begegnung war ihm nun noch unangenehmer. Er spürte Flos Körper hinter sich, der so nah bei ihm war, dass er seinen Atem hören konnte. Er wagte nicht, sich umzudrehen, denn dann hätte sein Herz noch schneller geschlagen.

»Tim und Joris sind Freunde von früher. Wir vier sind in eine Klasse gegangen. Das hier ist Jona. Er spielt mit mir Fußball«, stellte Luca sie vor.

Wieder nickte Jona und überlegte, warum Luca ihn wie ein Tier im Zoo präsentieren musste. Es war ihm unangenehm, er trat unruhig einen Schritt zur Seite und starrte zu den Dosen, die er gerade eingeräumt hatte.

»Also, wo sind die Süßigkeiten?« Flos Stimme hörte sich etwas genervt an.

Gekränkt schluckte Jona. Wenn er es eilig hatte, hätte er ja nicht mitkommen müssen, oder? Eigentlich war es nett von Luca und zeigte, dass er entgegen Jonas Vermutung nicht vorhatte, ihn zu ignorieren. In den letzten Wochen hatten sie zwar regelmäßig trainiert, aber Luca hatte nur wenig mit ihm gesprochen. Doch jetzt war er hier, hatte seine Freunde mitgebracht, nur weil er sich daran erinnert hatte, dass Jona hier arbeitete. Vielleicht wollte Luca lediglich nett sein?

Flo gab Jona allerdings nicht die Gelegenheit, die anderen kennenzulernen und mit ihnen zu quatschen, er wollte wohl sofort bezahlen und abhauen.

»Da hinten«, sagte Jona.

»Super.« Flo nickte anerkennend und lief den Gang zurück. Die anderen drei gingen ihm nach.

Jona dachte darüber nach, ob er ihnen folgen sollte, entschied sich jedoch dagegen. Das hier war ja kein Klamottenladen, in dem man die kompetente Beratung eines Verkäufers benötigte. Zumal er der Letzte wäre, der eine kompetente Beratung anbieten könnte.

Er beugte sich vor, schob die Palette mit den Bohnen zurecht und riss vorne am Karton den Schutz ab, damit die Kunden sich besser bedienen konnten. Er konnte die vier Freunde von hier aus hören. Sie redeten laut, diskutierten darüber, wie viel Chips benötigt wurden, und lachten schließlich. Das Lachen von Flo war am lautesten zu hören.

Jona lehnte sich gegen das Regal und atmete tief durch.

Flo hatte immer noch die gleiche Wirkung auf ihn wie damals in der Kneipe. Es schien, als würde er alles an ihm mögen. Selbst die Dinge, die ihm eigentlich nicht so gefallen sollten, fand er toll. Das Muttermal auf der Nase zum Beispiel.

Muttermale hatte er nie besonders attraktiv gefunden, doch das hier fand er richtig süß.

»Habt ihr Nüsse?«

Jona zuckte zusammen und richtete sich eilig auf. Er strich den albernen Kittel glatt. »Natürlich.« Um Flo nicht ins Gesicht sehen zu müssen, starrte er auf die Chipstüten in Flos Armen. Sie waren teurer als die normalen Chips der deutschen Marken und schärfer, als es viele Deutsche mochten. In der Regel wurde die Sorte nur von den türkischen Kunden gekauft. »Zwei Gänge weiter«, fügte er hinzu, als ihm bewusst wurde, warum Flo ihn abwartend betrachtete.

»Danke.« Flo nickte und drehte sich um. Eine der vier Chipstüten rutschte ihm fast unter dem Arm heraus.

Jona beobachtete ihn einen Moment und beschloss, dass er seinen Mut zusammennehmen musste, weil er sich sonst wie ein Idiot fühlen würde. »Soll ich dir helfen?«, fragte er und folgte Flo.

Flo blieb stehen und nickte mit zusammengekniffenen Lippen. »Gerne.« Er reichte Jona alle vier Tüten und lief weiter.

Jona wusste nicht, ob er sich ärgern oder freuen sollte. Einen Moment lang blieb er stehen, dann seufzte er und folgte Flo. Der sollte bloß nicht denken, er wäre sein Packesel. Andererseits hatte er ihm die Hilfe ja angeboten. Ihm war bewusst, dass er Flo darauf hinweisen könnte, dass sie auch Einkaufskörbchen am Eingang stehen hatten, allerdings empfand er einen Sog, der ihn dazu zwang, zu schweigen.

»Seit wann arbeitest du hier?«

»Seit ich mit der Schule fertig bin«, sagte Jona und blieb stehen, während Flo sich bei dem Regal mit den Nüssen mit gerunzelter Stirn vorbeugte, um die Beschriftungen zu lesen. Das meiste war türkisch.

»Ich bin Informatiker«, informierte Flo ihn.

Jona wusste nicht, was er sagen sollte. Es interessierte ihn tatsächlich, was Flo beruflich machte, er befürchtete allerdings, sich zu blamieren, wenn er den Eindruck machte, zu neugierig zu sein.

»Also wenn du mal Probleme mit deinem Computer hast ...« Flo sah ihn an, nach einem Moment widmete er sich den Nüssen und nahm drei Packungen aus dem Regal.

Verlegen räusperte Jona sich. »Okay«, sagte er. »Also wenn du mal Probleme mit Snacks hast ...«

Flo lachte vergnügt, und Jona hielt inne. Wie bescheuert er sich verhielt. Doch Flo schien es zu amüsieren.

Er stellte sich gerade vor, er hätte Probleme mit dem PC und würde Flo anrufen. Er würde zu ihm kommen, in sein Zimmer. Sie wären alleine in seinem Zimmer. Die Vorstellung war schön und aufregend. Und ein wenig beängstigend. Um sich selber abzulenken, fragte er: »Hast du das studiert?«

»Ne.« Flo richtete sich auf und lief Richtung Kasse. »Hatte eine Zeitlang ein paar Probleme, und die Schule hat darunter gelitten. Ich habe eine Ausbildung gemacht und bin innerhalb der Firma ein wenig aufgestiegen, sodass ich inzwischen ganz zufrieden bin«, erzählte Flo.

Nachdenklich sah Jona ihn an. Er hätte sich gern erkundigt, welche Probleme Flo meinte, doch er dachte, dass das wirklich zu neugierig gewesen wäre. Hatte es vielleicht mit dem Tod des Vaters zu tun?

»Hey Jungs«, rief Flo durch den Laden, mit einer Lautstärke, die niemand ignorieren konnte. Nicht nur die Kunden an der Kasse, sondern auch die Verkäuferinnen sahen auf. Jona spürte, dass er schon wieder rot wurde. »Ich habe alles gefunden. Jona hat mir geholfen! Joris, komm her, du hast das Geld!« Flo legte die Nüsse auf das Band und nahm die Chipstüten an sich. Dabei berührte er Jonas Arm, und die Haut kitzelte an der Stelle angenehm. Jona stellte sich sofort vor, wie es wäre, wenn Flo die Hand nicht sofort zurückgezogen, sondern einfach dort auf der Haut liegengelassen hätte. Ihm war etwas schwindelig.

Er musste hier weg. Dringend. »Viel Spaß heute Abend«, murmelte er.

»Danke für deine Hilfe«, rief Flo ihm hinterher.

Jona nahm den direkten Weg zum Lager, er verspürte das Bedürfnis, alleine zu sein.

»Waren das deine Freunde?« Nehir, eine Kollegin, die gerade den Joghurt in das Kühlregal einräumte, sah nach vorne zur Kasse.

Jona nickte und stieß eilig die Tür zum Lager auf.

Er zitterte, als er sich gegen die kühle Steinwand lehnte. Verdammt, er hatte ein Problem. Und wenn Luca und Flo ihn weiter hier besuchen wollten, würde sein Problem riesige Ausmaße annehmen.

♥

Die Begegnung mit Flo spukte ihm während der gesamten restlichen Arbeitszeit im Kopf herum, doch bereits zu Hause wurde es von etwas anderem verdrängt. Wie jeden Tag fuhr er mit dem Bus nach Hause, ein Auto hatte er ja nicht. Das wäre auch sinnlos, denn einen Führerschein hatte er nie gemacht. Und einen Führerschein zu machen wäre unsinnig, da er nicht genug Geld für ein Auto hatte. Abdullah hatte das Familienauto irgendwann verkauft, seitdem war die Familie auf die öffentlichen Verkehrsmittel angewiesen, was normalerweise kein Problem war.

Schon im Hausflur hörte er das Gebrüll, das aus der Wohnung kam; die schrille, sich überschlagende Stimme seiner Schwester und die dominante, arrogante, tiefe Stimme seines jüngeren Bruders. Seine Eltern schienen sich entweder nicht am Gespräch zu beteiligen, oder sie waren leiser.

Kopfschüttelnd schloss Jona die Tür auf und schlüpfte hinein. Eilig zog er die Tür hinter sich zu. Ihm war es peinlich, und es war ihm ein Rätsel, warum seine Geschwister nicht ebenfalls an die Nachbarn dachten.

Sie lebten in der gleichen Wohnung wie damals, als sie nach der Anerkennung als Flüchtlinge in diese Stadt gezogen waren. Anfänglich hatten sich einige Bewohner beschwert, weil sie keine Ausländer im Haus haben wollten. Jona konnte sich gut daran erinnern, dass Abdullah gemeint hatte, sie müssten etwas tun, um die Leute von sich zu überzeugen. Also hatte Nadira ihr leckeres algerisches Gebäck gebacken, und Abdullah hatte sie alle aufgefordert, etwas Sauberes und Schickes anzuziehen. Die Mutter hatte der kleinen Raya eine Flechtfigur verpasst und ganz bewusst ihr Kopftuch etwas lockerer als sonst um den Kopf gelegt. Dann waren sie von Tür zu Tür des Mehrfamilienhauses gegangen und hatten sich vorgestellt. Viele waren sehr nett gewesen, nur die wenigsten hatten weiterhin ihre Abscheu offen gezeigt. Danach war es besser geworden. Sie waren im Treppenhaus gegrüßt worden und später ein Teil der Hausgemeinschaft geworden. Nadira goss mittlerweile sogar für die Frau neben ihnen die Blumen, wenn sie im Urlaub war.

Warum erinnerten sich die Geschwister nicht an den Versuch ihrer Eltern, sich im besten Licht zu zeigen? Die ständigen Streitereien fielen den Nachbarn doch auf. Zweimal hatte ein Nachbar von unten geklingelt und darum gebeten, beim Streiten wenigstens auf die Uhrzeit zu achten. Jona fand das nicht nur beschämend, sondern auch rücksichtslos den anderen Bewohnern des Hauses gegenüber. Obwohl er wusste, dass das übertrieben war, schlich sich Jona manchmal durchs Treppenhaus, um nicht auf das anmaßende Verhalten seiner Geschwister angesprochen zu werden.

Es ging um Moritz, wie er erfuhr, als er das Wohnzimmer betrat. Seine Eltern waren da, saßen allerdings stumm auf dem Sofa. Nadira sagte bei Familienstreitigkeiten sowieso selten etwas. Sie blieb vorwiegend passiv, und häufig weinte sie, während sie abseits saß. Damit verursachte sie bei den Kindern ein schlechtes Gewissen, und Jona vermutete, dass sie genau das beabsichtigte. Diesmal weinte sie nicht.

Selbst Abdullah war relativ gelassen, was untypisch war. Doch er nickte anerkennend, während Adil seine ältere Schwester belehrte, dass sie die Familienehre beschmutzte, wenn sie sich weiterhin mit Moritz traf.

Trotzig und stur lehnte Raya im Türrahmen und betrachtete Adil mit funkelnden Augen. Als Jona eintrat, warf sie ihm einen flehenden Blick zu. Jona hob die Schultern und setzte sich neben Nadira.

Adil drehte sich nicht mal um und ignorierte ihn, während er weiterhin mit einer bellenden Stimme auf Raya einredete.

»Oh man«, erwiderte Raya schrill. »Moritz ist ein unglaublich netter Mensch. Du kennst ihn ja gar nicht.«

»Das mag sein, aber er ist kein Mann des muslimischen Glaubens und deshalb mit Vorsicht zu genießen«, betonte Adil donnernd.

»Was soll denn das heißen?« Raya zog die Augenbrauen hoch. Wieder warf sie Jona einen hilfesuchenden Blick zu. Sie wollte seine Unterstützung, Jona wusste allerdings nicht, wie er sie ihr geben sollte. Alles, was er sagen konnte, würde Adil einfach abschmettern. Er war viel wortgewandter, vielleicht, weil er aufs Gymnasium ging, und deswegen verlor Jona sowieso jede Diskussion.

»Du tust ja gerade so, als wären alle Christen Unmenschen. Es waren die Christen, die uns hier aufgenommen haben, erinnerst du dich?«

»Christen sind sehr gute Menschen«, erwiderte Adil, nun etwas ruhiger. »Das Problem ist, dass die Christen ihren eigenen Glauben nicht mehr ernst nehmen. Das merkst du schon daran, dass sie Sex vor der Ehe haben, obwohl es laut Papst verboten ist.«

»Du lebst so was von im Vorgestern.« Raya verdrehte die Augen.

»Mach nicht diese Gesten, wenn ich mit dir rede«, schnappte Adil. »Ich bin dein Bruder.«

»Sag mal was, Jona«, bat Raya genervt.

Jona fuhr mit beiden Händen über seine Hose. Adil drehte sich um und sah ihn neugierig an. Auch Abdullah und Nadira schenkten ihm ihre Aufmerksamkeit. Nun hatte Jona ein Problem. Einerseits wollte er seine Schwester unterstützen, denn er wusste, dass sie wirklich verliebt war und sich gut mit Moritz verstand. Er glaubte auch, dass seine Schwester alt genug war, um selbst entscheiden zu können, mit welchem Mann sie ausging. Andererseits wollte er nicht wie Abdel offen zeigen, dass er die Erziehung ihrer Eltern für überholt ansah. Er wählte den Kompromiss, keine Partei zu ergreifen und stattdessen beiden das Gleiche vorzuwerfen.

»Ihr solltet nicht immer so rumbrüllen. Man hört euch bis draußen.«

Enttäuscht starrte Raya ihn an. »Du bist ein feiger Hund, Jona«, zischte sie.

»Raya, benimm dich«, bat Abdullah auf Arabisch mit leiser Stimme. Er stand auf und ging zu Adil. Langsam legte er seine Hand auf Adils Schulter, so als würde er ihn zum neuen Oberhaupt der Familie küren. Er betrachtete Raya dabei ernst. »Wir suchen dir einen ehrenhaften Mann.«

»Zwangsehen sind in Deutschland verboten.« Raya verschränkte die Arme vor der Brust.

»Wer sagt was von Zwangsehe?«, fragte Abdullah ungläubig. Er sprach weiterhin Arabisch, während Raya bei der deutschen Sprache blieb. Beide – so vermutete Jona – nutzten das als Provokation. »Wir stellen dir mehrere Männer vor, und du kannst wählen.« Abdullah lächelte mild.

Raya schüttelte den Kopf. »Und wenn ich zu allen nein sage?«

»Dann suchen wir weiter. Bis du zufrieden bist, mein Liebling«, versprach Abdullah und klang freundlich und geduldig.

»Siehst du, wie gut du es hast«, fügte Adil hinzu. »Andere Eltern sind nicht so milde mit ihren wildgewordenen Töchtern.«

»Ich werde weiterhin mit Moritz ausgehen, denn ich bin in ihn verliebt. Ich kann euch anbieten, dass er hierherkommt, damit ihr ihn kennenlernt. Ihr werdet sehen, dass es ein anständiger Mann ist«, sagte Raya und trat einen Schritt auf ihren Vater und Adil zu. Jona bewunderte sie dafür. Sie hatte ihre Prinzipien und stand dazu. Er wünschte, er hätte mehr von ihrem Temperament und Abdels Mut. »Und ihr werdet es mir nicht verbieten. Wenn ihr mich hier einsperrt, rufen meine Freundinnen die Polizei. Und wenn es mir hier zu bunt wird«, fügte sie leise hinzu, »ziehe ich zu Abdel. Das ist schon abgeklärt. Er hat mir sein Gästezimmer angeboten.«

Nun begann Nadira doch zu weinen. Jona tätschelte unbeholfen ihre Schulter.

»Ich bin enttäuscht«, sagte Raya, als sie an ihm vorbeirauschte.

Jona zuckte zusammen und sah ihr hinterher. Als sie die Tür des Wohnzimmers hinter sich zuschlug, zuckte er erneut zusammen.

»Kann ich verstehen. Ich sehe es genauso«, sagte Adil. »Du bist wirklich ein Feigling. Du bist dir sogar zu schade, Partei für uns oder sie zu ergreifen. Da finde ich Raya mit ihrer Sturheit beeindruckender.«

»Rede nicht ständig so geschwollen daher«, knurrte Jona. »Du tust so furchtbar diplomatisch und neutral, aber in Wahrheit bist du einfach nur feige.« Adil schüttelte den Kopf und verschwand ebenfalls aus dem Raum.

Jona biss sich auf die Lippen. Er dachte darüber nach, was wäre, wenn er wie Raya für sich und seine Bedürfnisse einstünde, und musste zu seinem Erstaunen bei diesem Gedanken grinsen. Wenn Adil von seiner Homosexualität wüsste, würde er durchdrehen und behaupten, er sei das einzige Kind, das es zu etwas gebracht hätte. Dann würde er in der Gunst als Lieblingskind weiter steigen. Wer weiß, vermutlich wäre es ihm gar nicht so unrecht, wenn Jona sich outen würde und Raya weiterhin mit ihrem Moritz um die Häuser zog? Insgeheim genoss er sicher, das Lieblingskind zu sein.

»Du bist ihr großer Bruder«, erinnerte Abdullah und setzte sich neben Nadira. Er legte seine Hand auf ihren Arm und streichelte sie dort kurz. Eine seltene liebevolle Geste zwischen seinen Eltern, die sonst eher so taten, als hätte irgendjemand die Kinder vor ihrer Tür ausgesetzt. »Du solltest mit ihr reden und den Familienfrieden bewahren. Auf dich hört sie. Du bist nicht so ungestüm wie Adil.«

Jona sah seinen Vater erstaunt an. War Adil entfernter davon, der tollste Sohn der Familie zu sein, als er ahnte? Anscheinend schätzte Abdullah seine ruhige Art und traute ihm eher zu, Raya zu überzeugen. Die Frage war nur, ob Jona das auch wollte. Vielleicht lagen sie richtig, und er war feige, indem er sich der Entscheidung entzog, auf wessen Seite er stehen wollte. Er fand, dass er zunächst Moritz kennenlernen musste, bevor sich klarzumachen, ob er Rayas Beziehung unterstützen würde, oder ob er seinem Vater den Gefallen tun und mit Raya darüber reden musste, dass ein Moslem als Partner besser sei.

Genau das war das beste, was er jetzt tun konnte: Sich ein Bild von der Situation machen, bevor er sie einschätzte. Er durfte sich weder von Abdullah noch von seiner Schwester manipulieren lassen.

♥

»Ich bin gespannt, wie der Lover deiner Schwester so ist«, meinte Hani, während er etwas zu schnell in die Kurve bog und erst kurz vor dem Parkplatz der Billardhalle abbremste. Wie fast immer war er guter Laune und freute sich, dass er mal rauskam. Als Jona ihn gebeten hatte mitzukommen, weil ein Spiel zu viert mehr Spaß machte, hatte er gestrahlt und sofort angeboten, Jona mit dem Auto abzuholen. Einer der Vorteile daran, mit Hani befreundet zu sein, obwohl Jona sich jedes Mal schlecht dabei fühlte, wenn er so dachte.

Als Jona vorgeschlagen hatte, dass Raya mit ihnen mitfahren konnte, hatte sie verneint. Sie würde vorher mit Moritz etwas trinken und anschließend direkt dorthin kommen. Jona wusste, dass das für sie umständlich war, aber er konnte sie verstehen. Es war ihre Art, trotzig zu reagieren und zu zeigen, dass sie wie ein normaler Mensch am Abend ausging und keinen Bruder brauchte, der für sie eine Mitfahrgelegenheit besorgte. Somit akzeptierte Jona es, selbst wenn Adil misstrauisch gewirkt hatte, als Raya zwei Stunden vorher zur Bushaltestelle gelaufen war.

In der Billardhalle war die Luft verbraucht und die Musik zu laut. Jona war selten hier, das hier war eher Adils Revier. Er spielte jeden Mittwoch Billard mit seinen Kumpels, die Art von Freiheit, die er Raya nur zu gerne missgönnte. Manchmal war Jona die Clique seines Bruders unheimlich, eine Horde bulliger Unruhestifter und streitsüchtiger Störenfriede, allerdings war Jona ehrlich genug zu sich selbst, dass er sich eingestehen konnte, dass eine große Portion Neid im Spiel war. Dadurch, dass Adil viel länger in Deutschland in die Schule gegangen war, hatte er Anschluss gefunden. Schade jedoch, dass er sich nur mit dieser seltsamen Gang herumtrieb: Machos, die glaubten, die Welt regieren zu können.

Jona erkannte Raya bereits beim Hereinkommen. Sie saß mit einem Mann in der Ecke, beide Hände mit denen ihres Gegenübers verschränkt. Sofort war ihm Moritz sympathisch, trotzdem war es seltsam, seine Schwester so eng und intim mit einem Mann zu sehen.

»Du musst Moritz sein«, meinte Hani. Er nahm Raya in den Arm und küsste sie auf beide Wangen, was sie missbilligend akzeptierte.

»Und du bist der Bruder?«, fragte Moritz und streckte die Hand nach Hani aus.

»Nein«, sagte Raya mit hochgezogener Augenbraue. »Das ist nur der nervige Sidekick meines Bruders.«

Hani kicherte und verbeugte sich theatralisch vor Moritz und Raya. Jona schob Hani zur Seite und schüttelte die angebotene Hand. Er betrachtete Moritz, während sie sich zusammen an den Tisch setzten und Getränke bestellten. Der Freund seiner Schwester machte einen gepflegten Eindruck und wirkte freundlich. Er war fast ein wenig zu schlank, hatte blonde kurze Haare und lächelte Raya ständig an. Manchmal strich er ihr zart mit den Fingern über den Arm.

Das wollte Jona auch haben! Die ihm mittlerweile wohlbekannte Verzweiflung kroch von seinem Magen in jede Pore seines Körpers und verursachte Übelkeit. Wieder einmal wurde ihm bewusst, dass er entweder niemals die Zweisamkeit mit einem Menschen erleben würde, den er wirklich mochte, oder dass er mit seiner Familie brechen musste. Egal, wie oft er darüber nachdachte, er wusste nicht, auf was er eher verzichten konnte. Beide Möglichkeiten waren fatal und würden ihn unglücklich machen. Die Tatsache, dass er die Wahl zwischen zwei eigentlich selbstverständlichen Bedürfnissen treffen musste, machte ihn wütend.

Er dachte an Flo, an dessen schlanke Finger, an die braunen Locken, die Augen und die Grübchen, wenn er lachte. Es kribbelte in seinem Bauch, und er musste lächeln, trotzdem war er gleichzeitig traurig. Wäre Flo schwul, würde Flo was von ihm wollen ... Jona glaubte nicht, dass er sich unter diesen Umständen für seine Familie entscheiden würde. Dafür war er einfach zu verknallt.

Der Gedanke tat weh.

»Hey! Erde an Jona!« Hani winkte mit der Hand wild vor seinem Gesicht herum.

»Was ist?« Jona blinzelte.

»Sag' mal, träumst du?« Hani schüttelte empört den Kopf.

»Wir wollen eine Runde spielen«, fügte Moritz hinzu.

Jona spürte, dass er rote Wangen bekam und nickte eilig. Als sie zum Billardtisch liefen, hielt Raya ihn auf. »Was ist los? Magst du ihn nicht?«, erkundigte sie sich bei ihm. Obwohl sie ihm zuvor versichert hatte, dass es ihr egal war, was er von Moritz hielt, wirkte sie nun beunruhigt.

»Doch.« Jona legte seinen Arm um ihre Schultern. »Ich mag ihn sehr. Und ich werde Baba sagen, dass er keine Bedenken haben muss.«

Raya strahlte ihn an. »Danke«, flüsterte sie erleichtert, was Jona zeigte, dass sie nicht so erbarmungslos war, wie es manchmal den Eindruck machte. Ihre Familie bedeutete ihr schon etwas.

Jona seufzte, während er seine Schwester beobachtete, die mit einem glücklichen Lächeln zu Moritz ging und sich an ihn lehnte. Ja, er wollte das ebenfalls haben, doch er war so weit davon entfernt. Es war so kompliziert und fast hoffnungslos.

Zunächst spielten Moritz und Hani in einem Team, seine Schwester und er im anderen, dann stellten sie schnell fest, dass das wenig Spaß machte. Weder Raya noch er waren besonders geschickt, Moritz allerdings hatte viel Übung und war richtig gut, und auch Hani beherrschte das Spiel, was Jona erstaunte, denn sein Kumpel spielte ebenso selten Billard wie er.

»Das ist einfach Können«, betonte Hani und grinste. Der Abend machte ihm offensichtlich jede Menge Spaß.

»Na, klar.« Raya verdrehte die Augen, während sie sein Grinsen erwiderte.

Der Abend begann Jona langsam Spaß zu machen. Er dachte darüber nach, ob Raya bereit war, häufiger mit ihnen wegzugehen. Sie konnten eine Clique sein, weniger zahlreich als die von Luca und nicht so beeindruckend wie die von Adil, dennoch waren sie genug Leute, um Spaß beim Billardspielen zu haben.

Nachdem sie die Teams neu gebildet hatten, begannen sie das nächste Spiel. Diesmal spielten Raya und Hani zusammen, während Jona Moritz zugeteilt wurde, scheinbar, weil er der schlechteste Spieler der Runde war. Moritz war wirklich ein Profi und erklärte Jona nicht nur die Regeln genauer, sondern zeigte ihm Tricks, um die Kugel besser treffen zu können. Er gab sich richtig Mühe bei den Erläuterungen. Jona hoffte, dass es Moritz nicht zu sehr nervte, ihm so viel zeigen zu müssen, aber er machte einen entspannten Eindruck und war auch dann freundlich, wenn Jona die Stöße mit dem Queue nicht gleich gelangen.

Gerade als Jona ansetzen wollte, klingelte sein Handy. Er ließ es zunächst klingeln und spielte weiter. Erst nachdem das andere Team übernommen hatte, zog er das Handy aus der Hosentasche, aber gerade als er das Gespräch annehmen wollte, hörte das Klingeln auf. Jona starrte auf das Display. Luca hatte ihn angerufen! Er erinnerte sich, dass sie einmal während des Fußballtrainings die Handynummern ausgetauscht hatten.

Sein Herz klopfte ihm wild in der Brust.

Luca – seine einzige Verbindung zu Flo.

Was Luca wohl wollte? Wollte er ihn etwa wieder einladen? Würde Jona auf die Art erneut auf Lucas Freunde treffen? Vielleicht sogar auf Flo?

Fast war er versucht zurückzurufen, doch er ließ es bleiben. Besser wäre es, den Eindruck zu vermitteln, gerade beschäftigt zu sein. Immerhin entsprach das der Wahrheit, oder? Er spielte Billard mit seinem besten Kumpel, seiner Schwester und deren Freund.

Rasch schob er das Handy zurück und nippte an seiner Cola, während er den Zug seiner Schwester beobachtete. Er kaute nervös an seinem Strohhalm. Ihm war bewusst, dass er sich etwas vormachte und er einfach nur zu schüchtern war, Luca zurückzurufen.

Raya konnte die Kugel im Loch versenken und jubelte.

Zuerst umarmte sie Hani, anschließend küsste sie Moritz auf die Lippen. Erst danach kam sie zu ihm. »Ein schöner Abend«, sagte sie und strahlte ihn an.

Jona nickte. Er stellte die Cola zurück auf den kleinen Seitentisch.

»Du wirkst trotzdem bedrückt.« Raya lehnte sich leicht gegen ihn.

»Ich bin nicht bedrückt.« Jona schüttelte den Kopf. Ganz im Gegenteil, er war erfreut darüber, dass Luca ihn angerufen hatte und fragte sich, was er wohl wollte. Ob wieder eine Gartenparty steigen würde? Und wäre Flo diesmal dabei? Bei dem Gedanken zuckte es heftig in seinem Bauch vor lauter Aufregung.

»Wenn was ist, rede mit mir«, bat Raya.

»Alles klar.« Jona nickte.

»Wir müssen zusammenhalten. Du und ich. Jetzt, wo Abdel weg ist und Adil weiter zum Vollidioten mutiert. Nur wir bleiben übrig. Deswegen war ich ja auch so enttäuscht, als du mich letztes Mal nicht unterstützen wolltest.« Raya legte ihren Kopf auf seine Schulter.

»Es ist nicht leicht. Ich will unsere Eltern nicht verletzen.« Jona seufzte.

»Ich weiß.« Raya nickte. »Es ist definitiv nicht leicht. Aber was bleibt uns anderes übrig? So ist das nun mal, wenn man zwischen den Kulturen aufgewachsen ist und einem beide wichtig sind.«

Jona nickte. Er legte seinen Arm um Rayas Schultern. Seine Schwester war eine unglaublich starke Frau. Er sollte sich an ihr ein Beispiel nehmen.

♥

Am nächsten Vormittag bereute Jona es, dass er nicht ans Telefon gegangen war. Er sollte Luca zurückrufen, es wäre vermutlich das Normalste in der Situation. Niemand würde sich darüber Gedanken machen. Doch er befürchtete, dass er zu bedürftig wirkte und man erkannte, wie sehr er sich nach Freunden sehnte. Er starrte auf den Anruf in Abwesenheit und fragte sich, ob Luca ihm ein Treffen hatte vorschlagen wollen, bei dem Flo anwesend gewesen wäre.

Hatte er eine Chance verpasst? Oder war es vielleicht besser so, Flo nie wieder zu sehen? Doch was war mit Freundschaften? Waren die nicht ebenso wichtig?

Seufzend legte er das Handy weg. Er wusste, dass Anrufe meist in dem Moment kamen, wenn man es nicht erwartete. Deswegen musste er so wirken, als wäre er abgelenkt. Woher dieser Aberglaube kam, wusste er nicht. Tief in seinem Inneren war ihm bewusst, dass das blödsinnig war.

Mit seinem Glauben an Gott hatte das ebenfalls wenig zu tun, denn er glaubte nicht, dass der Allmächtige sich bei all dem Leid auf der Welt ausgerechnet darum kümmern würde, dass er einen Anruf erst dann bekam, wenn er sich dessen würdig erwiesen hatte. Er glaubte eher an irgendwelche bösen Geister, von deren Existenz er allerdings nicht wirklich überzeugt war.

Er setzte sich an den Computer und suchte in der Suchmaschine nach den Begriffen ’Islam' und ’Homosexualität'. Sofort spuckte die Maschine ihm mehrere Zeitungsartikel aus. Viele kannte er bereits, denn er suchte nicht das erste Mal. Trotzdem klickte er jeden Einzelnen an und überflog den Text. Einige Autoren waren der Meinung, der Islam sei homophob, andere verwiesen auf den Koran und betonten, dass es tatsächlich einige Moslems gab, die tolerant gegenüber Schwulen und Lesben waren. In zwei Artikeln berichteten zwei schwule Moslems über ihr Leben. Einer hatte liberale Eltern und lebte mit seinem Freund ein ziemlich normales Leben im Kreise seiner Familie, der andere war aus der Familie verstoßen worden und hatte nun weder einen Partner noch den Rückhalt der Familie. Jona fragte sich, zu welcher Sorte er gehören würde. Die wahrscheinlichste Variante war, dass er bis zu seinem Lebensende alleine blieb und seine wahren Bedürfnisse verleugnete.

Erst auf der zweiten Seite der Suchergebnisse kam ein Artikel, den er nicht kannte. Ein Iman betonte in einem Interview, dass nichts im Koran die Bestrafung der Homosexualität rechtfertigen würde. Er wies darauf hin, dass er die Verfolgung Schwuler und Lesben in strengislamischen Länder verurteilte und wiederholte gegen Ende des Interviews, dass im Koran nichts über den Umgang mit Homosexuellen stand und er deswegen davon ausging, dass er Schwule, Lesben und Transsexuelle ganz normal akzeptieren könne.

Wirklich erleichtert war Jona nicht, nachdem er das gelesen hatte. Es war dem Iman eher darum gegangen, wie man das Leben mit anderslebenden Menschen gestalten konnte, nicht darum, was man tun sollte, wenn man selbst anders war. Frustriert löschte Jona den Verlauf und schloss den Internetbrowser.

Minutenlang starrte er aus dem Fenster und spürte, dass er innerlich immer unruhiger wurde. Er beschloss zu beten. Im Gegensatz zu Adil betete er nie zu den festgeschriebenen Zeiten, sondern erst, wenn er das Bedürfnis danach hatte. Oft abends im Bett, wenn er sich für einen schönen Tag bedanken oder um Kraft bat, für eine Aufgabe, die ihm am nächsten Tag bevorstand. Auch verzichtete er meist darauf, sich nach Mekka zu richten und die ganzen rituellen Regeln zu befolgen. Er lag für gewöhnlich im Bett, schloss die Augen und konzentrierte sich auf seinen Dialog mit Gott. Jetzt aber hatte er das Gefühl, es ein wenig feierlicher machen zu müssen. Er rollte seine Gebetsmatte aus, ging ins Bad und wusch sich gemäß den Anweisungen; routiniert kniete er sich anschließend mit dem Gesicht gen Mekka.

Er verharrte zunächst und konzentrierte sich, atmete tief ein und aus, schloss die Augen und spürte, wie in seinem Inneren endlich Ruhe einkehrte. Er erzählte Gott leise und flüsternd, damit keiner seiner Familie es mitbekam, wie verzweifelt er war, dass ausgerechnet er mit der Prüfung der Homosexualität betraut worden war, und dass er nicht wusste, was er tun und wie er damit umgehen sollte. Er bat inständig darum, dass Allah ihm zeigte, wie er weiter verfahren sollte.

Als hätte er mit seiner Vermutung über die bösen Geister recht, klingelte sein Handy, als er mitten in seinem Gebet war. Das riss ihn aus der Konzentration. Er meditierte, indem er in Gedanken langsam bis zehn zählte, und betete anschließend weiter.

Nachdem er sich aufgerichtet hatte, angelte er sich das Handy und beschloss, dass er den Ton in Zukunft ausmachen würde, wenn er das Bedürfnis hatte zu beten. Zumindest hatte ihm das Gebet gutgetan. Er fühlte sich nun ruhiger und mehr mit sich im Frieden.

Luca hatte angerufen.

Diesmal hatte Jona nicht den Eindruck, aufdringlich zu sein, wenn er gleich zurückrief. Scheinbar wollte Luca ja etwas von ihm, und Jona sollte nicht so unhöflich sein, nicht zu reagieren. So würde er die Chance darauf, mit ihm befreundet zu sein, nämlich eher mindern. Er setzte sich im Schneidersitz auf die Gebetsmatte und presste sich mit klopfendem Herzen das Handy ans Ohr.

»Hey, endlich erwische ich dich«, meinte Luca und lachte.

»Tut mir leid, ich war gestern Billardspielen, und eben habe ich das Handy zu spät gehört«, entschuldigte Jona sich.

»Ich weiß.« Luca lachte wieder.

»Was?« Jona rutschte nach hinten und rollte die Gebetsmatte mit einer Hand ein, was bei dem festen Material eher schwierig war. Abdullah hatte ihnen allen solch eine Gebetsmatte geschenkt und dabei auf eine sehr gute Qualität geachtet, obwohl er es sich eigentlich nicht leisten konnte, seinen Kindern so teure Geschenke zu machen.

»Dass du in der Billardhalle warst«, erwiderte Luca. »Wir haben euch gesehen. Wir hatten hinten neben den Spielautomaten unseren Tisch.« »Ihr wart auch da?«, erkundigte Jona sich erstaunt.

»Ja, Steffi und ich und noch ein paar andere.« Lucas Stimme klang heiter. »Ich war jedoch zu faul, zu dir zu gehen und hatte gehofft, du würdest ans Handy gehen. Wir hätten uns in der Mitte an der Bar treffen können.«

Jona starrte auf die eingerollte Gebetsmatte. Natürlich fragte er sich sofort, ob Flo ebenfalls da gewesen war. Ob er das herausfinden konnte, wenn er Luca geschickt aushorchte? »Wart ihr eine große Gruppe?«, hakte er nach und hoffte, dass Luca das nicht weiter auffiel und er einfach aufzählen würde.

»Wir waren ein paar Leute«, erläuterte Luca. »Ich wollte dich nicht stören. Trotzdem wollte ich mal Hallo sagen.«

»Das ist nett«, sagte Jona.

»Und jetzt habe ich dich angerufen, weil ich dachte, dass du sicherlich wissen willst, warum ich dich angerufen habe.« Wieder lachte Luca.

»War noch jemand da, den ich kenne?«, versuchte Jona es erneut.

Kurz schwieg Luca. »Ich glaube, ein paar vom Sehen her, von der Party.«

»Ah.« Jona fiel nichts ein, was er sagen sollte.

»Beim nächsten Mal komme ich rüber«, versprach Luca. Anscheinend merkte er, dass Jona etwas betrübt war. In der Tat war er das. Er fühlte sich ausgeschlossen, obwohl er keinen Grund dazu hatte. Das war Lucas Clique, nicht seine.

»Okay«, sagte Jona und versuchte, heiter zu klingen.

»Hani war ebenfalls da, oder?«, fragte Luca. »Bei euch?«

»Ja, die Frau war meine Schwester, und ihr Freund war auch dabei«, zählte Jona auf und fügte hinzu: »Seid ihr oft da?«

»Ab und zu. War ein Geburtstag eines Kumpels, den du nicht kennst«, erzählte Luca.

In dem Fall machte es durchaus Sinn, dass er nicht gekommen war, um Jona zu grüßen. »Ich bin auch nicht so oft da. Mein Bruder geht jeden Mittwoch dort hin.«

»Ja, da sind die Drinks billiger. Happy Hour«, erwähnte Luca.

Jona musste schmunzeln. Er glaubte nicht, dass Adil dorthin ging, um sich die Kante zu geben. Er legte den Koran so streng aus, dass er sich an jede Regel hielt und auf Alkohol komplett verzichtete.

Oder?

Auf einmal war sich Jona nicht mehr sicher. Was, wenn Adil in Wahrheit gar nicht so strenggläubig war, wie er zu Hause oft tat? Oder warum vermied er ein Zusammentreffen zwischen seinen Kumpels und seiner Familie und achtete stets auf eine strenge Unterteilung?

»Hey Jona, was anderes, hast du Lust, morgen mit zum See zu gehen?«, erkundigte Luca sich. »Du könntest Hani mitbringen.«

»Morgen?« Jona überlegte. Selbst wenn Flo nicht da wäre, wäre es mit Sicherheit cool, den Nachmittag am See zu verbringen. Andererseits hörte sich Luca ein wenig so an, als würde er nur aus Mitleid fragen, und das war Jona unangenehm. Doch die Alternative war nicht gerade prickelnd. Er würde nämlich ansonsten mal wieder einsam daheim bleiben.

»Ja, gerne«, antwortete er schnell, bevor er es sich anders überlegen konnte.
Sie machten eine Uhrzeit aus und legten schließlich auf. Minutenlang blieb Jona auf dem Boden sitzen und sah aus dem Fenster. Er lächelte. Wenn Flo morgen nicht dabei wäre, würde er das als Antwort von Gott ansehen. Wäre Flo aber da, konnte Gott ihm damit nur sagen wollen, dass er Jona den Segen gab. Oder?

♥

Die Antwort erhielt er bereits, als er mit der Sporttasche die Wiese vor dem See überquerte. Flo lief lachend und laut jubelnd unter dem Applaus seiner Freunde an Jona vorbei. Anschließend hüpfte er über den kleinen Sandabschnitt, den die Gemeinde dort aufgeschüttet hatte, um sich dann ins Wasser fallen zu lassen. Scheinbar ohne Sorgen, dass das Wasser zu kalt sein könnte. Lediglich einen spitzen Schrei stieß er aus.

Jona blieb kurz stehen und betrachtete Flo, wie dieser vom Ufer wegschwamm. Ob das nun tatsächlich ein Zeichen von Gott war, konnte er nicht beantworten.

Seufzend wandte Jona sich den Leuten zu, die auf Decken unter einem großen Baum saßen. Bei ihnen hatte er schon Luca und Stefanie gesehen. Wie üblich in Deutschland saßen Männer und Frauen beisammen, leicht bekleidet und unbekümmert. Einige sonnten sich, andere blätterten in Zeitschriften. In der Mitte saß Luca und spielte mit fünf Freunden, die Jona nicht kannte, Karten.

Stefanie winkte energisch, und Jona entschied, sich neben sie zu setzen. Sie trug nur einen Bikini, und ihre Haut glänzte, vermutlich von dem Sonnenöl. Auf einmal war Jona ein bisschen froh, dass er homosexuell war und bei ihrem Anblick rein gar nichts empfand, der Umgang mit Frauen war so etwas leichter. Durch seine Erziehung war er sowieso schon sehr schüchtern, wenn er mit Frauen, speziell deutschen Frauen, umgehen musste, er brauchte da nicht zusätzlich eine Verlegenheit, die ihn rot werden ließ.

»Du bist alleine?«, fragte sie und klang dabei ehrlich überrascht, so als hätte sie ihm das nicht zugetraut.

Jona nickte. Wirkte er wirklich so unselbstständig? Schweigend betrachtete er sie und hob die Schultern.

»Ich dachte, ihr seid die Art von Kumpels, die ohne einander nicht können«, fügte sie hinzu.

Jona machte sich also total lächerlich, indem er Hani immer mitbrachte. Er musste das in Zukunft unterlassen und sich hin und wieder trauen, ohne Hani aus dem Haus zu gehen.

Um den Moment nicht noch peinlicher werden zu lassen, erzählte er Stefanie, dass Hani arbeiten war und deswegen nicht hatte mitkommen können.

Kurz unterhielten sie sich, dann wandte Stefanie sich ihrem Buch zu. Jona hatte nichts zum Lesen mitgenommen und richtete seinen Blick zum See, um nach Flo zu sehen. Obwohl er sich fehl am Platz fühlte, weil keiner ihn beachtete, mochte er die Tatsache, dass er unauffällig Flo beobachten konnte. Er war fast bis ans andere Ende des Sees geschwommen und nun auf dem Rückweg. Er schien ein guter Schwimmer zu sein. Jona spürte sein Herz klopfen, als er begann, sich vorzustellen, Flo und er wären ein Paar und könnten ganz normal in der Öffentlichkeit miteinander umgehen. Dann würde er jetzt aufstehen und Flo entgegenlaufen.

Als Flo endlich aus dem Wasser kam und über den Sand stapfte, konzentrierte Jona sich darauf, dem Gespräch von Luca und einem anderen Mann zu folgen. Hoffentlich hatte Flo von seinem Gestarre nichts mitbekommen.

Wie viele Freunde hatte Luca eigentlich? Er schien einen riesigen Bekanntenkreis zu haben, weshalb Jona sich wunderte, warum er sich seiner angenommen hatte. An Freunden schien es ihm wirklich nicht zu mangeln. Wieso brauchte er Jona überhaupt?

»Hey, komm rein!«, rief Flo plötzlich.

Da er nicht glaubte, dass Flo Wert darauf legte, mit ihm schwimmen zu gehen, reagierte er zunächst nicht. Erst als sich eine kalte Hand auf seinen Unterarm legte, zuckte er zusammen und sah erschrocken in Flos schöne Augen, die direkt auf ihn gerichtet waren.

»Komm schon, es ist herrlich.« Flo zeigte atemlos zum See. Sein Mund war zu einem amüsierten Lächeln geformt.

»Hey«, beschwerte Stefanie sich. »Mach nicht alles nass, du Trottel.« Sie wischte Tropfen von der Seite ihres Buches, die sie gerade gelesen hatte.

»Los geht's, das Wasser ist super«, wiederholte Flo.

»Aber es ist kalt, oder?« Jona atmete tief ein und hoffte, dass man ihm die Röte im Gesicht nicht ansehen konnte.

»Ein bisschen«, gab Flo zu und grinste.

Jona starrte ihn an. Warum fragte er ausgerechnet ihn? Und sollte er auch das als Zeichen von Gott werten? Unschlüssig rieb er mit der Hand über die nasse Stelle, an der Flo ihn berührt hatte. Schließlich gab er sich einen Ruck und stand auf.

»Schnell«, meinte Flo und drehte sich um.

Unschlüssig sah Jona sich um. Er öffnete seine Chinohose und ließ sie fallen. Er hatte seine Badehose in weiser Voraussicht bereits drunter gezogen. Seine nackten Beine zu zeigen war ihm unangenehm. Noch schlimmer war es für ihn, sein Shirt auszuziehen. Er atmete tief ein, danach zog er es über den Kopf und lief Flo hinterher, in der Hoffnung, dass niemandem auffiel, wie mager er war. Seine Beine waren dürr, sein Oberkörper ohne Muskelmasse. Er musste schnell unter Wasser.

Flo wartete am Ufer auf ihn und winkte ungeduldig.

Natürlich sah er besser aus als Jona. Obwohl er etwas kleiner war, hatte er eine ganz andere Präsenz als er. Ein definierter Oberkörper, leichte Körperbehaarung am Bauchnabel, nicht jedoch auf der Brust und dazu breite Schultern. War das ein silberner Ring in seiner Brustwarze? Jona traute sich nicht, direkt hinzusehen, aber es faszinierte ihn. Alles an ihm faszinierte ihn.

Tropfen flossen seinen Körper hinab, auf der Haut oberhalb der Brust hatte sich eine Gänsehaut gebildet. Offensichtlich fror er. Was er wohl dachte, als Jona sich ausgezogen hatte? Fand er ihn zu dünn? Zu haarig? Zu unmuskulös? Zu hager?

Als Jona zu ihm aufschloss, drehte Flo sich um und rannte weiter.

Jetzt, wo Jona ihm auf den Hinterkopf sehen konnte, bemerkte er auch, wie lang seine Haare waren. Nass reichten sie fast bis zu den Schulterblättern.

Sobald seine Füße das kühle Wasser berührten, hörte er auf, Flo zu bewundern. Es kribbelte überall, und seine Gesichtshaut fühlte sich heiß an. Gerne hätte er sich einfach in das Wasser geworfen, er traute sich allerdings nur bis zu den Knien. Es war verdammt kalt.

»Trau dich«, meinte Flo lachend. Er war bereits einige Meter weitergeschwommen, kam aber nun zurück.

»Kalt«, sagte Jona und lächelte.

»Ich weiß, je schneller du dich überwindest, desto herrlicher ist es.« Flo streckte die Hand aus.

Jona betrachtete sie ratlos und zögerte, dann kam Flo aus dem Wasser, packte Jona am Unterarm und zog ihn ins Wasser.

Das kalte Nass schmerzte auf seiner Haut, und er musste einen Schrei unterdrücken. Die Finger von Flo auf seiner Haut lenkten ihn zum Glück etwas ab. Flos Griff war fest und so gar nicht unangenehm.

Als Jona bis zu den Schultern im Wasser stand, ließ Flo ihn los. Enttäuschung machte sich in Jona breit. Nun hatte er einen Hauch von dem erlebt, was er erleben könnte, wenn alles in seinem Leben leichter und unkomplizierter wäre. Er wollte mit Flo zusammen sein, mit ihm lachen und reden, ihn berühren, ihn küssen.

Jona wusste, dass es noch ein ganz anderes Problem gab, ganz abgesehen von seiner panischen Angst, seine Eltern oder jemand anders könnte es herausfinden: Flo war nun mal nicht schwul. Jona hasste es, dass er deswegen enttäuscht war. Er sollte dankbar sein. Und erleichtert.

Es gab ja nicht so viele Homosexuelle. Wie wahrscheinlich war es, dass er sich ausgerechnet in jemanden verliebte, der ebenso schwul war? Oder spürte er unbewusst etwas und schwärmte genau aus dem Grund für Flo?

Die Gedanken strömten in Jonas Kopf, doch er konnte keinen wirklich fassen. Und das wollte er auch nicht. Alles, was er wollte, war Flo anzusehen. So als hätte Jona etwas ganz Tolles hinbekommen, lächelte Flo ihn an, stolz und zufrieden. Er schwamm rückwärts, sagte jedoch nichts und betrachtete Jona lediglich. Seine Blicke brannten auf Jonas Haut, aber es war ein angenehmes Gefühl, so als würde er begehrt werden.

Schließlich räusperte Flo sich und drehte sich auf die Brust. »Lass uns etwas schwimmen«, meinte er.

Jona nickte und schwamm ihm hinterher.

♥

Erst als sie hinten am Schilf waren, hielt Flo inne. Er drehte sich um und sah Jona erneut an. Einige Enten schwammen im Wasser, hielten aber gebührend Abstand. Trotzdem bescherten sie Jona ein Unwohlsein. Sie waren weit weg vom Strand und in einem Teil des Sees, der vollkommen der Natur überlassen war.

»Warst du schon mal hier?«, erkundigte er sich. Wild strampelte er mit den Beinen, um nicht unterzugehen.

»Nein, so weit bin ich bisher nie rausgeschwommen. Mich fasziniert dieses Natürliche«, antwortete Flo. Im Gegensatz zu Jona bewegte er Arme und Beine kaum, sondern schien im Wasser zu gleiten.

»Ich muss gerade an die Tiere denken, die hier sind«, murmelte Jona und nickte zu den Enten. Fische hatte er keine im Wasser wahrgenommen, doch er meinte, nicht weit weg Frösche quaken zu hören.

»Hast du Angst?« Flo grinste. Er kam etwas näher.

»Nein.« Jona schüttelte den Kopf und konnte nicht verhindern, ebenfalls zu grinsen.

»Sicher, hast du.« Flo sah ihn amüsiert an. Seine Haare klebten ihm an der Schulter, die Hände glitten durchs Wasser, als würde er es streicheln.

»Vielleicht.« Jona hob die Schulter. Er konnte sich kaum auf das Gespräch konzentrieren. Der Anblick von Flo war einfach schön, und die Tatsache, dass sie weit weg waren und nicht gesehen und schon gar nicht gehört werden konnten, war atemberaubend. Sie waren alleine. Miteinander. Er fühlte sich frei. Nervös. Glücklich. Fiebrig. Und endlich wie er selbst.

»Du kannst im Übrigen stehen.« Flo griff nach vorne und berührte Jonas Schulter.

»Echt?« Verblüfft streckte Jona die Beine aus. Sofort erfassten seine Fußzehen Sand. Am Grund schienen keine Fische zu sein, was ihn beruhigte. Wenn da Fische wären, er würde sich vermutlich dennoch nicht an einen anderen Ort wünschen, denn Flos Finger auf seiner Haut waren durch nichts zu ersetzen.

Zu seinem Bedauern zog Flo seine Hand weg und drehte sich zum anderen Ufer um. Nicht dorthin, wo seine Freunde auf Decken saßen, sondern dorthin, wo ein paar Spaziergänger mit ihren Hunden entlangliefen. Bäume verdeckten die Sicht weitgehend. Niemand würde sie hier vermuten.

»Ich kann mich noch an einen See in Algerien erinnern, zu der Zeit, als mein jüngster Bruder noch nicht auf der Welt war. Wir waren dort häufiger, und mein Vater brachte mir das Schwimmen bei«, erzählte Jona, erstaunt, dass ihm diese Erinnerung gerade gekommen war. Es schien wie ein anderes Leben, mit Eltern, die ihm jetzt fremd geworden waren.

»Seit wann bist du in Deutschland?«, Flo musterte ihn aufmerksam.

»Seit zehn Jahren. Ich war fünfzehn, als wir geflohen sind«, berichtete Jona. Die Frage bekam er häufig gestellt, und die Antwort hatte er bereits dutzende Male gegeben.

»Du kanntest weder die Sprache noch das Land, als du in die Schule gekommen bist?«, hakte Flo nach.

Jona nickte. »War nicht leicht, das erste Jahr. Am Anfang waren wir im Flüchtlingsheim. Nicht schön, als Jugendlicher mit seiner Familie auf engstem Raum zu leben. In der Schule habe ich mich geschämt, dafür, dass wir dort leben. Wir hatten ja kein Geld. Meine Klamotten sahen schrecklich aus. Keine angenehme Zeit.«

»Glaub ich dir.« Flo betrachtete ihn nachdenklich.

»Später, als wir in unserer eigenen Wohnung waren und jeder seinen Bereich hatte, war es einfacher«, fuhr Jona fort. Er beobachtete einen Tropfen Wasser, der über Flos Gesicht floss und dann auf seine Schulter tropfte. Dort verfing er sich in den braunen Haaren.

»Und wo ist Hani? Seid ihr nicht irgendwie miteinander verwachsen?«

Jona runzelte die Stirn. »Nein.« Er konnte nicht vermeiden, dass er sich verärgert anhörte. Warum horchte ihn jeder nach Hani aus? War er selbst unsichtbar und ohne Hani zu langweilig?

So wie zu Hause, schoss es ihm durch den Kopf. So wie zu Hause, wo seine Geschwister ihn mit ihren schillernden Persönlichkeiten überstrahlten.

»Ich habe euch bisher nur zusammen gesehen«, meinte Flo und klang fast, als wollte er sich verteidigen.

»Wir sind befreundet, kommen beide aus Algerien. Sein Vater hat meinem Vater sehr geholfen, und unsere älteren Brüder sind gut befreundet, also ...«

»Hat das halt gepasst?«, fragte Flo.

Jona nickte und versuchte, nicht zu genervt auszusehen. Verdammt, er hatte ja keine Ahnung gehabt, wie seltsam es wohl wirkte, wenn er Hani überallhin mitschleppte.

»Sind deine Eltern strenggläubig?«

Jona atmete scharf ein. Die Standardfrage. Wie so oft. Jeder vermutete bei ihm eine strenggläubige Familie. Warum waren sich da alle so sicher? Gab er sich so?

Als Antwort hob er die Schultern. Was sollte er dazu denn sagen?

Flo nickte, sah sich wieder um und schwamm langsam um Jona herum. Als er hinter Jona war, fragte er: »Also hast du vermutlich auch keine Freundin?«

Jona schluckte. Ihm wurde heiß. Irrte er sich? Das konnte nicht sein. Checkte Flo ihn gerade nach Verfügbarkeit ab? Jona bezweifelte, dass Flo wirklich homosexuell war. Schließlich hatte er eine Freundin! Und er wirkte so männlich, so gewöhnlich – nicht so wie die Schwulen, die Jona im Fernsehen gesehen hatte. Andererseits war er ja ebenfalls nicht besonders herausstechend, sondern eher der Inbegriff von Unscheinbarkeit. Außerdem ... Selbst, wenn er es wäre, woher sollte Flo wissen, dass Jona ...

»Nein.« Jona drehte sich nicht um, um Flo nicht ins Gesicht sehen zu müssen. Er überlegte, ob Flo das bewusst so gemacht hatte, weil er spürte, dass Jona das Gesprächsthema unangenehm war. Weil Flo hinter ihm blieb, traute er sich zu fragen: »Und du?«

Flo lachte. Er schwamm auf der anderen Seite wieder um ihn herum. »Ne, schon lange nicht mehr.«

»Deine Freundin ... in der Kneipe. Ich meine ... Sie ist doch ... deine Freundin ...?«, stotterte Jona. Hastig fuhr er sich mit den kalten, nassen Fingern über seine heißen Wangen.

Erneut lachte Flo. »Das ist meine Stiefschwester.« »Deine Stiefschwester«, wiederholte Jona.

»Meine Stiefmutter brachte sie in die Ehe, als sie meinen Vater heiratete«, erläuterte Flo.

»Dein Vater, der ...«

»Ja, der gestorben ist.« Flos Stimme klang resolut. Anscheinend wollte er nicht weiter darüber reden.

»Tut mir leid«, flüsterte Jona und fühlte sich schlecht.

»Meine Stiefschwester und ich haben ein enges Verhältnis, seit mein Vater im Sterben lag. Da hat sie mich wirklich sehr unterstützt. Ich hatte vor drei Jahren mal eine Freundin, es hat allerdings nicht geklappt. Komm', lass uns schwimmen.«

Jona beeilte sich, ihm zu folgen, und hoffte, dass er Flo nicht verärgert hatte. Seine Bewegungen waren hastig. Jona verstand, dass sein Vater ein Teil der Vergangenheit war, über den er nicht gerne redete.

Während Jona Flo zögerlich folgte, grübelte er. Dass Flo mal eine Freundin gehabt hatte, musste doch bedeuten, dass er heterosexuell war, oder? Gleichzeitig wurde ihm bewusst, dass er sich damit jede Menge Ärger ersparte. Wäre Flo an ihm interessiert, müsste Jona sich entscheiden und vielleicht eine Chance abschlagen, die er in der Form nie wieder bekommen würde. So aber hatte das Schicksal für ihn die Wahl getroffen. Er schwärmte für einen heterosexuellen Mann. Harmlos, ungefährlich. Er spürte zeitgleich Enttäuschung und Erleichterung, ein großes Gefühl der Zerrissenheit.

»Wie viele Geschwister hast du?«, erkundigte Flo sich nach einer Weile.

»Zwei Brüder und eine Schwester«, erzählte Jona.

»Und ihr kommt aus einem richtig strengen Elternhaus?«, fragte Flo erneut.

Jona nickte. »Meine Eltern sind nie richtig hier angekommen. Sie sind traditionell. Es ist für meine Geschwister und mich manchmal echt schwer.«

»Was wäre, wenn du dich jetzt, sagen wir mal, in Stefanie verlieben würdest?«

Jona zuckte zusammen. Das war also der Grund für diese seltsame Aussprache? Flo checkte nicht für sich selbst ab, sondern für Stefanie. Stand sie etwa auf ihn? Das wäre eine Katastrophe, denn wie sollte Jona ihr klarmachen, dass er nichts mit ihr anfangen wollte, ohne ihr wehzutun?

Flo sah ihn abwartend an.

»Ähm, na ja, sie wären nicht so begeistert. Ich glaube, sie halten eher eine Algerierin für eine geeignete Partnerin«, meinte Jona. »Mein großer Bruder hat eine Freundin, die ihnen nicht gefällt. Sie leben sogar zusammen, was für meine Eltern eine Katastrophe ist, da die beiden nicht verheiratet sind. Deswegen haben sie kaum Kontakt. Und meine Schwester hat neulich einen deutschen Mann kennengelernt, und mein Vater will nicht, dass sie sich weiterhin mit ihm trifft, und meine Mutter hält sich aus allem raus.«

»Verdammt hart«, murmelte Flo.

»Ja.« Jona nickte. »Manchmal wirklich hart.«

»Und Hani? Lebt der auch in einer so strenggläubigen Familie?«, wollte Flo wissen.

Jona runzelte die Stirn. Er war verwirrt über die Wendungen, die das Gespräch nahm. »Ziemlich. Ich finde sogar, er hat es noch ein wenig schwerer getroffen, weil sein Bruder und er nur zu zweit sind.«

»Schade.« Flo hob die Schultern. Dann runzelte er die Stirn, und seine Stimme war lauter, als er weiterredete: »Dass ihr das so tapfer aushaltet, ist überraschend. Ich wäre dort vermutlich längst erstickt.«

Auch Jona hob die Schultern. »Tja, so ist das halt. Wir sind es so gewohnt.«

»Eure ganze Jugend zieht an euch vorbei, während ihr euch den Regeln unterwerft, die andere für euch gemacht haben. Das klingt echt anstrengend.« Flo seufzte.

»Da kann man nichts dran ändern«, sagte Jona abwehrend und fühlte den starken Drang danach, zu weinen und Flo von seinem inneren Zwiespalt zu erzählen.

»Benny hatte diese Probleme nie«, meinte Flo. Er hob seine Schultern. »Na ja, er ist in einer ganz anderen Situation.«

Jona runzelte die Stirn. »Benny?«

»Ja, Benny. Der Typ, der da hinten bei Luca und den anderen hockt.« Flo zeigte zu der Gruppe von jungen Leuten, die alle irgendwie zu Luca gehörten.

Jona sah zum Ufer, konnte aber keinen wirklich erkennen. Der Mann war ihm vorhin aufgefallen, er wirkte wie ein fester Bestandteil der Gruppe. Dem Aussehen nach könnte er ebenfalls aus Nordafrika stammen: Er hatte schwarze Haare, dunkle Haut und einen muskulösen Oberkörper, vom Typ her ganz anders als Jona, mit einer Baseballkappe auf dem Kopf und einer Sonnenbrille vorne im Shirt eingeklemmt.

Flo nickte.

»Wo kommt er her?«

»Sein Vater aus Ghana, seine Mutter aus Deutschland. Er ist Moslem, ohne besonders streng damit unterwegs zu sein.« Flo hob die Schultern. »Ich kenne eine Muslima, die sogar mit einer Frau zusammen ist«, erzählte er weiter.

Jona stockte, seine Beine knickten ein, und vor Schreck schluckte er zu viel von dem Seewasser. Er musste husten. Um was ging es Flo hier? Er war verwirrt. »Was sagen ihre Eltern dazu?«

»Inzwischen nichts mehr. Am Anfang war es hart für Sertab, aber ihre Freundin ist mittlerweile ein fester Bestandteil der Familie.« »Sie ... hat es ihnen einfach so gesagt?« Jona war schockiert.

»Ja, leicht war es nicht. Jetzt ist sie allerdings sehr glücklich«, erzählte Flo weiter. »Soll ich sie dir mal vorstellen?«

»Wen?« Jona spürte, dass ihm schwindelig war.

»Na Sertab«, antwortete Flo und schwamm eine kleine Runde. Er betrachtete Jona, während er auf ihn zu schwamm.

»Warum?« Jona kratzte sich nervös am Nacken.

Flo hob die Schultern. »Ich dachte, du, deine Geschwister und Hani könntet ein positives Beispiel gebrauchen.«

»Ist sie Algerierin?«, fragte Jona irritiert.

»Nein. Türkin.« Flo wendete und schwamm wieder in Richtung des Strandabschnitts, wo ihre Freunde saßen. Sie hatten die Hälfte der Strecke schon zurückgelegt.

»Bei Türken ist vieles leichter als bei Algeriern«, berichtete Jona.

»Meine Güte.« Flo schüttelte den Kopf und wirkte angewidert. Seine Schultern sahen verkrampft aus. »Du lebst in Deutschland. Genauso wie deine Eltern.«

Jona verspürte den Wunsch, seine Familie zu verteidigen, er wusste jedoch, dass es in dem Bezug wenig zu verteidigen gab. »Ich schon, aber das Herz meiner Eltern ist irgendwo auf dem Weg von Algerien nach Deutschland hängen geblieben«, meinte er leise.

»Wenn du Sertab mal kennenlernen willst, sag mir Bescheid«, bot Flo ein weiteres Mal an.

Verwirrt nickte Jona. Er starrte Flo nach, der sich nun beeilte, an den Strand zu kommen.

♥

Ein ihm unbekanntes Auto stand vor dem Haus, als Jona einige Tage später von der Arbeit nach Hause kam. Im ersten Moment dachte er, der Mann darin wäre Flo. Er war überrascht, wie groß seine Enttäuschung war, als er erkannte, dass es Moritz war, der Freund seiner Schwester. Das konnte nichts Gutes bedeuten, wenn der Typ hierherkam. Vermutlich gab es drinnen Streit.

Moritz winkte ihm freundlich zu, und Jona erwiderte den Gruß mit einem Nicken. Er schloss die Haustüre auf und hörte das Brüllen aus der Wohnung bereits im Treppenhaus. Er hoffte, keinem der Nachbarn zu begegnen. Es wäre ihm unendlich peinlich.

»Seid doch leiser!«, schimpfte er, nachdem er die Wohnungstür geöffnet hatte. Er lief noch mit Jacke ins Wohnzimmer, wo Raya und Adil sich anbrüllten.

Abdullah saß scheinbar unbeteiligt auf dem Sofa, Nadira stand in der Küche und schnitt Paprika, als wäre es normal, dass ihre Kinder sich anschrien. Es schien sie nicht weiter zu kümmern.

»Man hört euch im Treppenhaus«, informierte Jona seine Geschwister und schüttelte den Kopf, als er seinen Vater näher betrachtete. Plötzlich überkam ihn ein Gefühl von Verachtung. Welcher Vater ließ diese Kämpfe von seinem Sohn austragen? Er war doch derjenige, den es störte, dass Raya von einem deutschen Mann von zu Hause abgeholt wurde. Es war nicht Adils Aufgabe, Raya zu erziehen.

Da seine Geschwister ihn ignorierten, drehte Jona sich um. »Hey!«, rief er und fuchtelte mit den Armen.

Endlich verstummte Raya, die gerade mit schriller Stimme aufzählte, was ihre Freundinnen alles machten, was sie nicht durfte, während Adil mit zu Fäusten geballten Händen vor ihr stand und sie grimmig anstarrte.

»Worum geht es?« Jona versuchte ruhig zu klingen. Er hasste es, den Vermittler spielen zu müssen, eine Rolle, die er viel zu oft einnahm. Er wollte nicht Stellung beziehen und zugeben müssen, dass er Moritz mochte und glaubte, dass Raya und er ernsthaft ineinander verliebt waren. Er fürchtete sich davor, offen dazu zu stehen, dass er eine Position besetzte, die sich eindeutig gegen seine Eltern und seinen Bruder richtete. Oder nur gegen seinen Vater und Adil. Er wusste nicht, wie Nadira darüber dachte. Sie hielt sich raus – noch mehr als Abdullah gerade. Wenn sie merkte, dass es nicht so lief, wie sie es sich wünschte, weinte sie, und Jona war sicher, dass sie das Weinen auch manipulativ nutzte, um allen ein schlechtes Gewissen zu machen.

Seine Familie war so kaputt.

»Sie will mit ihrem Kerl essen gehen«, informierte Adil ihn. Die Haut auf seiner Stirn schlug Falten, als er sein Gesicht verzog.

»Wir essen nur etwas in der Stadt. Ich bin in zwei Stunden wieder da«, keifte Raya.

»Bitte versuche, etwas leiser zu bleiben«, bat Jona und berührte die Schultern seiner Schwester. Was taten sie hier nur, fragte er sich verzweifelt? Als Geschwister sollten sie eigentlich zusammenhalten, stattdessen hielten sie Konflikte am Leben, die ihnen durch ihre Erziehung aufgedrückt wurden. Er verstand, was Flo ihm im See hatte sagen wollen. Sie sollten nicht gegeneinander arbeiten. Abdullah saß lediglich da und beobachtete, wohl um zu entscheiden, wer sein Lieblingskind war. Jona konnte den stechenden Blick seines Vaters im Rücken fast spüren, so intensiv nahm er ihn wahr. Es widerte ihn an.

Verdammt, sie müssten sich eigentlich vereint gegen die Eltern und den Rest der Welt stemmen, Verbündete sein. War es nicht so vorherbestimmt, dass Geschwister füreinander einstanden? Stand darüber nicht irgendwas im Koran, das er Adil vor die Nase halten konnte?

»Es ist noch hell draußen«, meinte Jona zu Adil und kratzte sich nervös an der Hüfte. Er machte das nicht gerne. Es wäre ihm lieber, Raya würde ihren Drang nach Freiheit heimlich ausführen, aber er brachte es nicht übers Herz, sich auch gegen sie zu stellen. Sie wollte doch gar nichts Besonderes – nur mit dem Menschen, den sie mochte, essen gehen. Das sollte einfach kein Problem darstellen.

»Was hat das damit zu tun?« Adil klang ehrlich verblüfft.

»Moritz holt sie ab und bringt sie wieder zurück. Ihr wird nichts passieren. Und ich bin mir sicher, sie werden pünktlich zurück sein, nicht wahr?«, antwortete Jona und sah Raya flehend an, hoffte inständig sie möge mitspielen und einen Schritt auf den jüngeren Bruder zugehen.

»Darum geht es ihm gar nicht«, fauchte Raya stattdessen.

»Sei bitte etwas leiser«, bat Jona seine Schwester erneut und warf ihr einen strengen Blick zu. Wenn er ihr schon helfen sollte, dann wollte er das auf seine

Weise tun. Außerdem war es peinlich, wenn man sie draußen im Flur streiten hören konnte.

»Willst du, dass deine Schwester mit dem ausgeht?« Adil sah ihn verwirrt an.

»Er ist wirklich ein netter junger Mann«, betonte Jona. »Du solltest ihn kennenlernen, bevor du über ihn urteilst.«

»Sie sind nicht verheiratet.«

»Adil, sei nicht albern. Selbst unsere Eltern haben sich einige Male getroffen, bevor sie geheiratet haben«, erinnerte Jona ihn. Er stellte sie sich vor, als sie jung waren, und erkannte, dass er keine Ahnung hatte, ob sie jemals romantisch oder verliebt gewesen waren. Abdullah respektierte seine Frau und achtete sie. Er machte ihr Geschenke, lobte ihre Kochkunst und manchmal, wenn er glaubte, niemand würde sie sehen, streichelte Abdullah sogar sanft den Rücken seiner Frau. Es waren seltene Zärtlichkeiten, doch sie wirkten echt. Trotzdem machte die Ehe einen sterilen Eindruck. Wenig leidenschaftlich, wenig lebensfroh, wenig energisch.

Es hatte eine Zeit gegeben, damals in Algerien, da hatte seine Mutter hin und wieder erzählt, wie ihr Abdullah den Hof gemacht hatte. Adil war da vermutlich nicht einmal auf der Welt gewesen und Raya noch ein Kleinkind. Nadira hatte gestrahlt, als sie das erzählt hatte, und Abdullah hatte verlegen gewirkt, doch dabei auch gelächelt.

Irgendwann waren sie als Liebespaar glücklich gewesen. Und irgendwann hatten sie als Familie funktioniert. Wann war das alles zerbrochen? Seit ihrer Flucht nach Deutschland? War es für seine Eltern so schwer gewesen, hier Anschluss zu finden? Was hatten sie erwartet? Dass man ihnen einen roten Teppich ausrollen würde?

»Er ist kein Algerier.« Adil hob die Schultern und sah unsicher zu seinem Vater, weil er spürte, dass er argumentativ weniger gut als Jona war. Das machte Jona ein wenig stolz; solange er das Gespräch unter Kontrolle hatte, konnte er die Leute mit seinen Argumenten überzeugen, das wusste er.

»Du hast genug Freunde, die keine Algerier sind. Was hast du gegen Deutsche? Sie haben uns aufgenommen, als wir aus unserer Heimat geflohen sind. Einer Heimat, in der wir nicht mehr leben konnten, weil es sich dort falsch angefühlt hat und gefährlich war zu bleiben. Kannst du dich nicht mehr erinnern?« Jona beobachtete seinen Vater, der hörbar verärgert die Luft ausstieß.

Vermutlich war Abdullah klar, dass es nur eine rhetorische Frage gewesen war. Immerhin war Adil erst acht Jahre alt gewesen, als sie geflohen waren; er hatte von dem Leben zuvor nicht so viel mitbekommen wie alle anderen. Vielleicht war das das Problem, überlegte Jona. Adil wusste nichts von den schrecklichen Umständen, die zu der traumatischen Flucht geführt hatten, von den Gefängnisaufenthalten, die Abdullah zu einem Schatten seiner selbst gemacht hatten, von den Drohungen und Beleidigungen der Nachbarschaft und den strengen Befragungen, die Nadira durch Behörden erfahren hatte.

»Deutsche sind keine schlechten Menschen«, gab Adil zu. »Aber als Ehemann? Kannst du dir das vorstellen?«

Jona musste gegen seinen Willen grinsen. Eigentlich müsste er jetzt mutig sein und zumindest einen Witz darüber machen, dass man Adils Aussage falsch verstehen könnte. Er traute sich allerdings nicht.

»Sie heiraten ja nicht. Sie wollen sich besser kennenlernen. Das ist doch gut, oder etwa nicht? Raya prüft das genau, bevor sie sich entscheidet. Und sie hat angeboten, dass ihr ihn kennenlernt.« Jona nickte und ging einen Schritt auf seinen Bruder zu.

»Das ist einfach nicht richtig.« Adil schüttelte den Kopf. Unsicher sah er zu seinem Vater und wirkte dabei sichtbar verunsichert. Ein klein wenig tat er Jona leid.

»Das Essen ist fertig«, rief Nadira aus der Küche auf Arabisch.

»Wenn dir das Essen deiner Mutter nicht schmeckt, dann geh ruhig«, mischte sich Abdullah nun ein und stand auf.

»Es geht nicht um das Essen«, keifte Raya.

Adil lief mit hängenden Schultern ins Esszimmer und half seiner Mutter dabei, die Teller zu verteilen. Es waren fünf Teller, als wollte Nadira betonen, dass dieser Streit nicht stattgefunden hätte.

»Geh schon«, meinte Jona und schob seine Schwester nach draußen. Sie verließ die Wohnung, ohne eine Jacke mitzunehmen.

Jona atmete tief ein. Er hatte keine Lust, mit den verbleibenden Familienmitgliedern zu Abend zu essen. Nicht unter diesen Umständen. Während er sich an den Tisch setzte, ignorierte er Adil, der versuchte, Blickkontakt zu seinem Vater aufzunehmen. Adil war ein Schleimer, aber Jona konnte dennoch keinen Groll ihm gegenüber empfinden. Er sah, dass Adil eigentlich nur nach der Aufmerksamkeit gierte, die der Vater ihm verweigerte und sich stattdessen dem Essen widmete.

♥

Im Gehen schloss Jona seine Jacke. Abends war es manchmal schon zu kalt, um ohne Jacke mit dem Fahrrad zu fahren. Gerade heute, wo er ziemlich lange hatte arbeiten müssen.

Aus dem Augenwinkel sah er eine Person auf der kleinen Mauer sitzen, die den Parkplatz von einem leeren, verwilderten Grundstück trennte, auf dem bis vor einigen Wochen noch ein baufälliges Haus gestanden hatte.

Er blieb ruckartig stehen, als er Flo erkannte.

Dieser winkte, als er bemerkte, dass Jona ihn gesehen hatte.

Für einen Moment sah Jona zu seinem Fahrrad und überlegte, ob er das bringen könnte, schnell aufsteigen und losfahren, dann schüttelte er den Kopf und lief mit gestrafften Schultern zu Flo.

»Hi«, sagte Flo.

Jona nickte und schob seine Hände in die Hosentasche, weil er nicht wusste, was er sonst damit machen sollte. Er setzte sich neben ihn auf die Mauer, mit gebührendem Abstand, und sah in die Ferne.

»Du hast mir eine Freundschaftsanfrage geschickt«, begann Flo schließlich.

Jona konnte den Blick auf seinem Gesicht fast spüren. Er hob die Schultern.

»Und dann hast du die Freundschaft wieder beendet, und mir eine neue Anfrage geschickt«, fuhr Flo fort.

Seine Wangen wurden heiß, und Jona biss sich auf die Lippen. »Hab erst gedacht, ich hätte dich verwechselt«, log er.

»Ah, okay«, meinte Flo, allerdings klang es nicht so, als ob er ihm glauben würde. »Wie geht es dir?«

Verzweifelt starrte Jona auf seine Hände und schüttelte den Kopf. Er fühlte sich so alleine, unfähig, jemandem zu erzählen, welche Qualen er ausstand.

Niemand würde es nachvollziehen können. Seine Familie nicht, die ihn verabscheuen würde, Hani nicht und schon gar nicht Flo. Niemand verstand, was es bedeutete, mit sich selbst und dem, was in einem schlummerte, nicht klarzukommen.

»Nicht so gut?«, riet Flo leise.

Jona schüttelte erneut den Kopf. »Nicht so gut.«

»Ich kann vermutlich nicht ganz ergründen, was du durchmachst, doch zumindest erahnen kann ich es. Auch meine Mutter war zunächst geschockt. Und meine Großeltern. Ich habe wirklich schlechte Erfahrungen gemacht, jede Menge sogar. Aber meistens war ich positiv überrascht. Vielleicht könnte es dir genauso ergehen«, sagte Flo.

»Von was redest du?«, Jona runzelte die Stirn.

»Ich erzähle dir von meinem Coming Out«, antwortete Flo und rutschte etwas näher.

Im ersten Moment wollte Jona fliehen. Also doch ... Flo war schwul, und damit war gleichzeitig Jonas größter Traum in Erfüllung gegangen und eine Horrorvorstellung zum Leben erwacht. Es war eine Katastrophe. Aber schön. Richtig schön. Er blieb sitzen, weil ihm Flos Nähe guttat. Und dessen Stimme.

»Danke, dass du bleibst«, meinte Flo und hielt kurz inne, bevor er weitersprach, als hätte er es mit einem verängstigten Tier zu tun. »Ich glaube, mir ist mein Coming Out nie so schwergefallen wie bei dir. Ich hatte echt Angst, dass du aufspringst und wegrennst. Ich lebe nun schon so lange offen schwul und habe kein Problem mehr damit, aber du ... Bei dir habe ich den Eindruck, wieder ganz am Anfang zu stehen.«

Jona biss sich auf die Innenseite seiner Wange. Es tat weh, es lenkte ihn allerdings nicht genug von dem nervösen Kitzeln im Bauch ab.

»Meine Mutter sagt immer, es ist egal, welchen Partner oder welche Partnerin man mit heimbringt, Hauptsache, er oder sie macht einen glücklich«, fügte Flo hinzu. »Das wollen Eltern in erster Linie. Dass ihre Kinder glücklich sind.«

Jona schmunzelte. Obwohl er sich ganz und gar elend fühlte. »Deine Mutter muss toll sein.«

»Ja, das ist sie. Doch auch sie musste sich erst einmal daran gewöhnen«, erzählte Flo. »Sie hat nichts gesagt, mich nur angestarrt. Dann hat sie sich umgedreht und den Raum verlassen. Wir haben ungefähr ein Jahr nicht darüber geredet, und es war schrecklich unangenehm. Wie ein offenes Geheimnis. Ich wusste, dass es ihr anders lieber wäre, hatte aber nicht die Möglichkeit, mit ihr zu sprechen, weil sie so tat, als wäre nichts passiert. Es war wirklich eine schlimme Phase in meinem Leben. Ich kann dich also sehr gut verstehen, Jona.«

Jona hob seinen Kopf und schluckte. Er betrachtete Flo im Schein der bereits untergehenden Sonne und verspürte den irrsinnigen Wunsch, seine Hand auszustrecken und zu testen, ob seine Handfläche auf Flos Wange passte. Tränen traten ihm in die Augen. »Niemand kann das nachempfinden.«

»Reden hilft dir vielleicht«, flüsterte Flo und betrachtete ihn ernst. »Das sagt meine Mutter mir immer, wenn mich etwas bedrückt. Egal, welches Problem du hast, wenn du anfängst, darüber zu reden, bist du der Lösung einen Schritt näher.«

Jona lachte verlegen. »In diesem Fall hat deine Mutter nicht recht.«

»Sicher hat sie das«, sagte Flo leise. Als er sich etwas nach vorne beugte, fiel ihm eine Strähne seines Haares vor die Augen. »Wirklich.«

Jona hob die Schultern. Hilflos sah er zum Boden, wo ein paar Ameisen um seinen Schuh herum krabbelten. Ruckartig riss er den Kopf herum. »Woher weißt du es? Und seit wann? Wer weiß es noch?«

»Du hast dich im See verdächtig aufgeführt«, sagte Flo und grinste leicht. »Bist nervös geworden, als ich von Sertab erzählt habe, viel mehr als bei der Erwähnung von Benny. Du hattest rote Wangen und hast gezittert. Ich habe ...«

»Bist du deswegen mit mir rausgeschwommen? Weil du den Verdacht hattest?« Jona malte sich aus, was für eine Katastrophe es wäre, wenn er sich wirklich so auffällig benahm.

Flo antwortete nicht, sondern beobachtete ihn nur.

»Ich meine ... Sieht man es mir an?«, fragte Jona panisch.

Flo schüttelte den Kopf. »Nein, ich wollte etwas anderes wissen, als ich mit dir rausgeschwommen bin. Zuvor dachte ich einfach nur, dass du ... ziemlich schüchtern bist und eventuell etwas ... komisch.«

Jona schloss die Augen. Er atmete tief aus.

»Ich weiß, dass es ... bei dir anders ist, schwieriger vielleicht«, betonte Flo. »Doch du könntest positive Rückmeldungen erhalten, wenn du erst einmal anfängst zu sprechen. Friss es nicht in dich hinein, Jona.«

»Bei mir ist alles anders«, flüsterte Jona. »Meine Familie ... Du kannst dir das nicht vorstellen. Meine Schwester hat bereits große Probleme, weil die Nationalität ihres Freundes nicht stimmt. Ich meine, welche Chancen habe ich dann noch? Meine Eltern würden ihr am liebsten den Umgang mit ihm verbieten, aber sie tun es nicht, weil sie genau wissen, dass meine Schwester notfalls bereit wäre, den Weg meines älteren Bruders zu gehen.«

»Welchen Weg ist der gegangen?«, fragte Flo. »Erzähl mir mehr von ihm.«

»Naja, ich habe dir ja erzählt, dass er den Kontakt zu meinem Vater abgebrochen hat und auch mit unserer Mutter und unserem jüngeren Bruder kaum was zu tun hat.« Jona seufzte leise. Die Angst bröckelte langsam von ihm ab. Ihre Oberschenkel berührten sich zwar, und ihre Schultern waren nah beieinander, Flo startete allerdings keine Annäherungsversuche, sondern bot ihm gerade ein freundschaftliches Ohr an.

Abdullah hatte einmal behauptet, Schwule wären übergriffig, weswegen er nicht mit ihnen reden würde. Den Vortrag seines Vaters hatte er total vergessen – oder verdrängt. Erst jetzt fiel es ihm wieder ein, und ihm wurde bewusst, wie verächtlich Abdullah manchmal von anderen Menschen sprach und welche Lebensweisen er verurteilte, ohne darüber Bescheid zu wissen. Er schämte sich für seinen Vater.

Er erzählte Flo von Abdel und wie dieser nach vielen endlosen Streitereien ausgezogen war, weil er mit Linh zusammen sein wollte. Seine Mutter hatte danach wochenlang geweint und das Schlafzimmer tagelang nicht verlassen. Abdullah hatte weitergemacht wie zuvor und stattdessen seine Aufmerksamkeit auf Jona und Adil gelenkt, als würde er einen Nachfolger für Abdel suchen. Seit Abdels Auszug war sein Vater strenger geworden. Jona wusste seit seiner frühen Kindheit, dass Abdel der Lieblingssohn seines Vaters war, und der war nun weg.

»Den Fehler werden sie nicht ein zweites Mal machen. Ihnen ist bereits dein Bruder entglitten. Sie sind im Begriff, deine Schwester zu verlieren. Sie werden bei dir vorsichtiger sein. Sie werden nicht wollen, dass sich all ihre Kinder von ihnen abwenden«, beruhigte Flo ihn.

Jona lachte leise. »Meinst du?«

Flo nickte. »Ja, natürlich. Das wäre in ihren Augen doch auch eine Schande und würde ein schlechtes Bild auf ihre Erziehungsmaßnahmen werfen, wenn sie mit keinem ihrer Kinder noch Kontakt hätten, meinst du nicht?«

Erstaunt nickte Jona. Das ergab durchaus Sinn.

»Rede mal mit deinem Bruder darüber. Weiß er, dass du schwul bist?«, erkundigte Flo sich.

Kurz überlegte Jona, wie Flo sich eigentlich mit allem so sicher sein konnte. Er könnte es jetzt abstreiten. Aufstehen, lachen und behaupten, er wüsste nicht, wovon Flo redete. Irgendwas sagte ihm allerdings, dass Flo ihm das nicht glauben würde. Deshalb blieb er sitzen. Er hatte es außerdem mehr oder weniger zugegeben, und es tat gut, darüber zu sprechen. Genauso wie Flos Mutter gesagt hatte.

»Ne, das ... Mein Bruder ist trotzdem ... naja, so wie der Rest der Familie.«

»Bist du dir sicher?« Flo sah ihn mit gerunzelter Stirn an. »Ich meine, er hat den Kontakt abgebrochen, um mit seiner großen Liebe zusammen sein zu können. Er müsste es am besten nachvollziehen können.«

Jona seufzte. »Das ist etwas anderes. Linh ist eine Frau.«

»Ist das so ein großer Unterschied?«, fragte Flo.

Verbittert lachte Jona. »Es ist das, worauf es ankommt in unserer Familie.«

»Glaube ich nicht.« Flo schüttelte den Kopf. »Wenn es so wäre, dann hätte dein Bruder ja nicht auch ein Problem mit deinen Eltern, oder?«

Jona zögerte und runzelte die Stirn. Kannte er seinen eigenen Bruder so wenig? Konnte es sein, dass Flo seine familiäre Situation besser einschätzen konnte als er selbst?

»Ich würde es mal versuchen. Sprich mit deinem Bruder. Du musst wirklich reden, Jona, sonst igelst du dich nur ein und wirst unglücklich. Soll ich dir ein Treffen mit Sertab organisieren? Sie hat das alles ja schon hinter sich«, drängte Flo ihn.

»Sie ist Türkin. Das ist was anderes«, meinte Jona.

»Sie ist eine Frau, und die haben noch weniger Freiheiten als wir Männer, vergiss das bitte nicht«, sagte Flo. »Und glaub mir, dass man Menschen manchmal unterschätzt. Ich hatte panische Angst davor, es meinen Freunden zu sagen. Aber es war für sie nichts Besonderes, sie haben es einfach so akzeptiert. Und meine Kollegen und mein Chef haben das ebenfalls getan. Sie gehen vollkommen normal mit mir um.«

Jona sah ihn zweifelnd an.

»Das ist die Nummer von Sertab.« Flo griff in seine Hosentasche und reichte ihm einen Notizzettel. Ich habe ihr schon von dir erzählt. Nur angedeutet, keine Sorge. Sie würde sich freuen, wenn du sie anrufst.«

Jona starrte die Nummer an. Er wusste, er würde sie niemals wählen. »Wer war die erste Person, der du es gesagt hast?«, fragte er.

»Ich wusste, dass der Sohn einer Bekannten meiner Mutter auf Männer steht. Nachdem ich mich von meiner Exfreundin getrennt hatte, habe ich den Kontakt zu ihm gesucht. Ich war damals genau wie du total desillusioniert und überzeugt davon, dass ich niemals so offen damit umgehen könnte wie Lukas. So heißt er. Er nahm mich unter seine Fittiche.«

»Wart ihr zusammen, Lukas und du?«

Flo lachte leise. »Ich war in ihn verknallt, doch ich glaube, er fand mich zu jung. Wir haben uns aus den Augen verloren, aktuell haben wir wieder mehr miteinander zu tun.« Er sah Jona an, dann lachte er und schüttelte den Kopf. Selbst seine Augen sahen vergnügt aus. »Nein, wir sind nur Freunde. Ich bin nicht mehr verknallt in ihn.«

Jona starrte auf seine Schuhe und hoffte, dass Flo ihm nicht ansah, dass er sich ertappt fühlte. Es war gut, dass Flo und Lukas nur Freunde waren. Oder? »Und danach? Wem hast du es anschließend gesagt?«, erkundigte Jona sich zurückhaltend.

»Meiner Mutter«, erzählte Flo. »Und meiner Stiefschwester. Sie war lange die Einzige, mit der ich wirklich darüber reden konnte, weil meine Mutter es ausgeblendet hat. Und danach habe ich es lange Zeit keinem gesagt und nicht darüber geredet. Irgendwann habe ich es nicht mehr ausgehalten und bin zu einem guten Freund gegangen. Luca.«

»Luca?« Jona war sich bewusst gewesen, dass Flo und Luca befreundet waren, doch er hatte nicht vermutet, dass ihre Freundschaft so innig war, dass Flo es Luca als eine der ersten Personen gestanden hatte.

»Ja, genau.« Flo lachte leise. »Er hat einen schwulen Cousin, deswegen wusste ich, dass ich bei ihm keinen dummen Spruch kassiere.«

»Schwuler Cousin?« Jona runzelte die Stirn. »Manchmal habe ich den Eindruck, es gibt verdammt viele, die so sind ... wie wir. Du kennst zumindest eine Menge.«

»Selektive Wahrnehmung.« Flo hob die Schultern. »Du achtest mehr drauf, wenn du dich mit deiner eigenen Homosexualität beschäftigst. Und natürlich sucht man auch die Nähe zu Schwulen oder Lesben, die schon weiter sind, sucht sich Vorbilder und Unterstützer. Man hat oft ähnliche Probleme und Ängste und bleibt miteinander verbunden. Ich dachte mir damals, wenn Luca wie ein Arsch reagiert, kann ich es gleich sein lassen.« »Und, hat er?«, fragte Jona.

Flo schüttelte den Kopf. »Überhaupt nicht. Er hat sich als Begleitung für den CSD angeboten.«

»Und seid ihr hin?« Jona betrachtete Flos Hände und bemerkte erstaunt, dass er nicht mehr das Verlangen hatte, dessen Finger zu berühren. Dafür war er wohl viel zu aufgewühlt.

»Es war cool. Ziemlich cool sogar.« Flo grinste. »Luca ist eine coole Socke. Mit ihm macht es viel Spaß, etwas zu unternehmen. Und für ihn ist der CSD wie jede andere Parade.«

Jona runzelte die Stirn. »Wart ihr ein Paar?«

Flo sah Jona ungläubig an. »Ne, Quatsch. Das würde uns nicht im Traum einfallen.«

»Weil Luca nicht schwul ist?«, riet Jona.

»Ja, das auch, aber ansonsten ... Luca und ich als Paar wäre einfach schräg. Das passt schlicht und ergreifend nicht.« Wie um seine Aussage zu unterstreichen, schüttelte Flo wieder den Kopf. Seine Haare folgten der Bewegung. »Das wäre echt seltsam, muss ich sagen.«

»In der Vorstellung meines Vaters stehen Schwule auf alle Männer und wollen alle verführen«, sagte Jona und schämte sich erneut für seinen Vater.

»Was für ein Blödsinn. Lukas zum Beispiel hat nie was von mir gewollt. Er hat mir sofort, als er gemerkt hat, dass ich in ihn verliebt war, deutlich gemacht, dass da nichts laufen wird. Ich war ihm bestimmt zu jung, vielleicht fand er mich gar nicht attraktiv.«

»Das glaub ich nicht«, platzte es aus Jona heraus. Er wurde rot und wendete sich ab, als er sah, dass Flo lächelte.

»Das kommt wohl auf die Sichtweise an«, meinte er leise. Seine Stimme klang dabei so warm und zärtlich, dass Jona das Kitzeln im Bauch wieder fühlte.

Jona räusperte sich.

Flo klemmte seine Haare hinters Ohr und kratzte sich an der Nase, direkt unterhalb des Muttermals, das er dort hatte. Er schmunzelte.

Jona wandte sich ab und atmete hastig ein. »Vielleicht sollte ich ...« Er starrte auf den Zettel, den Flo ihm gegeben hatte. »... sollte ich mal mit Luca sprechen, bevor ich es meinem Bruder sage? Was meinst du?« Genau in dem Moment, als Jona es sagte, wusste er, dass er nie den Mut haben würde, mit Luca zu sprechen. Sie waren schließlich nicht das, was man als gute Freunde bezeichnen würden, eher Bekannte.

»Klar.« Flo nickte. »Mach das. Rede darüber. Trau dich. Du wirst merken, dass es halb so schlimm ist, wie du jetzt denkst.« Jona seufzte.

Flo legte eine Hand auf Jonas Schulter, drückte kurz und zog sie wieder zurück. Eine leichte, hastige Berührung, aber dennoch vorsichtig und behutsam. Intim. Jona spürte Gänsehaut über seinen Rücken laufen, und es war ein angenehmes Gefühl. »Wann immer du jemanden brauchst ... ich bin für dich da. Du kannst mich anrufen, dich mit mir treffen ...«

Jona sah ihn erschrocken an.

»Hab keine Angst. Wir können uns über den Messenger austauschen, wenn du nicht sprechen willst«, versicherte Flo ihm und stand auf.

»Flo ...« Jona sah ihn ernst an. »Bitte sag es keinem.«

Flos Augen weiteten sich, kurz darauf schüttelte er den Kopf. »Nein, natürlich nicht. Es ist *dein* Coming Out. Du entscheidest über das Tempo und den Zeitpunkt, wann du den Schrank verlässt. Du bist derjenige, der das bestimmt, niemand sonst.«

Jona runzelte die Stirn. »Schrank?«

Flo ging nicht auf die Frage ein. »Du musst dich nicht fürchten. Ich nehme Rücksicht auf deine Situation.« Er ging davon, nach zwei Metern drehte er sich im Gehen erneut um und rief: »Melde dich. Wir können reden. Meine Nummer steht auf der Rückseite.«

Jona drehte den Zettel um und musste grinsen. Als er den Kopf hob, war Flo bereits in sein Auto gestiegen. Mit einem Mal empfand Jona Einsamkeit. Und die Panik vor dem, was ihm bevorstand, erdrückte ihn.

♥

Nach dem Fußballtraining fragte Luca ihn ab und zu, ob er mit ihnen ein Bier trinken würde. Jona hatte keine Ahnung, ob Luca von Flo dazu animiert worden war oder ob Luca das aus freien Stücken machte. Es war ihm jedoch egal. Fast erleichtert sagte Jona meistens zu und genoss es, wenn sie sich trafen. Am Anfang war Jona aufgeregt, aber nach einigen Wochen fühlte er sich richtig wohl und blühte konstant weiter auf. Es half ihm, dass Hani ebenfalls willkommen war und er nicht alleine immer wieder neue Leute kennenlernte. Die Clique um Luca war groß, und es kamen nicht jedes Mal die gleichen Freunde.

Obwohl er darauf hoffte, dass Flo auch kommen würde, ließ er sich nie blicken, was jedes Mal eine kuriose Mischung aus Enttäuschung und Erleichterung erzeugte.

Stattdessen war Stefanie oft da, und einmal kamen auch Benny, von dem Flo am See erzählt hatte, und sein Kumpel Roland. Erst jetzt stellte Jona fest, dass Benny im Rollstuhl saß, etwas, was er am See nicht wahrgenommen hatte. Zumindest hatte er keinen Rollstuhl in Bennys Nähe gesehen.

Eine angenehme Gruppe waren sie, und Jona war erstaunt, wie gut er mit den meisten klarkam und dass er sich immer mehr entspannen konnte.

Nie zuvor hatte Jona so regelmäßig Kontakt zu anderen und ging abends aus. Es fühlte sich gut an, fast normal. Und es half ihm ein wenig, mit dem Chaos in seinem Inneren klarzukommen.

Zu seinem Erstaunen verstand sich Hani immer besser mit Stefanie. Manchmal saßen die beiden sogar abgesondert an der Bar, während Jona mit Luca und den anderen Jungs am Tisch saß. Ihm kam der Verdacht, dass Steffi in Hani verliebt war und Hani dies mehr genoss, als er zugab. Zumindest redete er mit Jona nicht darüber.

Misstrauisch beäugte er die seltsame Sache zwischen Stefanie und Hani und bemerkte mit Entsetzen, wie wenig er es seinem Kumpel gönnte. Das erschreckte ihn, und er betete und bat um Verzeihung, doch es half nichts. Er malte sich aus, Hani hätte eine Freundin, während er selbst nach wie vor alleine wäre. Was, wenn er dann Hani verlieren würde?

Er fühlte sich so mies bei dem Gedanken und kompensierte es mit Aufmerksamkeiten, die er Hani machte. Er brachte ihm seine Lieblingsschokolade aus dem Supermarkt mit und willigte ein, sich mit ihm im Kino Komödien anzuschauen, die er weder lustig fand, noch unter anderen Umständen freiwillig geschaut hätte.

Als Hani ihn um ein Alibi bat, zögerte er kurz. Zwar sagte Hani nicht, worum es ging, aber es war offensichtlich: Jona sollte für ihn lügen, während er sich mit Stefanie traf.

Er machte es, wand sich allerdings dabei und schob moralische Bedenken vor. In Wahrheit verkrampfte sich sein Magen bei dem Gedanken, Hanis Beziehung zu Stefanie könnte ihre Freundschaft zerstören.

Es war jahrelang bequem gewesen, einen Kumpel zu haben, der Single und genauso auf ihn angewiesen war wie er auf ihn. Zu was für einen schlechten Menschen machte ihn das, dass er Hani nicht einmal eine Liebesgeschichte gönnte?

♥

Obwohl er sich fest vorgenommen hatte, tatsächlich Flos Rat anzunehmen und sich jemandem anzuvertrauen, tat er es nicht. Er quälte sich nach wie vor und grübelte vor sich hin, ob er jemals den Mut dazu aufbringen konnte. Jemandem in die Augen zu sehen und es laut auszusprechen.

Zwar hatte er bei ihrem Gespräch auf dem Parkplatz geglaubt, wenigstens dafür mutig genug zu sein, trotzdem rief er Flo nicht an.

Der Sommer neigte sich seinem Ende entgegen, der Herbst setzte sich zunehmend durch und hauchte die Umgebung in satte Gelb- und Orangetöne. Es wurde immer kälter, dunkler und nasser, und irgendwann war der erste Schnee da, und sein Leben wurde einsamer. Einsamer sogar als je zuvor.

Wie jedes Jahr gab es im Fußballverein eine Pause über den Winter hinweg, und wie jedes Jahr haderte Jona damit, nun keinen Kontakt mehr zu anderen in seinem Alter zu haben. In dem Jahr kam erschwerend hinzu, dass Raya nur selten da war, was bedeutete, dass er viele Stunden zusammen mit seinen Eltern vor dem Fernseher saß. Adil predigte zwar häufig, Raya solle sich nicht draußen herumtreiben, war jedoch selbst eher selten daheim. Und wenn er zu Hause war, ertrug Jona seine Anwesenheit so schlecht, dass er sich in seinem Zimmer verkroch.

Sein Leben, das wurde ihm immer wieder bewusst, war einfach nur erbärmlich.

Zudem wurden die gelegentlichen Kneipenbesuche mit Luca und seinen Freunden immer weniger. Hani hatte ihm mitgeteilt, dass er nicht mehr mitkommen wolle, also musste Jona große Umwege mit den öffentlichen Verkehrsmitteln auf sich nehmen. Im Sommer wäre es mit dem Fahrrad leichter gewesen. Vermutlich hätte Jona Luca mal anrufen sollen, um sich zu erkundigen, ob er oder einer seiner Kumpels ihn mitnehmen könnte, doch er traute sich nicht. Er wollte keinem zur Last fallen.

Ihm fehlte menschliche Nähe. Die körperliche Bewegung. Die Freiheit, nach draußen zu kommen.

Dass Hani sich rar machte, erschwerte seine Situation zusätzlich. Er verstand nicht, warum Hani nicht mehr mit in die Kneipe gehen wollte. Es war immer ein großer Traum von ihm gewesen, Freunde zu finden. Leider konnte er sich auch nicht dazu aufraffen, Jona alleine zu treffen. Manchmal erwähnte er Liebeskummer, aber er erzählte Jona nie Details, und Jona hakte nicht nach. Er wollte schließlich auch nicht gelöchert werden. Zwar hatte er das Gefühl, als ein guter Freund müsste er fragen, doch was, wenn Hani ihm ein genauso guter Freund sein wollte, und sich dann nach *seinen* Problemen erkundigte? Also akzeptierte er, dass Hani bevorzugt in seinem Zimmer saß und nicht mehr so viel unternahm.

Neugierig war er trotzdem. Was war zwischen Hani und Stefanie passiert? Obwohl Hani ständig so klug daher gesprochen hatte, gelang es auch ihm offenbar nicht, eine Partnerin zu finden. Regelmäßig überlegte Jona, warum er so fiese Gedanken hatte und erleichtert war, dass Hani doch nicht seine große Liebe gefunden hatte und ewig mit ihr zusammenbleiben wollte.

Verdammt, was war er nur für ein schrecklicher Freund? Hani war ohne ihn vermutlich besser dran. Niemand sollte mit ihm befreundet sein, und Hani, der gutmütig und naiv war, am allerwenigstens. Er hatte Hani nicht verdient.

Vielleicht hatte er die Einsamkeit verdient.

Mehrmals starrte Jona auf den Zettel, den Flo ihm damals in die Hand gedrückt hatte. Er betrachtete die Handynummer von Sertab und strich dann über die Zahlen, die die Telefonnummer von Flo bildeten. Er tippte die Ziffern einige Male in sein Handy ein, er traute sich allerdings nicht, wirklich anzurufen. Weder Sertab noch Flo.

♥

Als seine Familie eine Einladung zu einer großen algerischen Hochzeit erhielt und er ein Kratzen im Hals bemerkte, interpretierte er das als ein Zeichen. Er beschloss, sich selbst einzubilden, zu krank zu sein, um mitgehen zu können. Er wollte das Haus für sich alleine haben und in Ruhe etwas tun, wonach er sich schon lange gesehnt hatte, was er sich jedoch nie getraut hatte.

Er behauptete, er hätte Fieber, und Nadira glaubte ihm zum Glück. Raya sah ihn etwas abfällig an, aber sie hielt den Mund. Natürlich hatte sie ebenfalls keine Lust mitzugehen, im Gegensatz zu ihm war ihr offensichtlich keine gute Ausrede eingefallen. Nun musste sie ohne ihn hin.

Sobald seine Familie weg war, zog Jona seine Jacke und die Schuhe an und joggte zur nächsten Bushaltestelle. Wenn ihn jetzt jemand sehen würde, wäre das eine Katastrophe. Zu lügen war schlimm genug, eine Krankheit vorzutäuschen, um nicht an einer Hochzeit teilzunehmen, wäre in den Augen seiner Familie unverzeihlich. Der Zusammenhalt der algerischen Gemeinde wurde als sehr wichtig angesehen, und natürlich wussten sowohl er als auch seine Geschwister, dass Abdullah und Nadira gerne zu diesen Festen gingen, weil sie so den Kontakt zu anderen Familien intensivieren konnten. Man hoffte, dass die Kinder sich untereinander so gut verstanden, dass man sie miteinander verheiraten konnte.

Das entsprach nun ganz und gar nicht den Plänen, die Raya hatte, und auch Jona konnte sich das immer weniger vorstellen. Eigentlich glaubte Jona sogar, dass Adil genauso wenig Bock hatte, verkuppelt zu werden. Auch er, der seinem Vater nie widersprach, wollte sich seine Partnerin selbst aussuchen. Als sie alle jünger gewesen waren, war es ihnen nie bewusst gewesen, um was es bei solchen Festlichkeiten tatsächlich ging. Sie waren bereitwillig mitgegangen und hatten sich gefreut, andere Kinder zu treffen.

In der Videothek angekommen lieh Jona drei Filme aus, die er sich zuvor im Internet ausgesucht hatte. Als der Mitarbeiter der Videothek die DVDs heraussuchte, zog er sich die Kapuze seiner Jacke tiefer ins Gesicht. Natürlich waren es keine Pornos, sondern normale Spielfilme, doch man sah den Covern deutlich an, dass es sich dabei um Filme über homosexuelle Männer handelte.

Zum Glück machte der Mann ihm gegenüber keine blöde Bemerkung, sondern tat so, als würde es ihn nicht interessieren. Vielleicht war das tatsächlich so. Zumindest Brokeback Mountain war für die meisten nicht viel mehr als ein romantischer Liebesfilm.

Er steckte die Filme in die Tasche und machte sich auf den Heimweg.

Brokeback Mountain war auch der erste Film, den er einlegte, und am Ende war er ziemlich bewegt, denn er hatte nicht erwartet, dass der Film so traurig enden würde. Er bereitete sich ein Abendessen vor und dachte darüber nach, was Ennis und Jack verpasst hatten, nur weil sie sich nicht getraut hatten, zueinander zu stehen. Zwar hatten sie jeweils Familien gegründet, das Familienleben war aber bei beiden nicht glücklich gewesen. Jona konnte die Beweggründe gut verstehen, es machte ihn dennoch traurig. Ihm wurde bewusst, was er einer zukünftigen Frau und den gemeinsamen Kindern antun würde. Eine Lebenslüge.

Während er aß, sah er sich einen zweiten Film an, der von zwei schwulen Jugendlichen handelte. Er fand den Film nicht besonders gut, und es berührte ihn gar nicht, als die zwei Jungs am Ende dann tatsächlich zusammenkamen und sich küssten. Der Film war ähnlich konstruiert wie viele andere Liebesfilme, nur dass man das Mädchen durch einen Jungen ausgetauscht hatte.

Der dritte Film war deutlich besser. Es ging um einen Polizisten, der sich in einen Kollegen verliebte, der wiederum eine Frau und ein Baby hatte, doch offensichtlich war er zumindest bisexuell, denn er ging auf die Avancen ein. Da er sich nicht entscheiden konnte und die Affäre schließlich aufflog, wurde er zunächst von seiner Frau, dann von seinem Partner verlassen. Am Ende sah man den Polizisten alleine. Ohne seine Frau und sein Kind und ohne seinen Geliebten. Seine Feigheit hatte ihn alles gekostet. Er war einsam und würde es vielleicht immer bleiben, das deutete der Film zumindest an.

Wie Jona. Vermutlich.

Lange dachte Jona noch über das Ende nach. Selbst am nächsten Tag, als er die Filme zurückbrachte, grübelte er herum. Die Botschaft war ähnlich gewesen. Wenn man nichts riskierte, verlor man am Ende alles. In Brokeback Mountain hatten die Männer nicht gewagt, dazu zu stehen, schwul zu sein, und hatten am Ende nicht zusammenleben dürfen. Aber auch ihre heterosexuellen Beziehungen waren ein Desaster geworden und das Verhältnis zu den Kindern aufgrund des Geheimnisses des Vaters gestört gewesen.

Jona bezahlte die Filme, setzte sich vor der Videothek auf den kalten Bordstein und tippte Flos Nummer an. Endlich traute er sich, das Klingeln abzuwarten, und als Flo schließlich abnahm, lächelte er.

»Es ist Wochen her, dass ich dir die Nummer gegeben habe. Ich dachte nicht, dass du noch mal anrufen würdest«, sagte Flo fröhlich.

»Ich brauchte Zeit«, erwiderte Jona gedämpft und fühlte sich schwach. Er war froh, dass er auf dem Bordstein saß und nicht stehen musste.

Flo schwieg einige Sekunden lang, dann sagte er: »Wie geht es dir, Jona?«

»Gut«, antwortete er und erzählte Flo von den Filmen. Flo hatte eine ähnliche Meinung.

»Amerikanische Komödien sind nicht so mein Fall«, meinte er.

Jona stand auf und schlenderte Richtung Bushaltestelle, während sie weiter über die Filme redeten. Sie telefonierten, bis er zu Hause war, und als er schließlich die Tür aufschloss, strahlte er. Nadira betrachtete ihn und kommentierte trocken, dass er über Nacht sehr schnell wieder gesund geworden war. Jona hob die Schultern und ging in sein Zimmer. Es war ihm egal, dass seine Mutter ahnte, dass er einfach keine Lust auf die Hochzeit gehabt hatte.

♥

Danach blieben Flo und Jona in regelmäßigem Kontakt. Sie schrieben sich morgens nach dem Aufstehen SMS und telefonierten am Abend, wenn sie Zeit hatten. So erfuhr Jona mehr über Flos Arbeit als Informatiker, über das komplizierte Verhältnis seiner Mutter zu seiner Stiefmutter, die viel Zeit miteinander verbracht hatten, als Flos Vater schwer erkrankt und schließlich verstorben war, und über seine Hobbys. Flo ging regelmäßig wandern und ab und zu klettern, er liebte seine fünf Geckos über alles und baute gerne mit Lego. Besonders viel redete er über seine Stiefschwester und seine Freunde; über seinen Vater zu reden fiel ihm eher schwer.

Das Thema Coming Out oder ihre Homosexualität klammerten sie in der Regel aus, und das half Jona, sich zu entspannen. Wenn er mit Flo telefonierte, verschwand seine Panik davor, irgendwann dazu stehen zu müssen, und die Angst, dass seine Eltern, seine Geschwister und Hani es vielleicht nicht ertragen und den Kontakt zu ihm abbrechen würden. Flo gab ihm nie das Gefühl, dass er ihn drängte, sondern machte den Eindruck, als hätte er in erster Linie nur Freundschaft im Sinn. Sie lernten sich kennen, und Jona genoss es in vollen Zügen. Es beruhigte ihn und entschärfte die Situation, auch wenn er gleichzeitig grübelte, ob Flo ihn wohl toll genug fand, um für ihn zu schwärmen. Es gab keine Anzeichen dafür, dass Flo seine Gefühle erwiderte, und Jona stellte erstaunt fest, dass ihn das immer trauriger stimmte.

Manchmal holte Flo ihn von der Arbeit ab und begleitete ihn das kurze Stück zur Bushaltestelle. Sie saßen nebeneinander im Wartehäuschen, dicht aneinandergedrängt, und warteten auf den Bus. Es war mittlerweile richtig kalt geworden und wurde immer früher dunkel. Wäre Flo nicht bei ihm, hätte Jona es sicherlich als lästig empfunden, dass der Bus zu spät kam. Nun erfreute er sich an jeder Minute und hoffte, dass der Bus noch lange auf sich warten ließ.

Obwohl sie schwierige Themen bisher weitgehend ausgeklammert hatten, erzählte Jona Flo an einem Dezembernachmittag von der Zeit im Flüchtlingsheim und wie düster ihm damals alles vorgekommen war. Flo hörte aufmerksam zu, betrachtete ihn ernst, unterbrach ihn allerdings nie.

Erst als Jona verstummte, weil ihm nichts mehr einfiel, fragte Flo: »Vermisst du Algerien?«

»Manchmal.« Jona fröstelte. »Das Klima zum Beispiel.« Er lächelte und sah Flo an.

Der lachte leise. »Du frierst?«

»Ein bisschen«, antwortete Jona und seufzte leise.

Flo berührte mit einem Finger die Haut an Jonas Hand und strich sanft darüber. Eine Gänsehaut zog über Jonas Rücken, aber gleichzeitig breitete sich eine Wärme in seinem Bauch aus.

»Deine Hände sind kalt«, stellte Flo fest, als wolle er betonen, dass er nicht mit Jona Händchen halten wollte, sondern nur überprüfte, ob dieser wirklich fror.

Vorsichtig strich Jona mit seinem Finger über Flos Finger, bis beide ineinander verhakt waren. »Du nicht«, erwiderte Jona verblüfft.

Flo lehnte sich mit seinem ganzen Körpergewicht gegen ihn. »Hast du Sertab angerufen?«

Jona schüttelte den Kopf und zog etwas an Flos Finger. Dieser folgte dem Zug und ließ seine Hand über Jonas Oberschenkel streichen. Ihre Finger spielten miteinander und erkundeten die Haut des jeweils anderen. In Jonas Bauch kribbelte es, viel mehr, als es normalerweise war, wenn er mit Flo nur telefonierte.

»Hast du sonst mit jemandem gesprochen?« Flos Stimme war leise, beruhigend.

Wieder schüttelte Jona den Kopf. Er räusperte sich. »Es macht mir Angst.«

»Die Angst wird nicht verschwinden, wenn du mit keinem sprichst«, betonte Flo ernst.

»Wenn ich es jemandem sage, wird es ... wahr.« Jona hob die Schultern.

Flo drückte mit seiner ganzen Hand Jonas Finger zusammen und sah ihm direkt in die Augen. Erst nach einigen Sekunden sagte er: »Und jetzt ist es noch nicht wahr?«

»Ich weiß nicht.« Jona löste den Handkontakt und strich sich mit den Fingern über die Haare. »Wenn es keiner weiß, nur wir zwei, ist es leichter für mich.«

»Machst du dir da nicht selbst was vor?«, erkundigte Flo sich verdutzt.

Jona nickte. »Vielleicht. Ich ...« Der Bus kam um die Ecke, und die Erleichterung darüber, aus der schweren Situation entkommen zu können, machte sich in ihm breit.

»Was?«, fragte Flo.

»Ich weiß, dass ich ...« Jona brach ab.

»Es wird dich kaputt machen, Jona«, sagte Flo. Er stand auf und begleitete Jona zur Tür des Busses. »Irgendwann wird es dich einholen.«

»Ich weiß.« Jona zeigte dem Busfahrer die Karte. »Können wir später noch schreiben?« Er merkte, dass sich die Erleichterung in Sehnsucht verwandelte. Er vermisste Flo bereits in diesem Moment.

Flo lächelte. »Klar. Schreib mir, wenn du im Bett liegst. Ich lasse mein Handy an.«

Jona wollte noch etwas antworten, in dem Moment schloss der Busfahrer jedoch die Tür. Er starrte zu Flo hinaus, der die Hand hob und winkte, als der Bus anfuhr. Jona erwiderte die Abschiedsgeste und fühlte sich elend, weil er so hin und hergerissen war zwischen dem Wunsch, mit Flo viel weiter zu gehen als bisher, und der Angst davor, es öffentlich zu tun. Flo machte nicht den Eindruck, als wäre er an einer geheimen Beziehung interessiert. Selbst wenn er Jona so mochte wie Jona ihn, glaubte Jona nicht, dass Flo Lust auf so ein unreifes Versteckspiel hatte. Er lebte seit langer Zeit offen schwul und hatte damit keinerlei Probleme. Warum sollte jemand, der diesen Luxus besaß, so viel Rücksicht auf Jona nehmen, der ganz am Anfang stand und stets genauso viele Schritte zurückwich, wie er nach vorne gegangen war?

♥

Nach diesem Treffen konnte Jona nicht mehr aufhören, an Flo zu denken. Er konnte sich weder auf die Arbeit konzentrieren, noch gelang es ihm, seiner Familie die notwendige Aufmerksamkeit zu schenken, die sie mit ihrer Streiterei beanspruchten.

Manchmal erwischte Nadira ihn dabei, dass er vor sich hin träumte, während sie aßen. Seine Geschwister behaupteten, er würde seltsam grinsen. Er benahm sich auffällig, und das war nicht gut. Es würde ihn irgendwann in Schwierigkeiten bringen, das spürte er.

Gleichzeitig war er einfach glücklich. Flo nahm Rücksicht auf ihn, weswegen Jona sich bei ihm fallenlassen konnte. Sie telefonierten fast jeden Tag, doch Flo verhielt sich weiterhin zurückhaltend und bedrängte Jona nie. Sie lachten viel miteinander und lernten sich besser kennen, indem sie einander von ihrer Vergangenheit und ihren Hobbys erzählten. Aber immer wieder stiegen in Jona Zweifel auf, ob Flo eventuell kein Interesse an ihm hatte. Irgendwann nahm er seinen ganzen Mut zusammen und fragte: »Hast du keine Lust, dich wieder mit mir zu treffen?«

Flo war für wenige Sekunden still, dann lachte er leise. »Wie kommst du auf den Gedanken? Klar will ich dich sehen.«

»Echt?« Das Herz in seiner Brust klopfte heftig, und als Jona seine Hand auf den Stoff des Pullovers legte, konnte er es sogar fühlen.

»Natürlich, ich wusste nur nicht, wie du das siehst«, meinte Flo. Er zögerte kurz. »Ich habe den Eindruck, dir Zeit geben zu müssen.«

»Ich würde dich gerne sehen«, flüsterte Jona. Es war ihm peinlich, dass seine Stimme nicht mehr als ein Hauch war, aber er wagte nicht, lauter zu sprechen. Er war nicht alleine zu Hause, so wie fast nie, also musste er vorsichtig sein.

»Das freut mich«, antwortete Flo. Wieder zögerte er für einen Moment. »Ist das ein Date oder ein normales Treffen?« Jona strich sich mit der Hand durch die Haare.

»Ich muss es ja einordnen können«, betonte Flo.

»Ich weiß es nicht«, erwiderte Jona und ließ sich auf sein Bett fallen. Ein Schauder überzog seinen Rücken. Erneut wurde ihm bewusst, was es bedeuten würde, sollte er Flo näherkommen. Wie lange war Flo bereit, alles geheim zu halten? Würde er akzeptieren, dass die Konsequenzen für Jona zu schwer wogen? Oder würde er irgendwann von ihm verlangen, an die Öffentlichkeit zu treten?

»Jona, dir sollte erst mal klar sein, was du willst, bevor wir uns treffen.« Die Stimme von Flo blieb weich und geduldig, gleichzeitig schwang eine ungewohnte Strenge mit.

Jona packte das Handy fester. »Ich weiß, was ich will«, sagte er laut. Der Gedanke, dass Flo den Kontakt abbrechen könnte, war unerträglich für ihn.

»Wirklich?« Flo hörte sich an, als würde er grinsen. »Date oder Treffen?«

Jona starrte zur Tür. Seine Schwester war in ihrem Zimmer und las, sein Bruder war bei den Eltern im Wohnzimmer. »Date«, antwortete er mit gedämpfter Stimme.

»Warum sprichst du manchmal so leise?«, fragte Flo.

»Meine Schwester ist nebenan.« Jona runzelte die Stirn und schüttelte den Kopf. Er fühlte sich eingeengt in der Wohnung. Nie war er hier alleine. Er war 25 Jahre alt, er brauchte etwas mehr Freiraum. Aber ausziehen war keine Option. Ohne Ehefrau sähe das seltsam aus, würde seine Eltern nur misstrauisch machen und gegen ihn aufbringen. Das würde ihm nicht gerade dabei helfen, wenn er ihnen womöglich irgendwann alles sagen musste.

»Deine Schwester weiß nicht, dass du mit einem Kerl telefonierst, oder?«, erinnerte Flo ihn, und er klang etwas ungeduldig. Das erste Mal während ihres Gesprächs.

»Selbst mit einer Frau kann ich so nicht reden. Die erwarten doch gleich, dass ich sie ihnen vorstelle und bald heirate.« Jona stand auf und ging zum Fenster.

»Alter Schwede.« Flo seufzte. In seiner Stimme schwang Traurigkeit mit.

Jona versuchte, ihn sich vorzustellen, wie er das Gesicht verzog, während er telefonierte. Wie er mit seiner Hand die Haare auflockerte und seine Nase rümpfte. Wie wohl das Zimmer aussah, in dem er gerade war? Vielleicht war er im Schlafzimmer, vielleicht im Wohnzimmer. Im Gegensatz zu Jona bewohnte er eine eigene Wohnung und hatte damit sein kleines Reich. Jona beneidete ihn darum.

»Telefoniere mal mit Sertab«, wiederholte Flo.

»Das ist nicht das selbe, Flo«, antwortete Jona. Sofort stellte sich eine innere Unruhe ein, und er befürchtete, dass Flo bald auflegen würde. Die Zeit lief ihm davon, das spürte er. Flo würde das Theater, das er veranstaltete, nicht mehr lange mitmachen. »Sie ist Türkin. Damit kommt sie aus einer ganz anderen Kultur. Einer viel liberaleren Kultur. Außerdem kann ich nicht einfach bei einer fremden Person anrufen. Ich wüsste gar nicht, was ich sagen soll.«

Flo atmete gleichmäßig in das Handy. Es hörte sich für Jona so an, als wäre er nicht sonderlich aufgeregt, aber er hatte dennoch Angst, dass Flo sauer war. Er könnte es verstehen. Flo könnte jeden haben, und die meisten Männer hätten niemals solche Probleme wie er. Seinen Exfreund hatte er sogar zu seiner Oma ins Altersheim mitgenommen. Ganz normal. So wie es bei Jona nie sein würde.

»Jona, wir sollten uns treffen«, meinte Flo schließlich.

»Echt?« Jona lächelte und spürte, wie Erleichterung die Sorgen verdrängte.

»Ja«, fügte Flo mit ernster Stimme hinzu. »Wir müssen unbedingt darüber reden.«

Das klang weniger gut. Flo zu verlieren wäre ein doppelter Verlust, er hätte zum Einen mit Liebeskummer zu kämpfen, zum Anderen würde sich damit auch ein guter Freund von ihm abwenden. Einer der wenigen Freunde, die er zurzeit hatte, jetzt, wo Hani lieber zu Hause blieb und in Ruhe gelassen werden wollte, unbeeindruckt davon, dass Jona häufiger bei ihm anrief. Auch die Treffen mit Luca und den anderen waren selten geworden. Jona musste sich unbedingt wieder bei Luca melden. Immerhin konnte er nicht erwarten, dass ihm alle hinterhertelefonierten. Nicht einmal Raya bekam er regelmäßig zu Gesicht.

Würde diese Verbindung zu Flo abbrechen, wäre das eine Katastrophe. Alles, was er gewonnen hatte, seit er Flo kannte, wäre verschwunden.

»Ich würde dich gerne sehen«, beeilte er sich zu sagen, um das klarzustellen.

»Und ich will das alles auch, ich ... habe nur Angst.«

»Ich weiß.« Flos Stimme klang traurig. »Das spüre ich, trotzdem muss man sich manchmal seiner Angst stellen.«

Jona schluckte. »Ja. Vielleicht.«

»Soll ich dich morgen nach der Arbeit abholen? Wir könnten einen Spaziergang machen«, schlug Flo vor.

»Das wäre gut. Ja.« Jona nickte, obwohl Flo es nicht sehen konnte.

»Ich freue mich, Jona«, sagte Flo mit fester Stimme und ergänzte beherzt: »Vermutlich mehr, als dir bewusst ist.« Er legte auf, ohne sich zu verabschieden.

Jona starrte auf das Display. Ihm wurde warm. Mit einem Lächeln im Gesicht öffnete er den Nachrichten-Verlauf und tippte ein: »Ich mich ebenfalls. Sehr.«

Er nahm das Handy mit, als er zum Zähneputzen ging und starrte immer wieder auf das Display, Flo antwortete allerdings nicht.

Als er sich gerade das Gesicht wusch, bekam er eine Nachricht, doch sie war nicht von Flo, sondern von Hani. Jona schluckte die Frustration runter und öffnete die Textnachricht.

Als er sie las, verschluckte er sich vor Schreck fast. Hani teilte ihm mit – emotionslos und neutral, ohne Smileys, die er sonst inflationär nutzte –, dass er im nächsten Jahr heiraten würde. Geschockt über die plötzliche Wendung schüttelte Jona den Kopf. Wen wollte Hani heiraten? Stefanie?

Eilig tippte er ein: »Was? Erzähl keine Sachen! Wer ist die Glückliche?« Hani antwortete nicht mehr. Auch Flo meldete sich nicht noch mal.

Etwas enttäuscht und ziemlich verwirrt über Hanis Ankündigung legte Jona sich mit seinem Buch ins Bett, das Handy immer griffbereit neben sich. Dauernd schaute er darauf. Erst nachdem er ein ganzes Kapitel gelesen hatte, vibrierte das Gerät sanft.

»Gute Nacht, Jona«, schrieb Flo.

»Gute Nacht«, antwortete Jona, anschließend löschte er das Licht und schloss die Augen. Den Gedanken an Hani verdrängte er. Eine Antwort würde er heute nicht mehr erhalten.

Stattdessen malte er sich aus, wie es wäre, wenn Flo neben ihm liegen und ihm Gute Nacht ins Ohr flüstern würde. Obwohl ihn das sonst tröstete, konnte er seine Verwirrung um Hani nicht ganz von sich wegschieben. Er schlief erst spät ein.

♥

»Hallo.« Flo strahlte ihn an, als würde er sich tatsächlich total freuen, ihn zu sehen.

Jona schluckte und nickte leicht. »Hi.«

»Schön, dass du da bist«, fügte Flo hinzu und berührte mit seiner Hand Jonas Schulter, zog sie allerdings schnell wieder weg.

»Du bist doch hergekommen, nicht ich«, erwiderte Jona lächelnd und versuchte zu ignorieren, dass sein Herz so stark klopfte, als wäre er gerade ein paar Kilometer gejoggt. Den ganzen Tag über war er nervös gewesen. Er hatte sich einerseits gefreut, am Abend Flo zu sehen, andererseits hatte er Übelkeit verspürt aus Angst vor dem Treffen. Seine Haut kribbelte in freudiger Nervosität, während sich der Knoten in seinem Magen immer weiter verhärtete.

Ungefähr so, als würde er etwas Verbotenes tun, von dem er wusste, dass es ein Genuss wäre. Ein Bild flackerte vor seinem inneren Auge auf, und er sah sich als kleinen Jungen in der Küche im Haus in Algerien auf einem Stuhl stehen und heimlich nach der Schokolade greifen. Jetzt war er aufgeregter als damals.

Tatsächlich genießen konnte Jona den Zustand aber nicht.

Er wollte einfach unbekümmert auf Flo zulaufen, ihn begrüßen und seine Hand nehmen. Doch dafür stand er sich viel zu sehr selbst im Weg.

»Stimmt, und du bist nicht geflohen«, betonte Flo und lachte leise. Wenn er lachte, sah er hübscher aus als sonst. Seine Augen glänzten, und sein Gesicht strahlte aus jeder Pore. Wieder legte er eine Hand auf Jonas Schulter.

Ein komplexer Mix aus Emotionen durchfuhr Jona. Trotz der angenehmen Wärme und der tröstenden Berührung gewann die Sorge, dass man sie sehen konnte, die Oberhand.

»Lass uns ein wenig laufen«, beeilte er sich zu sagen und ging vor. Die Hand von seiner Schulter verschwand, und er atmete erleichtert auf.

Einige Meter liefen sie schweigend nebeneinander. Erst als sie in der Nebenstraße waren und der Supermarkt, in dem Jona arbeitete, nicht mehr zu sehen war, räusperte Jona sich.

Bevor er etwas sagen konnte, sagte Flo: »Ich hätte gerne eine Einschätzung, was du denkst, was das zwischen uns ist.« Jona starrte zum Boden.

»Du und ich ... Wir ... Ich meine, was ist das?« Flo machte ausschweifende Bewegungen mit beiden Armen, die Jona sogar aus dem Augenwinkel sehen konnte, obwohl er den Blick weiterhin auf den Boden gerichtet hielt.

»Ich weiß es nicht.« Jona traute sich nicht, in Flos Augen zu sehen, deswegen fuhr er damit fort, den Asphalt zu betrachten.

Flo seufzte und blieb stehen.

Auch Jona blieb stehen. Er schob mit der Schuhspitze zwei Steine gegeneinander und überlegte sich, dass diese zwei Steine für Flo und ihn stehen könnten. »Ich habe dir ja schon am Telefon gesagt, dass ich das will. Wirklich.
Ich habe nur Angst.«

»Was ist es, was du willst?«, wiederholte Flo.

»Das hier.« Jona zeigte abwechselnd auf sich und Flo – eine hektische Bewegung mit dem Finger hin und her. Er hob den Kopf.

»Kannst du es nicht einmal laut sagen?« Flo wirkte erschöpft. Oder war es Genervtheit, was sich dort auf seinem Gesicht abzeichnete?

Jona straffte seine Schultern. »Woher soll ich wissen, was ich will, wenn ich ... es nie kennengelernt habe? Ich kenne das alles gar nicht. Ich habe das selbst mit einer Frau noch nicht erlebt. Wie soll ich das also beurteilen können?«
In dem Moment, als er fertig gesprochen hatte, wurde ihm bewusst, dass es genau das Richtige gewesen war, denn die Gesichtszüge von Flo entspannten sich merklich.

»Du hattest nie eine Freundin?«, riet er.

Jona schüttelte den Kopf. »Nein. Nie. Nicht mal im Entferntesten.« »Und einen Freund wohl ebenfalls nicht?«, erkundigte sich Flo.

Jona antwortete nicht, sondern sah Flo offen an und hob die Schultern. Es war eine dumme Frage, und das wusste Flo selbst.

»Okay, das ist etwas sonderbar. Es fällt mir zwar schwer, mir das vorzustellen, doch wenn es so ist, ist es auch okay.« Flo schüttelte langsam den Kopf.

»Das hört sich an, als hättest du schon einen Haufen Freundinnen gehabt«, sagte Jona verärgert.

»Eine etwas längere Beziehung mit einer Frau und ein paar Flirtereien«, zählte Flo auf. »Doch dann entschied ich, mir nichts mehr vorzumachen, und schaute mir die Männer in meiner Umgebung etwas genauer an.«

»Und nach der Beziehung mit der Frau warst du mit deinem Exfreund zusammen?« Jona stellte sich auf die zwei Steine, die in seiner Vorstellung sie beide symbolisierten, so als ob er verhindern wollte, dass irgendjemand sie auseinanderbringen konnte.

»Dazwischen war eine lange Phase, in der ich mir klar werden wollte, wer ich bin. Ich dachte, das bin ich meiner Ex schuldig. Ich wollte den selben Fehler nicht ein zweites Mal machen und sicher sein«, sagte Flo.

»Warst du am Anfang nervös, als du mit deinem Freund durch die Straßen gelaufen bist?«, hakte Jona nach.

»Natürlich.« Flo lachte. »Ich war total nervös.«

»Und wie war es bei dir, als du mit deiner Freundin zusammengekommen bist? Als du einem Menschen das erste Mal richtig nahegekommen bist?«, hakte Jona weiter nach.

»Da war ich ebenfalls total nervös.« Flo lief weiter, und Jona folgte. »Warum fragst du?«

»So ungefähr ist es für mich, aber alles auf einmal. Gleichzeitig muss ich damit rechnen, dass meine Familie mich dafür hassen wird.« Jona streckte seine Hand aus, zog sie allerdings wieder zurück, bevor er Flos Finger ergreifen konnte. Er war neugierig, wie sie sich anfühlten. Ob sie kalt waren oder warm, weich oder schwielig, fest oder sanft.

Wieder dachte er daran, als er auf den Stuhl geklettert war, um die Schokolade zu klauen. Natürlich war er gefallen, und seine Mutter, hochschwanger mit seiner Schwester, musste ihn zum Arzt bringen. Sein Vater sah ihn später mit ernstem Blick an, anschließend griff er hinter seinen Rücken und gab ihm die Schokolade, für die er sich einen gebrochenen Arm und eine Gehirnerschütterung zugezogen hatte. »Beim nächsten Mal«, bat seine Mutter, die hinter Abdullah stand, »bittest du einfach darum, wenn du etwas möchtest, ja?«

»Woran denkst du?«, fragte Flo nachdenklich.

Jona hob die Schultern. »Das ist verdammt schwer für mich. Auch wenn du meine Eltern, meine Religion, meine Kultur hasst, so ist es doch mein Leben, und mein Leben war nicht immer nur schrecklich.«

»Ich hasse weder deine Familie noch deine Kultur oder deine Religion. Immerhin sind das die Dinge, die dich zu dem Mann gemacht haben, den ich nun vor mir stehen sehe«, betonte Flo und strich sich die Haare aus dem Gesicht.

»Es ist zurzeit verdammt viel, über das ich nachdenken muss.« Jona seufzte.

Flo blieb abrupt stehen. »Das kann ich verstehen. Schwer zu akzeptieren ist es trotzdem. Ich spüre, dass ich ... dem Ganzen mehr und mehr verfalle, tiefer in den

Strudel gerissen werde, und ich weiß nicht, ob ich eine Chance habe. Oder ob ich mir gerade nur die Voraussetzung dafür schaffe, dass ich leide. Wenn ich das jetzt beende, komme ich halbwegs heil heraus. Was ist, wenn ich Zeit und Kraft und Hoffnung in etwas investiere, das bereits zum Scheitern verurteilt ist?«

»Ist das nicht immer so?«, flüsterte Jona und dachte an die Liebesfilme mit den schwulen Männern, die er sich ausgeliehen hatte, und an die Romanzen, die er sich mit seiner Familie im Fernsehen angeschaut hatte.

»Also so hoffnungslos ist es in der Regel nicht«, murmelte Flo.

Jona nahm all seinen Mut zusammen. »Ist es wirklich so hoffnungslos?«, fragte er leise und nahm Flos Hand, nachdem er sich versichert hatte, dass niemand sonst auf der Straße zu sehen war. Sie fühlte sich weniger rau an, als er geglaubt hatte.

»Ich weiß es nicht. Sag du es mir«, sagte Flo und streichelte mit seinem Daumen über Jonas Handgelenk.

Jona schloss kurz die Augen und versuchte, sich das Gefühl einzuprägen, wie es war, Flos Hand zu halten und von diesem so sanft liebkost zu werden. Er blieb Flo die Antwort schuldig, denn alles, was er hätte sagen können, wäre ein 'Ich weiß es nicht' gewesen, und das war die Antwort, die er Flo schon so oft gegeben hatte.

Ohne miteinander zu reden, liefen sie weiter. Flo strich beständig mit dem Daumen über Jonas Handgelenk, und Jona versuchte probehalber seine Finger gegen Flos Finger zu reiben. Das war unbeschreiblich. Am liebsten wäre er mit ihm Kilometer weit gelaufen.

Als ihnen der erste Fahrradfahrer entgegenkam, zuckte er instinktiv zurück, und Flo entließ ihn überraschend schnell aus seinem Griff. Bei der Bushaltestelle lächelten sie sich an. Flo lehnte sich gegen die Wand des kleinen Häuschens und verschränkte seine Arme lässig über seinem Kopf.

»Soll ich dich morgen wieder abholen?«, erkundigte er sich.

Jona nickte. »Ja, gerne.«

Der Bus kam leider pünktlich, und Jona stieg mit gemischten Gefühlen ein. Als er im Bus saß und nach draußen zu Flo sah, spürte er nur die Sehnsucht danach, Flos Hand erneut zu halten. Seine widersprüchlichen Emotionen waren zumindest für einen kurzen Moment klar und deutlich.

♥

»Warum grinst du so?« Raya hörte sich unwirsch an, als Jona sich zu seiner Familie an den Tisch setzte.

Er zuckte zusammen und versuchte sofort, ernst zu wirken. Raya war schlecht gelaunt, weil es zum wiederholten Male Streit gegeben hatte. Sie war inzwischen fest mit Moritz zusammen und scherte sich nicht darum, dass Abdullah das nicht guthieß. Adil stänkerte ständig herum und benahm sich wie ein Mistkerl, indem er seinen Vater zusätzlich gegen seine Schwester aufhetzte. Jona hasste das.

Gleichzeitig war er etwas erleichtert. Durch diese Stänkereien fiel niemandem auf, dass er in letzter Zeit später von der Arbeit kam. Es war zur Gewohnheit geworden, dass Flo und er am Abend spazieren gingen, Hand in Hand, und sich über den Tag austauschten. Jona mochte diese Routine. Es tat ihm gut, Flo zu sehen. Er verschwendete fast nie einen Gedanken daran, dass er sich nach der Definition seiner Familie und seiner Religion versündigte. Nur wenn er später alleine war, erinnerte er sich mit ganzer Heftigkeit daran.

»Wieso kommst du so spät?«, fragte Nadira und sah ihn misstrauisch an.

»Musste noch Regale auffüllen«, murmelte Jona und nahm sich zwei Scheiben Brot, um sie mit Käse zu belegen.

»Wirst du für die Überstunden bezahlt?«, hakte Abdullah nach, und es klang wie ein Vorwurf, dass er zu wenig verdiente. Dabei war sein Vater seit Jahren zu Hause und hatte auch vorher nicht wirklich viel verdient. In Algerien war er ebenfalls nach dem Gefängnis auch arbeitslos gewesen.

Jona biss sich auf die Lippen. Wenn er das bestätigen würde, würden seine Eltern denken, er hätte ihnen die Sondereinnahmen bisher verschwiegen, weil er das Geld für sich behalten wollte. Verneinte er, würde Abdullah darauf bestehen, dass er seinen Chef darauf ansprach.

»Wenigstens trifft er sich nicht heimlich mit irgendeiner Tante, die kein Mensch kennt«, warf Adil ein und schaute Jona dermaßen freundlich an, so als ob er genau spürte, dass Jona nicht näher darauf eingehen wollte.

Über den unerwarteten Beistand freute Jona sich. Bis ihm klar wurde, dass Adil ihn nur dafür nutzte, um wieder gegen Raya zu hetzen.

»Ich treffe mich erstens nicht heimlich mit ihm, zweitens ist es nicht meine Schuld, dass ihr ihn nicht kennt. *Ihr* weigert euch ja schließlich, ihn hier zu empfangen«, fauchte Raya.

»Du besitzt nicht mal den Anstand, eure Treffen zu verheimlichen«, erwiderte Adil laut.

»Genug jetzt«, knurrte Abdullah und sah streng zwischen Adil und Raya hin und her.

Raya atmete tief aus und schüttelte den Kopf. »Darf ich aufstehen?« Sie sah zuerst zu ihrem Vater, dann zu ihrer Mutter. »Bitte?«, fügte sie trotzig hinzu.

»Geh schon«, murmelte Nadira. Sie sah müde aus, und sie klang auch so.

»Ja, verschwinde ruhig und komm am besten nicht mehr aus deinem Zimmer«, rief Abdullah ihr hinterher.

Jona betrachtete seine Hände und dachte daran, dass er vor einer Stunde noch mit Flo zusammen gewesen war. Er berührte mit seinem Daumen die Stelle, an der Flo ihn berührt hatte.

»Du darfst nicht so nachsichtig mit ihr sein«, wandte Abdullah sich an die Mutter.

Diese senkte den Blick und konzentrierte sich auf das Essen.

»Sie würdigt dich nicht, Mutter«, ergänzte Adil. »Sie sollte dich ehren.«

Erneut wurde Jona sich bewusst, wie sehr er die schleimige Art seines Bruders verachtete, weil er ständig versuchte, ihrem Vater alles recht zu machen und dafür sogar in Kauf nahm, dass ihre Schwester auf der Strecke blieb.

Rasch atmete Jona ein und straffte seine Schultern. Wenigstens einmal wollte er mutig sein. »Moritz ist wirklich nett«, sagte er. »Lernt ihn kennen, bevor ihr über ihn urteilt.«

Adils Kopf schoss herum, und er musterte Jona scharf. »Das mag ja sein, dass er nett ist, trotzdem musst du doch zugegeben, dass das unmöglich gut ausgehen kann?«

Jona hob die Schultern. »Warum sollte es nicht gut ausgehen?«

»Er kennt unsere Kultur nicht«, sagte Adil eifrig und sah zu ihrem Vater. Es wirkte, als ob er prüfen wolle, ob er auf Anklang traf.

Jona seufzte. »Er könnte sie kennenlernen«, antwortete er und fragte sich zur gleichen Zeit, was Adil eigentlich mit *unsere Kultur* meinte. Die Religion? Das Essen? Die Sprache? Wieso meinte er, beurteilen zu können, dass Moritz nicht ähnlich lebte und für ihn die Familie ebenfalls wichtig war? In der deutschen Gesellschaft zählte die Familie häufig nicht so viel wie in Algerien, das bedeutete allerdings nicht, dass es bei Moritz auch so war. Außerdem konnte niemand am Tisch leugnen, dass sie in Sachen familiärer Zusammenhalt grandios scheiterten. Oder redete Adil vom Islam, dem Raya sowieso nicht sonderlich zugeneigt war? Dem Essen, das Moritz niemals kennenlernen würde, weil niemand ihn einladen wollte? Die Sprache, die Adil von ihnen allen am schlechtesten beherrschte?

Was war *unsere Kultur*?

Wie wichtig war es ihm selbst, dass Flo seine Kultur kannte und akzeptierte oder sogar schätzte?

»Das ist doch Quatsch.« Adil spießte eine Tomate mit der Gabel auf. »Es ist nicht so, dass er sich unserer Kultur zuwendet, sondern dass sie sich von unserer Kultur abwendet.«

»Weil unsere Kultur ja so viel besser ist als seine«, murmelte Jona leise.

»Wenigstens haben wir eine Kultur«, betonte Adil. »Die Deutschen haben alles abgelegt, was ihnen einst wichtig war. Er ist ja nicht mal religiös, er verachtet das Christentum.«

Jona dachte an Flo und dessen Meinung, Religion würde nur für Probleme sorgen und der Grund sein, dass es Kriege auf der Welt gab. Seine negative Einstellung jeglichen Religionen gegenüber machte Jona zu schaffen. Das konnte er vor Adil natürlich nicht zugeben.

»Schau dir ihr Kopftuch an. Es ist eher ein modisches Accessoire als eine religiöse Geste. So locker, wie sie es trägt«, fügte Adil hinzu.

»Das hat sie schon so gemacht, bevor sie Moritz kennengelernt hat«, erwiderte Jona sanft. Ihm wurde bewusst, wie sehr er seine Schwester dafür bewunderte, dass sie einfach ihren Weg ging und für das, woran sie glaubte, so offen kämpfen konnte. Er wünschte sich diese Art von Kraft und Willensstärke auch für sich.

Adil verzog das Gesicht. Aber er nickte, dann sah er zu Abdullah. »Das stimmt«, meinte er leise, als würde er damit eingestehen, dass er die Diskussion verloren hatte.

Abdullah wandte sich ab und schüttelte den Kopf. Er schien tatsächlich enttäuscht von Adil zu sein.

»Willst du dich hier integrieren oder willst du für immer ein Außenseiter bleiben?«, fragte Jona seinen Bruder neugierig. Es interessierte ihn tatsächlich. Adil war ein Mistkerl, er war allerdings in seiner Art widersprüchlich, zu Hause den frommen Moslem spielen und heimlich mit den Kumpels zum Billardspielen gehen. Da passte einiges nicht zusammen.

Auf die gerunzelte Miene seines Vaters achtete er nicht weiter. Er konzentrierte sich nur auf seinen Bruder. »Vermutlich siehst du das anders, weil du dich nicht an Algerien erinnern kannst, aber Deutschland hat viele Vorteile gegenüber Algerien. Wir sind aus gutem Grund hierhergekommen und waren dankbar, dass wir so gut aufgenommen wurden.«

Während er an seinem Brot knabberte, sah Adil niedergeschlagen aus.

Vielleicht war es tatsächlich so, dass er der Extremste von ihnen war, weil er nicht wusste, wie schlimm es gewesen war, als Nadira verzweifelt die ganze Nacht in der Küche ausgeharrt hatte, unwissend, wohin man ihren Mann gebracht hatte. Adil konnte sich an all das nicht erinnern, an ihren Vater, wie er ausgesehen hatte, nachdem er aus dem Gefängnis zurückgekommen war. Abdullah war danach ein anderer Mann gewesen. Er hatte aufgehört zu lachen, und er hatte bis heute nicht wieder damit angefangen.

»Es ist ein Geben und Nehmen. Wir haben hier jede Freiheit und dürfen unser Leben so gestalten, wie wir es wollen. Solch eine Freiheit hatten wir in Algerien nicht. Niemand hindert uns daran, unsere Kultur auszuleben, und Moritz hat keine Chance, sie kennenzulernen. Findest du das nicht irgendwie unfair?«, fragte Jona. Er wusste, dass er fürs Erste gewonnen hatte. Dieses Mal hatte er die besseren Argumente gehabt.

»Ich habe keine Lust mehr.« Adil stand auf und schob den Stuhl so ruckartig nach hinten, dass die Lehne gegen die Anrichte knallte und das Familienfoto darauf herunterfiel.

Nadira stieß einen spitzen Schrei aus.

Jona schüttelte den Kopf und stand ebenfalls auf. »Ich gehe auch in mein Zimmer.« Er hatte das Bedürfnis, Flo anzurufen.

»Wenn wir ihr nicht rechtzeitig zeigen, dass sie zu uns gehört, wird das passieren, was mit deinem älteren Bruder passiert ist«, rief Abdullah ihm hinterher.

Jona blieb in der Tür stehen und drehte sich langsam um. Welch Wunder, dass sein Vater mal selbst sprach, statt Adil das übernehmen zu lassen. »Genau«, antwortete er. »Er hat den Kontakt abgebrochen, und Raya wird ihm folgen. Seht ihr das nicht? Baba, du wirst sie eher verlieren, wenn du ihr den Umgang mit Moritz verbietest. Wenn du ihr aber die Chance gibst, dass sie ihn vorstellt, wirst du rasch erkennen, dass sie uns erhalten bleibt«, betonte Jona.

Und ich, fügte er in Gedanken hinzu, werde vielleicht auch bald von hier verschwinden. Ein für alle Mal.

♥

Der Winter zeigte sich von seiner hässlichsten Seite. Es wurde immer früher dunkel, und morgens war es häufig nebelig. Es regnete fast rund um die Uhr, und Jona hatte den Eindruck, ständig zu frieren. Er hasste es, morgens aufzustehen und in der Kälte seines Zimmers zu beten. Auch die heiße Dusche war kein Vergnügen, weil ihm danach erst recht kalt war. Doch das Schlimmste war der Weg zu Bushaltestelle. Es war nicht nur eisig und regnerisch, sondern auch dunkel und ungemütlich, was seine Laune weiter trübte.

Mit Flo spazieren zu gehen war kein Vergnügen mehr, weswegen sie sich darauf einigten, dass Flo ihn mit dem Auto abholte und sie eine Weile herumfuhren. Meist stellte Flo das Auto schließlich auf einem Parkplatz in der Nähe von Jonas Haus ab, und dort unterhielten sie sich eine Weile, bevor Jona nach Hause lief.

Zwar hatte Flo angeboten, dass sie sich bei ihm zu Hause treffen konnten, aber Jona war entschieden dagegen gewesen. Er hatte das Gefühl, damit würden sie eine Grenze überschreiten, zu deren Überschreitung er noch nicht bereit war. Ebenso wollte er mit Flo nicht in eine Kneipe oder ein Café gehen, denn dort hätte er nicht gewagt, Flos Hand zu halten und zuzulassen, dass Flo mit seinen Fingern über seinen Oberschenkel streichelte.

Er wollte Flo im Schutze der Zweisamkeit kennenlernen.

Glücklicherweise war Flo einverstanden gewesen, obwohl er für einen Moment genervt gewirkt hatte.

Von Hani hörte er kaum etwas. Noch nie zuvor während ihrer langjährigen Freundschaft hatte Hani sich dermaßen zurückhaltend gezeigt wie jetzt. Nur selten konnte Jona ihn dazu bewegen, etwas zu unternehmen – das war vor einem halben Jahr noch anders gewesen. Inzwischen hatte er erfahren, dass Hani eingewilligt hatte, eine Frau aus Algerien zu heiraten, eine entfernte Verwandte. Er hatte sie bei seinem letzten Sommerurlaub in der Heimat einmal gesehen.

Jona hatte ihn gefragt, ob er das wirklich tun wollte, woraufhin Hani mit versteinerter Miene genickt hatte. Er war blass gewesen und hatte keinen guten Eindruck auf Jona gemacht.

Er wagte nicht, sich nach Stefanie zu erkundigen und wünschte sich, er hätte Hani nie darum beneidet, dass er etwas mit ihr angefangen hatte. Er war sicher, dass Hani einen großen Fehler machte, wenn er diese Fremde tatsächlich heiraten würde.

Ja, er machte sich große Sorgen um Hani, und es bestätigte ihn darin, dass das nicht sein Weg sein konnte.

Als Jona an einem Nachmittag aus dem Supermarkt trat, war er froh, dass Flo ihn mit dem Auto abholte und er nicht zur Bushaltestelle laufen musste. Es schüttete. Rasch zog er sich seine Kapuze über und joggte zu dem grünen Corsa, den Flo vor drei Jahren gekauft hatte.

»Ich bin total nass geworden«, schimpfte er und ließ sich auf den Beifahrersitz fallen. Noch bevor er Flo ansah, zog er die nasse Jacke aus und stopfte sie zwischen seine Füße auf dem Boden. Erst danach warf er Flo einen Blick zu.

Der hatte seinen Arm auf dem Lenkrad abgelegt und musterte ihn vergnügt.

»Was?«, fragte Jona verärgert.

»Du siehst süß aus, wenn du dich ärgerst«, erläuterte Flo.

Jona verdrehte die Augen, innen wurde ihm jedoch ganz warm, obwohl sich seine Haut nach wie vor kalt anfühlte.

»Komm schon her.« Flo beugte sich vor und nahm ihn liebevoll, aber fest genug in den Arm, dass Jona sich nicht herauswinden konnte. Was er natürlich auch gar nicht wollte. Er lehnte seinen Kopf gegen Flos Schulter und atmete tief ein. Er mochte Flos Geruch, eine Mischung aus Pfefferminz, Deo und frischem Schweiß.

Der harte Kunststoff in der Mitte und die Gangschaltung störten ihn allerdings, und es war unbequem. Wiederholt wünschte er sich, er könnte den Mut aufbringen, mit Flo zu dessen Wohnung zu fahren, um ihn richtig in den Arm nehmen zu können. Leider traute er sich immer noch nicht.

»Wie war dein Tag?«, erkundigte er sich träge und schloss die Augen. Die Handbremse stach empfindlich gegen seinen Oberschenkel, davon abgesehen ging es ihm richtig gut. Vergessen war seine miese Laune wegen des Wetters und die Übelkeit, die sich immer dann einstellte, wenn er mit schlechtem Gewissen spät nach Hause kam und jeder ihn zweifelnd ansah.

»Gut.« Flo atmete tief ein, und sein Brustkorb hob sich merklich.

Fasziniert hob Jona eine Hand und legte die Finger sanft auf die Stelle, unter der er Flos Herz vermutete. Es war das erste Mal, dass die Initiative von ihm ausging. Normalerweise näherte Flo sich ihm.

Es fühlte sich gut an. Fest und hart. Wie ein Fels in der Brandung. Jona ließ seinen Kopf nach unten sinken und streifte mit seiner Wange Flos Schulter. Wenn er sich konzentrierte, konnte er den Herzschlag durch den Pullover hindurch spüren. Ihm wurde bewusst, dass er einem Menschen wissentlich noch nie so nahe gewesen war. Eine Premiere.

Und sein Körper konnte nicht damit umgehen. In seiner Leistengegend pochte es unangenehm, weswegen Jona die Beine etwas spreizte, um mehr Platz zu schaffen.

Flo hatte währenddessen seinen rechten Arm um seinen Rücken gelegt und zog ihn eng an sich, passte dabei aber auf, dass Jona nicht wegrutschte. »Das ist schön«, sagte er.

Jona nickte.

»Mmh?« Flo legte seine Finger auf Jonas Schläfe.

Als Jona den Kopf hob, sah er, dass Flo ihn beobachtete. Er räusperte sich. »Ja, es ist schön.«

»Wie wäre es mit Kino am Samstag?«, schlug Flo vor.

Jona richtete sich auf und nahm stattdessen Flos linke Hand, massierte langsam das Handgelenk und spielte an den Bändern, die Flo dort trug. So konnte er sich besser konzentrieren. Es war eine gewohnte Situation. Daran hatte er sich inzwischen gewöhnt. »Kino?«, fragte er langsam.

Flo presste seinen Kopf gegen die Lehne seines Sitzes und nickte. »Ich dachte, das ist gemütlicher als hier im Auto. Und uns wird niemand sehen. Es ist dunkel.«

Jona dachte nach.

»Ach, komm schon.« Flo drehte sich in seinem Sitz leicht nach rechts. »Das ist echt armselig, was wir hier machen. Ich akzeptiere deinen Wunsch nach Privatsphäre und kann damit leben, dass wir in der Öffentlichkeit nicht kuscheln. Im Kino ist es harmlos.«

»Und wenn wir jemandem begegnen, den wir kennen? Luca zum Beispiel? Oder Stefanie?« Jona klappte die Sonnenblende herunter, um sich im Spiegel anzusehen.

Er sah aus wie ein begossener Pudel. Seine Haare waren nass geworden, obwohl er die Kapuze getragen hatte und schnell gerannt war.

»Das sind unsere Freunde«, erinnerte Flo ihn.

»Du meinst, *deine* Freunde«, betonte Jona.

Flo schüttelte den Kopf und sagte nichts. Sie hatten die Diskussion bereits mehrmals geführt. Flo war der Meinung, auch von Jona müsste mal eine Initiative kommen. Er ruhe sich zu sehr darauf aus, dass die Menschen sich bei ihm meldeten, und das wäre der Grund, warum er keine Freunde habe. Seiner Meinung nach hätte er sich längst bei Luca und den anderen melden sollen. Oder bei Sertab.

Die Lippen fest zusammen gepresst starrte Jona auf seine Hände.

»Was ist mit Kino?«, fragte Flo, und dieses Mal klang er richtig genervt.

Jona hob die Schultern. »Ich weiß nicht. Es ist ...« Er knetete seine Hände und starrte auf den Boden, wo einzelne Kieselsteine lagen. Vielleicht hatte er sie ins Auto getragen, weil er nie seine Schuhe abklopfte. »Nicht leicht.«

Flo bedeckte blitzschnell mit seiner Hand die ineinander verflochtenen Hände von Jona. »Du machst es dir zu schwer«, sagte er sanft. »Ein Kinobesuch ist wirklich harmlos.«

Jona lachte. »Es ist dumm von mir, oder?«

Flo hob die Schultern. »Dumm nicht, eher leicht paranoid.«

Einen kurzen Moment beobachtete Jona den Regen und betrachtete aus der Ferne seine armen Kollegen, die genauso schnell wie er zu ihren Autos rannten. Im selben Moment wurde ihm klar, dass er schon lange nicht mehr so paranoid war, wie Flo glaubte, wie er selbst bislang geglaubt hatte. Er lachte laut auf.

»Was ist?« Flo sah ihn stirnrunzelnd an.

Jona öffnete beide Hände und drückte die Handflächen gegen die von Flo. Sie verschränkten alle Finger miteinander, und danach tat Jona etwas, das ihn abermals überraschte. Er zog Flos Hände zu sich und presste mit seinen Lippen einen Kuss auf den Knöchel der linken Hand. »Du hast recht«, sagte er. »Lass uns ins Kino gehen. Morgen Abend.«

Flo sah ihn überrascht an, was Jona viel mehr zum Lachen brachte.

»Welcher Film?«, wollte er schließlich wissen.

»Ich muss mir das Programm noch mal ansehen«, sagte Flo grinsend.

Jona lächelte und klappte die Sonnenblende wieder nach oben. Er sah, wie sein Chef das Garagentor des Lagers schloss. »Fahren wir los?«

Flo startete das Auto. Als sie an Jonas Chef vorbeifuhren, hob Jona die Hand und winkte ihm zu. Er war einen weiteren Schritt nach vorne gegangen. Er war stolz auf sich, und er freute sich darauf, mit Flo ins Kino zu gehen.

♥

Jona hatte den Eindruck, sicher zu sein im Schutz der Dunkelheit, die im Kino herrschte. Er wollte Flo beweisen, dass nicht nur er derjenige war, von dem die körperliche Nähe ausging, deswegen streckte er seinen Arm aus und legte seine Hand auf Flos Oberschenkel. Neben ihm saßen einige Frauen, die ihn aber nicht weiter beachteten. Er überlegte sich für einen kurzen Moment, was passieren würde, wenn eine der Frauen zu ihnen schaute, dann war er abgelenkt, weil Flo seine Hand drückte. Jona drehte sich vom Film weg und sah in Flos strahlendes Gesicht. Dieser nickte nach vorne zur Leinwand, um zu signalisieren, dass gerade eine wichtige Szene kam. Doch Jona bewunderte ihn weiterhin, während Flo nach vorne sah.

Erst nach einigen Minuten konnte auch Jona sich von dem Anblick losreißen und versuchte sich auf den Film zu konzentrieren, was ihm allerdings schwerfiel. Flo so glücklich zu sehen und seine Hand zu halten ... Es war mehr, als er je von seinem Leben erwartet hatte. Viel mehr. Ihm wurde bewusst, wie viel Glück er gehabt hatte, an dem Tag, als er Flo das erste Mal über den Weg gelaufen war. Er sollte sich bei Luca bedanken, dafür, dass er ihn eingeladen hatte und hartnäckig geblieben war, trotz der Tatsache, dass er der Außenseiter innerhalb der Mannschaft war.

Er sollte sich wirklich mal bei ihm melden. Immerhin hatte Luca nie aufgehört, sich darum zu bemühen, dass er Teil seiner Clique wurde.

Der Film war weder besonders lustig, noch konnte er durch originelle Ideen überzeugen, aber für Jona würde er vermutlich als die weltbeste Komödie in Erinnerung bleiben. Es war tausendmal schöner mit einem Mann, den man so gerne mochte, im Kino zu sitzen als mit seinen Geschwistern oder Hani. Es war etwas ganz anderes. Es war neu und aufregend, und gleichzeitig verursachte es in Jona ein Gefühl von Zusammengehörigkeit und Wohligkeit.

Er sah zum wiederholten Male zu Flo und lehnte seinen Kopf seitlich gegen den Sitz.

»Was ist los?«, fragte Flo flüsternd und betrachtete ihn. Seine Augen glitzerten im gedämmten Licht des Saales.

Jona hob die Schultern.

»Du siehst gut aus«, sagte Flo und strich mit seiner Hand über Jonas Haare. Sanft zupfte er an einer Strähne und klemmte sie hinter Jonas Ohr. Als sein Finger Jonas Ohrläppchen berührte, spürte Jona das blitzartige Gefühl im Bauch, das er manchmal hatte, wenn er mit Flo zusammen war.

»Ach was.« Jona grinste und hob erneut die Schultern. Er war schlaksig und hatte nicht das gute Aussehen seiner Brüder.

Im Gegensatz zu Raya und ihm hatten Abdel und Adil pechschwarzes Haar und dunklere Haut. Abdel war kräftig gebaut mit einem breiten Kreuz, er besaß ein hübsches Lachen und ein symmetrisches Gesicht. Zwar hatte er einen Hang zum Übergewicht, sein Bart und seine längeren Haare lenkten allerdings davon ab. Adil wiederum war groß und schlank, und obwohl er oft einen aggressiven Eindruck machte, konnte er charmant sein, wenn er wollte. Schade, dass er zu oft merkwürdig angestrengt wirkte.

Jona hingegen war klein und dürr, mit zu langen Beinen und Armen. Seine Haut war weder besonders hell noch besonders dunkel, und seine Haare gingen eher in ein gewöhnliches Braun über. Nichts an Jona war besonders, er war unscheinbar und unauffällig.

Auch Raya hatte diese Haarfarbe, im Gegensatz zu ihm hatte sie jedoch wundervolle Haare und wusste etwas damit anzufangen. Sie war die Hübscheste der vier Geschwister. Mit einer optimistischen und kämpferischen Natur ausgestattet, nahezu perfekten Körperproportionen und einem strahlend hellen Lachen überzeugte sie jeden schnell. Ihre langen Haare glänzten, während die Haare der restlichen Familienmitglieder meist stumpf wirkten.

»Für mich schon.« Flo nickte und sah wieder zur Leinwand.

Jona seufzte und ließ sich etwas zur Seite fallen, während auch er sich nach vorne wandte. Seinen Kopf schmiegte er gegen Flos Schulter. Der typische Geruch von Flo durchströmte seine Nase, und er war kurz versucht, sich zu strecken, um seine Nase noch enger an Flos Nacken zu drücken.

So verfolgte er den weiteren Verlauf des Filmes und bemerkte, dass der Film etwas besser war, als er die ganze Zeit wahrgenommen hatte. Einige Male musste er aufglucksen, und die Dialoge ergaben jetzt, wo er die Handlung verfolgte, mehr Sinn. Erst als es unbequem wurde, richtete er sich auf. Er dehnte Schultern und Nacken, indem er zuerst nach rechts, danach nach links sah.

Als er seinen Kopf zu seiner Sitznachbarin drehte, bemerkte er, dass sie ihn beobachtete. Sie lächelte ihn an.

Jona zog die Hand von Flo auf seinen Schoß und beobachtete die Augen der Frau, die der Bewegung folgten. In ihrem Blick konnte er kein Unwohlsein erkennen. Sie lächelte ihn an und griff in ihre Popcorntüte.

So als würde es sie nicht sonderlich interessieren, dass er hier mit Flo kuschelte, wisperte sie: »Ich hatte mir was ganz anderes vorgestellt, als ich den Trailer gesehen habe.«

Jona nickte. »Seltsamer Film.«

»Deinem Freund scheint es wenigstens zu gefallen«, fügte sie hinzu.

'Mein Freund', dachte Jona und sah kurz zu Flo, der recht konzentriert wirkte. 'Ja, meinem Freund gefällt der Film', sagte er in Gedanken und spürte Triumph in sich aufsteigen. Er saß hier in der Öffentlichkeit, und es machte ihm gar nichts aus, dass diese Frau wusste, dass er einen Freund hatte und schwul war. Wenn es nur immer so sein könnte. Und überall. Aber er wusste genau, wenn das Licht anging, würde er Flos Hand von sich stoßen. Doch vielleicht war es ein Anfang.

»Ja, sieht so aus«, sagte er.

Die Frau schmunzelte und sah nach vorne.

Zufrieden streckte Jona seine Beine aus und versuchte sich wieder auf den Film zu konzentrieren. Sein Blick ging allerdings ständig zu Flo hinüber. 'Mein Freund', dachte er glücklich. Er zog Flos Hand zu sich heran und küsste die Handfläche. Sie war erstaunlich kühl und fühlte sich weich an.

Erstaunt sah Flo ihn an. »Alles okay?«

Jona antwortete nicht, sondern drückte Flos Hand.

Um zu vermeiden, dass Flo bemerkte, dass er seine Hand nur losließ, weil das Licht anging, tat er bereits während des Abspanns so, als würde er sich strecken müssen. Sobald der Saal erhellt wurde, gab er sich damit beschäftigt, die Jacke anzuziehen. Er betrachtete die Leute, die in der Reihe vor ihm nach draußen marschierten und zuckte kurz zusammen, als er daran dachte, dass Flo irgendwann erwarten würde, dass sie in der Öffentlichkeit im Hellem offen zeigten, dass sie ein Paar waren.

Sein Blick fiel auf seine Sitznachbarin, und er musste überrascht feststellen, dass sie älter war, als er geglaubt hatte. Er schätzte sie auf Mitte Vierzig. Ihre drei Freundinnen kicherten, während sie sich anzogen und die Handtaschen über die Schultern warfen.

»Ich wünsche euch einen schönen Abend«, meinte sie und zog den Reißverschluss ihrer Jacke nach oben.

»Danke, euch auch«, antwortete Jona.

»Kanntest du sie?«, fragte Flo, als Jona sich umdrehte, um zum Gang hinauszugehen.

Er schüttelte den Kopf. »Wir haben uns kurz unterhalten.«

»Ich habe es gehört. Was hat sie gesagt?« Flo folgte ihm, nahm allerdings nicht wieder seine Hand. Er schien verstanden zu haben und versuchte nicht, den Arm um Jonas Schultern zu legen oder etwas ähnliches. Für seine Geduld und das Verständnis wollte Jona ihn belohnen.

»Sie hat dich als meinen Freund betitelt«, erzählte er.

»Und? Hast du es bestritten?«, erkundigte Flo sich und schob seine Hände lässig in die Jeanstaschen. Er wirkte cool wie immer, aber seine Augen flackerten.

»Nein«, antwortete Jona und lächelte. »Hab es bestätigt, und es hat sich sehr gut angefühlt.«

Flo erwiderte das Lächeln und lief mit ihm zurück zum Parkplatz, wo sein Auto stand. Er begann ein Gespräch über den Film und akzeptierte weiterhin, dass Jona nicht seine Hand nehmen wollte, auch wenn er es im Schutz der Autoreihen einmal versuchte.

Wie lange würde er so geduldig bleiben?

♥

Am nächsten Tag rief Jona bei Hani an und schlug ihm vor, etwas zu unternehmen. Dieses Mal ließ Jona sich nicht abwimmeln, sondern betonte, wie wichtig es ihm war. Hani wirkte überrascht und sagte zu.

Sie gingen in ein Eiscafé und bestellten sich Getränke. Hani eine heiße Schokolade und Jona einen Latte Macchiato.

Wie so oft, wenn sie zusammen waren, redeten sie kaum etwas. Sie verbrachten oft ihre Zeit so miteinander, jeder auf sein Smartphone starrend und manchmal etwas Smalltalk betreibend. Das, was sie hatten, war keine tiefgreifende Freundschaft, sondern ein oberflächliches Zusammensein. Doch Hani war jahrelang der einzige Kontakt gewesen, den Jona abgesehen von seinen Kollegen und der Familie hatte. Flo hatte recht mit allem, was er sagte.

Nun sollte er für Hani da sein, auch wenn es ihm schwerfiel, das Thema anzusprechen. Er räusperte sich. »Du solltest sie nicht heiraten.«

Hani senkte das Smartphone und starrte ihn an. »Du hast keine Ahnung.«

»Hani, du kennst sie nicht einmal.«

Langsam hob Hani die Schultern. Dann sah er wieder auf sein Handy.

Jona seufzte und rieb sich über die Stirn. »Was, wenn ihr euch nicht versteht? Ich dachte, du willst dir hier eine Frau suchen? Eine, die wenigstens Deutsch kann und schon länger hier lebt.«

»Ich bin ein Jahr älter als du, Jona. Ich muss was tun.«

»Aber ...«

»Ich finde keine Frau aus eigenem Antrieb. Und meine Eltern werden langsam ungeduldig.« Hani hob die Schultern.

»Warte ...« Jona richtete sich auf. »Was ist mit Stefanie?« Er wollte es nicht ansprechen, weil es nicht üblich war, dass sie solche Dinge miteinander besprachen. Zumindest nicht von seiner Seite aus. Je weniger er von anderen Menschen wusste, desto weniger musste er ihnen von sich erzählen. So hielt er die Menschen auf Abstand. So hatte er sich Hani jahrelang auf Abstand und zur gleichen Zeit in greifbarer Nähe gehalten.

Deswegen war er wohl auch so einsam. Die Erkenntnis ließ ihn schaudern. Es war nicht nur die Tatsache, dass er nicht damit zurechtkam, auf Männer zu stehen, oder der Umstand, sich nicht integriert genug zu fühlen. Nein, es lag auch an ihm und seinem Verhalten.

Nun wollte er sich aber auf Hani konzentrieren, er konkretisierte: »Ich glaube, sie mochte dich wirklich sehr.«

Überrascht sah Hani ihn an. »Wir waren ein paar Mal aus, es ist leider nicht gut gegangen.«

»Was ist nicht gut gegangen?«, fragte Jona.

Hani starrte auf seine Tasse, anschließend wieder auf sein Handy. Er seufzte. »Meine Eltern haben davon erfahren. Es gab einen Riesenstress zu Hause. Und jetzt heirate ich.«

Jona sah ihn entsetzt an. Wie hatte er von all dem nichts mitkriegen können? Was für ein schrecklicher Freund war er nur gewesen?

»Sieh es positiv«, meinte Hani und lächelte gequält. »Ich werde eine Frau haben. Und selbst wenn wir nicht richtig warm miteinander werden: Ich werde Kinder mit ihr haben.«

»Warum hast du mir das mit Stefanie nicht erzählt?« Jona konnte nicht verhindern, dass sich seine Verletztheit in seiner Stimme widerspiegelte.

»Du erzählst doch auch nichts.« Hani funkelte ihn wütend an. Er wartete einen Moment, dann winkte er ab und widmete sich erneut seinem Handy.

Jona presste seine Lippen aufeinander. Nachdenklich sah er ebenfalls auf sein Smartphone. In seinem Mund bildete sich ein schaler Geschmack.

♥

»Wie geht es Moritz?«, wollte Abdel wissen, kurz nachdem sie ihre Schuhe vor der Wohnungstür ausgezogen hatten.

Erstaunt hielt Jona inne, er hängte seine Jacke zögerlich an den Haken und schloss die Tür hinter ihnen. Er hatte nicht gewusst, dass Abdel so gut über Rayas Freund Bescheid wusste.

Nach wie vor akzeptierte Abdullah die Beziehung nicht, Raya hingegen weigerte sich standhaft, sich von Moritz zu trennen. Sie traf sich weiterhin mit ihm und sah nicht ein, dies zu verschweigen. Abdullah hatte es aufgegeben, dazu etwas zu sagen. Das verwunderte Jona sehr, da er immer davon ausgegangen war, dass irgendwann was Schlimmes passieren würde, zum Beispiel, dass Raya rausgeworfen werden würde. Seine Befürchtungen hatten sich nicht bestätigt. Es war nichts passiert. Raya hatte offenbar alles richtig gemacht, indem sie einfach ihren Weg gegangen war und sämtlich Einwände abgeschmettert hatte. Nur noch Adil machte manchmal spitze Bemerkungen, die Raya aber stets ignorierte.

»Gut geht es ihm«, antwortete Raya und umarmte Linh.

»Ein netter junger Mann«, lobte Abdel.

»Kennst du ihn?« Jona konnte sein Erstaunen nicht verbergen.

»Sicher. Raya hat ihn mir vorgestellt«, antwortete Abdel und schob ihn zum Wohnzimmer, wo sich Linh und Raya bereits an den kleinen Wohnzimmertisch gesetzt hatten. »Ich mag ihn.«

Raya wurde rot und sah dadurch noch hübscher aus als sonst.

Weil Abdel ihn auffordernd ansah, sagte Jona: »Ja, er ist wirklich nett.« Er hörte sich gereizter an, als er es war, doch ihm ging es auf die Nerven, wie Raya damit umgehen konnte. Sie war so selbstbewusst, so unbekümmert und kam damit auch noch durch.

Höchstwahrscheinlich war es der Neid. Jona fand es unfair, dass niemand Flo kannte, und er fühlte sich zurückgesetzt. Dabei behandelte ihn niemand ungerecht, er verzichtete auf ihre Unterstützung, indem er selbst so feige war. Raya hatte ähnliche Probleme wie er, ging es jedoch anders an, und ihr Mut wurde belohnt.

»Alles in Ordnung?«, fragte Abdel.

Jona straffte seine Schultern und nickte. »Ja, ja, alles klar«, murmelte er. Er hasste dieses besorgte Nachfragen von Abdel. Er machte es immer, wenn sie sich sahen, und Jona fand, dass es ebenfalls eine Kritik an den Eltern beinhaltete. So als würde Abdel erwarten, dass einer von ihnen dreien schon bald ähnliche Probleme bekommen würde wie er selbst.

»Er ist in letzter Zeit ständig launisch«, meinte Raya und schlug ihre Beine übereinander. »Mal himmelhochjauchzend und dann zu Tode betrübt. Und oft gereizt. Ganz ohne Grund.«

Jona warf ihr einen bösen Blick zu, worauf sie die Schultern hob.

»Wie geht es Adil?«, erkundigte Abdel sich und schenkte ihnen allen Tee ein. Er setzte sich auf die Sessellehne zu Linh und legte seinen Arm um ihre Schultern. Es war ein vertrautes Bild, denn die beiden hatten eine innige Beziehung. Auch darauf war Jona neidisch, er hoffte allerdings, dass er es sich nicht anmerken ließ.

»Ach der ... schleimt rum wie eh und je.« Raya verdrehte die Augen.

»So schlimm?« Abdel spielte mit den Haaren seiner Freundin, welche Raya traurig musterte.

»Er ist ein Volltrottel«, fügte Raya hinzu.

Abdel seufzte. »Sag das nicht, Raya.«

»Wieso nicht? Es ist wahr!« Raya stieß ihren Fuß so weit nach oben, dass sie die Glasplatte des Tisches anstieß und die Gläser darauf klirrten.

»Es macht mir Sorgen. Ich habe ihn schon seit Ewigkeiten nicht mehr gesehen«, erwiderte Abdel.

»Er redet nicht gut von dir«, betonte Raya und verschränkte ihre Arme vor der Brust.

»Weil er von unseren Eltern beeinflusst wird«, sagte Abdel leise. »Und genau das macht mir Sorgen. Ich glaube, dass er sich ziemlich alleine gelassen und in die Ecke gedrängt fühlt.«

»Hast du etwa Mitleid mit ihm?«, fauchte Raya.

»Raya.« Jona legte eine Hand auf den Oberschenkel seiner Schwester, da ihr Bein unablässig wippte und ihn das nervös machte.« Vielleicht hat Abdel ja recht?«

»Klar, dass du ihn wieder in Schutz nimmst.« Raya stieß seine Hand weg. »Tust du ja ständig, wenn ich mit ihm in Streit gerate.«

Jona verdrehte die Augen. Raya verstand einfach nicht, dass andere Menschen eventuell ihre Probleme nicht laut äußerten, trotzdem mit sich haderten. So wie Adil. Jona hatte gesehen, wie sehr es Adil quälte, dass er seinen Vater nicht beeindrucken konnte.

»Er muss langsam mal erwachsen werden«, warf Linh ein und drückte sich eng an Abdel. Eine unterstützende Geste, wie Jona vermutete.

»Wie gesagt, mir macht es Sorgen, wie er sich von unseren Eltern beeinflussen lässt.« Abdel massierte sich die Stirn und wirkte älter, als er tatsächlich war.

Raya schnaubte.

»So schlimm, wie du behauptest, sind sie nicht«, warf Jona ein und hob die Schultern. An der giftigen Atmosphäre zu Hause war Raya genauso schuld, schließlich ging sie sofort auf Konfrontationskurs, wenn Adil sie provozierte. »Zumindest Mama ist das nicht. Und unser Vater ... Er ist ... alt.«

»Das sehe ich anders.« Abdel schüttelte den Kopf. »Unser Vater beeinflusst Adil und hetzt uns Geschwister gegeneinander auf. Ich bin so enttäuscht von ihm.

Vermutlich könnt ihr euch nicht mehr daran erinnern, dass er mal ein lebensfroher, aktiver Mann war. Er ist bestraft worden, weil er so liberal und modern war. Deswegen war er im Gefängnis. Er war derjenige, der ein progressives, fortschrittliches und besonders freies Leben führen wollte, und was tut er jetzt? Genau das Gegenteil davon.«

Jona hob wieder die Schultern. »Er ist von Deutschland enttäuscht worden.«
»Enttäuscht worden?« Abdel schüttelte den Kopf. »Was für ein Blödsinn. Nur weil es nicht so leicht war, wie er geglaubt hat, hat er einfach den Kopf in den Sand gesteckt und aufgegeben? Es ist nicht die Schuld dieses Landes, dass er zu den Abgehängten gehört.«

»Es muss das Gefängnis gewesen sein.« Jona sah seinen älteren Bruder nachdenklich an.

»Ja, er war durch das Gefängnis gezeichnet, er wurde schlimm schikaniert. Doch ich habe damals bewundert, wie kämpferisch und zuversichtlich er dennoch war«, antwortete Abdel. »Wo ist das geblieben?«

»Naja.« Linh hob ihre Hand und strich Abdel eine Strähne aus der Stirn. »Habt ihr darüber nachgedacht, dass es zu viel verlangt von ihm sein könnte, dass er fortwährend weiterkämpfen soll? Irgendwann ... kann ein Mensch nicht mehr kämpfen«, mutmaßte sie.

Raya presste ihre Lippen zusammen. Es war ihr anzusehen, dass sie nach wie vor wegen Adil grollte. Selbst Jona fiel es schwer, sich so gegen die Eltern auszusprechen, wie es Abdel tat. Obwohl er glaubte, ihrem jüngeren Bruder mehr Nachsicht entgegen zu bringen, als es Raya gelang. Wenn man ihrem Vater die Schuld daran gab, dass er abgehängt wurde, konnte man genauso gut Adil die Schuld daran geben, dass er sich beeinflussen ließ. Woher kam also Abdels Kritik an ihrem Vater und gleichzeitig die Verteidigung von Adil?

»Er kam her, wollte arbeiten, trotz der Schmerzen. Die wurden schlimmer, und ihm ging es schlechter. Was blieb ihm anderes übrig, als zu Hause zu bleiben?«, wollte Jona von seinem Bruder wissen.

»Die Schmerzen sind psychisch bedingt«, betonte Abdel.
»Und dafür willst du ihn verurteilen?«, fragte Jona barsch und verstand die Welt nicht mehr. »Er war im Gefängnis. Mehrmals. Anschließend kam er her, und es

stellte sich heraus, dass er sich nicht so anpassen konnte wie andere.« »Ich finde es nicht richtig, wie er Adil behandelt«, fauchte Abdel.

»Und ich finde es nicht richtig, wie Adil sich verhält«, fügte Raya energisch hinzu.

»Siehst du?« Abdel zeigte erst auf sich, dann auf Jona und Raya. »Er schafft es sogar, uns jetzt aufeinander zu hetzen, obwohl er nicht mal im selben Raum ist.«

Jona schwieg und biss sich auf die Lippe. Auch Raya blieb leise und sah sich um. Sie lobte den neuen Vorhang von Linh, und Linh erkundigte sich, ob jemand etwas trinken wollte. Sie schenkte Wasser und Apfelsaft in die Gläser und setzte sich wieder. Jona trank einen Schluck.

»Mama ist einfach eine Mitläuferin. Sie kann sich nicht gegen ihn wehren«, meinte Jona nach einem Moment, nun viel ruhiger.

»Wenn du das glaubst, kennst du unsere Mutter nicht.« Abdel stand rasch auf und lief hinter dem Sofa herum, auf dem Jona und Raya saßen. »Nadira hat es zugelassen, dass unser Vater tiefe Gräben zwischen uns Geschwistern gezogen hat.«

»Sie hat nie gelernt, als Frau ihrem Mann zu widersprechen«, erinnerte Raya ihn. »Sie ist einfach feige.«

»Schade. Früher war sie nie feige« Abdel seufzte. »Naja, egal. Wollt ihr ein Stück Kuchen? Ich habe gebacken.«

Raya lächelte, und ihre in Falten gezogene Stirn glättete sich. Ihre Augen strahlten. »Du?«

»Ja, er hat tatsächlich selbst gebacken.« Linh lachte und stand ebenfalls auf. »Ich hole mal Teller und den Kuchen.«

»Ich wusste gar nicht, dass du backen kannst.« Erstaunt folgte Raya Linh in die Küche und warf einen amüsierten Blick über ihre Schulter zurück zu Abdel.

Der lachte laut und sah zu Jona. »Bist du dir sicher, dass alles klar ist?«

Jona sah ihn sauer an. Musste er ihn wirklich so unter Druck setzen? »Ja, natürlich. Warum nicht?«

»Ich finde, du hast dich verändert.«

Verärgert trommelte Jona mit seinen Fingern auf seinem Bein herum. »Mich nervt das.«

»Was?«, fragte Abdel.

»Die Feindseligkeit innerhalb der Familie, besonders bei Raya und Adil. Das abschätzige Schweigen unserer Eltern Raya gegenüber. Ihre Art, damit umzugehen.« Jona betrachtete ratlos seine Finger. »Es strengt mich einfach an. Ich habe eigene Probleme.«

»Was für welche?«

Jona schüttelte den Kopf und machte eine wegwerfende Handbewegung.

»Wenn du nicht darüber redest, kann dir auch keiner helfen«, sagte Abdel nüchtern und setzte sich wieder. »Also? Was ist los?«

»Du würdest es nicht verstehen«, murmelte Jona. Er drückte seine Schultern nach hinten, weil er augenblicklich spürte, dass er sich verkrampfte. Es war verführerisch, einfach alles zu sagen, aber er konnte überhaupt nicht einschätzen, wie Abdel reagieren würde.

Abdel sah ihn für einen Moment betroffen an. »Versuch es, bitte.« »Las es«, zischte Jona.

»Jona ...«

»Was auf jeden Fall nervt, ist die Tatsache, dass ich zu Hause ständig Streit schlichten muss«, versuchte Jona seinen älteren Bruder abzulenken.

Abdel bewegte sich nicht und sah für einen erstaunlich langen Moment auf den Boden. Es sah so aus, als wäre er eingeschlafen. Plötzlich richtete er sich ruckartig auf. »Du musst nicht schlichten.«

»Ich fühle mich irgendwie verantwortlich dafür«, murmelte Jona.

Abdel beugte sich vor. »So war das schon immer. Ich war der polternde und laute Älteste, Adil der verwöhnte kleine Prinz und Raya als das einzige Mädchen die schöne und süße Besonderheit. Nur du ... Du warst ständig so ...« »Langweilig?«, erkundigte Jona sich gequält.

»Nicht langweilig.« Abdel schüttelte den Kopf.

»Was dann?« Jona dachte an Flo und versuchte sich daran zu erinnern, dass er zumindest für den einen Menschen etwas ganz Besonderes war. Warum das so war, war ihm ein Rätsel.

»Ich glaube manchmal, unsere Eltern haben dich vergessen, und du hast irgendwie eine Co-Existenz geführt. Warst damals schon so vernünftig, hast dich praktisch selbst erzogen. Manchmal echt unheimlich.« Abdel erhob sich und setzte sich neben Jona auf das Sofa.

»Unheimlich?« Jona empfand Unwohlsein mit seinem Bruder so dicht neben sich. So viel Aufmerksamkeit vertrug er nicht. Es war ihm unangenehm.

»Lass los. Leb dein Leben, genieß dein Leben«, empfahl Abdel. »Lass Raya und Adil sich streiten. Was geht es dich an?«

Jona schüttelte den Kopf. »Du verstehst es nicht.« Er hasste es, dass Raya und Adil sich stritten, weil sie seine Familie waren. War das so absonderlich? Andererseits strengte es ihn unglaublich an, fortwährend vermitteln zu müssen.

»Es ist die Aufgabe unserer Eltern, die Sache zwischen Raya und Adil in Ordnung zu bringen, nicht deine. Du bist nicht das Familienoberhaupt«, erinnerte Abdel ihn.

Jona überlegte, ob Abdel ihn verspotten wollte. Als er in die Augen seines Bruders sah, bemerkte er jedoch, dass Abdel ihn vollkommen ernst musterte.

»Adil ist schwierig, und Raya ist auf ihre Art auch furchtbar anstrengend. Du kannst das nicht einfach so in Ordnung bringen. Dafür haben unsere Eltern bereits vor Ewigkeiten gesorgt. Die Kluft zwischen den beiden ist schon zu groß. Wegen Moritz, aber nicht nur wegen ihm. Das bekommst du nicht hin. Nicht ohne Hilfe«, erläuterte Abdel.

Jona verzog sein Gesicht. »Ich glaube, die Mädels brauchen Hilfe in der Küche.« Er stand auf.

»Jona.« Abdel streckte seinen Arm aus und umklammerte Jonas Handgelenk mit seinen Fingern.

Energisch zog Jona an seinem Arm und konnte sich damit befreien.

»Jona«, rief Abdel ihm hinterher.

Doch Jona schüttelte den Kopf. »Lass es einfach«, bat er müde.

Als Abdel ihm folgte, sprach er Jona nicht mehr darauf an, und Jona war dankbar dafür.

♥

»Komm rein.« Flo wartete nicht darauf, bis Jona seine Schuhe ausgezogen hatte, sondern zog ihn in den Flur hinein. »Schön, dass du da bist. Komm', ich zeig dir die Wohnung.« Er lächelte.

Bevor Jona ihm folgte, zog er die Schuhe aus, stellte sie ordentlich neben Flos Turnschuhe und hängte seine Jacke an einen freien Haken. Auf Strümpfen lief er Flo hinterher und sah sich im Wohnbereich um, in welchen Flo ihn führte.

Als er am Nachmittag von der Arbeit nach Hause gekommen war, waren Raya und Adil erneut am Streiten gewesen. Jona hatte zunächst versucht zu schlichten, so wie er es sonst auch tat, während er seine Eltern mit steigender Verärgerung beobachtete. Abdullah heizte durch perfekt platzierte Provokation die lautstarke Diskussion zwischen den Geschwistern weiter an, während Nadira vorgab, nichts zu bemerken und Staub wischte. Jona hatte sich an Abdels Worte erinnert und war wütend geworden. Schließlich war er aufgestanden und hatte die Wohnung verlassen.

Erst nachdem er die Wohnungstür hinter sich zugezogen hatte, war ihm eingefallen, dass er nicht zu Hani gehen konnte, da der bei seiner Oma zu Besuch war. Er spielte mit dem Gedanken, zu seinem älteren Bruder zu gehen, doch um die Uhrzeit fuhr dort kein Bus mehr hin. Also rief er Flo an und fragte, ob er für eine Weile vorbeikommen könne. Flo freute sich über den Überraschungsbesuch und hatte ihm sofort den Weg erklärt.

Die Wohnung war genauso chaotisch, wie er es insgeheim erwartet hatte. Bücher, CDs und DVDs lagen kreuz und quer in einem Regal. Auf dem Wohnzimmertisch lagen verstreut Zeitschriften, und auf der Fensterbank standen Gläser. Eine fast vertrocknete Pflanze quälte sich in einem zu kleinen Blumentopf. Ihr Schicksal schien besiegelt. Aber abgesehen von dem Durcheinander war das Zimmer in einem Stil eingerichtet, der Jona für Flo untypisch vorkam. Die Möbel wirkten teuer und elegant, und die Vorhänge sahen fast schon mädchenhaft schön aus.

»Was ist passiert?«, wollte Flo wissen.

Jona winkte ab. »Es gab mal wieder Streit, und darauf hatte ich keine Lust.«

»Deine Schwester und dein Bruder?«, hakte Flo nach und zeigte auf das Sofa.

Jona schob die Socken darauf zur Seite und setzte sich. »Ja. Und ich bin wie immer zwischen die Fronten geraten.«

»Wieso hältst du dich da nicht einfach raus?«, erkundigte Flo sich. Er verließ den Raum und öffnete eine Tür, die, wie Jona nun sah, in die Küche führte. Auch hier herrschte eine gewisse Unordnung, trotzdem hatte Jona den Eindruck, dass Flo auf

Sauberkeit achtete, denn obwohl sehr viel Zeug auf der Arbeitsfläche herumlag, sah alles sauber aus.

Jona musste lächeln.

»Willst du einen Kaffee?«, bot Flo an und runzelte er die Stirn. »Warum lachst du?«

»Du hast es nicht so mit Aufräumen, oder?« Jona kicherte.

Flo verdrehte die Augen. »Ha ha«, brummte er. »Kaffee?«

»Kaffee ist gut«, antwortete Jona.

»Komm her, ich habe hier eine große Auswahl.« Flo winkte ihn zu sich.

Jona stand auf und ging in die Küche. Nun sah er, dass sich sein erster Eindruck bestätigte. Es war sauber, aber nichts schien einen festen Platz zu haben. Jona kratzte sich am Kopf und betrachtete ein kompliziert aussehendes Gebilde, in dem verschiedenfarbige Kapseln eingeklemmt waren. Er entschied sich für einen normalen Kaffee.

»Hast du das selber gemacht?«, Er berührte das Brett aus Holz. Es hing an der Wand und hatte Platz für ungefähr 50 Kapseln.

»Ja.« Flo sah stolz aus. Er zog ihn zu sich heran und schlang seine Arme um seine Schultern. Während der Kaffee durchlief, berührte er Jonas Bauch. Erst als die Tasse voll war, ließ er los, und legte stattdessen sein Kinn auf Jonas Schulter. Jona drückte sich eng an Flos Oberkörper und stieß laut die Luft aus. Es war unbeschreiblich, wie wohl er sich bei ihm fühlte, wie behaglich es war, von Flo gehalten zu werden. Hier wollte er bleiben, wenn möglich für immer. Er schloss die Augen und drehte seinen Kopf, sodass seine Nasenspitze Flos Wange berührte.

Wenn er seine Lippen spitzen würde, könnte er Flo küssen. Das erste Mal. Kurz erwägte er, es wirklich zu tun, der Moment verging hingegen, ohne dass er es wagte. Als Flo sich wegdrehte, um die Milch aus dem Kühlschrank zu holen, ging Jona einen Schritt zur Seite. Eine überraschende Kälte durchströmte ihn, und er war froh, als er die Tasse mit dem heißen Kaffee nehmen konnte, um seine Finger zu wärmen.

»Mein Bruder hat mir ebenfalls empfohlen, nicht ständig zwischen Raya und Adil zu vermitteln«, erzählte er, als sie gemeinsam ins Wohnzimmer zurückgingen.

»Du meinst Abdel?« Flo zog seine Beine auf den Sessel. Es sah nicht bequem aus, wie er da im Schneidersitz dasaß.

Er nickte.

»Warum denkst du, dass du schlichten musst? Wer nötigt dich dazu?«, fragte Flo.

Jona überlegte einen Moment. Tatsächlich hatte er sich diese Frage schon gestellt, nachdem Abdel das Thema aufgebracht und er Zeit gehabt hatte, darüber nachzudenken. Er war zu keiner Antwort gekommen. »Vielleicht, weil ich glaube, meine Schwester beschützen zu müssen. Ich will, dass Adil es versteht.« »Was versteht?« Flo stützte seine Arme auf den Oberschenkeln ab.

Jona stellte die Tasse hin, da der Kaffee noch zu heiß zum Trinken war. »Dass sie ihren Freund liebt und er das akzeptieren muss.«

»Glaubst du, indem du Raya in ihrem Kampf unterstützt, hast du es später leichter, deinen eigenen Kampf zu kämpfen?« Flo sah ihn aufmerksam an.

Jona hob die Schultern. »Klingt logisch. Allerdings ist es nicht miteinander gleichzusetzen. Raya ist eine Frau und hat noch weniger Wahlfreiheit, was den Partner angeht. Es wird eher toleriert, dass ein Mann eine Nichtmuslimin heiratet als andersherum.«

»Zumindest ist es ein Mann und keine Frau«, betonte Flo.

»Ja, das stimmt.« Jona verzog sein Gesicht. Ein starkes Unbehagen überkam ihn, als er daran dachte, wie viel schwerer es für ihn werden würde. Andererseits hatte niemand Raya rausgeworfen oder Schlimmeres getan. Und wenn sie für ihren Freund so kämpfen konnte, sollte Jona es doch ebenfalls schaffen. Wie so oft drehten sich die Gedanken im Kreis. Wann würde er es aufgeben, darüber nachzudenken? Was nützte es ihm? Er konnte nicht in die Zukunft blicken und abschätzen, wie seine Familie auf Flo reagieren würde.

»Jona.« Flo beugte sich vor. »Hast du mal darüber nachgedacht auszuziehen?«
Jona senkte den Kopf und starrte auf das Laminat. Er schluckte.
Anschließend hob er die Schultern. »Es ist nicht so leicht. Bei uns zieht man erst aus, wenn man heiratet.« Flo stöhnte leise.

»Ich weiß, dich nervt das«, murmelte Jona.

»Es nervt mich nicht, es macht mich nur traurig«, widersprach Flo.

Die fiesen Bemerkungen seines Vaters ploppten in seinen Gedanken auf, als hätten sie nur darauf gewartet, genau jetzt zu stressen. Voller Hohn und Spott hatte Abdullah Raya daran erinnert, dass Moritz die Religion und Kultur von Raya nicht schätzen würde. Dabei konnte er es gar nicht wissen, denn er kannte Moritz ja nicht, und Raya behauptete zudem das Gegenteil, trotzdem hatte sie empfindlich auf diese Bemerkungen reagiert.

»Hast du dich eigentlich irgendwann mit meiner Religion auseinandergesetzt?« Jona klang mürrischer, als er klingen wollte. Woher seine schlechte Laune plötzlich kam, wusste er nicht so genau, aber er überlegte, ob Abdullah nicht eventuell den richtigen Riecher gehabt hatte. Sonst wäre Raya doch nicht so darauf angesprungen.

Und Flo? Bisher hatte er sich eher abschätzig gegenüber Religionen im Allgemeinen geäußert, und das hatte Jona irritiert. Flo starrte ihn überrascht an. »Nein, soll ich?«

»Mir ist meine Religion wichtig«, erinnerte Jona ihn.

»Erzähl mir davon«, forderte Flo ihn auf. »Was ist dir daran besonders wichtig?«

Jona hob die Schultern. »Es fällt mir schwer ... Irgendwas muss da sein. Ich meine ... Dein Vater ...?

»Ich glaube nicht an ein Paradies oder ein Nirvana«, unterbrach Flo hastig.

Immer wenn Jona ihn auf seinen Vater ansprach, reagierte Flo unwirsch und ungeduldig.

»Glaubst du nicht, dass es dir helfen würde, die Sache mit deinem Vater zu verarbeiten?«, fragte Jona.

Flo schüttelte den Kopf und sah genervt aus. Er wippte mit dem Bein. Es war ihm sichtbar unangenehm.

Jona starrte erst ihn, dann den Kaffee an. Vielleicht hatte sein Vater recht, und die Zeit mit einem Ungläubigen zu verbringen, brachte nur Unglück. Tatsächlich begann Jona selbst an seinem Glauben zu zweifeln. Und er wollte das nicht verlieren. Es war sein Halt, sein Korsett, in dem er sich bewegte. Wenn Flo wenigstens etwas vom christlichen Glauben halten würde. Jona malte sich Diskussionen aus, welche Religion die richtige war, und die anschließende Einigung, dass jede auf ihre Art gut war. Flo hielt nichts von all dem. Er machte sich sogar lustig darüber.

»Glaubst du wirklich, die Sache mit meinem Vater wird leichter, wenn ich mir einbilde, es gäbe eine Art Paradies?«, nahm Flo den Faden wieder auf.

»Ich glaube, dass da was ist«, sagte Jona.

»Warum?« Flo sah ihn ernst an.

»Es muss da was geben. Der Gedanke wäre mir unerträglich, dass die Existenz deines Vaters einfach so verschwindet. Mich tröstet die Aussicht, dass du ihn eines Tages wiedersehen kannst.«

»Das Leben meines Vaters verschwindet nicht so ohne Weiteres. Er ist mein Vater. Er hat mich geprägt. Er hat vielen Menschen gutgetan. Meiner Stiefmutter, meiner Mutter, seinen Freunden, seinem Bruder. Es hatte einen Sinn, dass er hier war. Jetzt ist er es nicht mehr, trotzdem ist er nicht komplett verschwunden. Das, was er in uns verändert hat, das ist noch da.« Flo zeigte auf sein Herz.

Jona nickte. Es klang logisch. Fast tröstlich. Doch er zweifelte daran, dass Flo das helfen konnte. Dafür weigerte er sich zu oft, über seinen Vater zu sprechen. Jona wünschte sich, Flo würde sich diesbezüglich mehr öffnen.

»Erzähl mir von euren Ritualen und Festen«, meinte Flo und hörte sich dabei fast fröhlich an.

Jona nickte erneut. Er begann zu erzählen, obwohl er gerne mehr über Flos Vater erfahren hätte.

♥

Als Jona am Abend auf dem Gebetsteppich kniete, erinnert er sich an die wohlwollende Aufmerksamkeit, welche Flo gezeigt hatte. Es war nicht mehr gewesen. Höflich, aber nicht zu neugierig. So als hätte Flo genau gewusst, dass er zuhören müsste und sich interessiert zu zeigen hätte.

Als Jona erwähnt hatte, dass für ihn das Beten eher eine Art Meditation war und er es nutzte, um den Tag Revue passieren zu lassen, hatte Flo nur mit den Schultern gezuckt. Anscheinend war für ihn jegliche Art von Esoterik oder Spiritualität ein Fremdwort.

Jona grübelte, ob eine Beziehung auf dieser Basis funktionieren konnte. Wenn Flo wenigstens an irgendetwas glauben würde, könnte sich Jona das gut vorstellen. Aber mit jemandem, der tatsächlich an rein gar nichts glaubte? War das Leben dann nicht leer? Hoffnungslos und grau?

Gerade als er versuchen wollte, den Gedanken an Flo von sich zu schieben, um sich ganz und gar dem Gebet zu widmen, klopfte es an der Tür, und seine Schwester streckte den Kopf herein.

»Ich wollte dich nicht stören«, sagte sie hastig.

»Tust du nicht.« Jona stand rasch auf. »Es klappt sowieso nicht.« »Geht es dir nicht gut?« Raya hörte sich besorgt an.

Jona seufzte. »Nein, ich war mit den Gedanken nur bei was anderem. Komm schon rein.«

Raya schlüpfte hinein und schloss die Tür. Sie setzte sich auf den Schreibtischstuhl und sah zu, wie er den Gebetsteppich einrollte. »Was war heute Nachmittag bei dir los?«

Ruckartig richtete Jona sich auf. »Was war bei *euch* los?«, verlangte Jona zu wissen, aggressiver als gewollt. »Mal wieder?«

Vollkommen verständnislos starrte Raya ihn an.

»Was soll das ständig?«, stellte Jona die Frage anders und hoffte so, eine Antwort zu erhalten.

Doch Raya hob lediglich die Schultern.

»Wieso musst du Adil immerzu provozieren?«, hakte Jona weiter und ließ sich neben dem eingerollten Gebetsteppich im Schneidersitz fallen.

»Bist du etwa auf seiner Seite?« Raya sah ihn mit Abscheu im Gesicht an.

»Ich bin auf gar keiner Seite«, fuhr Jona sie an. Es tat ihm sofort leid, aber er musste an die Worte seines älteren Bruders und an die von Flo denken. Er musste nicht fortwährend der Schlichter der Familie sein. Warum auch? Er hatte genug eigene Probleme. Trotzdem hatte er ständig das Gefühl, Raya helfen zu müssen. Als hätte er gar keine andere Wahl. »Eigentlich will ich einfach nur meine Ruhe haben«, fügte er etwas sanfter hinzu.

Raya sah ihn verletzt an und wirkte dabei wie ein scheues Reh. Ihre Augen, groß und dunkel, sahen entsetzt zu ihm, ihre schlanken Schultern bebten leicht, und die Finger zitterten. Sie trug einen dünnen, goldenen Ring, den Jona noch nie an ihr gesehen hatte. Ob sie den von Moritz hatte? Waren die beiden enger zusammen, als er die ganze Zeit gedacht hatte? Was, wenn Raya heimlich bereits ihre Hochzeit plante und bald ausziehen würde? Er wäre hier alleine mit seinen Eltern und Adil. Der Gedanke machte ihm wirklich Angst.

»Tut mir leid, ich bin ein bisschen gestresst«, murmelte er und strich sich mit dem Finger über die Augenbraue. Raya biss sich auf die Lippen.

»Ich meine, warum bist du nicht einfach froh, dass sie weiter nichts sagen?« Jona hob die Schultern. »Warum reicht dir das nicht fürs Erste? Du machst dein Ding, und solange du nicht darüber sprichst, lassen sie dich in Ruhe.«

»Ich will nicht, dass mein Freund ein offenes Geheimnis ist. Ich will hier in der Familie einen normalen Umgang damit haben. Ich will, dass sie ihn kennen und er mich hier besuchen kann. Es ist nicht normal, dass man ihn lediglich duldet, die Tatsache im Alltag allerdings völlig ignoriert«, sagte Raya.

»Wenigstens sagen sie nichts, wenn du dich mit ihm triffst.« Jona erhob sich und schlenderte zum Bett, um sich zu setzen. Er blickte seine Schwester aufmerksam an und versuchte, in ihren Gesichtszügen zu lesen, aber sie wirkte seltsam distanziert.

»Wenn du verliebt bist, verstehst du, was ich meine«, flüsterte Raya.

Jona zuckte zusammen.

»Was?«, erkundigte Raya sich anklagend.

Anscheinend hatte sie seine Reaktion missverstanden. Ihm wurde bewusst, dass seine Schwester und er einander nicht sehr gut kannten. Es stimmte ihn traurig.

»Ich verstehe dich schon«, betonte er und lächelte aufmunternd.

»Aber?« Rayas Stimme hatte einen scharfen Unterton.

»Ich habe nicht die Kraft, immer zwischen euch zu stehen«, versuchte Jona zu erklären.

»Steh' bitte hinter mir«, bat Raya. »Ich ... könnte jemanden gebrauchen, der zu mir hält. Adil hat schließlich Baba und Mama, die alles, was er macht, ganz toll finden.«

'Da bin ich mir nicht so sicher', dachte Jona, sprach es jedoch nicht aus, weil er nicht mit Raya diskutieren wollte. Sie war der Meinung, sie würde als einzige gegen den Rest der Familie kämpfen. Ganz so stellte es sich allerdings nicht dar. »Unsere Eltern sind anders aufgewachsen und leben noch nach einer ganz anderen Tradition. Und Adil möchte sie nur beeindrucken. Er versucht, unserem Vater zu imponieren und imitiert das Verhalten, das Abdullah lobend bei anderen herausstellt«, versuchte Jona, seine Familie zu verteidigen.

Raya schnaubte.

»Versuch das bitte einfach nachzuvollziehen«, bat Jona.

»Nein.« Raya verschränkte die Arme vor der Brust. »Nein, ich weigere mich. Es kann nicht sein, dass wir unser Leben nach denen richten. Ich bin zwanzig Jahre alt und habe einen Freund. Das ist nicht wirklich tragisch. Eigentlich ist es eher sehr normal. Und genauso will ich behandelt werden.«

Jona starrte seine Schwester an und spürte Hoffnungslosigkeit. Er sah zu seinem Handy, das neben Rayas Hand auf der Schreibtischplatte lag. Genauso wie vor einigen Stunden verspürte er das große Verlangen, zu Flo zu gehen. Er war so glücklich und zufrieden dort, dass er zurzeit nicht mehr fordern wollte. Seine Beziehung zu Flo war neu und aufregend und alles, was er brauchte. Sicher würde er das später mal anders sehen, und vielleicht würde er dann das Bedürfnis haben, dass Flo von seiner Familie akzeptiert wurde, jetzt hingegen war er nur dankbar, dass er ungestört seine Gefühle für Flo entdecken und sortieren konnte.

Warum konnte Raya nicht einfach etwas zufriedener sein? Sie durfte Moritz ja sehen, niemand verbat es ihr. Lediglich bei ihm zu schlafen, erlaubte ihr der Vater nicht. Das schien Raya auch zu akzeptieren. Ihr ging es um Grundsätze wie beispielsweise, dass Moritz' Name genannt werden konnte, ohne dass Adil einen dummen Spruch fallen ließ.

»Ich sehe das durchaus ein«, murmelte er.

Raya sah auf ihre Finger. »Danke«, meinte sie.

»Ich will nicht mehr länger zwischen euch vermitteln, und du musst akzeptieren, dass ich nach wie vor Respekt vor unseren Eltern habe. Und dass ich meinen Bruder nicht aufgegeben habe«, erklärte Jona weiter.

Raya nickte und sah dabei gequält aus. »Okay. Ich verstehe.«

»Ich möchte nicht immer in euren Scheiß reingezogen werden!«, sagte Jona erbost.

Als seine Schwester zur Tür lief, wusste er, dass sowohl Abdel als auch Flo stolz auf ihn wären, hätten sie diesem Gespräch gelauscht. Trotzdem tat ihm seine Schwester leid, als sie die Tür öffnete.

»Gute Nacht«, rief Jona ihr nach.

Raya drehte sich um und lächelte. Trotzdem sah sie dabei traurig und verzweifelt aus.

Unglücklich ließ sich Jona in die liegende Position fallen und verschränkte seine Hände hinter dem Kopf. Er atmete tief ein und wieder aus und griff schließlich nach seinem Handy. Flo nahm leider nicht ab, weswegen Jona ihm eine Nachricht schrieb und sich dann auf die Seite rollte. Er starrte an die Wand und versuchte sich an einen

Moment zu erinnern, als seine Geschwister und er vollzählig gewesen waren und sich dabei wohl gefühlt hatten. Das musste kurz nach ihrer Flucht nach Deutschland gewesen sein. Damals waren sie noch ein Team gewesen. Jetzt waren sie vier Erwachsene, die jeweils für sich kämpften und ihren eigenen Weg gingen.

Vielleicht war das normal. Für Jona war es allerdings eine entsetzliche Erkenntnis.

♥

»Vielleicht sollte ich mal mit Adil reden.«

Flo, der ihn die ganze Zeit im Arm gehalten und über seine Haare gestreichelt hatte, hielt inne. Er lehnte sich nach vorne und machte den Ton des Fernsehers leiser. »Geht dir das Gespräch mit deiner Schwester immer noch durch den Kopf?«

Jona hob die Schultern. Ihm tat es leid, dass er seine Gedanken laut ausgesprochen hatte, denn eigentlich hatte er das gemeinsame Fernsehen nicht unterbrechen wollen.

Er war erst das zweite Mal bei Flo, aber er fühlte sich schon richtig wohl hier, und er mochte die gemeinsame Zeit mit Flo in dessen Wohnung. Er hatte an diesem Samstag frei und Flo gefragt, ob sie gemeinsam etwas unternehmen wollten. Da es aber die ganze Zeit regnete, beschlossen sie, in Flos Wohnung zu bleiben. Jona war es recht. Mehr Zeit für Zweisamkeit, mehr Gelegenheit für Körperkontakt. Sie kuschelten sich auf dem Sofa aneinander und sahen sich die Wiederholung irgendeiner Sitcom an. Was im Fernseher lief, war Jona nicht so wichtig. Wichtiger war ihm, dass er dabei von Flo im Arm gehalten wurde. Sie waren beisammen, das war alles, was zählte.

»So schlimm war es auch wieder nicht«, sagte Jona rasch und drückte sich noch enger an Flo.

»Ich merke dir doch an, dass es dich beschäftigt.« Flo betrachtete ihn ernst.

Jona seufzte. »Nein, nicht wirklich. Wie geht es eigentlich deiner Stiefmutter?«

Das war kein Ablenkungsversuch, es interessierte ihn tatsächlich. Flo hatte ihm vor zwei Tagen am Telefon erzählt, dass seine Stiefmutter über Schmerzen im Arm geklagt hatte.

Flo brummte. Er beugte sich vor und machte den Ton wieder lauter. »Ich glaube, sie will nur Aufmerksamkeit.«

Jona sah nach vorne und runzelte die Stirn. »Aufmerksamkeit?«

»Sie ist etwas anstrengend, seit mein Vater tot ist. Sie glaubt, ich wäre so eine Art Ersatz. Sie will einfach nicht akzeptieren, dass meine Stiefschwester und ich erwachsen sind, dass wir unser eigenes Leben und nicht immer Zeit haben, wenn sie uns braucht. Manchmal ruft sie sogar an, wenn ich auf der Arbeit bin.« Er packte Jona fester.

»Sie ist einsam«, vermutete Jona leise.

Flo nickte. »Ja, sie hat nach dem Tod meines Vaters nie weitergelebt, und jetzt hat sie nur mich und Alina, meine Schwester. Und ich bin das Ebenbild meines Vaters.«

Jona seufzte. »Und deine Mutter? Wie kommt sie damit klar?«

Flo hob die Schultern. »Sie war ja von ihm geschieden, aber sie hatten eine Aussprache, als er im Sterben lag. Ich glaube, es fällt ihr leichter damit umzugehen, weil die gemeinsame Geschichte ein Ende hatte, bevor er gehen musste.«

Nachdenklich sah Jona zum Fernseher. Als Flo ihm erzählt hatte, dass seine Stiefmutter ihren Mann zu Hause gepflegt und seine Mutter sie dabei unterstützt hatte, indem sie häufig dort gewesen war, war er gerührt gewesen.

Die beiden Frauen waren Freundinnen. Irgendwie. Sie hatten den selben Mann geliebt und verloren. Sie hatten ihre Konflikte überwunden und somit Flos Vater einen ehrbaren und versöhnlichen Abschied ermöglicht.

Dass seine Familie zu solch einer Geste bereit wäre, bezweifelte er stark.

Er biss sich auf die Unterlippe. So viel zu dem Gerücht, dass deutsche Familien nicht zueinander hielten. Hier konnte man gut sehen, dass die Mitglieder sogar große Konflikte wie eine Scheidung überwinden konnten – Konflikte, die in seiner Familie nur oberflächlich behandelt wurden.

»Du solltest mal mitkommen, wenn ich meine Stiefie besuche«, schlug Flo vor und spielte an der Fernsehbedienung herum.

Dass er seine Stiefmutter Stiefie nannte, fand Jona immer noch seltsam, aber mittlerweile hatte er sich daran gewöhnt. »Warum?«, erkundigte er sich verwundert.

»Sie würde dich gerne kennenlernen«, teilte Flo ihm nüchtern mit.

»Sag bitte nicht, dass du ihr von mir erzählt hast«, stieß Jona aus und spürte Unbehagen in sich aufsteigen.

Flo hob die Schultern. »Doch, habe ich. Ist das so schlimm?«

»Ich dachte, wir wären uns einig gewesen, dass wir es niemandem erzählen?« Gekränkt starrte Jona seinen Freund von der Seite an. »Hast du noch anderen davon erzählt?«

»Meiner Mama. Und natürlich Alina.«

Jona runzelte die Stirn. »Warum?«, fragte er entrüstet.

Flo seufzte. »Das ist meine Familie. Und damit habe ich mein Versprechen nicht gebrochen.«

»Aber wir hatten uns geeinigt, gar nichts zu sagen.« Jona presste seine Lippen fest aufeinander. Er war sauer. Und er fühlte sich verraten.

»Sie kennen deine Eltern nicht.« Flo lächelte und drückte ihn enger an sich.

»Es geht mir ja nicht nur um meine Familie«, zischte Jona und entfernte sich etwas von Flo. »Ich will einfach nicht, dass ... Ich bin noch nicht bereit dazu.«

»Das ist meine Familie«, wiederholte Flo, als würde es einen Unterschied machen. Er starrte stur geradeaus zum Fernseher und wirkte genervt.

»Das ist trotzdem nicht fair.« Jona zog seine Beine auf das Sofakissen und spielte mit seiner Socke. Er war nervös und hatte das Bedürfnis, seine Finger beschäftigen zu müssen. »Du setzt mich damit schlicht unter Druck.« Flo knurrte.

»Und du hast es über meinen Kopf hinweg entschieden«, fügte Jona hitzig hinzu.

Flo wirbelte herum. »Und du entscheidest über meinen Kopf hinweg, dass ich für dich lügen soll. Dass ich uns verleugnen soll. Wie lange soll das denn gehen? In ein paar Wochen hast du wieder mit Luca und den anderen Training. Was ist, wenn wir uns dort sehen? Willst du mir aus dem Weg gehen? Verlangst du von mir, dass ich so tue, als würde ich dich nicht kennen?«

Jona schmeckte Galle in seinem Mund. Übelkeit stieg in ihm hoch. Daran hatte er zwar schon gedacht, sich aber bisher damit beruhigen können, dass der Frühling noch weit entfernt war.

»Luca ist mein Freund«, zischte Flo. »Ist dir das bewusst? Ich lüge ihn die ganze Zeit an, nur damit du weiter so tun kann, als wärst du eine verklemmte Schrankhete.«

»Ich habe nie verlangt, dass du lügen sollst«, verteidigte Jona sich schwach.

»Wenn Luca sich heute Abend erkundigt, was ich getrieben habe, was sage ich ihm dann?«, schnappte Flo. Seine Augen funkelten vor Wut.

Jona seufzte. Er wollte nicht mit Flo streiten. Nicht jetzt, wo es gerade so schön gewesen war. »Du kannst ihm sagen, dass du Fernsehen geschaut hast. Das ist keine Lüge.«

Flo schnaubte. »Und wenn er mich fragt, ob ich wieder einen Kerl habe? Ihm fällt doch auf, dass ich weniger Zeit habe.«

Der Begriff 'Kerl' störte Jona ziemlich. Er wollte nicht ein Kerl unter einer Reihe von vielen Kerlen sein. Er war kein Kerl. So sah er sich nicht. Es klang herablassend und gemein. Er zupfte wieder an seinem Socken herum.

»Okay, ich habe gesagt, ich tue es gerne. Allerdings kannst du nicht von mir verlangen, dass ich dich vor meiner Familie verleugne.« Flo raufte sich die Haare. »Dass ich meine Freunde anlüge und dich nicht öffentlich berühren darf, ist genug Opfer.«

»Wünscht sich deine Mutter nicht manchmal, dass du eine Freundin hast?«, vergewisserte Jona sich leise.

»Die Zeiten sind so lange vorbei, dass ich mich gar nicht mehr erinnern kann. Ich bin sechsundzwanzig, Jona. Ich habe ihr bereits vor Jahren gesagt, dass ich schwul bin. Sie hat es längst akzeptiert, und sie mochte meinen Exfreund. Ich bin mir sicher, sie würde dich ebenfalls mögen.« Flo streckte die Hand aus.

Obwohl er weiterhin Unbehagen spürte, nahm Jona sie und drückte sie sanft.

»Ich weiß, du bist noch nicht so weit, aber ... es fühlt sich nicht richtig an, alle Leute anzulügen. Ich wollte wenigstens bei meiner Familie ehrlich sein«, erläuterte Flo.

»Ist okay.« Jona nickte.

»Wirklich?«

Tapfer zog Jona Flo zu sich heran. Er lächelte und hoffte, dass es nicht so verkrampft wirkte. Er sah Flo in die Augen, und auf einmal verstand er, wie groß Flos Opfer tatsächlich war. Er log seinen Freunden ins Gesicht. Kurz stellte Jona sich vor, Flo würde von ihm fordern, seine Familie und Hani anzulügen. Ein schrecklicher Gedanke.

»Es tut mir leid. Ich werde mir Mühe geben, mit mir ins Reine zu kommen«, sagte Jona leise.

»Weißt du, dass du schön bist?«, flüsterte Flo und streichelte über Jonas Haare. Er legte seinen Daumen auf Jonas Schläfe und betrachtete ihn, ohne zu blinzeln.

»Ach was ...« Jona kicherte nervös. Plötzlich wusste er, was zu tun war. Was der nächste logische Schritt war. Er bewegte seinen Kopf nach vorne und legte seine Lippen sanft auf die von Flo. Zaghaft küsste er Flo und behielt seine Lippen einen Moment auf Flos, bevor er sich wieder entfernte. Sein Herz klopfte ihm bis zum Hals, und seine Hände waren vor lauter Aufregung ganz feucht. Er lächelte, weil es sich so verdammt gut anfühlte, Flo zu küssen. Er hätte es am liebsten sofort wiederholt, aber Flos freudiges und verliebtes Lächeln war viel zu süß, um es durch einen Kuss zu zerstören.

»Wofür war das denn?«, fragte Flo, und seiner Stimme war pure Faszination zu entnehmen.

»Nur so. Weil der Nachmittag so toll ist«, antwortete Jona.

»Und das war alles?«, hakte Flo nach und legte beide Hände auf Jonas Gesicht. »Sag mir nicht, dass das alles war. Ich will mehr davon. Viel mehr.«

Jona lachte. »Ich auch«, sagte er und ließ sich von Flo küssen.

Als Flo seine Zunge nach vorne schob, um seine Lippen abzutasten, explodierte in seinem Inneren ein wahres Feuerwerk von Empfindsamkeiten. Er schloss die Augen und vergaß alles um sich herum. Nur noch Flo und er zählten. Und ihre Küsse.

♥

Durch das Gespräch mit Flo über Luca und seine anderen Freunde fiel Jona das erste Mal seit einigen Tagen wieder auf, wie sehr er Hani vernachlässigt hatte. Schließlich war Hani sein bester – sein einziger – Freund, und aus dem Grund hatte er es nicht verdient, in die Ecke gestellt zu werden, nur weil Jona sich verliebt hatte. Jona hatte keine Idee, wie er Hani erklären sollte, wieso er so viel Zeit mit Flo verbrachte. Irgendwann würde er sicher fragen, spätestens wenn seine Gedanken nicht mehr ständig bei seiner Verlobten waren. Irgendwann musste ihm auffallen, dass Jona weniger Zeit für ihn hatte.

Wie weit wohl seine Heiratspläne waren?

Er rief Hani an und verabredete sich mit ihm nach dem Freitagsgebet in der Moschee.

Zwar klang Hani am Telefon weitgehend antriebslos und redete nicht viel, aber als Jona ihn fragte, ob sie sich nicht dringend treffen müssten, vernahm er in der Stimme von Hani doch etwas Freude. Daraufhin bekam er ein schlechtes Gewissen.

Als er Flo davon erzählte, meinte dieser ernst, dass es wichtig sei, dass Jona seine Freundschaft zu Hani weiterhin pflegte. Zu der Tatsache, dass sie sich zum gemeinsamen Beten treffen wollte, sagte er nichts. Jona konnte sich auch so vorstellen, wie er darüber dachte. Flo war in seiner Kindheit genau einmal im Jahr in die Kirche gegangen. Jetzt weigerte er sich sogar an dem Tag, weil er, wie er behauptete, dort nichts finden konnte, was er nicht woanders ebenfalls finden konnte. Ihm bedeutete Weihnachten überhaupt nichts.

♥

Nach dem Freitagsgebet liefen Jona und Hani gemeinsam am Waschraum vorbei zum Nebengebäude, in dem die Mitglieder der Gemeinde bei einem Tee zusammensitzen konnten. Wie in der Moschee selbst achteten die Mitglieder auch hier auf eine Geschlechtertrennung.

Zu seinem Bedauern sah Hani nicht gerade aus wie das blühende Leben. Er war blass und hatte abgenommen, obwohl er bereits zuvor recht mager gewesen war. Auf der Stirn hatte er unreine Haut, und seine Haare waren kürzer geschnitten als früher, was ihm überhaupt nicht stand.

War es der Stress, den er wegen der Hochzeit hatte? Oder taten ihm die Heiratspläne nicht so gut, wie er behauptete? Hatte Hani sich aufgegeben?

Das schlechte Gewissen verstärkte sich bei Jona.

»Du hast dich ewig nicht mehr gemeldet«, begann Hani das Gespräch, nachdem sie sich mit einer heißen Tasse Ingwertee in eine Ecke verzogen hatten. »Viel zu tun?«

Jona wärmte sich seine Finger an dem warmen Porzellan in seiner Hand und überlegte hastig, was er sagen könnte. Zum Glück kam Hani mit einer perfekten Ausrede.

»Viel zu tun im Job?«, konkretisierte er.

»Ja«, antwortete Jona und schluckte angestrengt. Er war gerade eben vom Gebet gekommen, befand sich in der Moschee, und trotzdem log er seinen besten Freund an. Das war genau das, was Flo vermeiden wollte und was er an Jonas Versteckspiel kritisierte. Flo war vielleicht weniger religiös als er, allerdings wohl ein besserer Mensch. Zumindest hielt er Regeln, die es im Islam gab, selbstverständlicher ein, die Jona regelmäßig brach – wegen seiner Religion. War das nicht sehr merkwürdig?

Hani nickte und machte den Eindruck, als würde er ihm glauben. Er war so treu und loyal, dass Jona übel wurde.

»Ich meine, nein, eigentlich nicht. Eher Stress mit der Familie«, korrigierte er rasch. Wenigstens wollte er nicht mehr lügen, als notwendig war, und so gut es ging, bei der Wahrheit bleiben.

»Ah.« Hani nickte. »Raya und Adil?« »Ja.«

Jona seufzte.

»Oh.« Betroffen musterte Hani das Muster auf seiner Tasse. »Das tut mir leid.«

Jona winkte ab. »Halb so schlimm. Wie geht es deiner Verlobten?«

Ein Schatten zog sich über Hanis Gesicht. Er rieb mit seiner Hand über seine Stirn. »Ganz gut. Denke ich.«

»War sie mal hier?«, fragte Jona. Bei der Geschichte hatte er irgendwie ein mieses Gefühl. Das würde Hani nicht glücklich machen.

Hani schüttelte den Kopf. »Du wirkst erholt. Irgendwie richtig entspannt«, wechselte er das Thema.

»Ich?« Jona richtete sich auf und massierte sich langsam die Schläfen. Eigentlich war er alles andere als erholt oder entspannt, sondern eher ziemlich gestresst. Er hasste es, dass er Hani nicht einfach die Wahrheit sagen konnte. »Wirklich?«

»Auf jeden Fall. Du siehst glücklich aus.« Hani grinste. Für einen kurzem Moment blitzte wieder der alte Hani hervor, der, der immer zu einem Spaß bereit war. »Bist du etwa verliebt?«

Jona zuckte heftig zusammen und umklammerte die Tasse so fest mit seinen Fingern, dass sich die Knöchel auf der gespannten Haut abzeichneten. Verdammt ... Und nun? »Wie kommst du denn darauf?«

»Ach.« Hani hob die Schultern. »War nur so eine Idee.« Er grinste. »Es stimmt, oder?«

Jona hob den Kopf. Er hoffte, dass er nicht so rot war, wie er sich anfühlte. Er starrte zu Adil, der mit seinen Kumpels in einer anderen Ecke saß. Seine Stimme war nicht zu hören, was ungewöhnlich war, denn normalerweise hatte er ein sehr lautes, fast grölendes Organ.

Sollte er Hani anlügen? Hani, der sein einziger Vertrauter war? Der Einzige, der ihn wertschätzte, abgesehen von Flo? Der für ihn da gewesen war, seit Jona ihn kannte?

Stopp, wie konnte er auch nur darüber nachdenken, das Wagnis einzugehen, es ihm zu sagen? Hani war traditionell. Nicht so traditionell wie Adil, aber er besuchte regelmäßig die Moschee und fastete während des Ramadans. Vielleicht betete er nicht so oft wie Jona und machte seine Witze über den Islam, aber Jona wusste, dass Hani die Werte wichtig waren, die er von seinen Eltern beigebracht bekommen hatte. Er hatte eingewilligt, eine Fremde zu heiraten, nur um eine Frau aus dem alten Kulturkreis seiner Familie zu haben! Mit den Werten seiner Eltern! Und diese Werte sagten ausdrücklich, dass homosexuelle Handlungen eine Sünde darstellten. Es war *haram*, also unzulässig, verboten, nicht gestattet. Viele Moslems differenzierten zwischen Menschen, die homosexuell waren, und Menschen, die homosexuelle Praktiken ausführten. Somit war ein schwuler Mann kein Sünder, solange er sich seiner Neigung nicht hingab.

Jona tat allerdings genau dies. Er hatte seine eigene Homosexualität nicht als Prüfung angenommen, sondern er hatte sich verliebt und traf sich mit diesem Mann. Alles, was er bisher getan hatte, konnte bei großzügiger Auslegung des Korans möglicherweise noch als *makruh* durchgehen, also als verpönt und unerwünscht, allerdings nicht als verboten. Doch er traf sich mit Flo mit dem Hintergrundgedanken, ihm näher zu kommen, er träumte davon, seinen Körper zu berühren, und schloss den sexuellen Kontakt mit ihm nicht aus.

Das würde Hani keinesfalls akzeptieren können. Niemals im Leben.

Und was für ein Mensch war Jona, dass er über solche Dinge innerhalb einer Moschee nachdachte?

Andererseits hatte Flo recht mit dem, was er sagte. Freunde waren wichtig. Und die Tatsache, dass er bereit war, seinen besten Freund anzulügen, war sicherlich ebenfalls nicht sehr lobenswert. Nein. Es war auch *haram* und damit eine Sünde und selbst nach Flos ethischen Grundsätzen nicht korrekt.

Was stimmte mit seiner Religion nicht? Wie konnte er in eine Situation geraten, in der alles, was er entschied, sündhaft war? Hatte am Ende nicht nur der Islam, sondern alle monotheistischen Religionen dieses Problem, so wie es Flo stets behauptete? Wie konnte es sein, dass es keine Möglichkeit gab, eine Sünde zu vermeiden? Einerseits sollte man ehrlich durchs Leben gehen, andererseits niemals offen zugeben, dass man Männer begehrte? Er wurde zum Lügen gezwungen, ebenfalls eine Sünde. Wegen Regeln, die von Menschen aufgestellt worden waren. Ja, das war das, was Flo ständig kritisierte. Jona musste zugeben, dass er Flo in dem Punkt zustimmte.

Jona entschied sich für einen Mittelweg. »Ich möchte zurzeit nicht darüber reden, Hani.«

Hanis Mund klappte auf. Mit solch einer Antwort schien er nicht gerechnet zu haben. »Also ...«

»Bitte.« Jona flüsterte fast, sah Hani tief in die Augen. »Bitte akzeptiere es.«

»Klar.« Hani lächelte, und obwohl er seine Verunsicherung verbergen wollte, sah man sie ihm an. »Sicher, wir müssen nicht darüber reden.«

»Danke.« Jona nickte und fühlte sich wohl, auf diese Art geantwortet zu haben. Mit dem Mittelweg musste sogar Allah zufrieden sein.

Hani klopfte ihm auf die Schulter. »Ich freue mich für dich.«

Jona atmete hastig ein und schüttelte seine Schulter, aber sein Freund blieb hartnäckig und dessen Finger hielten sich am Stoff seines Hemdes fest. 'Wenn du wüsstest ... ', dachte Jona. 'Wenn du wüsstest, würdest du dich davor ekeln, mich zu berühren.'

»Wirklich«, betonte Hani, überzeugt davon, dass es tatsächlich so war.

Jona wendete sich ab, weil er Hani nicht mehr ins Gesicht sehen konnte. »Danke«, murmelte er.

»Ich bin dein Freund, bitte vergiss das nie. Ich bin für dich da, wenn du jemanden zum Reden brauchst.«

Jona schmeckte Eisen im Mund, und erst nach einigen Sekunden begriff er, dass er blutete, weil er sich auf die Zunge gebissen hatte. Er schüttelte seine Schulter erneut, und dieses Mal ließ Hani zu, dass seine Hand hinabrutschte.

Wie hatte er übersehen können, wie wichtig Hani ihre Freundschaft war? Wie hatte er glauben können, das zwischen ihnen wäre nur eine Art Zweckgemeinschaft?

Hani stand auf. »Mit mir kannst du reden. Über alles«, betonte er. Er streckte die Hand in seine Richtung.

Im ersten Moment glaubte Jona, er wolle ihm hochhelfen, dann erkannte er, dass Hani seine Tasse haben wollte, um neuen Tee zu holen.

Er starrte ihm hinterher, während er den Kopf schüttelte.

Wieder ging sein Blick hinüber zu seinem Bruder, der ihm zuwinkte. Er winkte zurück und schüttelte erneut den Kopf. Es war die richtige Entscheidung gewesen, Hani weder einzuweihen noch anzulügen. Es war die einzige
Alternative, die ihm blieb. Nun musste er darauf hoffen, dass Hani nicht ständig nachfragte, wer seine Freundin war.

Als er verzweifelt das Blut hinunterschluckte, das sich immer noch in seinem Mund sammelte, da er sich so fest ins Fleisch gebissen hatte, stöhnte er leise auf.

♥

Geschockt sah Jona seine Schwester an. Sie stand mit einer gepackten Tasche in der Tür und wirkte fest entschlossen. Ihre Lippen waren aufeinandergepresst und ihre Schultern angespannt. Damit hatte er nicht gerechnet, und er wusste nicht, was er davon halten sollte. Einerseits fand er sie schrecklich provozierend und egoistisch, andererseits beneidete er sie um ihre Willensstärke.

Sie waren gerade beim Essen gewesen, seine Eltern, sein Bruder und er. Dass Raya nicht zum Essen erschienen war, hatte beim Vater bereits für schlechte Laune gesorgt, dieses Mal war es allerdings die Mutter gewesen, die gebeten hatte, sie in Ruhe zu lassen. Abdullah hätte sonst vermutlich Adil oder ihn dazu aufgefordert, Raya an den Tisch zu zwingen.

Und dann war Raya in der Tür erschienen und hatte verkündet, die Nacht bei Moritz verbringen zu wollen. Sie hatten Freunde zu einem Spieleabend eingeladen, und Raya fand es praktischer, dort zu bleiben, als mitten in der Nacht nach Hause fahren zu müssen. Dass sie dabei eventuell andere Hintergrundgedanken haben könnte, lag auf der Hand.

»Nein«, sagte Abdullah.

»Was, nein?«, hakte Raya nach und hob ihr Kinn.

Natürlich stellte sie sich nur dumm, sie wusste, was Abdullah damit meinte. Jona verlagerte unruhig sein Gewicht und wagte nicht, in das Gesicht seines Vaters zu blicken. Die ganze Situation war ihm unangenehm. Er spürte schon fast Rayas stumme Aufforderung, ihn zu unterstützen. Gleichzeitig starrte sein Vater ihn an, als ob auch er ihn auffordern wolle, Stellung zu beziehen.

»Du wirst nicht über Nacht bleiben. Setz dich und iss mit uns«, befahl Abdullah und zeigte auf den leeren Stuhl.

»Ich esse bei Moritz«, verkündete Raya und drehte sich um. Sie zögerte kurz, was Jona verdeutlichte, dass sie nicht so mutig war, wie sie es gerne wäre. Es besänftigte ihn etwas und brachte ihn dazu, darüber nachzudenken, warum er sie nicht offener unterstützte. Immerhin sollten sie zusammenhalten. Sie kämpften einen ähnlichen Kampf, auch wenn sie bereits weiter war als er.

»Das kannst du nicht tun«, zischte Adil und blickte hastig zwischen seinem Vater und Raya hin und her. »Dreh unserem Vater nicht den Rücken zu, wenn er mit dir redet. Du kannst nicht zu Moritz gehen.«

»Warum nicht?« Raya trat näher heran und starrte Adil an. Ihre Augen glänzten, und Jona schoss der Gedanke durch den Kopf, dass sie eventuell häufiger weinte, als er ahnte. Ob ihr die Streitereien mehr ausmachten, als sie auf den ersten Blick vorgab?

»Nur Schlampen würden so etwas tun.« Adil war aufgestanden. Seine Hände waren zu Fäusten geballt. Die Schultern zitterten.

»Du scheinst dir ja schon ein genaues Bild davon gemacht zu haben, was ich heute Nacht tun werde«, meinte Raya und grinste leicht.

Adil lief rot an.

»Ich kann auf mich selber aufpassen. Ich weiß, was ich will und was ich nicht will. Moritz respektiert meine Grenzen. Ich möchte nur bei ihm übernachten, weil es so praktischer ist. Und weil es schön ist, zusammen einzuschlafen und am nächsten Tag zu frühstücken«, fügte Raya hinzu. Sie wirkte nun wieder etwas sicherer.

Jona fragte sich, ob sie vor ihrem Vater mehr Angst hatte und Adil gegenüber nur einen Bruchteil des Respekts empfand wie ihrem Vater gegenüber. Jona konnte es verstehen. Ihm ging es ähnlich.

Adil schnappte nach Luft. Er schüttelte den Kopf und sah hilfesuchend zu seinem Vater, der schweigend das Essen auf seinem Teller anstarrte.

»Und es ist mir total peinlich. Ich bin Moritz' Freundin, und trotzdem übernachte ich nicht bei ihm. Was sollen unsere Freunde von mir denken?« Raya schüttelte den Kopf. Ihr Grinsen war verschwunden. In ihrer Stimme schwang Traurigkeit und Frustration mit.

Jona konnte es so gut nachvollziehen. Auch sie musste spüren, wie groß der Unterschied zwischen ihr und ihren Freundinnen war.

»Du bist erst zwanzig«, rief Adil.

»Ich bin zwanzig und damit erwachsen. Ich kann selbst für mich entscheiden. Niemand darf mich daran hindern«, stellte Raya klar.

»Wenn du jetzt gehst, brauchst du nicht wiederkommen«, sagte Abdullah leise und gleichzeitig bestimmt.

Verzweifelt begann Jona, mit seinem Essen zu spielen, versuchte, den Reis von den Rosinen zu trennen, und errichtete mit den Kichererbsen eine Grenze. Er wünschte sich, Raya hätte dieses Thema nicht ausgerechnet jetzt angesprochen. Am liebsten wäre ihm gewesen, sie hätte es nie angesprochen. Oder sie wäre einfach heimlich abgehauen oder hätte gesagt, sie würde bei einer Freundin schlafen. Dass sie so bestrebt darin war, immer die Wahrheit zu sagen, war einerseits sehr mutig und bewundernswert, andererseits bescherte es ihr viele Probleme.

»Dann ziehe ich eben aus«, meinte Raya. Ihre Stimme zitterte, und ihre Augen huschten wild in ihren Augenhöhlen umher. »Es ist nicht das, was ich bevorzuge, aber wenn es nicht anders geht ...«

»Mein Liebes.«

Erstaunt drehte Jona seinen Kopf. Adil, Raya und Abdullah drehten ihre Köpfe ebenfalls. Es war so selten, dass Nadira sich äußerte.

Eilig stand sie auf und lief zu Raya. »Versprichst du uns, dass du dich ehrenvoll benimmst?« Sie berührte mit ihrer Hand Rayas Wange.

»Ja, Mama. Das tue ich«. Raya beugte sich zu ihrer Mutter hinunter und drückte die Stirn gegen ihre schmale Schulter.

»Pass auf dich auf und hab einen schönen Abend«, sagte Nadira und schob Raya auf den Flur hinaus. Sie starrte ihrer Tochter hinterher, und erst als man die Wohnungstür hörte, drehte sie sich zum Tisch herum.

»Ob dein Verhalten das richtige Signal war?«, fragte Abdullah und klang beleidigt. Es war selten, dass Nadira ihrem Ehemann widersprach, und genauso selten kritisierte Abdullah sie in ihrer Anwesenheit. Eine echte Sensation, seine Eltern so offen miteinander sprechen zu hören, dachte Jona. Zumindest, wenn man das Reden über das Fernsehprogramm und das Essen nicht als Gespräch einstufte.

»Willst du sie verlieren, so wie du Abdel verloren hast?«, erwiderte Nadira, während sie sich wieder an den Tisch setzte. Sie klang dabei ungewöhnlich kühl.

»Vielleicht solltet ihr mit ihr reden«, wandte Abdullah sich an Adil und Jona. Abwechselnd betrachtete er sie und wurde dabei immer auffordernder.

»Ich habe schon so oft mit ihr gesprochen. Ich denke, Jona sollte es versuchen«, meinte Adil und klang eingeschnappt.

Jona massierte die Nasenwurzel mit zwei Fingern und seufzte. Genau diese Situationen hasste er. Er wollte seiner Schwester nicht in den Rücken fallen, aber er wollte auch seinen Vater nicht enttäuschen. Außerdem hatte er seine eigenen Kämpfe zu kämpfen. Mit Schaudern dachte er an Flo und wie enttäuscht er stets war, wenn Jona ihn erinnerte, dass er nicht offen schwul leben könne.

»Willst du nichts dazu sagen?«, hakte Adil nach.

Jona hob die Schultern.

»Eure Schwester entgleitet uns«, knurrte Abdullah. »Ihr seid ihre Brüder und damit tragt ihr auch Verantwortung für sie.«

»Ja.« Jona seufzte erneut und begann hastig zu essen.

»Rede mit ihr«, flehte Nadira und legte ihre Hand auf seinen Arm. »Bitte, Jona. Du kannst das am besten. Versuche, zwischen uns allen zu vermitteln. Du versuchst doch sonst auch, es allen recht zu machen.«

»Ja«, wiederholte Jona dumpf und fühlte sich wie betäubt. Das war genau das, was ihn kaputt machte. Er wollte es allen recht machen und stand immer als Schlichter zwischen den Fronten.

»Vielleicht erreichst du sie.« Seine Mutter streichelte seinen Arm und sah ihn bittend an.

Dem konnte Jona sich nicht entziehen. »Ja, Mama. Ich werde es versuchen.«

»Na, schön. Wenn ihr meint ...«, meinte Abdullah und klang unzufrieden. Er fuhr damit fort zu essen.

Adil legte seine Gabel zur Seite. »Ich muss auf die Toilette«, murmelte er.

Er kam erst zehn Minuten später zurück, als alle bereits fertig waren. Er setzte sich hin, aß auf und begann dann, den Tisch abzudecken. Jona sah ihn stirnrunzelnd an und grübelte, was mit seinem jüngeren Bruder los war. Normalerweise war Nadira diejenige, die das Essen beendete, indem sie die Teller aufeinanderstapelte, um sie in die Küche zu tragen.

Weil er neugierig war und keine Lust hatte, auch nur eine Minute länger bei seinen sich anschweigenden und strenge Blicke austauschenden Eltern zu bleiben, folgte er Adil. In der Küche sah er ihm einen Moment lang zu und schüttelte den Kopf über seinen Bruder, der ihn nicht weiter beachtete. Adil beugte sich über die geöffnete Spülmaschine und warf die Messer und Gabel eher in das dafür vorgesehene Körbchen, als er sie hineinsteckte.

Als er ins Esszimmer zurückgehen wollte, um seinen Eltern eine gute Nacht zu wünschen, sagte Adil zu ihm: »Manchmal bist du ein richtig nervender Streber.«

Erstaunt blieb Jona stehen und drehte sich um. »Ich?«, fragte er. Dabei konnte er die Verwunderung in seiner Stimme nicht verbergen. »Wie kommst du denn darauf?«, fügte er erstaunt hinzu.

»Du beziehst nie Stellung, willst es dir weder mit unseren Eltern noch mit Raya verscherzen. Du bleibst passiv und hoffst, dass wir dich in Ruhe lassen.«

Jona runzelte die Stirn. Er dachte darüber nach, ob es so verwerflich war, sich aus den Streitereien herauszuhalten. Sicher, Abdullah glaubte, er hätte eine gewisse Verantwortung, weil er der älteste Bruder im Haushalt war, jetzt, wo Abdel ausgezogen war. Andererseits war Raya erwachsen. Wenn sie sich von ihrem Vater nichts sagen ließ, warum sollte sie sich von ihren Brüdern beeinflussen lassen? »Ich will einfach keinen Streit. Ist das nicht verständlich?«, erkundigte er sich.

»Wenn du Raya von Anfang an gezeigt hättest, was du von der ganzen Sache hältst, dann würde es diese Streitereien gar nicht geben«, antwortete Adil.

»Meinst du?«, hakte Jona nach und überlegte einen Moment lang. Vermutlich hatte Abdel viel mehr Einfluss auf Raya gehabt als er. Er hatte vorgelebt, was es hieß, für seine Freiheit zu kämpfen. Außerdem, warum sollte Jona sich gegen Raya stellen, wenn er sie insgeheim dafür bewunderte, was sie machte? Er wünschte sich, auch so mutig zu sein. Eines Tages würde er es vielleicht sein. Er wollte zumindest, dass Flo stolz auf ihn und nicht von ihm enttäuscht war.

»Ja, das meine ich.« Adil verdrehte die Augen.

»Und du denkst wirklich, *ich* sei der Streber?«, hakte Jona nach.

»Ja. Es ist nicht mehr zu ertragen.« Adil rempelte ihn an, als er aus dem Raum marschierte.

»Und was bist du?«, rief Jona wütend.

Adil sah ihn nicht an, als er in sein Zimmer stürzte und die Tür hinter sich zuknallte.

Kopfschüttelnd beugte Jona sich über die Spülmaschine und räumte das Geschirr ein, welches Adil hatte stehen lassen. Er verstand Adil nicht, und es machte ihn traurig. Zwischen allen Geschwistern gab es nun Probleme, aber wie dringend notwendig wäre es, zusammenzuhalten?

Auch in seinem Zimmer grübelte er weiter und fragte sich, ob Adil mit seinen Anschuldigungen recht hatte. Hatte er Mitschuld an der Situation, hätte er Raya mehr ins Gewissen reden sollen? Oder war es seine Pflicht als Bruder, Raya zu stärken? Nachdenklich starrte er auf sein Handydisplay und fühlte sich schlecht dabei, Flos Nummer zu suchen. Ihm wurde erneut bewusst, wie sehr er seine Familie belog. Er glitt immer mehr ab in eine Welt, in die er nie hatte eintauchen wollen. Er entwickelte ein zweites Ich und betrog damit nicht nur seine Familie, sondern Flo ebenfalls. Denn Flo gab nach wie vor die Hoffnung nicht auf, dass Jona eines Tages mutig genug sein würde, dazu zu stehen, dass Flo sein Freund war.

Unschlüssig, ob er unter diesen Voraussetzungen Flo anrufen wollte oder nicht, scrollte er sich durchs Telefonbuch und starrte auf die Nummer von Hani.

Er erinnerte sich an das freundliche Verhalten seines besten Freundes in der Moschee. Und genau das überzeugte ihn, wer ihm nun am meisten helfen konnte. Weder Flo noch Luca oder Stefanie konnten wirklich nachvollziehen, wie es war, in einer algerischen Familie zu leben, die nach Deutschland geflüchtet war. Er mochte nicht nur Jona, sondern auch Raya und empfand Adil als arrogant und strenggläubig.

Niemand sonst würde ihn besser verstehen. Niemand sonst würde ihm besser helfen können.

Eilig tippte Jona eine Nachricht und bat Hani darum, sich morgen mit ihm zu treffen.

Die Antwort erfolgte prompt, und Jona lächelte, als er Hani Uhrzeit und Ort nannte. Ein warmes Gefühl breitete sich in seiner Brust aus. Warum war ihm nie früher der Gedanke gekommen, sich Hani anzuvertrauen?

Er warf sich auf sein Bett und wählte Flos Nummer. Er hatte kein schlechtes Gewissen, als Flo abnahm und sich hörbar über seinen Anruf freute.

»Ich vermisse dich«, flüsterte Jona in den Hörer und drehte sich auf den Bauch, während er das Telefon noch näher an sein Ohr presste.

♥

Als sich Hani und Jona das nächste Mal trafen, redeten sie zunächst über Raya. Jona erzählte Hani von dem Zwiespalt, in dem er sich befand. Wie erwartet konnte Hani es besser nachvollziehen als jeder andere, auch wenn seine Situation mit nur einem älteren Bruder etwas anders war. Bei seinen Cousinen hatte er mitbekommen, wie seinen Cousins eine Teilverantwortung an der Erziehung ihrer Schwestern zugeschoben worden war.

»Bleib einfach neutral«, riet Hani. »Sei fair und hör dir alles an, versuche allerdings, keine Stellung zu beziehen.«

Das half Jona natürlich eher weniger, aber zumindest fühlte er sich verstanden. Hani kannte ihn. Er kannte Adil und Raya und seine Eltern. Somit war er ihm eine größere Hilfe, als es Flo zurzeit sein konnte.

Erst nachdem sie bei der zweiten Cola angekommen waren, kündigte Jona flüsternd an, dass er Hani noch etwas anderes sagen musste. In dem Moment, als ihm das herausgerutscht war, bereute er es wieder. Wie kam er auf die Idee, ausgerechnet mit Hani darüber reden zu können? Wäre Luca nicht vielleicht der geeignetere Ansprechpartner gewesen? Oder Sertab, deren Nummer Jona immer noch in seinem Geldbeutel mit sich herumschleppte? Stattdessen begann er mit Hani, der gläubig und traditionell war. Andererseits hatte Hani während ihres Gesprächs in der Moschee einen verständnisvollen Eindruck gemacht.

»Du kannst mit mir reden«, meinte Hani und beugte sich etwas vor. Seine Augen sahen ihn auffordernd an. Dunkle, ernste Augen. Seine Lippen waren nicht wie sonst zu einem Grinsen verzogen. Selten hatte Jona Hani so ernst erlebt.

Jona biss sich auf die Lippen und versuchte, ein Schaudern zu unterdrücken. Er schwitzte vor Aufregung und spürte, wie die Schweißperlen seinen Rücken hinunterliefen.

»Jonaaa.« Die Art, wie Hani das 'a' in seinem Namen langzog, verhieß nichts Gutes. Er trommelte ungeduldig mit den Fingern auf dem Tisch herum.

»Ich kann nicht.« Jona schüttelte den Kopf. »Tut mir leid, ich kann nicht.«

Hani legte den Kopf schief, als wolle er Jona genau beobachten. Schließlich nahm er einen großen Schluck seiner Cola und schob das Glas von sich weg. Er drehte sich um, um zu prüfen, ob ihnen jemand zuhören konnte.

Sie saßen in einem Café, nahe der Bushaltestelle, an der Jonas Bus nach Hause abfuhr. Die anderen Gäste waren zu weit von ihnen entfernt, um dem Gespräch lauschen zu können.

Zu diesem Schluss schien Hani ebenfalls gekommen zu sein, denn er drehte sich wieder zu Jona um. »Geht es um das Gespräch, das wir neulich in der Moschee geführt haben?«

Jona konnte nicht verbergen, dass seine Wangen sich sofort rot färbten. Er spürte die Hitze, die sie plötzlich ausstrahlten. »Ich ... Ja, irgendwie schon«, meinte er schließlich.

»Ich hatte den Eindruck, als wolltest du über etwas bestimmtes nicht reden«, meinte Hani.

Jona nickte. »Ich will eigentlich überhaupt nicht reden.« Seine Stimme klang unfreundlicher, als er geplant hatte.

»Eigentlich?«, fragte Hani langsam.

Jona vergrub seinen Kopf in seinen Händen und stieß einen spitzen Schrei aus.

»Freundschaft hält einiges aus. *Unsere* Freundschaft hält einiges aus!«, betonte Hani.

»Du verstehst es nicht«, murmelte Jona.

»Dann erklär' es mir«, bat Hani.

Jona schüttelte den Kopf und richtete sich wieder auf. Er starrte auf die Straße, auf der eilig Menschen hin- und herliefen, zu beschäftigt, um zu bemerken, dass er gerade sieben Tode starb.

»Also nur mal rein hypothetisch«, sagte Hani und lehnte sich mit Schwung gegen die Lehne seines Stuhls. »Ganz hypothetisch, ja?«

»Ja.« Jona schluckte und trank dann hastig einen Schluck seiner Cola. Seine Finger verschränkte er ineinander. Erst als er bemerkte, wie angespannt er dadurch aussah, versteckte er sie unter dem Tisch. Mit einer beunruhigenden Vorahnung sah er Hani an. »Rein hypothetisch«, flüsterte er.

»Du würdest Vater werden. Oder sagen wir mal, du nimmst Drogen. Wärst jetzt schwul, oder ...«

Instinktiv drehte Jona sich um und hätte dabei fast Hanis Cola vom Tisch gefegt. Niemand stand hinter ihm. Niemand hatte Hani hören können.

»Echt?«, fragte Hani.

»Was?«, knurrte Jona und hatte sofort ein schlechtes Gewissen. Er sollte nicht so mit Hani sprechen. Nicht, wenn Hani bewies, wie gut er ihn kannte und dass er zu ihm stand. Immerhin hatte er versichert, dass ihre Freundschaft einiges aushalten würde.

»Das ist es?«, fragte Hani und schmunzelte triumphierend.

»Woher wusstest du es?« Jonas Oberkörper sackte nach vorne.

»Ich wusste es nicht.« Hani hob die Schultern. Er zog seine Cola näher zu sich heran. »Hab geraten. Aber so offensichtlich, wie du gerade eskaliert bist ... Ich ahnte schon, dass es etwas mit Beziehungen und Liebe zu tun hat, denn du reagierst manchmal so seltsam, wenn ich dich auf eine mögliche Freundin anspreche. Fast panisch. Ich habe schon mit dem Gedanken gespielt, dass du vielleicht einfach alleine bleiben willst. Oder dass deine Eltern dir Angst vor dem anderen Geschlecht eingetrichtert haben. Es hätte alles sein können, ich wusste jedoch, dass dich irgendwas speziell bei diesem Thema bedrückt. Oder ängstigt.«

»Verhalte ich mich irgendwie auffällig?«, erkundigte Jona sich geschockt.

Hani lachte. »Ich kenne dich eben ziemlich gut. Mach dir keine Gedanken.«

Jona schluckte fest. Düster starrte er in sein Glas. Was sollte er nun tun?

»Ich glaube, gerade *weil* du so darum bemüht bist, es zu verbergen, bist du auffällig.« Hani sah ihn mitleidig an.

Jona winkte ab. »Hör auf, mich so anzusehen. Ich bin echt am Ende.«

»Das ist wirklich ein Problem«, murmelte Hani betrübt. »Ich meine, ich verstehe, welches Problem du damit hast. Wir haben es nicht leicht, was unsere Sexualität angeht. Schon als Heterosexueller nicht, als Homosexueller bist du erst recht total gearscht. Es tut mir leid.«

»Was mache ich denn jetzt?«, wiederholte Jona und klang dabei flehentlich.

Hani hob langsam die Schultern. »Ich weiß es nicht. Ich ... Es ist keine leichte Situation. Gerade was deine Eltern angeht.«

»Das ist dein einziger Gedanke?« Jona schüttelte entsetzt den Kopf.

»Ich kann dir da nicht helfen, Jona. Schau mich an: Ich schaffe es nicht einmal, zu der Frau zu stehen, die ich liebe. Das bei dir ist eine Spur heftiger.«

»Stefanie?« Betroffen senkte Jona den Blick.

Hani nickte. »Ich hätte ausziehen können. Meine Eltern hätten nichts tun können, immerhin bin ich volljährig. Aber sie haben mich vor die Wahl gestellt. Entweder werde ich aus der Familie verstoßen oder ich verlasse sie und heirate eine Algerierin.«

»Und du hast dich gegen Stefanie und für deine Familie entschieden«, murmelte Jona.

Wieder nickte Hani. Sein Blick wurde düster. »Vielleicht ist sie ja ganz nett.«

»Hani, du musst die Hochzeit absagen«, sagte Jona aufgeregt. »Das macht dich nicht glücklich. Und die Frau ebenfalls nicht. Bitte überdenk das in Ruhe.«

Hani hob die Schultern. »Das mit Stefanie kann ich nicht mehr in Ordnung bringen. Sie war sehr verletzt, verständlicherweise. Sie will nichts mehr von mir wissen. Also habe ich nichts zu verlieren. Außer meine Familie. Verstehst du?«

Es war, als wäre Jonas Geständnis der Knoten gewesen, der nun aufgegangen war. Hani war wieder bereit, mit ihm zu sprechen. Oder war es nie anders gewesen? Hätte Jona sich einfach nur mehr um Hani bemühen sollen und seine Sorgen ernster nehmen müssen? Hatte er wegen seiner eigenen Probleme kein Empfinden mehr für die Probleme anderer Leute?

»Ich habe kein gutes Gefühl dabei, dich mir als Ehemann einer Algerierin vorzustellen«, betonte Jona.

»Ich hoffe darauf, dass wir uns aneinander gewöhnen.« Hani blickte nachdenklich in sein Glas, als würde er dort die Lösung finden.

Jona schüttelte den Kopf und packte Hani an der Schulter. »Bitte, Hani. Versprich mir, dass du wenigstens darüber nachdenkst. Bitte. Hani. Ich will, dass du darüber ordentlich nachdenkst!«

Hani stöhnte auf. Er sah müde aus, als er mit einer kleinen Bewegung ein Schulterzucken signalisierte. »Ich ... denke über nichts anderes nach, Jona.« »Soll ich ein Treffen mit Stefanie arrangieren?«, bot Jona an.

Hani runzelte die Stirn. Er griff nach Jonas Hand, die nach wie vor auf seiner Schulter lag. »Untersteh dich«, zischte er. »Misch dich nicht ein, Jona.«

»Ich mache mir nur Sorgen.«

Hani hob den Zeigefinger nach oben. »Versprich mir, dass du dich nicht einmischen wirst.«

Seufzend drückte sich Jona gegen den Stuhl. »Ich verspreche es. Wenn du versprichst, dass du drüber nachdenkst und zu mir kommst, wenn du darüber reden möchtest.«

Hani sah ihn ernst an, dann verzogen sich seine Mundwinkel zu einem Grinsen. »Indianerehrenwort«, sagte er.

Jona schmunzelte, auch wenn er nicht sicher war, ob ihm danach war.

Einen Moment lang schwiegen sie sich an. Jona fühlte sich seinem alten Freund merkwürdig verbunden. Wie hatte er übersehen können, dass sie mit der Zeit zu echten Freunden geworden waren? Es war keine oberflächliche Bekanntschaft, sondern eine tiefe Freundschaft. Hani war nun der Erste, dem Jona davon erzählt hatte. Gleichzusetzen mit Luca, der einer der Ersten gewesen war, dem Flo es erzählt hatte. Das bedeutete etwas.

»Und jetzt?« Jona musste es einfach wissen. »Wie ist es für dich, wenn ich … Du weißt schon?«

»Ich?« Hani zeigte auf sich und riss seine Augen dabei erstaunt auf. »Wie soll es denn sein?«

»Ist es für dich ein Problem?«, konkretisierte Jona.

Einen kurzen Moment lang überlegte Hani. Man konnte ihm praktisch ansehen, wie er die Antwortmöglichkeiten abwog. »Nein«, meinte er schließlich.

»Warum nicht?« Jona hob erstaunt die Augenbrauen.

»Hättest du eins damit gehabt?«, erwiderte Hani nachdenklich.

Jona schnappte nach Luft. Er fragte sich, ob er darüber irgendwann einmal nachgedacht hatte. Was wäre, wenn die Situation andersherum wäre? Was, wenn Hani ihm nun gebeichtet hätte, schwul zu sein? Hätte Jona dafür Verständnis oder würde er ihn deswegen mit anderen Augen sehen?

»Ich weiß gar nicht, ob ich das beurteilen kann«, antwortete Jona langsam. »Ich lebe mit dieser Erkenntnis nun schon so lange.«

»Und wenn es etwas anderes wäre? Wenn ich zum Beispiel ein Mädchen geschwängert hätte, außerhalb einer Ehe?«, hakte Hani nach. »Das wäre ebenfalls ein Skandal. Wie würdest du dann über mich denken?«

»Ich würde denken, du hast eine Dummheit begangen, aber ... ich glaube nicht, dass ich dich dafür verurteilen würde. Ich verurteile Raya ja auch nicht dafür, dass sie mit ihrem Moritz zusammen sein will. Ich bin lediglich der Meinung, dass sie etwas behutsamer an die Sache herangehen sollte«, fügte Jona hinzu. Das Unwohlsein hatte sich verflüchtigt. Hani behandelte ihn normal und brach das Gespräch nicht ab, um hinaus zu stürmen. Vermutlich reagierte er so rational, weil er bereits geahnt hatte, dass irgendwas mit Jona nicht stimmte. Oder die Sache mit Stefanie hatte ihn über sich hinauswachsen lassen.

»Wir sind Menschen, und wir haben Bedürfnisse.« Hani nickte, als ob er den Satz damit unterstreichen wollte. »Es gibt so viel Hass und Krieg auf der Welt, dass wir froh sein sollten, wenn Menschen sich einfach lieben. Und ob es eine freundschaftliche oder familiäre Liebe ist oder eine romantische zwischen zwei Menschen, ist dabei doch völlig egal. Noch egaler ist es, welchem Geschlecht diese Menschen angehören. Finde ich zumindest. Andere mögen das anders sehen.«

Jona rieb sich mit dem Zeigefinger über die Stirn. In Sachen Toleranz hatte Hani ihm etwas voraus.

»Ich bin dein Freund, und ich mag dich. Das wird sich nicht ändern«, versicherte er ihm noch.

Jona starrte ihn an und berührte seine Lippen mit einem Zeigefinger. »Du bist mir wirklich voraus.«

Hani lachte. »Warum erstaunt dich das? Du solltest mich eigentlich kennen, oder etwa nicht?«

»Doch.« Jona hatte das Gefühl, dumm dazustehen, weil er Hani nicht früher eingeweiht hatte. Weil er geglaubt hatte, Hani würde sich von ihm abwenden.

»Ich will damit nur in Ruhe gelassen werden«, ergänzte Hani streng und hob einen Zeigefinger in die Höhe. »Also schwul mich ja nicht an oder so was in der Art.«

Geschockt betrachtete Jona ihn.

Hani brach in Lachen aus und klopfte ihm auf die Schulter. »Das war ein Spaß. Keine Sorge.«

Da Jona nicht zum Lachen zumute war, trank er seine Cola. Er hoffte, dass in dem Witz nicht ein Funken Wahrheit steckte und es Hani mit ihm unangenehm war.

»Was wirst du tun?«, unterbrach Hani nach einer Weile sein Grübeln.

Jona hob die Schultern. Er spürte, dass er Kopfschmerzen bekam. Das Gespräch mit Hani hatte ihn gestresst, und echte Erleichterung empfand er nun nicht gerade. Auch keinen Stolz, er war eher erschöpft und ausgelaugt. Aber er freute sich darauf, Flo erzählen zu können, dass er sich endlich getraut hatte, es jemandem zu erzählen.

»Ich werde mit niemandem darüber sprechen«, versicherte Hani ihm. »Sei vorsichtig, und erzähle es ja nicht den falschen Menschen.«

»Meine Eltern würden mich umbringen.« Jona lachte heiser.

Hani stöhnte leicht auf. »Ich weiß nicht. Vermutlich bräuchten sie nur etwas Zeit, um sich daran zu gewöhnen. Es wird auf jeden Fall nicht leicht. Möchtest du es ihnen denn sagen? Also das volle Programm?« Das schien Hani mehr zu schocken als das eigentliche Geständnis.

Jona hob erneut die Schultern. »Es ist so, dass ... derjenige, ... mit dem ich ... Er ist vollkommen geoutet.«

»Du hast jemanden?«, entfuhr es Hani, und er klang dabei atemlos.

Schweigend nickte Jona.

»Kenne ich ihn?«, fragte Hani.

Jona zögerte.

»Okay, du musst es mir nicht sagen«, sagte Hani eilig. »Wollt ihr euch zueinander bekennen?«

Jona kniff die Augen zusammen. Seine Lippen fühlten sich trocken an. Panik überkam ihn. Hani hatte so tolerant reagiert, trotzdem wirkte auch er nun entsetzt. Wie hatte Jona nur glauben können, er könnte sich eines Tages komplett öffnen und zu Flo stehen? Es gab einen Grund, warum sich die Entschlossenheit nie bei ihm hatte durchsetzen können. Die Zweifel waren nie weg gewesen.

»Jona.« Hani klang mitleidig.

Entsetzt schüttelte Jona den Kopf. Damit wollte er Hani verdeutlichen, dass dieser aufhören, am besten das Thema wechseln oder sogar gehen sollte.

»Wir werden eine Lösung finden«, versprach Hani.

Jona seufzte. Wieder hob er die Schultern, auch wenn er sich mittlerweile ganz bescheuert dabei fühlte. Als hätte er nichts mehr zu sagen. Nur um die peinliche Stille zu unterbrechen, die sich zwischen ihnen ausbreitete, sagte er: »Komm, lass uns bezahlen.«

»Jona.« Hani hielt ihn auf, als Jona aufstehen wollte und umgriff seinen Arm etwas zu fest.

»Was?«, fragte Jona und zerrte an seinem Arm.

»Ich bin für dich da. Du kannst immer mit mir reden«, betonte Hani.

Jona nickte. Dann löste er sich aus der Umklammerung. »Danke«, sagte er und lächelte. »Das hilft mir echt, trotzdem glaube ich gerade, ich müsste ersticken.«

»Ich kann dich verstehen.« Hani nickte.

Fast wäre Jona ihm aufatmend an den Hals gefallen. Er war ihm so dankbar, dass er seine Sorgen ernst nahm und nicht einfach kleinredete. Das half ihm mehr, als wenn Hani ihn weiter getröstet hätte.

»Ich lade dich ein«, sagte Hani. Er stand ebenfalls auf und schlüpfte in seine Jacke. Anschließend ging er an die Theke und zahlte. Jona ließ das protestlos zu.

Als Hani ihm die Tür aufhielt, sagte er: »Danke.« Und er meinte es aus tiefsten Herzen so.

»Kein Problem. Jederzeit wieder«, betonte Hani und schlug ihm kumpelhaft auf die Schulter.

♥

»Und wie fühlst du dich?«

Flo saß neben ihm auf dem Sofa und betrachtete ihn ernst. Er hatte seinen Arm um ihn gelegt und streichelte zart über seinen Oberarm.

Jona hob die Schultern.

In der Nacht, nachdem er mit Hani gesprochen hatte, hatte er schlecht geschlafen, sodass er Flo für den darauffolgenden Tag abgesagt hatte. Er war nach der Arbeit nach Hause gegangen, hatte etwas gegessen und sich sofort ins Bett gelegt. Das Gespräch mit Hani war nun zwei Tage her, und seitdem hatte Jona nicht mehr mit seinem Kumpel gesprochen.

Eigentlich hatte er gedacht, er wäre unendlich stolz, wenn er Flo erzählen konnte, dass er sein allererstes Coming Out gehabt hatte, allerdings war er nicht besonders glücklich oder überzeugt davon, das Richtige getan zu haben. Eine leise Stimme des Unbehagens flüsterte ihm ohne Unterbrechung ins Ohr, als ob ihm jetzt erst bewusst geworden wäre, dass das, was er vor sich hatte, unvorstellbar schwer werden würde. Zuvor hatte er sich einreden können, notfalls mit einer Lebenslüge zu leben und das Geheimnis um seine sexuelle Orientierung mit ins Grab zu nehmen. Es ging ja niemanden etwas an. Aber nun, wo er Hani die Wahrheit gesagt hatte, war er überzeugt, dazu verpflichtet zu sein weiterzumachen. Wenn er zu Flo stehen und Hani die Hochzeit platzen lassen würde ... Vielleicht sollten sie es gleichzeitig tun und sich unterstützen? Sich gegenseitig Mut zusprechen? Er war sich nicht sicher, ob er dazu bereit war. »Nicht gut?« Flo runzelte die Stirn. Er verlagerte sein Gewicht und zog dabei Jona näher zu sich. Er küsste seine Schläfe und stand in einer eleganten Bewegung auf, um sich Jona gegenüber im Schneidersitz auf den Boden zu setzen.

»Ich weiß nicht.« Jona hob die Schultern.

»Immerhin hat er gut reagiert. Macht dir das keine Hoffnung?« Flo klang verwundert.

Einen Moment lang betrachtete Jona ihn, anschließend seufzte er lang und starrte zum Fenster hinaus. Flos Nachbar schnitt gerade seine Bäume zurecht. Sein Hund beobachtete ihn dabei, und das Kind spielte im Sandkasten.

Er spürte, dass er Zeit brauchte. Viel Zeit.

»Es ist gut zu wissen, dass er mein Freund bleibt, egal, was passiert«, bestätigte Jona.

»Aber?«

Zögerlich begann Jona, von seinen Sorgen zu berichten. Zu seiner Verwunderung entwirrten sich seine Gedanken beim Reden, und ihm wurde klarer, was genau der Punkt war. Zu Beginn redete er stockend, dann flüssiger, bis er so hastig sprach, dass er sich verhaspelte und innehielt, als Flo ihm die Hand auf den Arm legte.

»Okay«, meinte er und nickte. »Ich verstehe.«

Jona wartete, ob Flo etwas ergänzen wollte, das tat er allerdings nicht.

Stattdessen stand Flo auf, ging in die Küche und trank aus einer Flasche Mineralwasser. Sein Shirt rutschte dabei nach oben, und Jona konnte seinen Bauchnabel sehen und die schwarzen Haare, die unter dem Bund der Jeans hervorlugten. Sein Bauch war wohldefiniert und muskulös. Perfekt in Jonas Augen. Er konnte nicht anders, als dort hinzustarren. Dabei entdeckte er eine kleine Narbe rechts vom Bauchnabel und eine kleine helle Stelle, an der keine Haare wuchsen. Damals beim Baden war ihm das nicht aufgefallen. Er hatte sich auch nicht getraut, genauer zu schauen. Jetzt durfte er es.

Er stand auf und kam näher.

Flo setzte die Flasche ab und stellte sie auf die Arbeitsfläche. »Hani hat dir aufgezeigt, wie schwer es werden könnte«, wiederholte Flo, »gleichzeitig hat er dir gezeigt, dass du Verbündete hast. Dein bester Freund ist für dich da. Luca. Und ich. Hilft dir das denn wirklich gar nicht?«

Jona schob seine rechte Hand unter das T-Shirt und zog Flo mit seinem linken Arm näher zu sich heran. Er starrte Flo in die Augen. »Woher ist die Narbe?«, erkundigte er sich leise.

»Blinddarmdurchbruch vor einigen Jahren«, antwortete Flo und leckte sich mit der Zunge über die Lippen.

»Ich mag sie«, murmelte Jona, dann konnte er sein Verlangen nicht mehr bremsen. Während er zärtlich die Narbe streichelte, küsste er Flo stürmisch.

Es war ein wilder Kuss. Leidenschaftlicher und selbstbewusster, als es Jona von sich gewohnt war. Gierig suchte seine Zunge nach ihrem Gegenstück. Als ihre Zungen einander umkreisten, spürte Jona, dass es in seiner Hose enger wurde. Noch energischer zog er Flo an sich. Flo war ebenfalls erregt, das spürte er. Eine Lust, von der er nie gedacht hätte, dass er sie empfinden könnte, überkam ihn. Er schubste Flo zum Sofa, und gemeinsam fielen sie auf die Polster, eng ineinander verkeilt.

Prompt kam Jona, er konnte es nicht mehr aufhalten. Noch angezogen in seiner Hose. Das war ihm peinlich, aber Flo lächelte glücklich und küsste seine Stirn. Schwer atmend umarmte Jona ihn und versuchte, wieder Luft zu bekommen.

»Alles okay?«, fragte Flo und strich ihm die Haare aus dem Gesicht.

Jona nickte abwesend. Er fühlte sich zu träge und zu zufrieden, als dass er sich weiterhin um seine Sorgen kümmern konnte. Es war besser, als er es sich vorgestellt hatte und viel besser als seine heimlichen, kläglichen Masturbationsunternehmungen zu Hause. Er schlief ein, während Flo ihn streichelte.

♥

Nach einigen Wochen kam Jona sein neues Leben mit Flo nicht mehr so außergewöhnlich vor. Ihre Zweisamkeit war natürlich noch aufregend und neu für ihn, er gewöhnte sich jedoch an den Gedanken, einen festen Freund zu haben. Statt eine diffuse Angst mit sich herumzuschleppen, genoss er jede Minute mit seinem Freund.

Flo nahm weiterhin Rücksicht auf ihn und verlangte nicht, dass er sich bei seinen Eltern zu seiner Homosexualität bekannte, er reagierte aber häufiger genervt, wenn Jona sich weiterhin in der Öffentlichkeit nicht mit ihm zusammen zeigen wollte.

Sie besuchten zusammen Thermen und Weihnachtsmärkte und gingen ins Kino, aber nur selten ließ Jona zu, dass Flo ihn küsste oder umarmte. Seiner Meinung nach war die Gefahr viel zu groß, dass jemand sie sah.

Hani hakte nie nach, in wen er sich verliebt hatte oder wie ernst es ihm damit war. Er behandelte Jona ganz normal und machte nur selten Andeutungen. Über die nach wie vor geplante Hochzeit redeten sie nicht, es fiel Jona trotzdem auf, dass Hani zunehmend ratloser und nervöser wirkte. Jona tat es leid, dass er so litt, er wusste aber nicht, wie er ihm helfen konnte.

Die Weihnachtsfeiertage verbrachte Flo mit seiner Familie und war voll ausgebucht. Zwar hatte er sich bei Jona erkundigt, ob dieser kommen wollte, Jona hatte aber abgelehnt. Gerade an Weihnachten war ihm ein Kennenlernen etwas zu offiziell. Er versprach Flo, seine Mutter danach zu besuchen.

Jona blieb über Weihnachten daheim. Obwohl sie das Fest nicht zelebrierten, war es gezwungenermaßen etwas Besonderes für sie. Jona und Raya mussten nicht arbeiten gehen, und Adil hatte keine Uni. Da Raya sowieso fast nur bei Moritz oder mit ihren Freundinnen unterwegs war, gab es kaum Streitereien zu Hause.

Ab und zu kam Hani vorbei. Dann schauten sie zusammen mit Adil Fernsehen oder spielten mit Jonas Mutter Karten.

Als die Weihnachtstage vorbei waren, war Jona erleichtert. Es hatte etwas Erdrückendes, mit seinen Eltern in der Wohnung sitzen zu müssen. Das Wetter war schlecht, und er vermisste Flo. Er mochte den Winter sowieso nicht, weil ihm das regelmäßige Fußballspielen fehlte. Als er wieder arbeiten gehen konnte, war es für ihn erleichternd, weil er sich nicht mehr so eingesperrt fühlte, zumal er sich keine Ausreden ausdenken musste, wenn er seine Zeit mit Flo verbrachte. Seine Eltern nahmen weiterhin an, er würde Überstunden machen und zeigten sich empört, dass Jona kein Geld dafür bekam.

»Was machst du an Silvester?«, fragte Flo.

Zwar besuchte Jona ihn nicht immer zu Hause, trotzdem sahen sie sich mittlerweile täglich. Flo kam nach der Arbeit beim Supermarkt vorbei, in dem Jona arbeitete. Danach fuhr er Jona nach Hause. Für ihn lag es mehr oder weniger auf dem Weg, und so konnten sie sich treffen, ohne dass es zu auffällig war.

»Keine Ahnung. Was machst du?«, erwiderte Jona und fragte sich, ob Flo ihn erneut einladen wollte, zu seinen Eltern zu kommen. Er hoffte nicht. Er war noch nicht bereit dafür, wusste aber, dass Flo enttäuscht wäre, wenn er ihn länger hinhielt.

Flo lachte. »Ich habe meine Frage zuerst gestellt«, meinte er und legte seine Hand auf Jonas Oberschenkel.

Lächelnd sah Jona hinab und berührte mit seinen Fingern Flos streichelnde Hand. Die Zärtlichkeiten zwischen ihnen waren mittlerweile so beiläufig und alltäglich, dass er es richtig genießen konnte. Er hatte nicht jedes Mal Angst, dass jemand was sehen könnte oder dass Flo etwas von ihm wollte, das er ihm noch nicht geben konnte. Es fühlte sich einfach normal an. Normal und wunderschön.

»Das selbe wie jedes Jahr, vermute ich«, antwortete Jona zufrieden und hob die Schultern.

»Und was ist das?« Flo sah ihn schmunzelnd an.

»Mit meinen Geschwistern und meinen Eltern zu Abend essen, fernsehen und später gegen Mitternacht nach draußen gehen, um mir das Feuerwerk anzusehen.« Jona verdrehte die Augen, weil ihm bewusst wurde, wie armselig das klang. Er hatte keine Ahnung, ob er nicht am Ende ohne seine Geschwister zu Hause sein würde. Seine Schwester war bestimmt mit Moritz unterwegs, und Adil würde etwas mit seinen Kumpels unternehmen. Normalerweise hätten Jona und Hani einen gemeinsamen Abend verbringen können, aber Hani war in die Hauptstadt gereist, um seinen älteren Bruder zu besuchen.

»Merkst es selbst, oder?« Flo klopfte ihm leicht gegen den Oberschenkel, dann umschlag er mit seinen Fingern sein Handgelenk und zog seine Hand zu sich.

Jetzt lag Jonas Hand auf Flos Bein, und er konnte die Muskeln spüren, als Flo das Gaspedal betätigte. »Was machst du an Silvester?«, erkundigte er sich leise.

»Ich bin bei Luca eingeladen.« Flo blinkte und bog rechts ab, nachdem er sich versichert hatte, dass kein Fußgänger über die Straße wollte.

Ein Stich durchfuhr Jona. Bei Luca hatte er sich nicht mehr gemeldet, und Luca hatte es bereits aufgegeben. Deswegen hatte er Stefanie ebenfalls ewig nicht mehr gesehen. Luca war offenbar zu dem Schluss gekommen, dass Jona kein guter Kumpel war

Zwar hatte Flo ihn mehrmals dazu motivieren wollen, dass er sich mit ihm und Luca traf, aber Jona hatte dies abgelehnt. Er wusste, sie würden nicht zu dritt sein, vermutlich wären noch viele andere Freunde und Bekannte von Luca und Flo dabei. Jona hatte keine Lust, in der Öffentlichkeit mit Flo Händchen zu halten. Dazu fühlte er sich noch nicht bereit, was Flo nur schwer würde akzeptieren können, und am Ende würde es zu Streit führen.

»Du siehst erschrocken aus«, meinte Flo.

»Mir ist bewusst geworden, dass ... Ach, egal.« Jona starrte aus dem Fenster.

»Dass du nicht eingeladen wurdest?«, hakte Flo nach.

Jona nickte. Er zog seine Hand weg und spielte am Radio.

Flo beugte sich vor und drehte die Lautstärke herunter. »Luca hat sich wirklich um dich bemüht, jetzt hat er es wohl aufgegeben, du hast dich nie von dir aus gemeldet. Ich schätze, ihm war das irgendwann zu einseitig. Er hatte den Eindruck, du wärst einsam, und deswegen wollte er dich in seinen Freundeskreis integrieren. Er hat mir von dir erzählt, dass du nett seist, aber kaum jemand was von dir weiß.«

»Echt?« Überrascht sah Jona ihn an.

Flo grinste. »Ich glaube, Luca findet dich sympathisch, aber es hat ihn von Anfang an irritiert, dass du nie von dir aus auf ihn zugekommen bist. Manchmal wirkt deine Schüchternheit wie Arroganz.« Jona runzelte die Stirn.

Er wollte widersprechen, Flo kam ihm allerdings zuvor: »Komm mit als meine Begleitung. Überwinde deine Schüchternheit. Steh dazu und zeig Luca, dass du an einer Freundschaft interessiert bist.« Jona verdrehte die Augen.

»Bitte.« Flo starrte ihn an und hielt das Auto am Straßenrand an. Von hier aus musste Jona nur noch wenige Meter laufen, bis er zu Hause war.

»Flo.« Jona schüttelte den Kopf.

»Steh zu mir.« Flo klang flehentlich.

»Ich werde es mir überlegen.« Jona beugte sich vor und küsste Flo auf den Mund. Dann stieg er aus.

♥

Es war das allererste Mal, dass Jona mit Freunden den Silvesterabend verbrachte. Er strahlte übers ganze Gesicht, als Flo ihn abholte. Er hatte einen Freund. Er hatte Freunde. Er feierte Silvester nicht daheim, sondern zusammen mit einer Gruppe von jungen Menschen.

Seine Eltern waren erstaunt gewesen, als er ihnen gesagt hatte, dass er zu seinen Fußballkumpels gehen würde, um ins neue Jahr zu rutschen. Andererseits hatten sie nichts daran kritisiert. Viel zu sehr waren sie damit beschäftigt gewesen, sich über Raya zu ärgern, die die Nacht wieder mal bei Moritz verbringen wollte. Sie war die perfekte Ablenkung. Durch sie konnte er sich ohne großes Aufheben aus dem Haus schleichen. Niemand fragte ihn, wie lange er wegbleiben würde.

»Ich habe Luca gesagt, dass ich einen neuen Partner mitbringe«, kündigte Flo an und grinste verschmitzt.

»Och nein.« Jona runzelte die Stirn. Es war ihm nicht recht, dass Jona aus der ganzen Sache eine riesen Show machen wollte. Nun bereute er zutiefst, dass er es Luca nicht vorher in einem Zweiergespräch gesagt hatte.

»Vertrau mir.« Flo lächelte.

Sie parkten einige Meter von Lucas Haus entfernt. Im Sommer hatte die Straße noch ganz anders ausgesehen, und ihm wurde bewusst, wie lange die Party bei Luca her war. Die Bäume waren kahl, und überall in den Vorgärten war weihnachtlicher Schmuck angebracht.

Es war kalt und etwas glatt. Deswegen ließ Jona zu, dass Flo seine Hand nahm. Nicht aus romantischen Gründen, sondern weil er wirklich Angst hatte, hinzufallen und dabei das Geschenk für den Gastgeber zu zerstören, das er vorsichtig auf seinem

Arm balancierte. Er musste aber zugeben, dass er es durchaus genießen konnte, Flos Hand zu halten.

Als sie vor der Haustür standen, wurde Jona unruhig. Er versuchte, seine Hand aus Flos Griff zu befreien, aber Flo schüttelte den Kopf. »Vertrau mir«, wiederholte er und starrte Jona eindringlich an.

Brummend starrte Jona auf den weihnachtlichen Kranz, der an der Tür hing und versuchte sich einzureden, dass er den Abend genießen würde und dass hier nur Menschen waren, die mit seiner Homosexualität klarkommen würden. Ihm stellte sich hingegen die Frage, ob sie ebenfalls damit klarkommen würden, dass er, der Langweiler, mit dem coolen Flo zusammen war? Aber Flo war es wichtig, und deswegen musste Jona aufhören, dagegen anzukämpfen.

Er konnte auch nicht mehr länger darüber nachdenken, denn die Tür wurde aufgerissen.

Lucas Blick entgleiste kurz, dann fing er sich wieder. Er klopfte Jona auf die Schulter. »Tatsächlich?«, meinte er und nickte zu ihren ineinander verschlungenen Händen.

»Hast du dir sicher schon gedacht, oder?« Flo umarmte Luca kurz und fest, ohne den Kontakt zu Jona zu lösen.

»Hatte es vermutet.« Luca bat sie herein.

Jona wollte nachhaken, warum Luca etwas vermutet hatte, aber Flo zog ihn durch den Flur ins Wohnzimmer. Dort stand das Sofa, auf dem Jona im Sommer neben Hani gesessen hatte, um Fußball zu schauen. Damals hatte er Stefanie kennengelernt.

Kaum jemand beachtete sie. Das ganze Wohnzimmer war voll, und die meisten der Leute kannte Jona nicht. Sie begrüßten Flo und Jona kurz und wirkten nicht besonders geschockt, als Flo ihn als seinen Partner vorstellte.

»Soll ich dir helfen?«, bot Jona schüchtern an, als Luca ankündigte, in die Küche zu müssen. Flo war bereits in einem Gespräch vertieft.

»Gerne.« Luca klopfte ihm auf die Schultern.

Jona folgte seinem Fußballkameraden in die Küche. Er trug immer noch das Geschenk und stellte es auf dem Weg zur Küche auf eine Anrichte, wo sich bereits andere Mitbringsel stapelten.

Er wusste nicht so recht, wo er anfangen sollte, denn ihm war klar, dass er nicht einfach ohne ein paar Worte wieder hier aufkreuzen konnte. »Luca«, sagte er zögerlich. »Ich wollte ...«

»Verteil die Chips in die Schüsseln«, wies Luca ihn an und griff nach einem riesigen Messer.

»Ähm.« Jona sah sich um, dann sah er den Berg Tüten. Er nahm eine und drehte sich suchend in der Küche herum.

»Im Schrank hinter dir«, sagte Luca und begann, eine Gurke zu schneiden.

Jona öffnete den Schrank und fand die Schüsseln. »Ich muss mich echt entschuldigen. Ich ... Ich hatte jede Menge Stress zu Hause und ...«

Luca grinste. »… und einen neuen Lover.«

Jona spürte, dass er rot wurde. »Ja, das kam noch dazu«, sagte er leise und schüttete den Inhalt der Chipstüte in die Schüssel. »Trotzdem. Ich ... kann verstehen, dass du denkst, dass ich ein Volltrottel bin, aber ...«

»Es ist okay.«

Jona schob die Schüssel auf die Arbeitsplatte und faltete die Tüte zusammen. »Wirklich?«

»Ja, wirklich.« Luca nickte. »Ich weiß, dass du ein bisschen komisch drauf bist. Also manchmal. Also ... Es ist okay. Du bist extrem schüchtern und verunsichert, und ich kann mir vorstellen, dass du es vermutlich nicht leicht hast, Anschluss zu finden. Heute bist du allerdings hier. Und darüber freue ich mich.«

Jona sah ihn erstaunt an. »Echt?«

»Klar. Und jetzt füll die anderen Schüsseln«, bat Luca.

»Oh. Äh.« Jona nickte und drehte sich herum. Eifrig nahm er alle Schüsseln aus dem Schrank und verteilte sie auf der Arbeitsplatte.

»Also du und Flo?« Luca musterte ihn erstaunt.

Jona spürte, dass seine Hände feucht wurden. Er schaffte es kaum, die Tüten aufzureißen. »Es ist irgendwie passiert.«

»Ist doch schön, oder?« Luca grinste.

Jona grinste ebenfalls. »Ja, stimmt«, meinte er leise. »Es ist ungewohnt für mich, so offen damit umzugehen.«

Luca drückte ihm eine große Schüssel mit Salat in den Arm. »Das wird schon noch. Ich bin stolz auf dich. Das mit Hani und Stefanie hat ja leider nicht ganz so gut gepasst.«

»Kommt sie auch?«, fragte Jona.

»Ja, aber etwas später«, antwortete Luca und holte aus dem Kühlschrank Ketchup und Mayonnaise.

»Wieso hast du etwas geahnt?«, erkundigte Jona sich, als Luca an ihm vorbeilief.

Luca blieb stehen. »Hey, mach dir keine Sorgen. Alles ist gut. Ich freue mich für euch, okay? Geahnt habe ich es, weil Flo mir erzählt hat, dass er dich manchmal sieht. Und seine Augen haben dabei ständig geleuchtet, und er hat gegrinst wie verrückt.«

Jona sah über den Flur hinweg zu Flo. »Wirklich?«, fragte er leise.

»Ja, wirklich.« Luca lachte leise. »Ich freue mich sehr für euch beide. Ihr seht toll zusammen aus.«

»Echt?« Es erstaunte ihn.

Zum zweiten Mal lachte Luca, dieses Mal lauter. »Du willst ständig das selbe wissen. Echt? Wirklich? Ja, ihr passt optisch super zusammen, und ich finde es mega cool. Flo ist jetzt lang genug Single gewesen. Er hat es verdient.«

Jona runzelte Stirn.

Luca sah zur Tür. Jona folgte seinem Blick. Von hier aus konnte man Flo sehen. Er saß breitbeinig in einem riesigen Sessel und nahm einen Schluck seines Bieres, nachdem er lauthals über etwas gelacht hatte. »Sein Vater ist vor ein paar Jahren gestorben. Die Beziehung zu seinem Exfreund ging kurz danach in die Brüche. Es war eine verdammt harte Zeit für ihn.«

Entsetzt sah Jona Luca an. Er wartete, bis Luca den Blick erwiderte. »Ich wusste nicht, dass es zur gleichen Zeit passiert ist.«

»Doch. Ich habe bis heute eine scheiß Wut auf den Esel von Exfreund. Flo ausgerechnet dann zu verlassen, als es ihm sowieso schon schlecht ging …« Jona nickte und biss sich auf die Lippen.

»Er hatte sich vorher schon überlegt, Schluss zu machen. Während Flos Vater so krank war, hat er sich allerdings nicht getraut und lieber bis zu dessen Tod gewartet. Das unsensible Miststück hat es Flo genau so gesagt, von wegen, dass er nur aus Mitleid bei ihm geblieben ist.«

Betroffen sah Jona auf den Salat, den er nach wie vor in der Hand hielt.

Luca klopfte ihm auf die Schulter. »Ich wollte die Stimmung nicht ruinieren. Sorry. Aber ich bin einfach mega froh, dass ich ihn nach langer Zeit wieder so verliebt erlebe.«

Jona lächelte, obwohl er Tränen in den Augen hatte. »Danke, dass du es mir erzählt hast.«

»Komm, ich trag das Zeug rein. Geh du zu ihm.« Luca nahm ihm den Salat wieder ab.

Jona nickte. »Danke.«

♥

Jona quetschte sich zu Flo in den Sessel und legte seinen Arm um dessen Schultern, während sich Flo weiter unterhielt. Flo zog Jonas Hand um seinen Hals und küsste den Handrücken. Zunächst fühlte Jona sich unwohl und fremd auf der Party, aber schon bald schaffte Flo es, ihn in das Gespräch einzubinden. Sie spielten mit Lucas Freunden ein Autorennen auf der Wii und aßen gemeinsam.

Als Stefanie kam, begrüßte sie Jona erfreut und umarmte ihn. Sie verwickelte ihn gleich in ein Gespräch und machte den Eindruck, als würde sie es ihm nicht übel nehmen, dass er sich so lange nicht gemeldet hatte. Nach Hani erkundigte sie sich nicht, und Jona erwähnte ihn auch nicht.

Lange vor Mitternacht gingen die ersten nach draußen in den Garten. Die kalte Luft tat Jona gut. Er lächelte und sah zu Flo, der eine graue Mütze trug, die ihm sehr gut stand, und ein strahlendes Lachen auf den Lippen hatte.

»Du siehst gut aus«, sagte Jona.

Flo lächelte. »Die Liebe steht mir. Dir allerdings genauso.«

Jona verdrehte die Augen. Er glaubte, dass Flo leicht angetrunken war. Selbst wenn Flo nüchtern war, konnte er es nur schwer annehmen, wenn Flo so kitschig daher sprach.

»Ich finde es gut, dass du heute Abend das Gespräch mit Luca gesucht hast«, sagte Flo.

Sie standen etwas abseits von den anderen, und Jona ergriff Flos Hand. »Er hat mir erzählt, dass dein Exfreund dich verlassen hat, nachdem dein Vater gestorben ist.«

Flo sah ihn einen Moment lang an. Er seufzte. »Ja, das war eine miese Zeit damals ... Kam alles zusammen.«

Jona sah zum Himmel. Gequält schloss er die Augen bei dem Anblick der Sterne. »Ich weiß, du denkst, dass ich nicht davon anfangen sollte, aber es schmerzt mich, dass du ... nicht an etwas glaubst, das uns ein Dasein nach dem Tod ermöglicht.« Jona sah ihn an. »Das würde dir bei deiner Trauer um deinen Vater helfen.«

Flo starrte zu den Sternen. Er legte den Arm um Jona. »Viele Sterne sind tot und trotzdem leuchten sie für uns.« Jona folgte seinem Blick.

»Weil das Licht so lange braucht, bis es hier ankommt«, fuhr Flo fort.

»Ja.« Jona nickte.

»Macht es die Sterne weniger schön, nur weil sie tot sind? Sind sie deswegen weniger hell? Weniger echt?« Flo sah ihn nachdenklich an.

Jona schüttelte den Kopf. »Nein, sicher nicht.«

»Mein Vater war ein guter Mensch. Ein toller Vater. Er hat mir viel geholfen, als ich so große Probleme mit mir hatte, dass ich die Schule nicht mehr ernst genommen habe. Ohne ihn ... hätte ich die Ausbildung sicherlich nicht so gut gemeistert.« Flo sah ihn an. »Er hat mir den Weg bereitet, den ich jetzt nach wie vor erkunde. Er ist tot, doch er strahlt immer weiter für mich.«

Jona lächelte leicht. »Das ... hast du wirklich wundervoll gesagt«, sagte er zögerlich.

»Ich habe kein Problem mit Gott. Oder mit einer größeren Macht. Ich habe nur ein Problem mit den Religionen«, fügte Flo hinzu. »Und ich glaube genauso an ein Leben nach dem Tod. Und wenn die Verstorbenen nur durch die Menschen weiterleben, die sie geprägt haben.«

Jona nickte innerlich hin- und hergerissen. Alles, was Flo sagte, klang logisch, gleichzeitig irgendwie traurig.

Flo zog ihn ruckartig heran. Er flüsterte in Jonas Ohr: »Mein Vater hätte dich gemocht.« Seine kalte Nase schmiegte sich gegen Jonas Ohrläppchen.

»Meinst du?«, fragte Jona zaghaft.

Flo nickte. »Ja, sicher. Und er ist froh, dass du heute bei mir bist. Ich spüre das.«

Jona wollte den Mund öffnen, als einer der Jungs, mit denen Flo zuvor Wii gespielt hatte, zu ihnen kam. »Flo. Bier?« Er drückte Flo eine Flasche in die Hand.

Kurz darauf kamen Stefanie und Luca und verteilten mit Sekt gefüllte Gläser, und die Gelegenheit, miteinander zu sprechen, war vorbei. Es waren nur noch wenige Minuten bis Mitternacht.

Genau zum Jahreswechsel küsste Flo Jona auf den Mund, vor allen Gästen, und zwar lang und innig. Jeder sah es, aber alle reagierten vollkommen gleichgültig. Es war in ihren Augen normal. Es *war* normal.

»Was wünschst du dir für das neue Jahr?«, flüsterte Flo in Jonas Ohr.

Jona umarmte Flo übermütig. »Ich wünsche mir, dass wir den nächsten Silvesterabend wieder gemeinsam verbringen«, erwiderte er beschwingt und küsste Flos kaltes Ohrläppchen. »Ich bin so glücklich«, hauchte er.

»Ich ebenfalls«, antwortete Flo.

Er zog ihn fest an sich heran. Zusammen mit Luca rauchte er eine Zigarre und ließ Jona die ganze Zeit nicht los. Der Geruch der Zigarre ließ Jona würgen, doch Flo nahm Rücksicht auf ihn und blies den Rauch in die andere Richtung.

Jona starrte in den Himmel und betrachtete den Nebel, der von den Feuerwerken erzeugt worden war. Sein Herz sprudelte über vor Glück und Vorfreude auf das neue Jahr. Nur wenn er an seine Eltern dachte, krampfte sich sein Bauch zusammen.

Ob er nächstes Silvester wirklich mit Flo feiern würde? Würde er sein Coming Out bis dahin hinter sich bringen? Ob seine Familie dann noch mit ihm sprechen würde?

Er zog sein Handy aus der Hosentasche und betrachtete die Grüße von seinen Brüdern und seiner Schwester. Nun fühlte sich sein Herz schwer und leicht zugleich an.

♥

»Was ist jetzt wieder los?« Jona zog die Jacke aus, hängte sie auf und stellte sich neben Adil, der im Türrahmen gelehnt stand. Er hatte die Arme vor der Brust verschränkt und ein Grinsen auf den Lippen, für das Jona seinem jüngeren Bruder gerne ins Gesicht geschlagen hätte.

»Es ist sehr großzügig von uns«, sagte Abdullah gerade. Er saß zusammen mit seiner Frau auf dem Sofa. Raya saß schmollend im Sessel.

»Großzügig?« Raya schüttelte den Kopf. Sie presste ihre Lippen aufeinander.

Seufzend drehte Jona sich zu Adil. Immer das selbe, wenn er heimkam. Er hatte heute Abend tatsächlich länger arbeiten müssen und war danach noch mit Flo spazieren gewesen. Flo hatte Stress im Büro gehabt und dringend jemanden gebraucht, mit dem er reden konnte. Es war ihm egal gewesen, dass er später nach Hause kam. Es war schon nach zehn Uhr, aber scheinbar war niemandem aufgefallen, dass er nicht da war.

Das schien sein Schicksal zu sein. Abdel glänzte durch Abwesenheit, Raya durch Protestaktionen und Adil durch Schleimerei. Nur er – er glänzte überhaupt nicht. Wenn er da war, fiel er nicht auf, und wenn er nicht da war, dann fiel er wohl auch nicht auf. Das brachte ihm viele Vorteile, so konnte er unbemerkt eine schwule Beziehung führen und mit Freunden in die Kneipe gehen, um ein Bier zu trinken. Es interessierte niemanden. Und was bei allen anderen eine Katastrophe gewesen wäre, schien bei ihm einfach unter den Radar zu fallen. Eine Freiheit, mit der er nicht gerechnet hatte.

Trotzdem war es bitter. Ein bisschen. Dass er tun und lassen konnte, was er wollte, und es jedem egal war.

»Vater hat Raya ein großzügiges Angebot gemacht«, sagte Adil leise und wandte sich scheinbar nur ungern von dem Streit ab. Ihn schien die ganze Sache zu faszinieren und zu erfreuen.

»Welches?«, fragte Jona, weil ihm nicht wohl dabei war, wenn Abdullah irgendjemand ein großzügiges Angebot machte. Es hörte sich schon so ironisch an, dass es wohl eher nichts Gutes für den Betreffenden, in diesem Fall Raya, bedeuten konnte.

»Er sagt, er würde Moritz offiziell in der Familie begrüßen, wenn Raya und Moritz heiraten«, meinte Adil und drehte sich wieder zum Wohnzimmer, um wohl besser lauschen zu können.

»Was?« Jona trat ein. Er runzelte die Stirn. Damit hatte er überhaupt nicht gerechnet. Dass Abdullah Raya weiterhin verbieten würde, Moritz zu treffen, das hatte er erwartet. Oder dass Abdullah Raya in letzter Konsequenz rauswerfen würde. So etwas allerdings nicht.

Er hielt es tatsächlich für ein großzügiges Angebot.

Raya würde ganz offiziell mit Moritz zusammenleben können und wäre weiterhin ein ehrenwertes Mitglied der Familie. Sie müsste nicht mehr kämpfen, nicht mehr streiten, nicht mehr schreien. Sie könnte einfach mit Moritz leben.

Doch ein Blick in Rayas Gesicht verriet ihm, dass seine Schwester überhaupt nicht begeistert war.

»Ich werde ihn nicht heiraten, zumindest jetzt noch nicht«, sagte Raya sehr entschieden und blickte ihn entschlossen an.

»Warum denn nicht, mein Liebes?«

Jona drehte den Kopf in Richtung seiner Mutter und musterte Nadira erstaunt. Sie beugte sich vor und streichelte Rayas Arm, den Raya aber sofort wegriss.

»Schau, die Idee kommt von mir, und ich konnte deinen Vater davon überzeugen, dass es für alle das Beste ist. Ich war mir so sicher, dass das ein guter Kompromiss ist.«

»Wir werden heiraten, wenn wir das *wollen*. Und wir werden auf eine Art heiraten, *wie* wir es wollen. Hört auf, mich kontrollieren zu wollen«, stieß Raya aus.

»Wir würden unser Gesicht nicht verlieren. Weißt du, was die Leute denken, wenn sie dich sehen, wie du draußen unehelich mit einem jungen Mann herumrennst? Du lässt uns wie schlechte Eltern dastehen, denen es egal ist, ob ihre Tochter ein Leben voller Schande führt«, stellte Abdullah dar. Ruhig und gelassen, mit einer leisen Stimme – wie immer. Jona konnte nachvollziehen, warum es genau die Art war, die Raya zur Weißglut brachte.

»Ich verstehe nicht, warum du dagegen bist. Das ist ja wohl nur, weil du wie so oft deinen Kopf durchsetzen willst«, ertönte es hinter Jona. Er drehte sich um. Auch Adil war ihm ins Zimmer gefolgt, und natürlich konnte er es nicht bleiben lassen und mischte sich ein.

»Kann ich nicht einmal mit euch sprechen, ohne dass die beiden Hornochsen auftauchen?«, zischte Raya und zeigte in seine Richtung und zu Adil, der hinter ihm stand.

Jona runzelte die Stirn. Seit wann sah Raya ihn als ihren Gegner an? Und seit wann steckte sie ihn mit Adil in eine Schublade? Ihm war nicht bewusst gewesen, dass ihr Verhältnis so schlecht geworden war. Vermutlich empfand Raya es so, dass er sie alleine gelassen hatte, weil er in letzter Zeit häufig darauf beharrt hatte, keine

Partei ergreifen zu wollen. Er hatte genug mit seinen eigenen Problemen zu kämpfen, konnte sie das nicht einsehen?

»Raya, bitte.« Es tat Jona so weh, wie Nadira flehte, dass er sich abwenden musste. »Es wäre doch eine gute Lösung für uns alle. Wir akzeptieren deinen Moritz. Du kannst ihn mitbringen, damit wir ihn kennenlernen, und anschließend geben wir deine Verlobung bekannt. Niemand wird noch etwas sagen können, wenn ihr unterwegs seid. Und wenn ihr geheiratet habt, könnt ihr zusammenleben.«

»Ich will das aber nicht«, fauchte Raya und stand auf.

»Warum nicht?«, wollte Adil wissen und hob die Schultern. Er klang tatsächlich ratlos und genau so, wie Jona sich fühlte.

»Weil wir es auf unsere Weise tun wollen. Kapiert das denn wirklich keiner von euch?« Verzweifelt drehte Raya sich um ihre Achse und musterte zuerst Nadira, danach ihre beiden Brüder. Sie hob ihre Schultern und wirkte enttäuscht, als sie Jona ansah. »Echt nicht? Nicht mal ein bisschen?«

Jona räusperte sich. »Vielleicht solltet ihr zunächst Moritz kennenlernen, um euch ein Urteil zu erlauben. Er ist ein netter Mann.«

»Darum geht es gar nicht«, erwiderte Adil und runzelte die Stirn. »Sie soll heiraten, verdammt noch mal. Daraufhin kann sie auch ganz offiziell mit ihm schlafen.«

»Adil.«

Adil zuckte zusammen und presste anschließend die Lippen aufeinander.

»Sprich nicht so über deine Schwester«, meinte Abdullah leise, während er aufstand. »Hab Respekt. Du bist ihr Bruder. Du hast sie zu ehren.«

»Okay. Verstanden«, murmelte Adil. Blässe breitete sich von seiner Nase über die Wangen aus, die Jona sehen konnte, obwohl Adil einen deutlich dunkleren Teint hatte als er.

»Und du hörst mir jetzt genau zu.« Abdullah sprach weiterhin leise. Immer noch beherrscht. Kurz wandte sich Jona seiner Mutter zu, die besorgt die Hände rieb. Sie hatte ihre Stirn in Falten gezogen und wirkte älter, als sie war. Beunruhigt musterte sie ihren Mann, der sich vor Raya aufstellte. »Entweder du tust, was wir dir sagen, oder du machst weiter wie bisher, dann wäre ich allerdings enttäuscht von dir und werde dafür sorgen, dass du so schnell wie möglich auszieht. Wir wollen in dem Fall nichts mehr von dir wissen.« Raya lachte hysterisch.

Jona konnte seiner Schwester ansehen, dass sie damit trotz allem nicht gerechnet hatte. Er erkannte, dass sie geglaubt hatte, letztendlich machen zu können, was sie wollte, weil sie sich sicher gewesen war, ihre Eltern würden nicht noch ein Kind verlieren wollen. Diese Rechnung hatte sie aber ohne ihren Vater gemacht.

»Gute Nacht,« sagte sie und drehte sich um. Sie ließ die Tür des Wohnzimmers offen. Die Tür zu ihrem Zimmer schloss sie leise. So als wäre jede Energie aus ihr verschwunden.

»Ich gehe ebenfalls ins Bett«, teilte Adil mit. Im Gegensatz zu seiner Schwester warf er die Tür seines Zimmers mit Wucht zu.

Jonas Haut wurde von einem Schauer überzogen. Unschlüssig blieb er stehen und betrachtete seine Eltern. Nadira schluchzte vor sich hin, und Abdullah nahm die Fernbedienung und ließ sich wieder auf das Sofa nieder. Er schaltete den Fernseher an, als wäre nichts gewesen.

Kurz kam der irrwitzige Gedanke in Jona hoch, er sollte genau jetzt in diesem Moment einfach laut sagen, er wäre schwul. Nur, weil er neugierig war, ob ihn jemand hören würde. Oder ob auch das geradezu untergehen würde. Er grinste und schüttelte den Kopf. Er drehte sich um und schloss die Wohnzimmertür leise hinter sich.

Kurz wartete er auf dem Flur und lauschte auf die Geräusche aus dem Wohnzimmer. Das Fernsehgerät lief, trotzdem hörte er das energische Flüstern seiner Mutter und den barschen Tonfall seines Vaters. Sie diskutierten. Aus den Zimmern von Adil und Raya drangen keine Geräusche auf den Flur.

Er nahm den ganzen Mut zusammen und klopfte an Rayas Tür. Zuerst leise, dann etwas lauter. Seine Schwester weinte. Sie öffnete dennoch die Tür, um ihn eintreten zu lassen. Ihr Kopftuch hatte sie abgezogen und statt ihrer Jeans trug sie eine Jogginghose.

»Was willst du?« Sie klang mürrisch und schloss die Tür mit einem kräftigen Schubser, nachdem Jona eingetreten war.

»Ich ...« Jona schüttelte den Kopf. Er hatte selbst keine Ahnung, was er wollte. Sie tat ihm leid, gleichzeitig war er neidisch auf die Chance, die sie hatte.

Was würde er dafür geben, wenn er so leicht die Beziehung zu Flo legalisieren könnte? Sie würde mit Moritz leben können, und niemand hätte noch das Recht, sie auseinanderzubringen. Trotzdem blieb ein kleiner Zweifel, ob es so erstrebenswert war, sich von den Eltern alles befehlen zu lassen. »Ich weiß es nicht«, meinte er schließlich hilflos.

Raya machte ein zischendes Geräusch, wandte sich von ihm ab und schüttelte den Kopf. »Warum bist du so feige?«

»Ich bin nicht feige«, wehrte Jona ab. Er setzte sich auf den Stuhl an Rayas Schreibtisch. »Wäre es nicht tatsächlich eine Lösung für euch beide?«, fragte er zögerlich.

Raya schüttelte den Kopf. »Wir kennen uns nicht lange genug. Natürlich wollen wir irgendwann heiraten, und mit Sicherheit werden wir auch nicht mehr lange warten, aber dennoch möchten wir uns erst richtig kennenlernen. Was ist daran verkehrt?«

»Eigentlich nichts.« Jona rieb sich über die Stirn.

»Mir geht es viel zu schnell. Warum wollen sie Moritz nicht erst mal kennenlernen?« Raya setzte sich in den großen Ohrensessel, den sie mal auf einem Flohmarkt gefunden hatte. Er hatte sie immer darum beneidet, weil er es sich schön vorstellte, im Winter in diesem Sessel zu sitzen und zu lesen, während man draußen die Vögel und Schneeflocken beobachten konnte.

»Ich denke, das wollen sie nicht tun, weil es dadurch offiziell wäre. Sie haben Angst davor, was die Nachbarn sagen und die Verwandten und Freunde.« Auf einmal wurde Jona bewusst, warum Raya sich so verzweifelt abmühte, dass ihr Freund akzeptiert wurde. Es ging den Eltern nicht wirklich um Raya, es ging ihnen nur um den Ruf der Familie. Sie hatten bereits Kritik erfahren müssen, weil Abdel ausgezogen war und jetzt unverheiratet mit einer Frau zusammenlebte. Trotzdem war es schmerzhaft, zu erkennen, dass ihnen der Ruf wichtiger war als das Glück ihrer Kinder. Sie akzeptierten sogar den Kontaktabbruch, statt darauf zu pfeifen, was die Leute über sie redeten.

Wie schrecklich musste Abdel sich nur gefühlt haben?

Raya schnaubte.

»All die anderen Algerier, deren Kinder handzahm sind …«, murmelte Jona und spürte Wut in sich aufsteigen.

»Tja.« Raya klang verbittert. »Wenn wir zusammen für unser Glück kämpfen würden ... Adil ist sowieso verloren, aber ich bin echt enttäuscht von dir, dass du mich ebenfalls im Stich gelassen hast.«

»Ich habe dich nicht im Stich gelassen.« Jona stand auf. »Ich will nur nicht ständig zwischen die Fronten geraten.« Seine Stimme war laut, viel zu laut. Adil würde alles hören. Er räusperte sich und fügte etwas leiser hinzu: »Raya, auch ich habe Probleme. Es geht nicht immer nur um dich oder Abdel oder Adil.« Erstaunt sah sie ihn an.

»Du willst immer nur, dass ich dich unterstütze, aber wann unterstützt du denn mich?«, rief Jona. Er hob seine Hand und machte eine wegwerfende Bewegung damit. »Denkst du ausnahmsweise mal an andere? Denkt *irgendjemand* auch an mich?«

»Darum ging es gar nicht«, erwiderte Raya verwirrt.

»Doch«, brummte Jona. »Mir geht es jetzt gerade um mich. Du siehst nur deinen Kampf und übersiehst dabei, dass andere Menschen auch Probleme haben.«

Er fühlte sich besser. Viel besser. Er ließ seine Schwester verdutzt stehen und stürmte aus dem Zimmer.

♥

»Ich kann deine Schwester verstehen.« Flos Stimme ging nach oben, und an seinem Blick konnte Jona erkennen, dass sein Freund die ganze Sache aufregte. »Wenn man mir so einen faulen Kompromiss vorschlagen würde, würde ich mich auch dagegen wehren. Vielleicht sogar nur, um meine Selbstständigkeit zu demonstrieren.«

Jona nickte. »Ja, ich kann das schon nachvollziehen, aber es würden sich für sie alle Probleme lösen, wenn sie ihn heiratet.«

»Probleme, die sie eigentlich nicht hätte, wenn man ihr erst mal zugestehen würde, dass sie erwachsen ist und für sich selbst Entscheidungen treffen kann«, erwiderte Flo. Seine Mundwinkel gingen nach oben, während er seine Nase rümpfte.

Jona musste lächeln.

»Was ist?«, fragte Flo verdutzt.

»Du siehst süß aus, wenn du schmollst.«

»Ich schmolle nicht«, korrigierte Flo. »Mich macht das nur total wütend. Und du kapierst nicht einmal, was ich meine.«

»Das tue ich schon«, wehrte Jona ab. »Schrei bitte trotzdem nicht so laut.« Er sah sich in dem Bistro um. Sie saßen zwar in einer ruhigen Ecke im hinteren Bereich des

Bistros, Jona hatte trotzdem Angst, durch Flos laute Stimme zu viel Aufmerksamkeit auf sich zu ziehen.

»Dass du dich darüber nicht aufregst«, brummte Flo und stocherte in seinen Nudeln herum. Die Enttäuschung war ihm anzusehen.

Jona seufzte und drehte sich wieder um. Alle Gäste des Lokals waren offensichtlich anderweitig beschäftigt, keiner beachtete sie. Er griff nach vorne und berührte Flos Hand. »Wenn du wüsstest, welche Werte in unserer Familie gelebt werden, wüsstest du, wie großzügig das Angebot war. Nicht alle Eltern erlauben die Ehe mit einem deutschen Mann.«

»Meinst du das im Ernst?« Flo umfasste sein Handgelenk und zog ihn näher zu sich. Er starrte in Jonas Augen. »Dann sind eure Werte eben scheiße.«

»Ach Flo.« Jona verdrehte die Augen.

»Nichts, ach Flo. Jona, ich meine das ernst. Sieh hin, was sie mit deiner Schwester machen. Sie erpressen sie, nur um selbst nicht dumm dazustehen. Sie beschneiden euch, eure Freiheit, nur weil sie zu feige sind, zu euch zu stehen. Nur weil sie das Geschwätz der anderen nicht aushalten können, setzen sie euch so unter Druck? Wirklich?« Flo funkelte ihn aus wütenden Augen an.

»Ich will nicht streiten«, betonte Jona müde.

»Wir streiten ja nicht.« Flo streichelte Jonas Hand. »Ich will nur meinen Standpunkt erläutern. Deinen Eltern könnte es einfach egal sein, was die Leute von ihnen denken. Sie könnten sich sagen: Nein, wir stehen zu unseren Kindern, egal, in wen sie sich verlieben. Und wenn die anderen damit ein Problem haben, ist es deren Problem!«

»Ja, das könnten sie«, stimmte Jona zu und drehte seine Hand, um besser Flos Hand halten zu können.

Flo lächelte ihn an.

»Tun sie aber nicht«, fügte Jona hinzu. »Und müssen wir uns die ganze Zeit über Raya unterhalten?«

Flo streichelte mit dem Daumen weiter seine Hand und schüttelte den Kopf. »Nein, müssen wir nicht. Aber ich finde es wichtig, auch darüber zu reden. Wenn sie Moritz nicht akzeptieren, habe ich wohl keine Chance, oder?«

»Also als Rayas Freund unter Umständen schon.« Jona musste kichern. »Ich meine, zumindest, wenn du dich nicht weigern würdest, sie zu heiraten.«

Flo knurrte.

»Und wenn du dir die Haare ordentlich schneidest und was Gescheites anziehst.« Jona lachte und zog Flos Hand näher zu sich. Er griff in Flos Haare und lockerte sie weiter auf. So wie es Flo am besten stand, wild und ungezähmt. Er wurde wieder ernst. »Ich weiß, es ist traurig.«

»Sehr traurig«, betonte Flo.

»Es wird auf einen Kontaktabbruch hinauslaufen. Anders kann ich es mir nicht vorstellen.« Jona spürte die Enge in der Brust. Er kratzte sich an der Stirn. »Verdammt.«

»Kann es sein, dass Raya weniger Freiheiten hat, weil sie eine Frau ist? Möglicherweise könnten sie bei dir ja toleranter reagieren«, tröstete Flo.

»Tatsächlich kann ich mir das gut vorstellen. Wenn Männer Beziehungen zu Frauen aus einem anderen Kulturkreis eingehen, ist das akzeptierter als die Beziehung zwischen Frauen und Partnern anderer Kulturen. Es ist also nicht ausgeschlossen, dass meine Eltern bei mir eine deutsche Frau eher akzeptieren würden als bei Raya einen deutschen Mann«, erzählte Jona.

»Ich bin keine deutsche Frau«, stellte Flo klar.

»Nicht?« Jona riss gespielt die Augen auf.

Flo löste den Handkontakt und boxte leicht gegen Jonas Oberarm.

»Ich meine, die Haare passen ja bereits«, meinte Jona und hob erneut seinen Arm, um die braunen Haare zwischen den Fingern zu zwirbeln.

»Ach, halt die Klappe, du Idiot«, wehrte Flo ab und schmunzelte. Anschließend sah er auf die Uhr. »Hey, wir sollten sehen, dass wir loskommen. Der Film beginnt bald.«

»Ja, lass uns zahlen.« Jona griff nach seinem Geldbeutel.

»Lass mich zahlen«, bat Flo.

»Ne, ich zahle«, protestierte Jona. »Du hast schon das letzte Mal gezahlt.« Er drehte sich um, um nach einer Bedienung zu suchen und erstarrte. Zwei Tische von ihm entfernt saß ein junger Mann, der einem Kumpel von Adil verdammt ähnlich sah.

»Was ist?«, fragte Flo stirnrunzelnd.

»Ich glaube, da drüben sitzt jemand, der mit Adil befreundet ist. Haben wir uns irgendwie schwul benommen?« Panik überkam ihn.

Flo hob die Schultern. »Ein bisschen. Doch er wirkt konzentriert auf sein Essen«, beruhigte er Jona sofort.

»Ich habe vorher extra geschaut, ob jemand zu uns sieht, aber irgendwann habe ich es total vergessen.« Frustriert wagte Jona erneut einen Blick zu dem Mann. Er war sich nicht sicher, es lag allerdings im Bereich des Möglichen. So genau kannte er die Männer nicht, die mit Adil unterwegs waren. Er fand, dass sie sich alle ähnelten.

»Wie sicher bist du dir?«, hakte Flo nach.

Jona hob die Schultern. »Vielleicht ist er es ja doch nicht …« Er hatte sich den Mann erneut aus dem Augenwinkel angesehen. Er versuchte, sich damit zu trösten, dass die Möglichkeit bestand, dass die Kumpels von Adil ihn genauso wenig einordnen konnten wie sie. Vermutlich hatte er ihn nicht einmal erkannt. Selbst wenn er es wäre.

♥

Die Begegnung hatte Jona bereits vergessen, als er nach Hause ging. Flo hatte ihn wie immer in der Seitenstraße abgesetzt, und das letzte Stück lief Jona. Erst als er die Haustür aufschloss, erinnerte er sich wieder daran und zuckte heftig zusammen. Er ging die Treppe nach oben und wunderte sich, wie er das einfach hatte vergessen können. Es war dumm von ihm gewesen, so unbefangen mit Flo herumzumachen. Sie hatten sicherlich wie ein frisch verliebtes Pärchen gewirkt. Genau das waren sie ja im Grunde, doch Jona sollte aufhören, sich in der Öffentlichkeit so sicher zu fühlen. Er war dankbar dafür, dass er Fortschritte gemacht hatte und so entspannt mit Flo umgehen konnte, aber er sollte es nicht übertreiben.

Er schloss die Tür auf und schlich sich am Wohnzimmer vorbei, um direkt in sein Zimmer zu gehen. Er hatte keine Lust, seinen Eltern zu begegnen.

Gerade als er seine Tür öffnen wollte, lief Raya stumm nickend an ihm vorbei.

Seit Abdullah ihr den Vorschlag gemacht hatte, Moritz zu heiraten und Raya dies abgelehnt hatte, waren die Familienmitglieder mehr oder weniger verstummt. Keiner schien besonders große Lust zu haben, mit dem jeweils anderen zu reden.

Raya saß fast nur noch in ihrem Zimmer. Offenbar hatte sie es aufgegeben, mit ihren Eltern zu diskutieren. Abdullah schien auch der Gedanke gekommen zu sein, dass die Streitereien mit seiner Tochter nichts nutzten. Adil war ebenfalls häufiger abwesend als zu Hause.

Nun stritt keiner mehr, keiner rief, keiner schrie. Keiner redete mehr.

Jona starrte seiner Schwester hinterher und schüttelte den Kopf, als sie die Tür hinter sich schloss. Sie drückte die Tür sanft hinter sich zu, als wolle sie auf gar keinen Fall ein Geräusch produzieren.

Es war traurig, was aus seiner Familie geworden war.

Danach sah Jona auf Adils Tür. Wollte er wirklich wissen, ob sich seine Befürchtung bewahrheitet hatte? Wenn es sich in dem Restaurant um denjenigen handelte, der manchmal mit Adil abhing, und wenn dieser ihn erkannt hatte, würde Adil sicherlich schon wissen, was mit ihm los war. Jona musste es wissen. Er wusste, dass er sonst nicht würde schlafen können.

Er holte tief Luft und klopfte an der Zimmertür seines jüngeren Bruders. Mit klopfendem Herzen wartete er, bis Adil die Tür aufmachte.

»Was?« Adil lehnte sich mit verschränkten Armen gegen den Rahmen und hob die Augenbrauen.

»Ich ... ähm.« Jona kratzte sich im Nacken. Was sollte er jetzt sagen? Sich einfach erkundigen, ob Adil heute etwas Seltsames über ihn erfahren hatte? Machte er sich damit nicht erst recht verdächtig?

Jona hätte sich am liebsten mit der flachen Hand gegen die Stirn geschlagen. Er war nervös, und wenn er nervös war, machte er immer Fehler. So unvorbereitet an Adils Tür zu klopfen, grenzte wirklich an Dummheit.

»Wo warst du heute so lange?« Adil beugte sich vor. Er schielte in den Flur hinein. Scheinbar wollte er wissen, ob Raya zu sehen war.

»Ich ... ähm ... war im Kino«, meinte Jona und fand, dass Adil nicht unfreundlicher wirkte als sonst. Wenn er etwas wusste, hätte er bereits gehandelt, dessen war Jona sich sicher. In dem Fall hätte Abdullah auf ihn gewartet und ihn sofort zur Rede gestellt. Adil würde es verpetzen. Er würde alles nutzen, um sich bei seinem Vater einzuschleimen, und er würde genau *das* gegen ihn verwenden. »Mit Hani«, fügte Jona hinzu. »Wir haben vorher etwas gegessen.«

»Okay.« Adil nickte. Er zeigte mit seiner linken Hand zur rechten Seite. »Was ist mit Raya?«

»Keine Ahnung. War sie heute beim Abendessen?«, fragte Jona. Ihm fiel auf, dass er das erste Mal seit Wochen mit Adil redete, ohne zu streiten.

Adil schüttelte den Kopf.

Seit Tagen weigerte Raya sich schon, mit am Tisch zu sitzen, und seltsamerweise schien Abdullah damit einverstanden, denn er bestand nicht darauf, dass jemand Raya ins Esszimmer holte.

»Okay«, murmelte Jona.

»Ich habe mit unseren Eltern alleine zu Abend gegessen«, betonte Adil.

Jona hob die Schulter. Was wollte Adil ihm damit nun sagen? Wollte er ihm ein schlechtes Gewissen machen, nur weil Jona es gewagt hatte, auswärts zu essen? Oder wusste er doch von Flo und hatte es nur niemandem erzählt, weil er Jona damit erpressen wollte? Jona überlegte, wie er reagieren konnte.

Aber Adil ergriff wieder das Wort. »Was plant Raya?«, fragte Adil.

»Was soll sie planen?« Jona sah Adil irritiert an.

»Will sie ihn heiraten? Oder will sie so weitermachen?«

»Keine Ahnung«, seufzte Jona. Er drehte sich um, um in sein Zimmer zu gehen.

»Soll das immer so weitergehen?«, rief Adil ihm nach.

Jona blieb stehen, ohne sich umzudrehen. »Was?«, hakte er nach. Er hatte keine Lust, sich mit seinem Bruder auseinanderzusetzen. Er hatte nur wissen wollen, ob Flo und er gesehen worden waren. Keinesfalls wollte er mit Adil zum wiederholten Male wegen Raya streiten oder gar gemeinsame Sache machen.

»Das mit Raya. Das mit uns. Wir sind eine Familie.« Adil klang trotzig.

»Ich weiß es nicht«, wiederholte Jona genervt und ging weiter. Er drehte sich auch nicht um, als Adil seinen Namen rief. Er ignorierte seinen Bruder einfach und ging in sein Zimmer.

Mit Herzklopfen schloss er die Tür hinter sich und atmete tief ein und aus. Er wartete einen Moment ab und setzte sich dann schließlich auf sein Bett. Die Erleichterung haute ihn nun um wie ein Orkan. Adil wusste von nichts. Er hatte so großes Glück gehabt.

♥

»Ich sage es dir jetzt sofort, weil ich nicht möchte, dass du es von jemand anderem erfährst«, begann Raya das Gespräch. Sie hatte ungeduldig an seiner Zimmertür geklopft und war hereingestürzt, obwohl er nicht reagiert hatte. Eilig sperrte Jona das Smartphone. Gerade hatte er mit Flo geschrieben, und er fühlte sich ertappt, auch wenn sie den Text auf dem Display unmöglich vom anderen Ende des Zimmers aus lesen konnte.

»Kannst du nicht warten, bis ich dich hereinbitte?«, fragte er verärgert.

»Sorry.« Raya hob die Schultern.

Jona entsperrte das Smartphone und las die letzte Nachricht, die Flo ihm geschrieben hatte. Er schmunzelte und schickte ihm als Antwort ein Emoji. Dann sperrte er das Handy erneut und legte es zur Seite. Er war neugierig, was seine Schwester zu berichten hatte und wollte endlich wissen, warum sie mal wieder mit den Eltern gestritten hatte, nachdem sie tagelang still gewesen war. Trotzdem ärgerte es ihn, dass sie sich verhielt, als bräuchte er keine Privatsphäre.

»Also?«, forderte er sie auf. »Was ist los?«

»Ich werde mir eine Wohnung suchen«, kündigte Raya trotzig an. Überrascht hob Jona den Kopf. »Also werdet ihr heiraten?« Raya verdrehte die Augen.

Jona schüttelte den Kopf. Sie war zickig und tat, als wäre er der Feind. Er verstand sie nicht. Womit hatte er das verdient?

»Was hat das damit zu tun? Ich ziehe nicht mit Moritz zusammen, sondern suche mir eine eigene Wohnung, um eine Weile auf mich allein gestellt sein zu können. Bevor ich mich an einen Mann binde, will ich meine Freiheit genossen haben«, klärte Raya ihn auf.

»Bist du noch mit Moritz zusammen?«, erkundigte Jona sich zweifelnd.

»Ja, natürlich.« Raya runzelte die Stirn. »Ich will trotzdem eine Zeit alleine gelebt haben, bevor ich mit ihm zusammenziehe. Ich finde, das gehört dazu.«

Jona legte beide Hände in seinen Schoß und dachte nach. Er konnte sich vorstellen, dass seine Eltern wenig begeistert waren. Es war üblich, dass algerische Mädchen bei ihrer Familie lebten, bis sie heirateten und mit ihrem Mann zusammenzogen. Nach Rayas Auszug würde aber vielleicht endlich die Streiterei aufhören.

Dann kam ihm ein anderer Gedanke. Er wäre danach alleine hier, und das gefiel ihm ganz und gar nicht. Der Stich in seinem Herzen erstaunte ihn. In den letzten

Tagen war er meist genervt von Raya gewesen, nun wurde ihm bewusst, dass sie ihm fehlen würde.

»Ja, und?«, fragte er und klang dabei unfreundlicher, als er klingen wollte.

»Ich wollte nur, dass du es von mir erfährst«, meinte Raya leise. Sie hörte sich beleidigt an und machte Anstalten, das Zimmer zu verlassen.

»Warte.« Jona ging zu seiner Schwester. Er schloss die Tür, die sie bereits geöffnet hatte und zog sie mit sanftem Druck in die Mitte des Zimmers.

»Was ist?« Raya verschränkte die Arme und presste ihre Lippen aufeinander.

»Hast du es ihnen bereits gesagt?« Jona war beunruhigt wegen der Dynamik, die sich entwickelte.

Es tat ihm leid, dass er manchmal so unfreundlich zu seiner Schwester war, andererseits hatte sie ihn hinter sich gelassen. Zumindest empfand er es so. Sie war so fixiert auf ihre eigenen Probleme und forderte von ihm immer absolute Loyalität, was ihn stresste. Sie setzte ihn unter Druck, ohne sich einzufühlen, dass er ebenfalls ihre Hilfe benötigen könnte.

Auf einmal tat er sich selbst leid. Jetzt saß er also hier. Mit Mitte Zwanzig noch zu Hause bei seinen Eltern und einer geheimen Beziehung, während seine 20-jährige Schwester die Freiheit und die große Liebe erlebte. War das fair? Es war ungerecht, dachte er, obwohl er gleichzeitig wusste, dass Raya nichts dafür konnte, dass er nicht so mutig wie sie war.

»Naja, du kennst sie ja«, antwortete Raya etwas versöhnlicher.

Jona nickte düster.

»Es tut mir leid, Jona.« Raya trat näher. »Ich denke, dass es dir nicht so gut geht, und es kann sein, dass ich irgendwie viel mit mir und meinen Problemen beschäftigt war. Wenn ich dich zu sehr beansprucht habe, tut es mir leid. Ich dachte, wir könnten als Team kämpfen und uns gegenseitig unterstützen, aber ich habe dich wohl überfordert.« Sie klang enttäuscht und runzelte gleichzeitig besorgt die Stirn.

Jona schüttelte den Kopf. Er traute sich nicht zu sprechen, weil sich seine Stimme ansonsten womöglich weinerlich angehört hätte.

»Ich weiß, du wirst deinen Weg finden. Lass dich von Adil nicht beeinflussen und mache das, was für dich das Richtige ist«, betonte Raya und zeigte auf seine Brust, so als wolle sie damit ihre Worte noch unterstreichen.

»Wann ...« Jona räusperte sich. »Wann ziehst du aus?«

»Ich werde mir so schnell wie möglich eine Wohnung suchen. Ich halte es hier nicht mehr aus.«

»Was hat Vater dazu gesagt?«, stellte Jona die Frage erneut.

»Er hat gemeint, ich solle es mir gut überlegen und dass ihm langsam die Geduld mit mir ausgeht. Ich soll mir darüber im Klaren sein, was das bedeutet und dass ich nicht glauben soll, dass ich erneut ankriechen kann. Und er hat mir erneut empfohlen, Moritz zu heiraten und mit ihm zusammenzuziehen.« Raya hob die Schultern.

Jona verzichtete darauf zu betonen, dass auch er fand, sie solle es sich noch einmal überlegen – um sich selbst vor der Kritik ihrer Eltern zu schützen.

»Ich sag dir Bescheid, wenn ich eine Wohnung gefunden habe«, versprach Raya. Sie hob ihre Arme, und Jona umarmte sie fest. »Bleib so wie du bist und tue, was dir guttut«, flüsterte sie in sein Ohr und drückte seine Oberarme. Kurz darauf verließ sie den Raum.

Weil sie die Tür offen stehen gelassen hatte, konnte Jona ihr nachsehen. Er seufzte und ging langsam in den Flur. Er lauschte in die Stille hinein und dachte darüber nach, ob es von Vorteil sein würde, wenn Raya nicht mehr hier leben würde. Einerseits hätten die Streitereien endlich ein Ende, andererseits würde er sich einsam fühlen. Adil war kein Verbündeter, und seine Eltern verstanden die Welt, in der er lebte, nicht. Er würde ein Außenseiter unter Fremden sein.

Er schloss die Tür und ging zu seinem Smartphone. Flo hatte ihm nicht geschrieben, dafür hatte Luca ein lustiges Video in die Gruppe gepostet, in der Jona seit neustem Mitglied war. Er lachte und leitete das Video an Hani weiter.

Unschlüssig setzte er sich auf das Bett und unterdrückte die Angst, die ihn überkam, als er daran dachte, dass er bald alleine war und irgendwie überleben musste.

♥

Obwohl Raya noch hier lebte, redete bis auf alltägliche Fragen und Bemerkungen keiner mehr mit ihr. Sowohl Adil als auch Abdullah taten so, als gäbe es sie gar nicht. Vermutlich glaubten sie, sie könnten Raya so zur Vernunft bringen, es verursachte allerdings das Gegenteil, glaubte Jona. Sogar Nadira redete ebenfalls kaum mit Raya, Jona vermutete aber, dass sie das nur tat, weil sie ihren Mann nicht verärgern wollte. Wenn er selbst versuchte, ein Gespräch mit Raya zu beginnen, warfen ihm Adil oder Abdullah böse Blicke zu.

Raya machte es ihnen jedoch auch nicht ganz leicht, denn sie zog sich noch mehr zurück. Sie verbrachte viele Nächte bei Moritz und blieb am Wochenende oft lange bei ihren Freundinnen. Wenn sie trotzdem mal da war, war sie nur in ihrem Zimmer. Sie aß weiterhin nicht mehr zusammen mit der Familie.

Die Stimmung war unerträglich und wurde kontinuierlich von Tag zu Tag schlimmer. Jona wünschte sich, Raya würde so schnell wie möglich eine Wohnung finden. So wie es jetzt war, war es kein Zustand. Jeder litt darunter, Raya am meisten.

Was ihn zusätzlich beunruhigte, waren Adils seltsame Blicke. Er fühlte sich von ihm beobachtet und verfolgt. Wiederholt kam ihm der Gedanke, dass sein Bruder etwas wusste. Hatte sein Kumpel ihm doch erzählt, dass er Jona mit einem Mann gesehen hatte, mit dem er sehr vertraut wirkte? Wenn Adil davon wüsste, hätte er Jona aber wohl längst darauf angesprochen oder zumindest mit seinem Vater darüber gesprochen. Abdullah traute sich vermutlich nicht, Jona in der aktuellen Situation vor die Tür zu setzen. Die Leute redeten jetzt schon genug über ihre Familie. Abdullah würde versuchen, es ihm zu verbieten. Irgendwie. Um nach außen hin die Fassade einer guten Familie aufrechtzuhalten. Womöglich würde er ihm sogar einen Deal vorschlagen, wenn er bemerkte, dass er Jona anders nicht manipulieren konnte. Dann könnte er Flo weiter heimlich treffen, müsste dafür allerdings eine Alibi-Ehefrau ertragen. War es tatsächlich so, dass niemand ihn darauf ansprach, weil sie nicht riskieren wollten, dass nach Abdel und Raya auch er abhaute?

Könnte das sein Vorteil für ihn sein?

Nein, er konnte es nicht glauben. Homosexualität war das Schlimmste, was er seinem Vater antun konnte. Nie im Leben würde Abdullah dazu schweigen, wüsste er darüber Bescheid.

Aber was war sonst mit Adil los? Oder war er nur paranoid und bildete sich etwas ein? Warum interessierte Adil sich in letzter Zeit so sehr für ihn, fragte ihn, wohin er ging und mit wem er sich traf? Oder hatte er begriffen, dass sie bald nur noch zu zweit waren? Kapierte er langsam, wie wichtig der Zusammenhalt zwischen ihnen war? Jona war beunruhigt.

♥

»Hat er dich denn darauf angesprochen?« Flo lag auf dem Bauch neben ihm auf dem großen Sofa. Den einen Arm hatte er über Jonas Brust geschlungen, in der anderen Hand hielt er die Fernbedienung und zappte sich durch das Programm.

Jona schüttelte den Kopf. Was im Fernseher lief, interessierte ihn nicht. Er starrte an die Decke und streichelte abwesend Flos Rücken. Bisher hatte es immer funktioniert, dass er in Flos Gegenwart ruhiger geworden war, dieses Mal blieb die Unruhe allerdings und ließ sich nicht vertreiben. Nicht einmal, als er Flo in einen leidenschaftlichen Kuss verwickelt hatte. Das hatte Flo bemerkt und sich erkundigt, was los war. So hatte Jona ihm von seinem Verdacht erzählt, Adil wüsste, dass sie ein Paar waren.

»Also scheint es ihm entweder egal zu sein oder er weiß es nicht.« Flo warf die Fernbedienung auf den Tisch, nachdem er das Gerät ausgeschaltet hatte. Er berührte Jonas Hand. »Komm schon, mach dich nicht verrückt.«

»Wenn er es weiß, kann es ihm nicht egal sein. Nicht das«, murmelte Jona und drehte sich, sodass er Flo gegenüber lag.

Flo streichelte mit gerunzelter Stirn über seine Haare.

»Tut mir leid, dass ich ständig am Grübeln bin«, fügte Jona hinzu.

»Es macht mich manchmal echt traurig, dass ich dich nicht ablenken kann.« Flo klang nachdenklich und war in sich gekehrt. »Und dass du dich nie entspannen kannst und so damit beschäftigt bist, es allen recht zu machen.«

Jona lehnte sich vor und gab ihm einen Kuss auf die Lippen, anschließend richtete er sich auf und sah nach draußen. Es regnete seit Tagen. Vielleicht quälte ihn das schlechte Wetter? Er sehnte sich nach dem Frühling und wollte endlich wieder Fußball spielen.

»Was machen wir am Wochenende?« Er musste das Thema wechseln. Sie redeten viel zu oft über das selbe Thema und kamen doch nie zu einer Lösung.

»Lenkst du ab?« Flo runzelte die Stirn.

Jona lachte. »Ich will mich nicht andauernd über Adil unterhalten. Oder über

Raya. Also, was wollen wir machen?«

»Meine Mutter will dich kennenlernen«, meinte Flo und setzte sich ebenfalls auf.

Jona schwieg und berührte mit seinem nackten Fuß den von Flo. Im Gegensatz zu ihm hatte Flo seine Socken angelassen. Er fror mehr als Jona, aber Jona musste auch zugeben, dass es ungewöhnlich kalt für März war.

»Wann?«, fragte Jona schließlich seufzend, da er erkannte, dass Flo ihn nicht erlösen würde, indem er einen weiteren Themenwechsel zuließ.

»Wann immer du möchtest.« Flo grinste.

Jona hob die Schultern. »Okay, ich sag dir Bescheid.«

»Wann? In fünf Jahren?«, erkundigte Flo sich monoton und presste seine Lippen fest aufeinander.

Jona lächelte. Er hatte Flo wirklich zu lange hingehalten. Damit war jetzt Schluss. »Jetzt am Wochenende.«

Flo hob die Augenbrauen. »Oh, so konkret heute?«

»Ich sag dir Bescheid, ob Samstag oder Sonntag besser passt, okay?«

Flo strahlte ihn an. Er zog Jona zu sich und presste seinen Körper fest an Jonas. »Danke«, sagte er, als er wieder losließ.

»Es wird ja Zeit, ich weiß.« Jona stand auf.

»Hey.« Flo griff nach seinem Arm. »Wohin gehst du?«

»Ich muss heim.« Jona beugte sich nach unten und küsste Flo, dieses Mal lange und innig. »Kannst du mich bitte fahren? Es ist so nass und kalt da draußen.«

»Ach, komm.« Flo schlang seine Arme um Jonas Taille. »Hier ist es so schön kuschelig. Du riechst toll.«

»Ich ... Warte.« Jona stemmte sich gegen Flos Arme und knurrte etwas auf Arabisch.

»Was?« Flo hielt inne.

»Ich habe gesagt, dass sie mich mal können«, erwiderte Jona. Er fühlte sich rebellisch und selbstbewusst. Ihm wurde bewusst, dass es ihm doch egal sein konnte, ob Adil wusste, dass er schwul war und einen Freund hatte. Wenn das so war, war es anscheinend akzeptabel für ihn. Raya würde ausziehen und ihn alleine lassen, und seinen Eltern war es offensichtlich wohl auch egal, dass sie ein Kind nach dem anderen verloren. Also was riskierte er hier? Mitglied einer zerrütteten Familie zu sein? Er würde es hassen, den Abend dort zu verbringen, in dieser sich anschweigenden Familie. Hier dagegen war es warm, und Flo war das Einzige, was er sich in dem Moment wünschte.

»Wer?« Flo blinzelte.

»Mein Vater und meine Mutter. Meine Schwester. Und besonders mein Bruder«, flüsterte Jona. Er küsste Flo erneut. »Der ganz besonders.«

»Das heißt?«, fragte Flo zwischen zwei hastigen Küssen und packte ihn erneut fest.

»Ich bleibe«, bestätigte Jona und schrie erschrocken auf, als Flo ihn zu sich zog und er die Balance einbüßte. Sie stolperten auf das Polster des Sofas. Jona über Flo, ineinander verkeilt und sich küssend, noch während sie fielen.

♥

Jona war gerade dabei, eine Scheibe Brot mit Butter zu beschmieren, als er das Gefühl hatte, sich umdrehen zu müssen. Hinter ihm stand Adil.

»Du hast mich erschreckt«, sagte er verärgert und wandte sich erneut seinem Teller zu. Er wollte rasch frühstücken und dann zur Bushaltestelle laufen. Er war ziemlich spät dran. Die Nacht hatte er bei Flo verbracht. Das erste Mal. Heute Morgen hatte Flo ihn hergefahren, und Jona war eilig in sein Zimmer geschlichen, um sich möglichst leise umzuziehen. Auf eine Dusche verzichtete er an diesem Morgen, zum einen, weil er sonst zu spät zur Arbeit kommen würde, zum anderen, weil er sich Flos Geruch nicht abwaschen wollte. Es erinnerte ihn an die schönste Nacht seines Lebens. Er war in Flos Arm eingeschlafen und sich wohlig räkelnd genau dort wieder aufgewacht.

»Wo warst du?«, fragte Adil.

Jona zuckte zusammen. Er hatte gehofft, dass es nicht aufgefallen war, dass er auswärts geschlafen hatte. Im Gegensatz zu Raya wollte er es nicht an die große Glocke hängen, sondern es heimlich tun, um keine Rechenschaft ablegen zu müssen.

»Ich weiß, dass du heute Nacht nicht hier warst.« Adil lehnte sich gegen die Küchenzeile. Er sah ihn lauernd an. Seine Wangen waren gerötet und seine Augen unnatürlich weit aufgerissen.

Wie eine Raubkatze, dachte Jona. Wie eine Raubkatze, die ihre Beute identifiziert hat und bereit ist zum tödlichen Sprung.

Jona wandte sich ab, weil er den Anblick nicht ertragen konnte. Ein Erinnerungsfetzen kam in seine Gedanken, sein kleiner Bruder und er im Flüchtlingsheim kurz nach ihrer Ankunft in Deutschland. Adil weinte. Er war gerade einmal 8 Jahre alt. Jona versuchte, ihn zu trösten und spielte mit ihm und den wenigen Legosteinen, die sie hatten, nur um ihn abzulenken. Stundenlang.

Und jetzt hasste Adil ihn. So egal, wie Jona am Abend zuvor in Anwesenheit von Flo geglaubt hatte, war es ihm wohl doch nicht.

»Ich konnte nicht schlafen«, murmelte Jona.

»Ach ja?« Die Stimme von Adil war schneidend, pfeifend wie das Peitschen eines Seiles. Er klang ungläubig.

»Und deswegen bin ich draußen rumgelaufen«, fügte Jona hinzu und schloss kurz die Augen. Er hoffte inständig, Adil würde ihm glauben.

»Aha …« Adil schien ihm zu glauben. Zumindest klang er ehrlich besorgt. »Ich hoffe, du bringst den Tag gut rum. Du musst müde sein«, meinte er und klopfte Jona auf die Schulter.

Nachdem er die Küche verlassen hatte, sackte Jona zusammen. Er rieb sich mit den Fingern über die Augen, dann packte er sein Frühstück in die Dose, ohne das Brot mit Käse zu belegen. Eilig verschwand er aus dem Haus und dachte sich das erste Mal, wie leicht sein Leben wäre, wenn er einfach nicht mehr zurückkommen würde.

♥

Nachdem er am Abend zurück nach Hause kam, erinnerte er sich daran, dass er am Morgen kurz darüber nachgedacht hatte, nie wieder die Wohnung seiner Eltern zu betreten. Für einen kurzen Moment bereute er, dass er es nicht in die Tat umgesetzt hatte. Ja, er hätte sich furchtbar schuldig gefühlt seiner Familie gegenüber, und ja, es wäre feige und würde sich absolut nicht mit seinem muslimischen Glauben vereinbaren, doch er wäre endlich frei und müsste dieses schreckliche Gespräch nicht über sich ergehen lassen.

Bereits als Adil in sein Zimmer kam, wurde es Jona unbehaglich. Sein Bruder schloss die Tür sorgsam hinter sich, sah sich im Zimmer um, ging zum Schreibtisch und setzte sich auf den Stuhl. Er starrte zu Boden.

»Was ist?«, fragte Jona, obwohl er sich ziemlich sicher war, dass er schon wusste, was los war. Noch bevor Adil sich gesetzt hatte, war es ihm klar geworden.

»Ivo hat dich gesehen.« Adils Stimme klang kühl, aber unaufgeregt.

Es kam Jona seltsam vor, dass er die ganze Zeit nicht auf den Namen des Kumpels gekommen war. Natürlich war es Ivo gewesen, ein jahrelanger Freund von Adil.

»Willst du nichts dazu sagen?« Adils Stimme hörte sich heiser an.

Jona hob die Schultern. »Was soll ich denn dazu sagen?« Resignation machte sich in ihm breit. Nun war alles vorbei. Adil würde Abdullah und Nadira davon erzählen, und dann würde Jona aufgefordert werden, sich eine Wohnung zu suchen. Wenn es gut lief. Im schlechteren Falle würde Abdullah versuchen ihn umzupolen. Vielleicht auch, indem er ihn zu einer Heirat drängen würde. So wie Hani gedrängt worden war.

Flo würde sich von ihm trennen – natürlich. Er wäre tief verletzt und würde nichts mehr mit Jona zu tun haben wollen. Und die fremde Frau ... Sie würden eine Ehe führen, wie es seine Eltern taten.

»Dieser Kerl ...«

»Er heißt Flo«, meinte Jona trotzig. Nein. Er konnte er Flo nicht verleugnen.

»Dieser Flo ... Hat er dich bedrängt?« Adil klang vorsichtig.

Jona runzelte die Stirn. »Nein, natürlich nicht.« Zu spät erkannte er, dass das seine Chance hätte sein können. Er hätte die ganze Schuld auf Flo schieben und behaupten können, er hätte das alles überhaupt nicht gewollt. Aber als er noch mal kurz darüber nachdachte, kam er zu dem Schluss, dass er den Ausweg auf gar keinen Fall gehen wollte, weil es ein Verrat Flo gegenüber gewesen wäre.

In dem Moment, in dem er sich dagegen entschied, machte sich eine gewisse Erleichterung in ihm breit. Ihm wurde bewusst, dass er nun keinen Ausweg mehr hatte. Die Richtung seiner nächsten Schritte lag klar vor ihm. Ab jetzt hatte er keine Kontrolle mehr über das, was passieren würde. Nun würde er erfahren, wie es weitergehen würde. Was würde Adil tun?

»Soll ich dir mal sagen, wie es für Ivo aussah?«

»Wie sah es für ihn aus?« Jona starrte Adil an, der die Augenbrauen zusammengezogen hatte, sodass sich die Stirn in Falten legte. Er war sehr neugierig darauf, wie Adil es beschreiben und was er hineininterpretieren würde.

»Er meint, ihr ... Wie Turteltauben habt ihr ausgesehen«, meinte Adil, und jetzt konnte Jona in seiner Stimme eine gewisse Unruhe heraushören. Weil er das Gesagte weder bestreiten noch bestätigen wollte, hob er die Schultern.

»Also seid ihr ... Habt ihr eine Affäre?«, fragte Adil ungläubig.

Es eine Affäre zu nennen war typisch für Adil. Eine Affäre war negativ besetzt in diesem Haushalt. Nie würde Adil auf die Idee kommen, dass Flo und er eine Beziehung führten.

Augenblicklich hatte er wohl sowieso nichts mehr zu verlieren, also wollte er sofort klarmachen, was Sache war.

»Flo ist mein Freund«, sagte Jona leise. Es fiel ihm leichter, darüber zu reden, als er geglaubt hatte. Er dachte von Flo schon seit langem als seinen Freund, seinen Partner. Es kam ihm normal vor, ihn so zu benennen.

»Und was genau soll das sein?«, hakte Adil nach und verschränkte seine Arme vor der Brust.

»Wie?« Jona verstand nicht. Er war ehrlich verunsichert, was sein jüngerer Bruder von ihm wollte. »Was meinst du?«

»Ist das ein Experiment? Willst du mal schauen, wie es so ist?«

»Ich bin ...« Das Wort schwul konnte er nicht laut aussprechen. Nicht, wenn sein Bruder hier war. Er hatte das Wort nie gemocht. Es klang schmutzig. Primitiv. Nicht nach dem, was er mit Flo teilte. »Ich mag ihn sehr. Es ist etwas Ernstes«, betonte er, als ihm klar wurde, dass er zu lange zögerte und ihm so die Kontrolle über das Gespräch entglitt.

»Ist er schwul und hat dich verführt?«, wollte Adil wissen.

Jona zuckte zusammen. Scheinbar hatte Adil im Gegensatz zu ihm kein Problem damit, das Wort laut auszusprechen. Er hatte nicht einmal die Stimme gesenkt. Rasch sah Jona zur Tür, um zu überprüfen, ob sie noch immer geschlossen war, dann schüttelte er den Kopf. Adil würde es so oder so irgendwann ihren Eltern erzählen. Früher oder später. Eher früher. Sie würden es erfahren. Warum also nicht gleich heute? Danach wäre Jona den ganzen Druck los. Es würde zwar wehtun, aber er könnte mit der Zeit heilen.

»Ich war es bereits vorher«, sagte er und räusperte sich.

»Das ist ja an sich kein Problem, mein Bruder«, meinte Adil und klang dabei nicht wie sein kleinerer Bruder, sondern eher väterlich. Nun ja, er hatte ja lang genug bei Raya geübt. Er stand auf und schlenderte auf Jona zu. Er betrachtete ihn ernst. »Du musst dagegen ankämpfen. Gib dich nicht auf. Gott hat dir eine Prüfung auferlegt, die du bestehen musst. So wie er andere Menschen testet, wenn sie schlimme Krankheiten haben oder mit Sünden wie Ehebruch klarkommen müssen.«

Jona blinzelte und schüttelte den Kopf. Er konnte sich nicht mehr vorstellen, sich von Flo zu trennen, nur weil sein Glaube es so befahl. Er glaubte nicht mehr, dass sein Gott, der Gott, an den er glaubte, dermaßen grausam war, so etwas Schönes zu verbieten. Vor einem halben Jahr hatte er genauso gedacht wie Adil, aber er hatte sich weiterentwickelt. Mehr, als ihm bisher bewusst gewesen war.

»Ich kann dir helfen«, bot Adil an und streckte seinen Arm aus.

Jona ging einen Schritt nach hinten und atmete tief ein. Er hatte einige Wochen benötigt, um sich an den Gedanken zu gewöhnen, dass er mit Flo eine Beziehung führte. Es war womöglich zu viel von Adil verlangt, dass er sofort so tolerant war, wie Jona es sich von ihm wünschte. Er war sich selbst gegenüber immerhin sehr lange intolerant gewesen.

»Komm schon, Jona. Wir kriegen das hin. Es ist nicht schlimm. Gott liebt dich, so wie du bist. Wir lieben dich, so wie du bist. Doch du darfst keine Dummheit machen«, meinte Adil und überwand die Distanz, die Jona mit seinem Rückzug zwischen ihnen geschaffen hatte.

Es war tröstlich. Adils nette Worte und seine Hand, die unsicher auf Jonas Schulter klopfte. Er war verständnisvoller, als Jona es von ihm erwartet hatte. Gleichzeitig genauso engstirnig wie in seiner Vorstellung. Es wäre besser gewesen, er hätte sich wie ein absolutes Arschloch aufgeführt. So bot er Jona zwar etwas an, das reichte allerdings nicht.

Für einen kurzen Augenblick wollte Jona sich fallen lassen. Er könnte sich einfach von Adil umarmen lassen, könnte sich von ihm erklären lassen, wie er von Flo loskam, wie er seinen schwulen Gefühlen entkommen könnte. Dann sah er vor seinem inneren Auge Flos Lächeln und wie es verblasste und sich Flo enttäuscht von ihm abwandte. Er fröstelte.

»Ich glaube dir, dass es schwierig ist.«

»Es ist keine Sünde.« Jona klang stur, und das hasste er. Er wollte wie ein selbstbewusster Mann klingen. So ruhig und besonnen wie sein älterer Bruder. Oder wenigstens so wütend und kämpferisch wie seine Schwester. Aber er klang wie ein kleiner Junge.

»Wenn du dem nachgehst schon«, sagte Adil ernst. »Wir alle werden mit fehlerhaften Eigenschaften geboren und wir müssen uns unser ganzes Leben lang dagegenstellen. Ständig aufs Neue beweisen, dass wir uns nicht gehenlassen, und wenn wir schwach werden, müssen wir stark genug sein, um den Fehler anzuerkennen und alles dafür tun, dass er nicht erneut passiert. Das ist unsere Aufgabe. Deswegen sind wir auf die Welt gekommen.«

»Glaubst du das wirklich?« Jona schüttelte den Kopf. Er wusste, bis vor wenigen Monaten hatte er den ganzen Mist ebenfalls so geglaubt. Inzwischen war er sich aber sicher, dass Gott nicht so grausam war. Warum sollte er die Menschen vor Prüfungen stellen? Warum sollte er von ihnen verlangen, dass sie gegen ihre Gefühle ankämpften? Gefühle waren von Gott. Sie waren göttlich.

Adil zögerte. Er antwortete nicht, sondern schloss seinen Mund.

Jona runzelte die Stirn. Bedeutete das Flackern in Adils Augen, dass er sich nicht so sicher war? Ihm wurde bewusst, wie fremd ihm sein kleiner Bruder geworden war. Wie wenig er ihn kannte. Wie sehr er sich verändert hatte, seit er ... im Gymnasium war? Seit wann war er nicht mehr der liebenswerte Junge?

Noch bevor Jona etwas sagen konnte, änderte Adil seine Taktik. »Jona, das kannst du unseren Eltern nicht antun.« Er klang nun nervös, als würde er spüren, dass Jona ihm längst entglitten war, aber auch echter, ehrlicher, direkter. Jetzt sagte er, was er dachte. Etwas, das er wohl lange nicht mehr getan hatte. Zumindest konnte Jona sich nicht erinnern.

Ob er Raya am Anfang auch so sanft bedrängt hatte? Hatte er ihr erst später seine brutale Seite gezeigt? Die unerbittliche, strenge Seite, die glaubte, sich gegen seine Geschwister stellen zu müssen, um seinen Vater zu beeindrucken? Warum machte er das? Wieso tat er sich den Stress überhaupt an?

»Warum nicht?« Jona spürte, dass er wütend war. Die Streiterei um Gott fand er noch einigermaßen spannend, aber die endlosen Diskussionen um Abdullah und Nadira hatte er zur Genüge mitverfolgt, wenn Raya, Adil und ihre Eltern gestritten hatten.

»Weil Abdel abgehauen ist und Raya es ebenso tun wird.« Adil zeigte auf die Tür ihrer Schwester und klang sauer. Das erste Mal war ehrliche Entrüstung zu hören.

Jona kniff seine Augen zusammen. »Du meinst, ich darf nicht mit meinem Freund zusammen sein, weil unsere Geschwister bereits entschieden haben, ihren eigenen Weg zu gehen?«, fragte Jona erstaunt. Ihm kam ein weiterer Gedanke in den Sinn. Ging Adil davon aus, dass er seine Homosexualität ausleben dürfte, wenn Raya und Abdel nicht im Streit ausgezogen wären? War das nicht unsinnig?

»Das würden sie einfach nicht verkraften. Das mit Abdel hat sie so kaputt gemacht. Und jetzt noch Raya.« Adils Blick wurde zornig. »Du brichst ihnen damit endgültig das Herz.«

»Was verlangst du da von mir?«, hauchte Jona geschockt. »Ich darf nicht das tun, was ich möchte, nur weil ich zu langsam war? Weil Abdel und Raya schneller waren als ich? Wer zuerst kommt, der mahlt zuerst? Dein Ernst, Adil?«

»Denk an unsere Mutter«, flüsterte Adil und packte Jonas Handgelenk. »Denk an sie. Bitte denk an sie.« Er klang ehrlich besorgt. Er flehte Jona an. Es war ihm ernst, das spürte Jona.

Er schluckte und widerstand nur schwer dem Impuls, sich von Adil loszureißen. Es war so lange her, dass Jona in Adils Augen echte Verzweiflung gesehen hatte. Er wusste, was er verlangte, indem er dieses Leben lebte. Irgendwann würde Nadira davon erfahren, und dann würde er ihr vermutlich wirklich das Herz brechen. Adil hatte einen wunden Punkt getroffen.

»Dein Vater wird dich rauswerfen. Das mit Abdel war ein harter Brocken, aber das mit dir wird er sich nicht gefallen lassen. Er wird sich in seiner Ehre gekränkt fühlen. Er wird es eklig finden. Es widerspricht so sehr seinen Moralvorstellungen. Er wird kein Wort mehr mit dir sprechen, und er wird es auch unserer Mutter verbieten. Das kannst du ihr nicht antun wollen, Jona!«

Jona entzog sich Adils Griff und sah seinen Bruder überrascht an. Adil hatte Tränen in den Augen, und seine Lippen bebten. So hatte er ihn lange nicht mehr gesehen. Das letzte Mal kurz nach ihrer Flucht nach Deutschland, als Adli nicht hatte verstehen können, warum sie ihr Zuhause hatten verlassen müssen.

So als ahnte er, dass er nun eine Chance hatte, wiederholte er: »Denk an unsere Mutter. Sie wird am Ende mit Abdullah alleine sein. Und du weißt, wie er sein kann ...«

»Weißt du, dass unser Vater geflüchtet ist, weil es ihm in Algerien zu unfrei war und er mit den dortigen strengen Gesetzen nicht klarkam?«, erkundigte Jona sich traurig und versuchte damit, die Oberhand über das Gespräch zu gewinnen. »Er war im Knast. Als Aufrührer, Unruhestifter, politischer Gegner. Kannst du dir das vorstellen?«

»Nein.« Adil klang ruhig und schüttelte den Kopf. »Das stimmt nicht. Er musste fliehen, aber er wollte nicht. Deswegen ist er auch nie wirklich hier angekommen.«

Jona schüttelte den Kopf. Er starrte seinen Bruder an und konnte das Ausmaß nicht glauben, wie Adil bereits von ihrem Vater manipuliert worden war. »Das glaubst du ihm?« Er lachte dumpf auf.

Adil musterte ihn und schüttelte den Kopf, als hätte er entschieden, dass es vorbei war und es nichts mehr nutzen würde, zu diskutieren.

»Wirst du es ihnen sagen?«, fragte Jona kühl.

»Wirst du damit aufhören?«, erwiderte Adil.

Langsam trat er näher an Jona heran. Noch näher. Jona konnte den Atem seines Bruders auf der Stirn fühlen. Sie sahen sich tief in die Augen. Keiner von ihnen blinzelte oder sah weg.

»Nein«, sagte Jona leise, und leider klang es nicht so bestimmt, wie er es sich ausgemalt hatte.

Wieder sahen sie sich einen endlosen, grausamen Moment lang in die Augen.

»Du hast meine Frage nicht beantwortet. Wirst du es ihnen sagen?«, flüsterte Jona.

»Nein«, meinte Adil heiser. Er drehte sich abrupt weg und knallte die Tür hinter sich zu.

Verwirrt sah Jona ihm hinterher. Ihm wurde bewusst, dass Adil soeben verneint hatte. Das bedeutete, er würde ihrem Vater nichts sagen, und das, obwohl Jona zuvor ebenso mit einem Nein geantwortet hatte. Er würde nämlich nicht damit aufhören, Flo zu treffen, ihn zu küssen und diese wunderbare Verliebtheit mit allen Zügen zu genießen.

Trotzdem war er nicht erleichtert, dass sein Geheimnis zumindest innerhalb der restlichen Familie ein Geheimnis bleiben würde. Irgendwas an Adil war seltsam gewesen.

Er wusste, wie hartnäckig Adil gegen Raya angekämpft hatte. Er hatte so lange gegen sie gekämpft, bis sie aufgegeben hatte. Und jetzt saß sie in ihrem Zimmer und suchte verzweifelt nach einer bezahlbaren Wohnung. Und niemand sprach mit ihr. Das war Adils Werk.

Vielleicht war das unfair. Denn eigentlich war es das Werk von ihnen allen gewesen.

Trotzdem war Jona sich sicher, dass sein Bruder ihn klein bekommen würde. Und anschließend wäre er am Ziel, da, wo er vermutlich schon immer hatte hinwollen. Er wollte keine Konkurrenz. Er wollte der einzige bedeutende Sohn seines Vaters sein. Er wollte glänzen und perfekt sein. Und dafür vertrieb er jede Konkurrenz. Bei Jona hatte er nun die perfekte Waffe gefunden, um dies auch zu tun.

Jona fröstelte. Er wusste, ihm stand eine harte Zeit bevor. Er würde allerdings stark bleiben. Das nahm er sich fest vor. Für ihn. Für Flo. Und für Raya auch ein bisschen. Um ihr zu zeigen, dass er kein solcher Feigling war, wie sie dachte.

♥

Unruhig rutschte Jona hin und her. Keine Sitzposition schien bequem genug. Sein Bruder Abdel betrieb Smalltalk, während er ihn in aller Seelenruhe mit Tee und Gebäck versorgte, obwohl Jona darauf hingewiesen hatte, dass er unbedingt mit ihm reden musste. Er hatte sich entschieden. Er würde seinem Bruder sagen, was los war. Spätestens wenn Adil es seinen Eltern erzählte – und das würde er früher oder später tun – würde es Abdel über Umwege ebenfalls erfahren. Jona fand, dass Abdel das Recht hatte, es von ihm selbst zu erfahren.

Seit Adil von seiner Homosexualität wusste, war das Leben zu Hause schrecklicher als je zuvor. Ständig schlich Adil um ihn herum, bedrängte ihn, von Flo abzulassen, und wollte wissen, wo er gewesen war, wenn er später nach Hause kam. Er drohte Jona damit, es ihren Eltern zu erzählen, wenn Jona nicht endlich einwilligte, Flo zu verlassen. Zu Jonas Verwunderung leistete er dieser Drohung jedoch nie Folge, sondern appellierte weiter an Jona und erinnerte ihn daran, wie schrecklich Abdullah reagieren und wie traurig es Nadira machen würde, wüssten sie von seiner schwulen Beziehung.

Das Schlimmste an seinem Verhalten war seine Freundlichkeit. Er behandelte Jona wie jemanden, dem etwas Schlimmes passiert war, wie jemanden, der krank war und der Unterstützung benötigte. Immer wieder sicherte er Jona seine Hilfe zu und versprach, für ihn da zu sein – wenn er sich von Flo trennte. Er teilte ihm ständig mit, ihm sei es egal, dass Jona schwul war. Er würde ihn so akzeptieren, selbst wenn Jona die Wahl treffen würde, niemals zu heiraten und Kinder zu zeugen. Er war aber der Meinung, Jona dürfte seine Homosexualität nicht aktiv ausleben. Nur passiv, wie er mit hochgezogenen Augenbrauen hinzufügte.

»Das heißt, ich darf Männern von der Ferne auf den Arsch schauen?«, erkundigte Jona sich daraufhin.

Adil nickte eifrig und bestätigte, dass so etwas vollkommen in Ordnung sei. Nur Körperkontakt dürfe er zu anderen Männern nicht suchen.

Jona überlegte, woher Adil so genau wusste, ab wann es für Gott Sünde war und bis wohin man gehen durfte. Wieso glaubte Adil, das so genau beurteilen zu können?

Raya war mittlerweile ausgezogen. Sie hatte Jona mitgeteilt, dass sie eine Wohnung gefunden hätte, hatte ihre Sachen in Kisten gepackt und sich von Moritz abholen lassen.

Vermutlich hatte Adil ihr gegenüber nie eine Andeutung gemacht, was er von Jona wusste. Zumindest hatte Raya ihm nichts gesagt. Oder es war ihr egal, und sie interessierte sich nur für ihre Sorgen und Probleme.

Jona fühlte sich alleine.

Raya war weg, Adil kapierte überhaupt nichts, und Flo wurde mittlerweile wütend, weil Jona sich nicht gegen Adil wehrte. Er hätte mit Hani reden können, aber Hanis Hochzeit rückte näher, und Hani wurde stetig blasser und nahm immer mehr ab. Jona wusste, er müsste sich Sorgen machen, aber er war so sehr mit sich selbst beschäftigt. Bei Hani verhielt er sich auf genau die Art, die er bei Raya als so übel empfand, stellte er irgendwann fest. Es schien alles in sich zusammenzufallen. So viele Menschen, die ihn brauchten, und doch konnte er an nichts anderes als an sich denken. Er schleppte sein schlechtes Gewissen überall mit hin.

Luca und die anderen konnten sein Problem erst recht nicht nachvollziehen. Sie waren nicht in seiner Situation und konnten nicht durchschauen, was es für ihn bedeutete, in dieser Familie schwul zu sein.

Also blieb ihm nur noch Abdel.

»Ich wollte dir etwas sagen. Also euch«, korrigierte er mit Blick auf Linh, die im Schneidersitz im Sessel saß und ihre Tasse Tee mit beiden Händen umfasst hatte.

»Oh ja, natürlich.« Abdel nickte und stellte die Teekanne auf den Tisch. Schnell setzte er sich auf das Sofa und richtete seine Aufmerksamkeit auf Jona.

Jona war es nicht gewohnt, im Mittelpunkt zu stehen, deswegen wurde er sofort rot im Gesicht. Er räusperte sich, dann starrte er auf seine Socken und zog seine Zehen ein. Er holte tief Luft und entschied, dass er es direkt und unmittelbar sagen musste. Einfach so. Er musste es nur aussprechen.

»Ich bin schwul.«

Sekundenlang war es still in der Wohnung. Die Zeit dehnte sich scheinbar endlos aus. Jona wagte nicht auszuatmen und hielt die Luft an.

»Oh, Jona ...« Linh stand auf und umarmte ihn. »Ich bin so froh, dass es nichts Schlimmes ist. Wir waren echt besorgt, als du angekündigt hast, mit uns reden zu müssen.«

Unruhig sah Jona zu seinem Bruder. Dass Linh so reagierte, damit hatte er gerechnet, aber was war mit Abdel?

Abdel nickte und sagte erst einmal nichts.

Jona schob Linh sanft von sich weg. »Abdel?«, flüsterte er.

»Danke, dass du dich mir anvertraut hast.« Abdel streckte seinen Arm aus und drückte Jonas Hand. »Es muss dir schwergefallen sein, dich mir zu öffnen.«

»Was meinst du dazu?«, fragte Jona ängstlich.

»Ich hatte gehofft, so etwas würde niemanden von uns treffen. Du wirst einige Hindernisse überwinden müssen, doch ich bin für dich da. Ich bin dein großer Bruder«, versprach Abdel.

»Aber ... wirst du es akzeptieren können?«

Abdel runzelte die Stirn. »Was hältst du von mir? Natürlich werde ich es akzeptieren! Ich werde dir helfen und dich unterstützen. Du kannst mit mir über alles reden. Wenn dir unsere Eltern Probleme bereiten, dann kommst du her. Du kannst hier wohnen, im Arbeitszimmer. Du musst dir nicht alles gefallen lassen. Außerdem ... Was ist?«

Jona schüttelte den Kopf. Vor Erleichterung waren ihm die Tränen gekommen. Sein Bruder reagierte genau so, wie er es sich erhofft hatte. Bis jetzt hatte er bis auf Adil nur gute Reaktionen auf sein Coming Out erhalten, zu seiner großen Überraschung selbst von Hani. Dass Abdel so reagierte, rührte ihn allerdings im tiefsten Punkt seines Herzens. Abdel war ein Teil seiner Familie, und damit hatte er zu der Gruppe gehört, von der Jona immer geglaubt hatte, dass er sich niemals so geben konnte, wie er war.

Obwohl es ihm peinlich war, konnte er die Tränen nicht zurückhalten. Sie kamen einfach. Eilig holte er ein Taschentuch aus seiner Hosentasche und putzte sich die Nase. Seine Augen tränten weiterhin, und es fühlte sich so gut an. So tröstend und erleichternd. Gleichzeitig wurde er sich bewusst, wie viel Pech er gehabt hatte. Ausgerechnet er. Warum hatte es ihn treffen müssen? Allerdings hatte er auch Glück gehabt. Abdel stand hinter ihm, wollte ihm helfen.

»Hey.« Hilflos streichelte Abdel seinen Arm.

»Es ist nur so ... Es ist so verdammt scheiße. Ich habe das nicht gewollt. Und es ist so unfair, dass es ausgerechnet mich trifft. Wie soll ich das schaffen? Wie soll ich jemals glücklich werden?«

»Du bist du, Jona, und das ist ein Teil von dir. Es verbergen zu wollen, wäre nicht richtig«, erwiderte Abdel.

»Steh zu dir«, riet auch Linh.

»Aber ... es ist so schwer.«

»Ja.« Abdel zog ihn zu sich auf das Sofa und legte ihm den Arm um die Schultern. »Ja, es ist schwer. Ich kann das nachvollziehen.«

»Es ist absolut nichts, wofür du dich schämen musst.« Linh sah ihn streng an. »Und es ist ...«

Abdel unterbrach Linh. »Ich verstehe ihn. Es ist wirklich nicht leicht.«

»Es hat Zeiten gegeben, da habe ich es gehasst«, flüsterte Jona und wischte sich die Tränen von den Wangen. »Ich meine, richtig gehasst. Ich habe mich gehasst.«

»Und nun nicht mehr?«, erkundigte Abdel sich.

Linh dagegen reagierte empört. »Du musst dich deswegen nicht selbst hassen.« Sie reagierte, wie Flo reagiert hätte. Sie meinte es sicherlich gut, doch sie konnte sich nicht in seine Lage hineinversetzen. Zumindest nicht auf allen Ebenen, genauso wie Flo. Zwar war Flo schwul, und Linh hatte aufgrund ihrer Beziehung zu Abdel den Hauch einer Ahnung, wie es bei ihnen lief, allerdings wusste keiner von beiden, wie es war, beides in sich zu vereinen.

Jona brachte einige Zentimeter Abstand zwischen seinen Bruder und sich. Seit Abdel ihn das letzte Mal so getröstet hatte, waren Jahre vergangen. Damals war Jona noch ein Kind gewesen, verunsichert vom Leben in Algerien und der Tatsache, dass Abdullah so oft verhaftet worden war. Nun allerdings war er erwachsen, und es war ihm peinlich, dass er weinte wie ein kleines Kind.

»Augenblicklich bin ich hin und hergerissen. Ich mag es nicht, andererseits ist da Flo.«

»Flo?« Abdel grinste und kniff Jona in die Seite.

»Du musst uns alles von ihm erzählen«, meinte Linh.

»Warum hast du ihn nicht mitgebracht?« Abdel stieß mit der Faust leicht gegen Jonas Schulter.

Jona grinste. »Meinst du das ernst?«

Abdels Blick wurde streng. Er drehte sich leicht, offenbar, um Jona besser ansehen zu können. »Ja, das meine ich vollkommen ernst. Flo ist hier genauso willkommen wie Moritz. Zumindest solange er genauso in Ordnung ist. Ich akzeptiere nur nette Kerle in eurer Gesellschaft.«

»Danke.« Jona putzte sich die Nase.

»Das ist selbstverständlich, Jona. Ihr habt nie den Kontakt abgebrochen. Ihr habt mich weiterhin besucht, obwohl mich unsere Eltern ausgestoßen haben. Dafür müsste ich mich nach deiner Logik bedanken. Hab's aber nie getan. Weißt du nicht, warum?«

Jona blinzelte. »Warum?«

»Weil ihr meine Geschwister seid und weil ich genau das von euch erwartet habe. Und genau die selbe Unterstützung wirst du von mir erhalten.« Abdel legte seine Hand auf Jonas Schulter. »Verstanden?«

Jona nickte. »Ich kann dir folgen.« Er lächelte. Seine Augen brannten, und er bemerkte, dass er vor Aufregung zitterte. Doch es fühlte sich gut an. Flo hatte recht gehabt. Es tat gut, mit jemandem aus seiner Familie über all das zu sprechen. Etwas entspannter lehnte er sich zurück und erzählte Linh und Abdel von Flo und wie er ihn kennengelernt hatte. Später sprach er von Adils Versuchen, ihn davon abzuhalten, sich weiterhin mit Flo zu treffen.

»Lass ihn reden. Ignorier das«, meinte Abdel. »Adil ist verblendet. Er ist so bestrebt darin, unserem Vater einen guten Sohn vorzuspielen, dass er total vergessen hat, was ein normales Verhalten ist. Er hat seine eigenen Probleme.«

»Ja, aber ...«

»Glaub mir ruhig«, bat Abdel leise. »Er hat seine eigenen Monster, gegen die er kämpfen muss. Leider.«

Jona runzelte die Stirn.

»Lass es sein.« Abdel legte ihm die Hand auf die Oberschenkel, dann beugte er sich vor, um ihm eine Tasse Tee einzuschenken.

Jona erinnerte sich, dass Adil früher nicht so gewesen war. Zwar war er schon damals ein verwöhntes Kind gewesen und sah vieles als selbstverständlich an, doch er war ein netter, fröhlicher und offener Junge gewesen. Witzig. Hilfsbereit. Frech. Wann hatte sich das geändert? Was war passiert?

Als Abdel sich wieder aufrichtete, erzählte er ihm von einem schwulen Arbeitskollegen und einer lesbischen Nachbarin. Und davon, dass er mit einem Kumpel einmal aus Versehen in einer Schwulenkneipe gelandet war und dort geblieben war, um ein Bier zu trinken, weil es draußen geregnet hatte und dass er danach gehofft hatte, dass es keinen von ihnen treffen würde. Dass er aber gleichzeitig gewusst hatte, dass er niemals jemanden wegen so etwas verurteilen könnte.

Jona spürte, wie sich die Anspannung, die sich in den letzten Tagen gesammelt hatte, löste. Er würde Flo am nächsten Tag erzählen, dass er sich seinem Bruder gegenüber geoutet hatte und es ihm gutgetan hatte. Zuvor musste er jedoch jemand anderen treffen.

♥

Immer wenn Jona bei Hani zu Besuch war, hatte er den Eindruck, unter Beobachtung zu stehen. Die Tatsache, dass Hani als letztes Kind bei seinen Eltern lebte und sein Vater nie zu Hause war, gab ihm ständig das Gefühl, Hanis Mutter würde im Gang stehen und alles hören, was sie in Hanis Zimmer besprachen. Sie sprach weniger Deutsch als seine eigene Mutter, war ständig mit irgendeiner Hausarbeit beschäftigt und schlich manchmal in der Wohnung herum, als würde sie etwas suchen. Ihr war vermutlich sehr langweilig, sie schien ein trostloses Dasein zu fristen.

Ihm wurde mal wieder klar, wie modern seine Familie im Vergleich zu Hanis Eltern war. Wenigstens hatte seine Mutter Hobbys, las gerne Bücher oder strickte, und sein Vater war häufig draußen im Gemeinschaftsgarten des Hauses oder saß stundenlang auf der Bank, um die Nachbarskatze zu beobachten. Seine Eltern hatten ein Leben, Hanis Vater hatte nur die Arbeit und Hanis Mutter nur Hani. Und der würde bald ausziehen, um zu heiraten. Wenn es nach deren Plan ging. Aber das wollte Jona verhindern.

Hani saß steif auf seinem Schreibtischstuhl und starrte zu Boden. Jona saß auf Hanis Bett. Er hatte ihm erzählt, wie er sich endlich vor Abdel und Linh geöffnet und ihnen von seiner Homosexualität erzählt hatte. Außerdem hatte er Hani berichtet, dass Adil ebenfalls davon wusste und nun versuchte, ihm Druck zu machen, von seiner Drohung, ihn bei seinen Eltern zu verpetzen, jedoch noch nicht Gebrauch gemacht hatte.

»Wenn ich das kann, kannst du das auch«, wiederholte er.

Hani verdrehte die Augen.

»Hani, du machst dich unglücklich«, betonte Jona energisch. Er hatte seinen Freund schon zu oft im Stich gelassen. Jetzt, wo es darauf ankam, würde er bei ihm sein und ihm beistehen. Wenn Hani die Frau wirklich heiraten würde, würde Jona es akzeptieren. Vorher wollte er aber alles versucht haben, um ihn davon zu überzeugen, dass das unmöglich der richtige Weg für ihn sein konnte.

»Du verstehst das nicht«, flüsterte Hani.

»Doch.« Jona nickte hastig. »Sehr gut sogar. Ich meine, ich bin schwul, stell dir das vor. Als Sohn von strenggläubigen Moslems. Und ich habe nicht vor, eine algerische Frau zu heiraten. Ich habe nicht mal vor, überhaupt eine Frau zu heiraten. Du kannst eine Frau finden, die du liebst und die dich liebt, und deine Familie wird sich an sie gewöhnen. Ihr könnt eine Familie sein, ihr könnt Kinder haben.«

»In gewisser Weise ist Adil ein Segen für dich und Raya.«

Ratlos sah Jona seinen Kumpel an. »Was meinst du damit?«

Hani hob seine hageren Schultern. Er hatte zu viel abgenommen in den letzten Wochen. Er sah nicht mehr gesund aus. »Wenn ihr macht, was ihr wollt, haben deine Eltern wenigstens noch Adil, der ihrer Linie treu ist.«

»Und deine haben deinen Bruder«, protestierte Jona.

»Das ist nicht das selbe. Er wohnt in Berlin. Weit weg. Und insgeheim lebt auch er nicht das Leben, das sie sich für ihn vorgestellt haben. Sie wissen es nur nicht«, erzählte Hani.

»Er hat eine algerische Frau.« Jona runzelte die Stirn.

»Ja, sie kommt aus Algerien, doch sie ist eher wie Raya. Die beiden leben ihr Leben in Berlin, machen dort ihr Ding. Wenn sie ihre oder seine Verwandtschaft besuchen, spielen sie Theater«, erzählte Hani. Er wirkte wesentlich entspannter, nun, wo sie über ein anderes Thema redeten.

Jona nickte. Ihm fiel nichts Besseres ein. Der Altersunterschied zwischen Hani und seinem älteren Bruder war sehr groß, sodass er sich kaum an ihn erinnern konnte. Er war bereits weggezogen, als Hani und Jona noch Kinder gewesen waren. Hani war das Nesthäkchen, der Nachzügler, heißersehnt von seiner Mutter und seinem Vater, die nach dem ersten Sohn zwölf Jahre lang nicht mit einer Schwangerschaft gesegnet worden waren. Dadurch, dass sein großer Bruder so viel älter war, war Hani fast wie ein Einzelkind groß geworden, mit Eltern, die erheblich älter als gewöhnlich waren.

Jetzt verstand er. »Du meinst, du bist es ihnen schuldig, weil sie sonst alleine sind? Dein Bruder ist weg, andere Kinder haben sie nie bekommen, und wenn du deinen eigenen Weg gehst, dann ...«

»Dann sind sie alleine«, meinte Hani bitter.

»Aber das ist nicht dein Problem«, rief Jona.

Hani seufzte. »Ich bin kein besonders guter Sohn.«

Jona machte eine wegwerfende Geste. »Hör auf, so einen ...«

»Wenn ich sage, dass ich mich zum Beten zurückziehe, rolle ich meinen Gebetsteppich aus und spiele Handygames, während ich Podcasts über Filmanalysen höre«, unterbrach Hani.

Jona hob die Schultern. Es schockierte ihn nicht sonderlich. Zwar war Hani gläubiger als er, trank nie Alkohol, mied Schweinefleisch wie Gift und trug Bart, wie es die Tradition verlangte, doch es wirkte trotzdem merkwürdig aufgesetzt.

Hani tat nur so und nahezu jedem war es klar.

»Tust du das ebenfalls?«, erkundigte Hani sich leise.

Jona schüttelte den Kopf. »Ich nutze die Zeit meines Gebets tatsächlich als eine Art Meditation und Zwiegespräch, versuche mich dankbar zu zeigen und bereue meine Sünden. Es tut mir gut, meine Gefühle und Erlebnisse zu reflektieren.«

Hani schüttelte den Kopf. »Ich kann damit gar nichts anfangen.«

Jona dachte an Flo und dessen Abneigung für alles, das irgendwie mit Spiritualität zu tun hatte. Es tat ihm leid, dass auch Hani so extrem empfand. Hanis Glaube war also nur Fassade. Genauso wie sein Bruder spielte er nur Theater, um es seinen Eltern recht zu machen.

»Steh zu dir selbst«, sagte Jona und konnte das Entsetzen nicht unterdrücken, das ihn überkam.

»Du meinst, ich soll aus dem Schrank raus, in dem ich mich befinde?«, fragte Hani. Er grinste schief. Seine Augen wirkten traurig.

Jona überlegte, wie oft er Hani hatte lachen sehen und sich blenden lassen. Wie oft war ihm die versteinerte Miene, die gerunzelte Stirn und das nervöse Zucken seines Adamsapfels nicht aufgefallen?

»Ja«, sagte er leise.

»Ich meine, Schrank, weil ...«

»Ich weiß, was du meinst.« Jona nickte.

Ja, es war ein Begriff, den man für Schwule und Lesben verwendete, wenn sie ihr Coming Out hatten. Sie verließen den Schrank, in dem sie sich jahrelang versteckt hatten. Doch Hani stand genauso ein Coming Out bevor, und deswegen musste auch er aus dem Schrank heraustreten. Genauso wie Jona. Und wie Abdel und Raya. Wie alle, die in Freiheit leben wollten und deren Eltern an eine längst vergessene Zeit glaubten.

Hani straffte seine Schultern.

»Du schaffst das. Wenn ich das schaffe ...«

»Wie heißt er?«, fragte Hani.

Irritiert betrachtete Jona ihn. Ihm fiel ein, dass er ihm nie Flos Namen preisgegeben hatte. Warum eigentlich nicht? Vielleicht war sein Leben so voller Lügen und Versteckspiele, dass er nicht einmal mehr wusste, warum er das machte.

»Flo«, sagte er, und seine Stimme klang dabei weich.

»Flo also.« Hani nickte. Sein falsches Lächeln verschwand endgültig, und ein Schatten überzog sein Gesicht. »Also gehst du weiterhin mit ihnen weg ... und … Triffst du sie manchmal?«

»Manchmal.« Jona nickte. Er wusste sofort, von wem Hani redete.

Hani presste seine Hände zusammen. »Ich vermisse sie.« Er klang so verzweifelt, dass es Jonas Herz zusammenzog.

Plötzlich sah er sich selbst auf dem Stuhl sitzen anstelle von Hani, wenn er die falsche Entscheidung getroffen und sich nicht auf Flo eingelassen hätte. Wie er dasaß und um etwas trauerte, das er nur kurz hatte genießen dürfen. Wenn es statt Steffi Flo wäre, der nun schmerzlich vermisst würde. Er war erleichtert, dass er rechtzeitig die Schranktür zumindest ein kleines Stück geöffnet hatte, um herauszulunsen. Hani musste es jetzt auf die harte Tour erfahren. Er würde die Schranktür ruckartig öffnen und damit alle um sich herum schockieren.

»Sag die Hochzeit ab!«, meinte Jona streng.

Hani nickte. »Ich vermisse Steffi.« Er sank in sich zusammen.

Jona fiel es schwer zu atmen. Es war offensichtlich, wie sehr Hani litt. Und all die Zeit hatte Jona nur über seine eigenen Probleme gegrübelt. Hilflos streckte er die Hand aus und berührte Hanis Unterarm. »Es tut mir leid, Hani«, sagte er dumpf.

»Ich habe es versaut. Ich habe viel zu spät meine Grenze gezogen und mich von meinen Eltern überrumpeln lassen. Steffi will nichts mehr von mir wissen.« Hani senkte den Kopf.

»Aber vielleicht, wenn du mit ihr redest ...«

»Ich habe mich von ihr getrennt und ihr gesagt, dass ich eine andere Frau heirate, weil meine Familie es so will. Es ist vorbei, Jona, es ist vorbei. Ich habe sie verloren. Ich hatte eine Chance und ich habe sie verpasst.«

»Dann sag die Hochzeit ab, Hani.« Jona spürte Hanis rasenden Puls an dessen Handgelenk, als er seine Finger darum schlang. »Es ist noch nicht zu spät.«

Hanis Stimme war mutlos. »Doch. Steffi ist weg.« »Trotzdem. Hani, du darfst diese Frau nicht heiraten.« Mit leerem Blick sah Hani zu ihm.

»Bitte«, wiederholte Jona und drückte erneut zu. Er löste die Hand die Hand und war erstaunt, dass Hanis Haut sich rot färbte. Er musste wirklich fest zugegriffen haben. »Sag die Hochzeit ab.«

Hani nickte. »Ja. Eventuell ist es besser so.« Er streichelte über die rote Haut an seinem Handgelenk und sank erneut in sich zusammen. »Ich vermisse sie so sehr.«

Jona stand auf, lief zu Hani und nahm ihn fest in den Arm. Er wiegte ihn und spürte dessen heiße Tränen auf seine Hand tropfen.

♥

»Gehst du heute nicht nach Hause?« Flo klang schläfrig. Während Jona mit offenen Augen an die Decke gestarrt hatte, war er wohl eingeschlafen. Sein leiser regelmäßiger Atem hatte Jona gutgetan. Jetzt war er wieder wach, räkelte sich gegen Jonas Seite und streichelte über die nackte Haut auf seiner Brust.

»Ne.« Jona wendete den Kopf und küsste Flos Schläfe. Er lächelte. »Oder willst du mich loswerden?«

»Nein.« Flo legte besitzergreifend den Arm um Jonas Körper. »Nein, bleib hier.«

Jona zog die Decke höher, weil er fror.

»Aber du kannst nicht schlafen, oder?« Flo richtete sich in eine sitzende Position auf. Dabei verschob sich die Decke. Ein kalter Luftzug ergriff Jona und ließ ihn schaudern. Er zog die Decke wieder zu sich heran und schüttelte den Kopf. Er hatte Flo alles erzählt, aber das hatte entgegen seiner Erwartung nichts gebracht. Nun war er aufgewühlt und konnte nicht schlafen. Nervös rieb er sich über die Wangen, die heiß waren, obwohl er am Körper fror. Er seufzte.

»Das mit Abdel lief wirklich gut«, erinnerte Flo.

»Das mit Adil allerdings nicht«, murmelte Jona. »Außerdem hoffe ich, dass Hani sich richtig entscheidet und es ihm einigermaßen gut dabei geht.« Jona rieb sich über die Augen. »Zu viele Baustellen. Mein Bruder. Mein bester Freund. Und bei meiner Schwester habe ich mich ewig nicht mehr gemeldet. Alles ändert sich, und nicht alles wird sich zum Guten wenden.«

Nachdem er von Abdel nach Hause gekommen war, hatte sich Jona richtig gut gefühlt. Selbstbewusst und optimistisch. Endlich konnte er mit Sicherheit sagen, dass zumindest ein Teil seiner Familie ihn so akzeptieren würde, wie er war. Abdel hatte ihn zum Abschied ein weiteres Mal daran erinnert, dass er Flo mitbringen solle, damit Linh und er ihn kennenlernen könnten. Es war fast zu schön, um wahr zu sein.

Die Sache mit Hani hatte ihn dann wieder runtergezogen. Es tat ihm sehr leid, und er empfand ein schlechtes Gewissen, weil er glaubte, Hani nicht genug beigestanden zu haben. Außerdem dachte er mit Schaudern daran, dass er genauso gut an Hanis Stelle sein könnte. Ihm war klar, wenn er sich seinen Eltern nicht widersetzen würde, sollten sie genau so versuchen, ihn zu kontrollieren. Sobald er verheiratet war, hätten sie, was sie wollten, und er hätte zu sehr das Gefühl, der Frau gegenüber verpflichtet zu sein, als dass er sie mit Flo betrügen könnte.

Als er am Abend nach Hause gegangen war, hatte er sich zwar gestärkt, gleichzeitig aber angreifbar gefühlt. Er hatte Hani nur ungern mit der schwierigen Aufgabe alleine gelassen, die ihm jetzt bevorstand. Er hatte gebetet, und das hatte ihm geholfen. Er war dankbar, dass er daraus so viel Stärke ziehen konnte, dass es ihn erdete und beruhigte. Es war traurig, dass Hani und Flo nichts damit anfangen konnten, er hingegen mochte diese Minuten, die nur ihm gehörten und der Macht, die er Gott nannte. Die allerdings auch anders heißen konnte.

Irgendwann war Adil in sein Zimmer marschiert. Er war natürlich davon ausgegangen, Jona hätte den ganzen Samstag mit Flo verbracht und hatte wieder davon angefangen, dass das, was Jona täte, die ganze Familie kaputt machen würde.

»Unsere Familie ist schon kaputt«, hatte Jona ihn daraufhin aufgeklärt und zur Tür gezeigt.

Das hatte Adil aber nicht hören wollen. Er blieb bei der Meinung, dass Abdel und Raya selbst schuld wären und Jona provozieren würde, dass er ebenfalls ausgeschlossen würde.

»Hast du jemals darüber nachgedacht, dass auch du dich auch verlieben könntest?«, hatte Jona gefragt, woraufhin Adil mit den Achseln gezuckt hatte. Es schien, als verstünde er das Problem nicht. »Willst du nicht irgendwann ausziehen? Deine Freiheit genießen?«, hatte Jona hinzugefügt.

Irgendwas war daraufhin mit Adil passiert, denn er hatte mit den Schultern gezuckt und den Raum verlassen. Ohne noch ein Wort zu sagen. Einfach so.

»Er kann es nicht verstehen.« Jona sah Flo nachdenklich im düsteren Licht der Straßenlaterne an, das durch die Ritzen des Rollladens hindurchschien. Seine Augen brannten vor Müdigkeit, aber alles an ihm war hellwach. »Adil meine ich.«

»Er ist eben ein Arschloch.« Flo hob die Schultern.

Jona dachte an das, was Abdel ihm gesagt hatte. Dass auch Adil mit Monstern kämpfte, von denen Jona nichts verstehen würde. Schon die ganze Zeit grübelte er deswegen. Ihm wurde bewusst, dass Adil nichts nachvollziehen konnte, weil er nicht dasselbe erlebt hatte. Im Gegensatz zu ihnen wusste er nicht, wie Abdullah und Nadira gewesen waren, bevor sie geflohen waren.

Verwirrt über seine konfusen Gedanken runzelte Jona die Stirn. Er war müde, außerdem wusste er, dass es Flo auf die Nerven ging, wenn er zu viel über seinen Bruder nachdachte. Sie mussten morgen früh raus, und weil Jona keine Wechselklamotten dabeihatte, würde er vor der Arbeit noch mal nach Hause gehen. Das alles war zeitaufwendig und umständlich.

»Ich hätte mir Klamotten mitbringen sollen«, murmelte er.

»Ja, hättest du.« Flo streichelte seinen Bauch.

»Lass uns schlafen«, sagte Jona und zog Flo zu sich heran. Jona kuschelte sich an ihn und versuchte sich zu entspannen. Aber obwohl er die Augen schloss, konnte er nicht schlafen. Schon bald hörte er den regelmäßigen Atem von Flo und war erleichtert, dass wenigstens Flo sich ausruhen konnte.

Während er Flo beim Schlafen zusah und seinem leisen Schnarchen lauschte, bemerkte er, dass er ruhiger wurde. Er war nach wie vor hellwach, trotzdem fühlte er sich merklich entspannter.

Vorsichtig, um Flo nicht zu wecken, streichelte er ihm über die Bartstoppeln an der Wange und legte dann behutsam die Hand gegen sein Ohr. Er lehnte sich vor und küsste Flo auf die Schläfe. Anschließend entfernte er sich langsam und setzte sich an den Rand des Bettes. Er betrachtete den Halbmond, der schemenhaft durch die Ritzen des Rollladens zu erkennen war.

Adil konnte die Probleme seiner älteren Geschwister nicht nachvollziehen, weil er die Freiheiten hatte, die sich die anderen gewünscht hatten. Für ihn war es unverständlich, dass Raya sich nach mehr Freiheit sehnte. Er selbst zog mit seinen Jungs durch die Straßen und ging abends weg. Während Raya ihre Freundinnen immer zu Hause hatte vorstellen müssen, hatte sich nie jemand für Adils Freunde interessiert. Als Jona sich gegen seine Eltern aufgelehnt hatte, um in den Fußballverein einzutreten, hatten sie die Nase gerümpft und sich darüber lustig gemacht. Doch warum nutzte Adil diese Freiheit nicht, sondern versuchte so angestrengt den frommen, braven Sohn zu spielen?

Aufgeregt, als wäre er etwas auf die Spur gekommen, knabberte Jona an seinen Fingernägeln. Warum ließen seine Eltern Adil alles durchgehen, während sie bei Jona, Raya und Abdel stets so streng darauf geachtet hatten, mit wem sie befreundet waren und was sie in ihrer Freiheit machten? War es, weil Adil ins Gymnasium ging und ihnen somit schon früher entwichen war? Dachten sie, sie könnten ihm nichts verbieten, weil er viel zu sehr unter dem Einfluss anderer, vor allem deutscher Jugendlicher stand? Oder war Adil schlicht vergessen worden, und das war der Grund, warum Adil so versessen darauf war, den perfekten Sohn abzugeben? Sah er das als seine Chance aufzufallen? In der Tat war ihm das gelungen, denn er eckte fast nie bei Abdullah oder Nadira an.

Ihre ganze Familie war einfach kaputt, kam Jona erneut in den Sinn. Er starrte auf seine abgekauten Fingernägel und schüttelte den Kopf. Verdammt, er war so müde, aber es trieb ihn alles so um. Er wollte begreifen, was schiefgelaufen war. Warum hatten sich seine Eltern nie integriert, warum waren sie nicht moderner geworden, nachdem sie hier angekommen waren? War es nicht ihr großer Wunsch gewesen, sich hier neu zu verwurzeln, weil sie von Algerien nichts mehr erwartet hatten? War ihnen das Land nicht ebenfalls zu rückständig vorgekommen und waren sie nicht deswegen geflohen?

Anfangs war für die Umstände alles gut verlaufen. Abdullah hatte zwar keinen Job gehabt, doch zumindest waren Jona und seine Geschwister relativ schnell eingeschult worden. Nur Abdel nicht. Er war schon volljährig gewesen und hatte schon Glück gehabt, dass er bei seiner Familie in Deutschland hatte bleiben dürfen. Er hatte die Sprache gelernt und schließlich die Stelle als Hausmeister angenommen.

Und Abdullah und Nadira? Jona runzelte die Stirn. Abdullah war in den letzten zehn Jahren nur selten arbeiten gegangen. Zunächst hatte er keinen Job bekommen, weil er die Sprache nicht sprach, später hatte er seine Rückenschmerzen vorgeschoben. Irgendwie war es ihm gelungen, sich durchzumogeln, mit Hilfe von Hanis Vater, der Abdullah regelmäßig befristet angestellt hatte.

Aber das hatte unmöglich das Ziel seiner Eltern sein können. Waren sie wirklich hergekommen, um nichts zu tun? Um nicht die Sprache zu lernen, um nicht arbeiten zu gehen? Um weiterhin mit den rückständigen
Moralvorstellungen zu leben, vor denen sie ursprünglich geflohen waren?

Jona sah auf die Uhr. Es war halb drei. Morgen würde ein harter Tag werden, wenn er nicht langsam einschlief. Er nahm sich vor, noch mal mit Abdel zu sprechen. Vielleicht hatte er mehr Informationen über die Gründe, warum ihre Eltern sich nie integriert hatten.

»Schläfst du nicht?« Flo hatte sich unbemerkt aufgerichtet und legte seine Arme um Jonas Schultern. Er küsste Jonas Nacken.

»Tut mir leid«, murmelte Jona und legte seinen Kopf nach hinten, um näher bei seinem Freund sein zu können.

»Macht nichts.« Flo zog ihn zur Matratze. »Komm schon.« Dieses Mal ließ Jona sich darauf ein. Er schloss die Augen und konzentrierte sich auf die Streicheleinheiten.

♥

Obwohl Adil ihn weiter bedrängte, ließ Jona sich nicht beirren. Nun, wo er mit seinem älteren Bruder gesprochen hatte und dieser auf seiner Seite stand, dachte er nicht mehr daran einzuknicken. Dafür lief es mit Flo zu gut. Er konnte sich nicht mehr vorstellen, ihn zu verlieren.

Erst jetzt fühlte Jona sich wie im siebten Himmel. Zuvor war er ständig verunsichert gewesen und hatte mehr damit zu tun gehabt zu grübeln, was die anderen von ihnen dachten, als ihre Zweisamkeit zu genießen.

An Ostern besuchte er zusammen mit Flo dessen Mutter und war wieder mal erstaunt, wie offen sie mit ihm und ihrer Beziehung umging. Obgleich er erst zum zweiten Mal Gast war, begrüßte sie ihn so herzlich, als gehöre er zur Familie. Sie bat ihn, sich ein Stück Kuchen zu nehmen, während sie Kaffee einschenkte. Es war alles so normal. Er war ein normaler Partner ihres normalen Sohnes, und sie aßen normalen Kuchen und tranken dazu normalen Kaffee. Er genoss das Gespräch mit Flos Mutter, besonders weil sie ihm nach dem Kaffeetrinken Babybilder von Flo zeigte.

Am nächsten Tag nahm Jona Flo mit zu Abdel und Linh.

Jona empfand ein tiefes Gefühl der Dankbarkeit für die Entwicklungen, die zwar schmerzhaft waren, die jedoch gleichzeitig der Grund waren, dass er nun mit Flo die freien Tage verbringen konnte, statt wie an Weihnachten alleine zu sein.

Zum Glück war Raya nicht da. Sie hatten seit Wochen nicht miteinander gesprochen. Jona hatte deswegen ein schlechtes Gewissen, zumal Raya als einzige der Geschwister nichts von Flo wusste, obwohl sie ihm gegenüber bezüglich Moritz immer so offen umgegangen war.

Die Sorgen um Hani, die Probleme mit Adil und die schönen Momente mit Flo lenkten Jona so sehr ab, dass er keine Kraft mehr in sich bündeln konnte, um seine Schwester damit zu konfrontieren.

Abdel war enttäuscht, als Jona verneinte, mit Raya gesprochen zu haben. Er ermahnte ihn und sagte ihm, er sollte es Raya endlich sagen, um das Versteckspiel zu beenden. Flo war der selben Meinung und nickte energisch, als Abdel mit Jona ein Machtwort sprach. Nur Linh schien Verständnis zu haben.

»Er hat in letzter Zeit viel um die Ohren«, sagte sie. »Und Raya könnte sich ja ebenfalls bei ihm melden, oder? Wir hören auch nicht mehr so oft etwas von ihr, seit sie ausgezogen ist.«

Jeder Unbeteiligte würde glauben, dass er mit Raya besonders gut darüber hätte reden können, dass sie die Erste hätte sein müssen, der er es hätte sagen sollen. So einfach war es leider nicht. Jona fühlte sich schlecht, weil Abdul und Adil etwas wussten, was Raya mit Sicherheit genauso gerne gewusst hätte. Seit ihrem Auszug war ihr Verhältnis angespannt. Anscheinend ging sie weiterhin davon aus, er wäre auf Adils Seite und war wohl beleidigt, weil er sie nicht mehr unterstützt hatte. Gleichzeitig wollte er sich aber nicht bei ihr entschuldigen, denn er fand, dass sie vieles nicht gut angegangen war. Sie hatte viel zu schnell alles hingeworfen und ihn vorschnell verurteilt. Vielleicht machte auch er gerade Fehler, aber wenigstens überstürzte er nichts.

Adil bedrängte ihn weiterhin, er unternahm allerdings keine Versuche, Jonas Geheimnis preiszugeben, und Jona hatte keine Ahnung, warum Adil zögerte. Hatte er aus Rayas hektischem Auszug gelernt? Offenbar wollte Adil besonders Nadira schützen, denn er erinnerte Jona regelmäßig daran, dass es ihr das Herz brechen würde, wenn er den Pfad, den ihre Eltern für sie vorgesehen hatten, ebenso verlassen würde.

♥

Die Treffen mit Hani wurden häufiger und regelmäßiger. Oft blieben sie zu zweit, manchmal gesellte sich Flo zu ihnen, und dann gingen sie zusammen in die Kneipe und trafen sich dort mit Luca und den anderen.

Steffi kam nie. Jona hatte sich das insgeheim gewünscht. Leider hatte Hani die Hochzeit nach wie vor nicht abgesagt, obwohl er seinen Eltern gegenüber Zweifel geäußert hatte. Ihre Reaktion darauf war, dass sie ihm nun immerhin mehr Freiheit ließen. Sie hofften wohl, ihn so besänftigen zu können. Wenn Steffi da gewesen wäre, wäre es Hani vielleicht leichter gefallen, der fremden Frau in Algerien den Laufpass zu geben.

Jona spürte aber, dass es Hani besser ging, je häufiger sie sich trafen. Er blühte regelrecht auf an den Abenden, an denen sie zusammen mit den anderen in der Kneipe saßen und sich unterhielten, etwas aßen oder einfach nur Fußball sahen. Er genoss die Zeit in vollen Zügen und schien zu verdrängen, dass er bald der Ehemann einer fremden Frau und irgendwann Vater sein würde.

Jona fand, dass das Leben zurzeit echt gut für ihn lief. Er hatte eine Beziehung, Freunde und einen Bruder, der zu ihm hielt. Hani schien das ähnlich zu sehen. Ja, er würde eine fremde Frau heiraten, aber er wäre frei vom Einfluss seiner Eltern. Er würde weiterhin mit Jona Zeit verbringen können und hätte seine eigene Wohnung.

Aber was war mit der Frau?

War sie am Ende nicht die Verliererin, wenn man sie in ein fremdes Land holte, sie aber einen Mann hatte, der sie nicht wirklich liebte? Sie hätte nicht die Freiheiten wie Hani – es sei denn, Hani und sie würden sich einigen, dass sie nur zum Schein zusammenlebten und insgeheim getrennte Wege gingen. War das tatsächlich etwas, das Hani und diese fremde Frau glücklich machen konnte? Jona bezweifelte es.

Jona hätte nie damit gerechnet, dass er einmal so einen schönen Frühling würde genießen können. Nur noch ein Fünkchen fehlte zur absoluten Freiheit: Wenn er sich endlich mit Raya aussprechen und Adil ein für alle Mal loswerden könnte.

Vielleicht sollte er einfach seine Taschen packen und ausziehen. Es würde zwar wehtun, aber trotz dieser Bedenken, war er überzeugt, dass er damit so viele Probleme mit einem Schlag gelöst hätte.

Leider konnte er das nicht mit seinem Sinn für Familienzusammenhalt vereinbaren und der Gewissheit, dass er das wirklich für eine Sünde gehalten hätte.

Sich kurzerhand aus dem Staub zu machen, den Kontakt tatsächlich abzubrechen, ohne es wenigstens versucht zu haben, dafür war er nicht bereit.

♥

»Ich kann ihn ein bisschen verstehen.« Hani sah ihn an, als hätte er Angst, Jonas Gefühle zu verletzen. Sie gingen behutsam miteinander um. Es war kein so unbefangener Umgang wie Flo ihn mit Luca oder seiner Mutter pflegte. Einerseits mied Hani jede Anspielung und drückte sich immer gestochen aus, wenn er von Flo redete, andererseits traute Jona sich nicht, vor Hani zu vertraut mit Flo umzugehen. Was wiederum den Umgang distanzierter machte, wie Jona glaubte.

»Ich auch.« Jona hob die Schultern. Eigentlich stimmte das nicht ganz, Adil verhielt sich nach wie vor total komisch.

»Ich meine, wir kennen das nicht, weißt du?« Hani warf ihm erneut einen Blick zu. Wieder wirkte es, als würde er überprüfen, wie seine Aussage auf Jona wirkte.

Jona seufzte. Er mochte es nicht, dass Hani und er so distanziert waren, und er hoffte, dass sich das irgendwann wieder normalisierte.

»Ich habe nie zwei Männer miteinander gesehen. Oder zwei Frauen.« Hani räusperte sich. »Das ist nicht böse gemeint. Leute wie Flo kennen andere und lernen früh, dass es natürlich und normal ist. Aber wir? Wir haben damit ja keine Berührungspunkte.«

Jona schmunzelte, obwohl ihm gleichzeitig ein bisschen zum Heulen zumute war. »Ich weiß, dass du das nicht böse meinst. Was meinst du, wie es mir ging, als noch keiner davon wusste?«

»Vermutlich ziemlich schrecklich.«

Jona nickte. »Ja«, sagte er leise.

»Adil kapiert es einfach nicht. Wenn man Flo erst einmal kennenlernt, fällt es einem echt schwer, ihn nicht zu mögen, doch auf den ersten Blick würde er deine Familie vermutlich nicht einmal als Rayas Partner in Begeisterungsstürme versetzen.«

Jona musste lachen. Er dachte daran, wie brav Moritz wirkte, wenn man ihn mit Flo verglich, der lange, zerzauste Haare und Bartstoppeln hatte, Lederarmbändchen am Handgelenk trug und einen lässigen Kleidungsstil pflegte. »Ja, da hast du recht.«

»Und es kommt hinzu, dass er schwul ist.«

Jona dachte darüber nach, ob er es amüsant oder ärgerlich finden sollte, dass Hani das Wort so leicht über die Lippen brachte. Besonders schlimm war, dass sogar Adil das Wort ganz selbstverständlich benutzte. Es ärgerte Jona, dass sein bescheuerter Bruder direkter sprechen konnte als er.

War Jona zu streng mit sich? Immerhin hatte er jahrelang vermieden, das Wort auch nur zu denken.

»Glaubst du, dass er es wirklich für eine Sünde hält?«, fragte Jona nachdenklich.

Hani hob die Schultern, dann biss er sich auf die Lippen. »Was denkst du denn darüber?«, erkundigte er sich.

Jona spürte, dass ihm die Röte ins Gesicht schoss. Mit einem Mal war ihm heiß. Ihm fiel ein, dass er vor einem halben Jahr ebenfalls noch geglaubt hatte, Gott würde Homosexualität verbieten. Inzwischen war ihm dieser Gedanken suspekt. Es ging Gott mit Sicherheit eher darum, dass man respektvoll miteinander umging und auf die Umwelt achtete. Jona glaubte nicht mehr, dass es Gott interessierte, mit wem man nachts im Bett lag so lange man sich gut behandelte. Sein Glauben hatte sich komplett gewandelt.

»Du weißt schon so lange, dass du schwul bist«, meinte Hani. »Du konntest dich langsam daran gewöhnen, wir anderen allerdings nicht. Das musst du bedenken. Vielleicht musst du Adil etwas mehr Geduld entgegenbringen?«

»Weißt du, was ich nicht verstehe?« Jona setzte sich aufrecht hin. »Im Gegensatz zu dir und mir hatte er immer Freunde, die keine Algerier waren. Er ist mit deutschen Jugendlichen in die Schule gegangen und in diesem Land groß geworden. Ihm müsste doch klar sein, dass Homosexualität etwas ist, das in der Natur nun mal vorkommt.«

»Er hat sich aber selbst bei Raya streng verhalten«, warf Hani ein.

Jona nickte. »Und warum sagt er es nicht unseren Eltern? Wozu dieses ganze Theater?«

Hani schwieg.

»Weil er nicht will, dass unsere Mutter sich Sorgen macht oder mitansehen muss, dass ich ebenso ausziehe«, murmelte Jona und kratzte sich am Kopf.

»Was ihm bei Raya egal gewesen ist. Sie hat er regelrecht rausgemobbt«, betonte Hani.

Jona nickte, obwohl er dem nicht ganz zustimmen konnte. Adil hatte sich manchmal wie ein Arschloch verhalten, aber Raya konnte auch schwierig sein.

Sie hatte Adil häufig provoziert, weil sie auf Streit aus war.

»Wie geht es dir, Hani?« Jona sah seinen Kumpel aufmerksam an. Dieser hatte in den letzten paar Wochen wieder etwas zugenommen, aber im Gesicht sah er noch blass und mitgenommen aus.

Er hob die Schultern. »Es hätte … Vorteile.«

»Ich weiß«, meinte Jona leise. »Aber genauso viele Nachteile. Oder sogar mehr.«

»Wenn ich sie heirate, hätte sich viele Probleme gelöst. Ich wäre weg von meinen Eltern, ohne sie zu verletzen. Wenn ich sie nicht heirate, muss ich bei ihnen wohnen bleiben und irgendwann ... Wenn ich mich verliebe ...«

Jona unterbrach ihn: »Du könntest kämpfen.«

»So wie Raya?«, fragte Hani.

Jona hob die Schultern. Hani wusste, dass er Rayas Art und Weise kritisierte, und das nutzte er natürlich für sich.

»Sag mir nicht, ich soll mir ein Beispiel an dir nehmen«, meinte Hani barsch. »Du ... Du tust so fortschrittlich, verheimlichst aber deinen Freund genauso wie ich damals Steffi verheimlicht habe. Nur mit dem Unterschied, dass es bei mir rausgekommen ist. Mal sehen, wie du dich verhältst, wenn dein Geheimnis rauskommt.«

»Ich werde niemals eine wildfremde Frau heiraten«, protestierte Jona. »Und du musst das ebenfalls nicht tun.«

»Kümmer' dich erst mal um den Dreck vor deiner Haustür, anstatt dich ständig über meinen zu beschweren«, forderte Hani ihn auf. »Steh endlich zu ihm. Sag es ihnen. Zieh aus. Mach es einfach.«

Jona schwieg, denn er wusste, dass Hani recht hatte. Er war genauso feige.

♥

»Wo warst du?«

Jona verdrehte die Augen. »Findest du das nicht langsam lächerlich?« Er drückte Adil von sich weg, um sich seinen Weg in sein Zimmer zu bahnen.

»Warst du bei ihm?«, fragte Adil.

»Ich war bei Hani«, antwortete Jona wahrheitsgemäß.

»Aha.«

Jona deutete ein Kopfschütteln an. »Was meinst du mit *Aha*?«

»Ich meine damit, dass ich dir nicht glaube«, betonte Adil und klang aggressiver als die Tage zuvor.

»Dann glaub es eben nicht«, erwiderte Jona frustriert.

Gerade als er die Tür seines Zimmers schließen wollte, stellte Adil einen Fuß dazwischen. »Du wirst dich nicht von ihm trennen, oder?«

»Warst du schon mal verliebt?«, erwiderte Jona laut, ohne Rücksicht darauf zu nehmen, dass ihre Eltern sie hören konnten.

»Ich ...« Adil geriet ins Stocken.

»Also ja?«, fragte Jona fasziniert.

»Vielleicht ein bisschen.« Adil war knallrot im Gesicht.

»Ich liebe ihn, Adil.« Erst nachdem die Worte draußen waren, bereute Jona es. Nicht weil er Adil gegenüber so offen gewesen war, sondern weil es nicht fair war, dass nicht Flo der Erste war, der diese Worte aus seinem Mund hörte.

»Aber ...«

»Nein, es gibt kein *Aber*«, unterbrach Jona seinen Bruder. »Ich liebe ihn und will mit ihm ein Leben aufbauen. Ich will Zeit mit ihm verbringen. Ja, er ist ein Mann und zwar ein ganz toller Mann. Ich werde dadurch nicht weniger Algerier oder Moslem, keine Sorge. Ich bleibe der gleiche Mensch, der ich zuvor war. Jona, dein Bruder, Mamas Sohn, Babas Sohn, ein guter Arbeitnehmer. Es gibt also keinen Grund, in Panik auszubrechen.«

Adils Mund klappte auf. Offenbar hatte er nicht mit so viel Offenheit gerechnet. Jona ebenfalls nicht. Warum war er vor Adil so viel mutiger als vor Hani, obwohl Hani ihn so wunderbar unterstützte? Oder vor Flo, der es verdient hätte, diese Liebeserklärung aus seinem Mund zu hören?

»Und Raya hat auch nichts Schlimmes gemacht. Alles, was sie wollte, war, mit Moritz zusammen zu sein. Ein netter junger Mann, den ihr unter keinen Umständen kennenlernen wolltet«, fügte Jona scharf hinzu.

Er musste unbedingt mit seiner Schwester sprechen. Er hatte das Gefühl, er müsste die Sache zwischen ihr und ihm schnell klären. Er hatte ihr unrecht getan und wollte ihr endlich verdeutlichen, dass sie zusammen für ihre Freiheit kämpfen sollten.

»Ihr habt ihm keine Chance gegeben. Ihr habt Moritz nicht kennenlernen wollen! Habt ihn verurteilt, ohne ihn wenigstens mal einzuladen«, fügte Jona zischend hinzu.

»Aber ...«

Wieder unterbrach Jona seinen jüngeren Bruder. »Hast du je darüber nachgedacht, dass unsere Eltern einfach nur feige sind? Statt zu uns zu stehen und uns einen guten Start in Deutschland zu ermöglichen, haben sie uns ständig Steine in den Weg gelegt.«

»Sie lieben uns«, erwiderte Adil und klang dabei emotional.

»Vielleicht. Doch warum waren sie nicht mutiger? Warum bringen sie uns in die schlimme Lage, weder in Deutschland noch in Algerien zu Hause zu sein?«, fragte Jona.

Adil schüttelte den Kopf, aufgewühlt, mit flackernden Augen. »Du hast keine Ahnung«, sagte er. Dann ging er rückwärts davon, als hätte er Angst, Jona den Rücken zuzudrehen. Erst nach einigen Schritten drehte er sich um und verschwand in seinem Zimmer.

Jona stöhnte leise auf und schloss seine eigene Zimmertür. Er verstand Adils Verhalten nicht.

♥

Er war sich nicht sicher, ob es angebracht war, trotzdem hielt er Raya einen Strauß Blumen hin, als sie die Tür öffnete.

»Zum Einzug«, sagte er.

Raya antwortete nichts. Sie warf sich ihm an den Hals und presste ihr Gesicht gegen seine Schulter, während sie ihn so fest an sich presste, dass er ein Keuchen nicht unterdrücken konnte. Es dauerte einige Minuten, bis sie ihn wieder losließ.

Er hätte sie *definitiv* früher besuchen sollen.

»Tut mir leid, jetzt sind deine schönen Blumen kaputt«, meinte Raya außer Atem und zog ihn in die Wohnung. Sie sah glücklich aus, erholt und fröhlich. Sie trug kein Kopftuch, sondern einen Pferdeschwanz und war dezent geschminkt. Ihre Jeans und ihren Pulli fand Jona ziemlich hässlich, trotzdem wirkte sie hübsch.

»Das macht nichts«, meinte er gerührt.

Ja, er hätte viel eher den Kontakt suchen sollen. Was hatte er sich nur dabei gedacht, sie zu meiden?

Er schüttelte Moritz kurz die Hand und ließ sich von dem jungen Paar die Wohnung zeigen. Sie war kleiner als die von Flo, dafür jedoch ein wenig aufgeräumter.

»Möchtest du etwas zu trinken?«, fragte Raya, nachdem sie sich gesetzt hatten.

Jona nickte. »Tee wäre gut, denke ich.«

Moritz erzählte ihm vom Vermieter und dessen Hilfe beim Einzug, während seine Schwester in die Küche ging. Mit keinem Wort erwähnte er den Streit zwischen Raya und dem Rest der Familie. Es machte fast den Anschein, als würde er ebenfalls in der Wohnung leben, an der Tür hatte allerdings nur Rayas Name gestanden.

Jona kam wieder der Gedanke, dass es Raya so viel leichter gehabt hätte, wenn sie Moritz einfach geheiratet hätte. Was hätte sie sich für Ärger ersparen können? Wie viele Diskussionen? Aber seine Schwester hatte nicht den leichten Weg gewählt, sondern den der absoluten Freiheit, ohne Kompromisse, ohne Zugeständnisse. Jona bewunderte seine Schwester sehr dafür, gleichzeitig war er traurig, wenn er daran dachte, wie unkompliziert alles wäre, wäre Raya nur etwas weniger stur.

»Was gibt es sonst so Neues?«, erkundigte Raya sich, nachdem sie ihm die Tasse gereicht hatte. Es war der Kräutertee, den Nadira auch immer machte. Das roch Jona sofort, und es ließ in ihm die Gewissheit wachsen, dass Raya zumindest ein paar Gewohnheiten beibehalten hatte.

Jona holte tief Luft und schob seine heiße Tasse auf den Tisch. Dann erzählte er Raya und Moritz, dass er schwul war und wie lange er benötigt hatte, bis er dazu hatte stehen können. Und während die Augen seiner Schwester größer wurden und Moritz immer aufgeregter nickte, wurde ihm bewusst, wie viel müheloser es mittlerweile für ihn war, darüber zu sprechen. Das Gespräch mit Abdel hatte ihm unglaublich gutgetan. Es fühlte sich nicht mehr so schrecklich an. Natürlich war er aufgeregt, es legte sich allerdings schnell.

»Wow, was für Neuigkeiten«, meinte Moritz, bevor Jona von Flo erzählen konnte.

Raya umarmte ihn erneut. Sie sagte nichts, sondern umschlang nur seine Schultern und streichelte über seine Haare. Es war ihm fast unangenehm. Er starrte zu Moritz, der lächelte. »Wie haben deine Eltern reagiert?«, fragte er.

Jona presste seine Lippen zusammen.

»Okay«, meinte Moritz und nickte. Sein Lächeln verblasste.

»Es tut mir leid.« Raya schob ihn von sich weg und betrachtete ihn ernst. »Verdammt, ich habe immer nur meine Probleme gesehen, aber nie daran gedacht, dass du deine eigenen haben könntest. Was wirst du tun? Ausziehen?«

Jona schüttelte den Kopf. »So weit bin ich nicht. Ich ... Seit du weg bist, ist Mama nicht mehr die selbe. Ich kann ihr das nicht antun. Sogar Adil macht sich Sorgen.«

Raya schnaubte.

Jona nahm die Hände seiner Schwester und drückte sie sanft. Anschließend erzählte er ihr von Adils Reaktion und dem Schweigen, das sich über die Familie gelegt hatte, seit Raya verschwunden war.

»Soll ich Mitleid haben?«, hakte Raya empört nach.

Jona schüttelte den Kopf. »Nein, aber ... für Abdul als der Erste, der gegangen ist, war es sicherlich schlimm. Und für dich ist es schlimm, ich jedoch ... Ich bin nun in einer beschissenen Lage. Ich kann ja jetzt nicht auch noch gehen und unserer Mutter das Herz brechen.«

»Die haben doch Adil.« Raya verdrehte die Augen.

»Adil ist in letzter Zeit komisch. Ich glaube, er ist nicht so glücklich, wie wir dachten. Was, wenn er über kurz über lang ebenso abhaut?« Jona sah nachdenklich zu Raya. »Ich meine, wir haben keine Ahnung, was wirklich mit ihm ist. Vielleicht ist er auch schwul. Oder er hat schon länger eine Freundin. Er tut immer so konservativ, aber was, wenn er auch nur Theater spielt, so wie wir es gemacht haben und immer noch machen?«

Raya grinste, es sah verkrampft aus. »Adil ist ein Arschloch, Jona. Ganz einfach. Deswegen ist er komisch.«

»Er ist unser Bruder«, erinnerte Jona sie. »Und er hat definitiv ein Geheimnis. Ein Problem, das er verheimlicht. Irgendwas ist mit ihm, ich spüre es.«

Raya blieb stumm. Sie dachte nach. Ihre Stirn war gerunzelt. Nach einem Moment hob sie die Schultern. »Ja, kann sein«, sagte sie nachdenklich.

»Also kann ich nicht abhauen. Am Ende ist Nadira ganz alleine. Sie wird das nicht überleben«, betonte Jona.

»Was willst du tun? Willst du unsere Eltern heiraten und mit ihnen bis an dein Lebensende zusammenleben?« Raya klang spöttisch.

»Nein.« Jona schüttelte den Kopf. »Eventuell findet sich ja eine andere Lösung. Haben wir nicht alle irgendwie das selbe Problem? Sollten wir nicht zusammenhalten? Und sollten wir nicht vereint Abdullah und Nadira zeigen können, wie rückständig sie sind? Vielleicht springen sie ja doch über ihren eigenen Schatten.«

Raya sah ihn ungläubig an. »Ich weiß nicht.«

»Komm schon. Lass uns zusammen mit ihnen reden«, bat Jona. »Ich werde mit Abdel reden. Ich werde sogar mit Adil reden. Wenn wir zusammenhalten, werden sie verstehen, dass sie mit ihrer Engstirnigkeit sonst alles verlieren.« Raya sah wenig begeistert aus. Sie verschränkte die Arme vor die Brust.

»Keiner von uns will die Moralvorstellungen unserer Eltern mit Füßen treten. Wir sind wunderbare Kinder. Keiner von uns geht auf den Strich oder nimmt Drogen. Wir wollen uns einfach nur mit unseren Freunden treffen und mit den Partnern unserer Wahl zusammen sein. Sonst nichts. Wir wollen tatsächlich nichts Schlimmes«, betonte Jona.

»Das kapieren sie nicht.« Raya schüttelte den Kopf.

»Vielleicht müsste man es ihnen lediglich in Ruhe erklären«, schaltete sich Moritz in die Diskussion ein. Jona war ihm unendlich dankbar dafür. Manchmal war seine Schwester schrecklich stur.

»Meinst du nicht, dass ich das schon versucht habe?« Raya klang verärgert. »Immer und immer wieder habe ich ...«

»Wenn ihr gemeinsam mit ihnen redet ...«, sagte Moritz und strich eine Locke aus Rayas Gesicht. »Eventuell hören sie dann zu?«

»Wir sollten es zumindest versuchen, Raya. Einmal versuchen. Danach können wir immer noch aufgeben«, sagte Jona.

»Eure Einigkeit und Zusammenhalt sind eure stärksten Waffen«, fügte Moritz hinzu, und es klang kitschiger, als es vermutlich gemeint gewesen war.

»Ja, das sehe ich genauso.« Jona nickte. Es würde schwer werden, Adil und Abdel zu überzeugen. Wenn schon Raya so stur war, konnte er es fast vergessen.

Aber er würde nicht aufgeben. Diese letzte Chance sah er noch. Vereint mussten sie ihren Eltern zeigen, dass sie Gefahr liefen, am Ende alleine zu sein, wenn sie nicht auf sie hörten.

♥

Es war das erste Mal seit Wochen, dass er an Adils Tür klopfte. In den letzten Tagen war es aber regelmäßig andersrum vorgekommen. Dementsprechend erstaunt wirkte Adil. Er runzelte die Stirn. »Was willst du?« Er klang dabei ähnlich unfreundlich, wie Jona immer geklungen hatte, wenn Adil ihn ausgefragt hatte.

»Lässt du mich rein?«, bat Jona. Im Gegensatz zu Adil wollte er seinen jüngeren Bruder nicht rabiat zur Seite drängen und einfach ins Zimmer stürmen.

Adil sah aus, als würde er tatsächlich überlegen. Für einen Moment war Jona versucht zu glauben, dass Adil ihn einfach wieder wegschicken würde, aber anscheinend siegte die Neugier in Adil. Er nickte und öffnete die Tür weiter.

Jona trat in den Raum und atmete tief ein. Es fiel ihm schwer, das Gespräch zu beginnen. Er glaubte, dass allen die Situation nicht gefiel, doch obwohl dies so eine starke Gemeinsamkeit war, wurden sie von unterschiedlichen Motivationen angetrieben und hatten verschiedene Meinungen zu unterschiedlichen Themen. Das machte die Sache so kompliziert. Trotzdem waren sie eine Familie – und das musste einfach etwas zählen.

Zum Glück hatte Raya zugestimmt, am Wochenende vorbeizukommen – unter der Bedingung, dass Abdel ebenfalls kommen würde, und der war begeistert gewesen, als Jona ihm vorgeschlagen hatte, dass sie sich zu sechst an einen Tisch setzen und über alles reden würden.

Aber wie würde Adil darauf reagieren?

Jona schluckte und räusperte sich. Dann erzählte er Adil von seinem Vorhaben und der Einladung, die er Raya und Abdel gegenüber ausgesprochen hatte.

Er konnte sofort sehen, dass Adil nicht begeistert war, da dieser seine Lippen aufeinander presste und die Nase rümpfte.

»So kann es nicht weitergehen«, meinte Jona genervt und stand auf. Er war zu optimistisch gewesen.

»Vielleicht sollte jeder seine eigenen Probleme bewältigen«, meinte Adil kühl und hob die Schultern. Er wirkte erschöpft, als hätte er aufgegeben.

»Siehst du das nicht? Unsere Eltern leben im Gestern. Sie leben in Algerien, im gestrigen Algerien. Sieh es doch endlich ein, wir sind junge Menschen, wir sollten uns entfalten können.« Jona schüttelte empört den Kopf. »Du kannst mir nicht erzählen, du möchtest so leben, wie sie es angedacht haben! Gib es wenigstens zu!«

»Wirst du es ihnen sagen?«, fragte Adil und zeigte abwechselnd auf Jona und das Fenster, als ob Flo dahinter stehen würde.

»Nein, das tue ich nicht. Nicht sofort«, knurrte Jona. »Ist das das Einzige, an was du denkst?«

»Wenn du es ihnen erzählst, wird ein Unglück passieren«, prophezeite Adil ihm. »Ich habe es ihnen nicht gesagt, weil dein Vater das niemals akzeptieren wird. Er wird dich verstoßen. Und das ...« Adil bohrte mit dem Finger in Jonas Brust, so fest, dass es wehtat. »… das wird Mama das Herz brechen, weil nur noch wir zwei übrig sind, da sich die anderen beiden aus dem Staub gemacht haben. Sie wird sich davon nicht erholen. Und das ertrage ich nicht. Sie ist unsere Mutter, verdammt noch mal!«

Obwohl es äußerst diskriminierend war und Adil immer wieder verdeutlichte, für wie pervers er Jonas Beziehung hielt, rührte Jona seine Aussage. Er hatte es nicht erzählt, weil er Nadira nicht wehtun wollte. Adil liebte sie, und er wollte genauso wie Jona, dass ihre Eltern glücklich waren.

»Ich habe nicht vor, es ihnen gleich zu sagen«, meinte Jona leise. »Wir sollten erst mal lernen, fair miteinander umzugehen und wieder zu einer Familie zusammenwachsen, danach kann ich es ihnen sagen. Sie langsam daran gewöhnen. Ich will nichts überstürzen.«

Adil schauderte. »Also wirst du es durchziehen?«

Jona blinzelte. »Was?«

»Du bleibst mit ihm zusammen.« Adil klang kraftlos, er sprach mit leiser, tonloser Stimme. »Du kapierst einfach nicht, dass das unmöglich geht.«

Jona stöhnte auf und warf die Hände in die Höhe. »Das ist im Moment gar nicht das Thema, Adil. Ich will nur, dass unsere Eltern uns verstehen. Das mit Flo und mir kann noch warten. Es würde mir schon reichen, wenn sie bereit sind, Linh und Moritz kennenzulernen.«

Adil hob die Schultern.

»Adil, eines Tages wirst du dich auch verlieben. Du wirst deine Freundin mitbringen wollen. Und du wirst irgendwann ausziehen wollen«, erinnerte Jona seinen jüngeren Bruder.

»Ich werde studieren. Dann habe ich kein Geld um auszuziehen. Und heiraten werde ich eines Tages eine Frau, die aus Algerien stammt«, kündigte Adil an.

Jona starrte ihn an. »Du könntest dich aber auch in eine deutsche Frau verlieben.«

Adil schüttelte den Kopf. »Das glaube ich nicht.«

Jona sah aus dem Fenster und versuchte zu begreifen, was in seinem Bruder vorging.

»Ich kann mir so etwas nicht leisten. Ihr ... könnt machen, was ihr wollt, aber ich... Ich muss funktionieren, Jona.«

»Warum?«, fragte Jona frustriert.

Adil winkte ab.

»Ich verstehe dich nicht«, flüsterte Jona. Er sah Adil an, sein Bruder erwiderte seinen Blick allerdings nicht. Stattdessen sah er zum Schrank und spielte am Reißverschluss seiner Sweatjacke herum. Irgendwann gab Jona es auf. Adil erschien ihm wie ein Fremder, und ihm wurde bewusst, seit wie vielen Jahren sein jüngerer Bruder nicht mehr derjenige war, den er während seiner Kindheit gekannt hatte.

Vielleicht sollte Abdel mit Adil reden? Aber vermutlich würde Adil auch ihm gegenüber so verschlossen sein. Niemand von ihnen hatte noch einen Draht zu Adil.

Nach einer gefühlten Ewigkeit sah Adil hoch und hob die Augenbrauen.

Jona schüttelte den Kopf. Er wollte gerade gehen, aber irgendwas hielt ihn davon ab. An der Tür drehte er sich zögerlich um. »Bist du ... auf unserer Seite?« »Mir ist die Familie wichtig«, betonte Adil.

Da Jona nicht wusste, was genau er damit meinte, antwortete er empört: »Wir sind gleichermaßen deine Familie, Adil. Wir sind deine Geschwister. Wir werden selbst dann noch eine Familie sein, wenn unsere Eltern gestorben sind.« Adil sah ihn lange an. Wenigstens mied er Jonas Blick nicht mehr. Anschließend hob er die Schultern.

Enttäuscht öffnete Jona die Tür. Nachdem er das Zimmer verlassen hatte, bemerkte er, dass er zitterte. Und er war traurig. Er hatte es sich so schön vorgestellt, wie sie zu viert mit Abdullah und Nadira reden und beide endlich einsehen würden, dass ihre Kinder wirklich die Freiheit brauchten, die sie einforderten. Sie hätten mehr Erfolg, wenn sie zusammenhalten könnten. Wenn Adil nicht dabei war, würde ihr Vater sie alle davonjagen und an Adil festhalten. Adil war seine letzte Chance.

♥

Bereits als Jona zusammen mit Raya und Abdel das Wohnzimmer der Eltern betrat, wusste er, dass es nicht gut gehen würde. Sein Plan würde scheitern, und er würde vor einem Scherbenhaufen stehen.

Abdullah sah sich etwas im Fernsehen an, während Nadira bügelte. Beide blickten auf. Nadira strahlte, als sie ihre zwei verloren geglaubten Kinder erblickte, Abdullah indes stand sofort auf und lief auf Abdel zu. Raya ignorierte er komplett.

»Was willst du hier?«, erkundigte er sich heiser.

»Wir wollen mit euch reden«, meinte Abdel ruhig.

»Hast du nicht schon genug kaputt gemacht?«, fragte Abdullah und gestikulierte wild mit seinem Arm. Er war wütend, und doch wirkte seine Stimme konzentriert und leise. Jona meinte, die Aggression zu spüren, die in den Augen seines Vaters zu pulsieren schien. »Was hast du uns alles angetan?«

»Ich habe euch nichts angetan. Was habt *ihr* uns angetan?«, erwiderte Abdel.

Raya schüttelte den Kopf. Sie sah zu Jona. »Es hat keinen Wert«, meinte sie hoffnungslos. »Ich habe es dir gesagt.«

»Jetzt gib nicht gleich auf«, fauchte Jona.

»Mit dir reden wir nicht mehr«, rief Abdullah und zeigte auf Raya. »Geh und lass dich nie wieder blicken.«

Raya starrte ihn an. Ihre schwarzen Augen glänzten, und ihre Nasenflügel bebten.

»Und du gehst genauso«, fügte Abdullah hinzu und sah zu Abdel. »Du hast uns das alles eingebrockt. Du hast deiner Schwester die Flausen in den Kopf gesetzt!« Er wandte sich zu Jona. »Warum hast du sie angeschleppt?«, fragte er tonlos.

Jona hatte das Bedürfnis, sich in sein Zimmer zurückzuziehen und zu weinen. Er war so bitter enttäuscht von seinem Vater. Für einen kurzen Moment dachte er daran, dass er ihm jetzt in diesem Moment eröffnen könnte, dass er schwul war, seit Wochen einen Freund hatte und vorhatte, mit ihm zusammenzubleiben. Er könnte seinen Vater verraten, sich an ihm rächen und den Kontakt abbrechen. Doch damit würde er Nadira ebenso verlassen wie Adil. Er war sich sicher, dass Adil es nicht für immer aushalten würde, nach der Linie seines Vaters zu leben.

Nein, er hatte dieses Treffen arrangiert, damit sie alle sich aussprachen. Es lag klar auf der Hand, dass sie nichts Schlimmes getan hatten, und seinen Eltern würde es auch besser gehen, wenn sie wieder Kontakt zu all ihren Kindern hätten.

»Kannst du uns nicht einmal zuhören?« Jona versuchte mit leiser Stimme zu sprechen.

»Es ist alles gesagt«, antwortete Abdullah unbarmherzig.

Nadira wandte sich ab. Sie weinte, und Jonas Herz tat weh, als er das sah. Er hatte sie verletzt. Er hatte sie zum Weinen gebracht.

Raya schnaubte. Abdel ging einen Schritt auf Nadira zu, und Abdullah stellte sich seinem Sohn in den Weg.

»Lass mich durch«, bat Abdel bestimmt, trotzdem nicht unfreundlich. »Sie ist meine Mutter.«

»Geh jetzt«, knurrte Abdullah.

»Es hat keinen Sinn. Unser Vater ist stur. Seht ihr das nicht?«, zischte Raya.

»Hört bitte auf«, klagte Nadira. Ihre Schultern bebten.

»Lass mich durch«, bat Abdel erneut.

Aber Abdullah stellte sich noch mehr in den Weg. Es sah äußerst skurril aus, wie Abdullah sich mit gebeugtem Rücken vor seinen Sohn stellte, der einen Kopf größer war als er. Obwohl Abdel viel stärker war und seinen Vater leicht hätte beiseiteschieben können, ließ er von ihm ab und ging einen Schritt zurück, während er in einer sich ergebenden Geste die Arme hochhielt.

Jona war erleichtert.

»In Ordnung«, meinte Abdel.

Niemand sagte etwas. Nur das leise Schluchzen ihrer Mutter war zu hören. Jona ertrug die Stille kaum, die sich davon abgesehen im Raum ausbreitete. Er traute sich nicht einmal zu atmen. Er sah unsicher zu Abdel, der sich langsam gegen die Wand lehnte. Dann starrte er zu Raya, die empört aussah und Abdel ungeduldige Blicke zuwarf. Sie wollte aufgeben und abhauen. Abdel allerdings schien noch nicht aufgegeben zu haben.

»Was hast du davon, dass du den Kontakt zu uns abbrichst?«, fragte er Abdullah, der in seiner alten Strickjacke zwischen ihnen und Nadira stand und auf den Boden sah. Jona hatte Mitleid mit ihm – etwas, was er selbst nicht ganz verstehen konnte.

»Das hast du dir ausgesucht. Und du hast deine Schwester auf den falschen Weg gebracht«, antwortete Abdullah. »Und du?« Er wirbelte herum und taktierte Jona mit einem strengen Blick.

Jona zuckte zusammen.

»Willst du auch abhauen?« Er klang dabei gefährlich.

Jona schloss die Augen, weil er den Anblick kaum ertragen konnte. Abdullah war so hasserfüllt.

»Ihr seid so undankbar. Was wir euch alles ermöglicht haben, indem wir hierhergekommen sind ... Und ihr seht es nicht.«

»Niemand will abhauen«, meinte Abdel. »Du stößt nur alle von dir weg. Glaubst du nicht, dass wir ein gutes Leben ohne euch führen können? Es ist das schlechte Gewissen, das uns ständig wieder hertreibt.«

Das Weinen seiner Mutter, das kurzzeitig verklungen war, wurde wieder stärker. Jona schüttelte den Kopf. Das war tief verletzend gewesen. Abdel hätte es nicht so drastisch ausdrücken sollen.

»Niemand muss kommen, weil er Gewissensbisse hat«, sagte Abdullah. Er klang zwar nach wie vor sehr ruhig, aber trotzdem konnte Jona den unbändigen Zorn in seiner Stimme hören. Er war Abdel so ähnlich in dieser beherrschten, unterdrückten Wut, die deshalb gefährlich war, weil sie irgendwann nach draußen sprudeln würde.

»Mama, so habe ich es nicht gemeint«, rief Abdel ihrer Mutter zu.

»Bleibt einfach da, wo der Pfeffer wächst.« Abdullah schnaubte. »Wer möchte schon seine undankbaren Kinder um sich herum haben? Was haben wir alles für euch getan? Und nichts kommt zurück.«

Kurz schien Abdel verunsichert zu sein. »Was habt ihr für uns getan?«, fragte er verwirrt.

»Wir sind hierhergekommen, um euch eine gute Zukunft zu ermöglichen, während ihr in der algerischen Gemeinde verwurzelt bleibt, ohne dass jeder über euch redet.« Abdullah verschränkte die Arme vor der Brust. Er wirkte überrascht, als ob er nicht glauben könne, dass Abdel das vergessen hatte. »Haltet ihr das alles für selbstverständlich?«

»Abdullah«, rief Nadira mit hoher Stimme. »Hör jetzt auf. Diese alten Geschichten ...« Sie klang fast panisch.

»Was habt ihr getan, um uns das Leben hier wirklich zu ermöglichen?« Abdel machte eine wegwerfende Bewegung. »Ihr verbietet uns, uns anzupassen. Wir dürfen keine Freunde haben, keine Partner. Ich pfeife drauf, dass ihr uns hergebracht habt, ohne uns die Chance zu geben, hier auch anzukommen. Dann wärt ihr besser mit uns in Algerien geblieben. Da hätten wir es vielleicht schwerer gehabt, aber wir müssten uns zumindest nicht damit rumschlagen, dass wir nirgendwo zu Hause sind.«

»Du bist undankbar«, rief Abdullah. Das erste Mal im Verlauf des Gesprächs klang er etwas lauter.

»Und du bist stur, Baba«, erwiderte Abdel.

»Abdel, hör auf. Bitte«, flehte Nadira ihn an. »Bitte hör auf, mein Sohn.« Sie schob sich an ihrem Mann vorbei und wollte ihren Sohn umarmen. Abdullah hielt sie allerdings am Arm fest.

»Lass sie los«, schrie Raya und sprang nach vorne. »Lass Mama sofort los.«

»Nicht«, bat Abdel und legte seinen Arm um die Schultern seiner Schwester. Sie stolperte gegen ein Regal. Als eine Vase auf den Boden fiel und zerbrach, hörte Jona ein seltsames Geräusch von der Tür, als ob jemand gleichzeitig hysterisch lachen und weinen würde. Entsetzt sah er zu Adil, der mit hängenden Armen im Türrahmen stand. Bestürzt bemerkte er, dass Adil eine Träne über die Wange lief. Nichts hatte ihn bisher so schockiert wie das. Adil weinte.

Jona wandte sich um, weil er den Anblick nicht ertrug, Adil so verzweifelt zu sehen. Er schluckte schwer und zweifelte wieder daran, ob es nicht doch ein großer Fehler gewesen war, das Gespräch mit seinen Eltern zu suchen. Es war, als würden sie unterschiedliche Sprachen sprechen. Er konnte weder seine Geschwister noch seine Eltern verstehen. Ein Gefühl von Isolation und Einsamkeit überkam ihn. Langsam ging er einen Schritt auf das Sofa zu. Erschöpfung machte sich in ihm breit.

»Adil, reiß dich zusammen«, bat Abdullah unbeherrscht. Seinen Sohn weinen zu sehen, musste für ihn fast genauso schlimm sein, wie zu erfahren, dass der andere Sohn schwul war und die Tochter sich ohne Trauschein mit einem Mann traf. Er hielt viel von Männlichkeit, und Weinen war ein Zeichen von Schwäche, die er seinen Kindern immer versucht hatte auszutreiben.

Jona sah erneut zu Adil und bemerkte, wie dieser sich versteifte und hastig seine Tränen abwischte.

»Willst du es dir mit ihm auch versauen?«, erkundigte Abdel sich. Ein Ruck ging durch ihn, und er lief einen Schritt auf ihren Vater zu. »Er ist der loyalste dir gegenüber, dennoch behandelst du ihn wie Dreck. Mach ruhig weiter so und wir sind alle weg.«

Das beeindruckte ihren Vater nicht. Er verschränkte die Arme vor der Brust. Jonas Finger krallten sich in das Sofa. Seinen älteren Bruder und seinen Vater so zu sehen, machte ihm Angst. Nadira weinte erneut und versuchte dazwischen zu gehen, doch sie wurde von ihrem Mann weggedrängt. Weder Abdel noch Abdullah schienen zu besänftigen zu sein, nicht mal durch Nadira.

»Ich habe bereits alle Kinder verloren, die je hatte«, sagte Abdullah leise.

Nadira schrie heiser auf und zerrte an Abdullahs Arm. »Lass das endlich. Sei still«, flehte sie zischend.

»Nein, du hast nicht alle verloren«, betonte Abdel laut. »Wir sind für euch da, wenn ihr uns braucht. Adil empfindet solch eine Loyalität, das hast du gar nicht verdient.«

Adil wandte sich ab, vermutlich weil er weiterhin weinte und sich dafür schämte. Raya packte Abdel am Arm und bat ihn leise, aber bestimmt, dass sie jetzt gehen sollten. Obwohl Jona ihrer Meinung war und die Situation irgendwie entschärfen wollte, ging er nicht zwischen sie. Er fühlte sich wie gelähmt.

»Was weißt du denn schon?«, fragte Abdullah seinen ältesten Sohn ohne zu blinzeln.

»Ich weiß mehr, als du denkst«, flüsterte Abdel und lief einen weiteren Schritt nach vorne.

»Hört bitte auf«, schrie Nadira und versuchte, Abstand zwischen ihrem Mann und ihrem Sohn zu schaffen.

»Wenn Jona sich entschließt, mit mir zu gehen, werde ich Adil auch mitnehmen«, betonte Abdel. »Ich werde Adil nicht alleine bei dir lassen. Ich hätte zu viel Angst um ihn.«

»Ja, nimm beide mit. Füttere sie durch. Mir egal.« Abdullah machte eine wegwerfende Bewegung.

»Du bist so unbarmherzig.« Entsetzt schüttelte Abdel den Kopf.

»Du bist nicht mehr mein Sohn«, erwiderte Abdullah leise. »Raya ist für mich gestorben, und wenn Jona sich entscheidet, ebenfalls zu gehen, ist er auch nicht mehr mein Sohn. Und Adil … nun ja. Und Adil war es nie wirklich.«

Das war wohl der Tropfen, der das Fass zum Überlaufen brachte. Abdel erhob den Arm, um seinen Vater von sich zu stoßen, doch Nadira drängte sich nach vorne und wurde von Abdels Hand im Gesicht getroffen. Jona schrie entsetzt auf, als er sah, wie Nadira wankte und sich mit beiden Händen an die Nase griff. Abdel sah bleich aus und wurde von Raya mit beiden Armen gepackt. Aus dem Augenwinkel sah Jona noch, dass Nadira Blut im Gesicht hatte, das ihr auf das Kinn tropfte. Es sah schrecklich aus, und er war sich sicher, dass er dieses Bild nie wieder vergessen würde. Er fühlte sich schuldig, weil am Ende Nadira die größte Verliererin war und er das Treffen nicht hätte initiieren dürfen.

Er wurde von Raya gepackt, die sowohl ihn als auch Abdel nach draußen schob. Überstürzt verließen sie die Wohnung. Adil folgte ihnen, und das war etwas, was Jona zumindest ein klein wenig tröstete. Abdel hatte recht, sie konnten es nicht riskieren, Adil hier zu lassen, selbst wenn er sich manchmal wie ein Arschloch aufführte. Er war schließlich ihr kleiner Bruder.

♥

Die Wohnung von Abdel und Linh war nicht besonders groß. Für zwei Personen durchaus ausreichend, nicht jedoch für zwei zusätzliche Bewohner. Sie waren sich am Ende alle einig gewesen, dass er und Linh weiterhin im Schlafzimmer schlafen würden, während Jona das kleine Arbeitszimmer bezog, in dem ein Sofa stand. Er musste eingerollt schlafen, denn wenn er sich ausstreckte, ragten die Füße über die Lehne hinweg. Deswegen schlief er nach zwei Nächten auf dem Boden, was wesentlich bequemer war.

Adil bezog das Wohnzimmer, was ihm sicher unangenehm war, da jeder durchs Wohnzimmer musste, wenn er ins Bad oder in die anderen Zimmer wollte. Wenigstens hatte er das größere Sofa.

Mit Abdel, Linh und Adil zu leben war nervenaufreibend. Keiner hatte das Gefühl, sich zurückziehen zu können. Besonders angespannt war die Situation zwischen Adil und Jona, weil sie sich nicht sonderlich gut verstanden und nicht viel miteinander redeten. Adil redete sowieso kaum mit ihnen, sondern schien mit sich selber beschäftigt zu sein. Von allen Geschwistern war er derjenige, der am meisten unter den Folgen ihres Rauswurfs litt. Er machte sich schwere Vorwürfe, redete viel von ihrer Mutter und wurde noch verschlossener, als er es zuvor schon gewesen war. Leider behandelte er Linh ebenfalls unhöflich und war äußerst unfreundlich zu Raya und Moritz, wenn die beiden zu Besuch kamen. Allerdings waren die beiden selten da. Vermutlich war es auch ihnen zu eng, und die gereizte Stimmung tat ihr Übriges. Jona konnte es ihnen nicht verdenken. Manchmal kam Raya allein und erkundigte sich, wie es ihnen ging. Obwohl Adil anderer Meinung war, fand Jona, dass sie sich fair verhielt. Sie meldete sich täglich per Telefon und bot Jona an, dass er zu ihr ziehen könnte. Das war aber keine Alternative, weil ihre Wohnung noch kleiner war. Adil hingegen fand, dass seine Schwester egoistisch war und das ganze Drama erst ausgelöst hatte. Jona war überhaupt nicht seiner Meinung. Nie war seine Schwester so hilfsbereit, warmherzig und freundlich gewesen wie jetzt. Sie sahen sich zwar nicht täglich, dafür waren ihre Zusammentreffen schön, und das Gefühl von familiärem Zusammenhalt schien wieder etwas offensichtlicher zu werden.

Nein, eigentlich glaubte Jona, dass er derjenige war, der es verbockt hatte. Er hatte geglaubt, für alle eine Einigung finden zu können. Daran war er aber gescheitert. All die Monate, in denen er versucht hatte zu vermitteln, waren umsonst gewesen.

Abdel hielt sich aus den Streitereien zwischen Adil und Jona raus. Manchmal versuchte Linh zu schlichten, doch irgendwann gab sie es auf, da Adil sie ständig unwirsch daran erinnerte, dass das eine familiäre Angelegenheit wäre.

Nach einigen Tagen kündigte Abdel an, dass Adil besser das Arbeitszimmer nehmen sollte, weil er sich auf sein Abitur vorbereiten müsse. So hätte er einen ordentlichen Schreibtisch, auf dem er seinen Laptop aufbauen konnte und wurde nachts nicht so oft gestört.

Von nun an hatte Jona überhaupt keinen Rückzugsort oder Privatsphäre und fand es fast unfair, dass Adil trotz seiner unfreundlichen Art bevorzugt wurde. Im

Gegensatz zu Adil hatte er nicht einmal die Chance gehabt, Abitur zu machen. Er war neidisch.

Abdel betonte bei einem Streitgespräch, dass ihre aktuelle Situation nicht Adils Abitur gefährden dürfe. Jona fand, dass sein jüngerer Bruder weder die Bevormundung verdient hatte, noch dass es für Abdel besonders viel Gründe gab, überhaupt nett zu Adil zu sein.

Da er nie für sich sein konnte, traf er sich häufiger mit Flo. Natürlich bot Flo ihm an, bei ihm einzuziehen, aber das wollte Jona nicht. Sie waren nicht lange genug zusammen und brauchten ihren Freiraum. Er hätte es nicht ertragen, wenn ihre Beziehung dadurch Schaden genommen hätte, nur weil er bei seinen Eltern rausgeflogen war.

Kurz spielte er mit dem Gedanken, es seiner Schwester gleichzutun und sich eine Wohnung zu suchen, aber er fand nichts Bezahlbares. Zugegeben, er schaute eher halbherzig. Es war ihm nicht geheuer, komplett auf sich alleine gestellt zu sein.

So gingen Flo und er regelmäßig ins Kino oder spazieren. Ab und zu sahen sie sich DVDs an und trafen sich mit Flos Freunden. Häufig blieb er über Nacht bei Flo. Das waren die schönsten Momente. Wenn Flo unterwegs war, hing Jona manchmal stundenlang mit Hani in der Innenstadt herum. Leider konnte er Hani nun nicht mehr besuchen, da dessen Eltern seit seinem Rauswurf schlecht auf Jona zu sprechen waren, sie teilten ihm sogar über Hani mit, dass er nicht mehr willkommen war. So würde es ihm mit allen Algeriern gehen, das wusste Jona. Das war eine der Konsequenzen, die er befürchtet hatte. Dennoch konnte er damit besser leben als gedacht. Nur Hani tat ihm leid, weil der sich regelmäßig rechtfertigen musste, da er weiterhin zu Jona hielt.

Hanis Eltern mussten Kritik der algerischen Gemeinde befürchten, wenn ihr Sohn weiterhin mit Jona gesehen wurde. Ihnen war allerdings bewusst, dass Hani sich sofort gegen sie und die Frau in Algerien entschieden hätte, wenn sie ihm das verbieten würden. Auf diese Art hatte Hani sie seltsamerweise im Griff.

Zu Jonas Entsetzen haderte Hani noch mit der Entscheidung, sich gegen die Hochzeit mit der fremden Verlobten auszusprechen. Wer weiß, vielleicht fiel es Hani nun deutlich schwerer, weil er mitbekam, wie die Leute über Jona und seine Geschwister redeten.

Obwohl Abdel ihn daran erinnerte, dass er Flo ebenfalls mitbringen könne, vermied Jona das, denn er hatte keine Lust auf die aggressive Reaktion, die von Adil folgen würde. Außerdem war die Wohnung ohne Flo schon viel zu eng. Besser er traf sich außerhalb mit ihm.

Seine Eltern riefen nicht bei Abdel an und unternahmen auch keinen Versuch, ihn oder zumindest Adil dazu zu bewegen zurückzukommen. Dass
Abdullah dazu zu stolz war, hatte Jona schon erwartet. Doch warum meldete sich Nadira nicht? Stand sie so sehr unter dem Druck ihres Mannes? Bei dem Gedanken tat sie ihm nur leid. Trotzdem hatte er keine Lust, sich bei ihr zu melden. Vermutlich war er einfach zu stolz. Ob Adil sich bei seiner Mutter gemeldet hatte, wusste er nicht. Es verwunderte ihn ziemlich, dass sein Vater es akzeptierte, dass sie nun alle weg waren. Es musste eine unsagbar große Blamage für ihn sein. Nicht einmal Adil versuchte er zurückzugewinnen. Warum? Adil war doch immer so bemüht gewesen ...

♥

»Ich weiß es nicht.« Um seine Aussage zu unterstreichen, hob Jona seine Schultern. Raya stand vor ihm und schüttelte den Kopf. Sie wandte sich zur Kaffeemaschine und legte ein neues Pad ein. Sie erinnerte ihn ein wenig an Nadira, nur dass sie etwas dünner war und ihre Haare ohne Kopftuch lang über den Rücken fielen. Aber ihre Körpersprache und ihre Bewegungen waren die ihrer Mutter.

Er hatte ihr erzählt, dass Abdel Adil das Arbeitszimmer überlassen hatte und Adil ansonsten sehr unterstützte, als würde Adils Abitur mehr zählen als Jonas Arbeit. Vielleicht war dem so, weil Adil die große Hoffnung der Familie war, und eventuell würde Jona auch so denken, wenn Adil etwas freundlicher wäre. Aber er blieb distanziert, verbarrikadierte sich im Arbeitszimmer und kam nur zum Essen heraus. Wenn er gezwungen war, mit jemandem zu sprechen, war er entweder kurz angebunden oder gereizt. Er bekam von Abdel alles in den Hintern geschoben, obwohl er das gar nicht verdient hatte.

Jona schlief nachts nicht gut und musste dann vollkommen übermüdet zur Arbeit gehen. Wie erwartet war Raya sofort zornig geworden, als Jona ihr von den

Entwicklungen bei Abdel erzählt hatte. Sie seufzte, während sie ihm den Kaffee hinstellte.

Flo half einem Kumpel beim Umzug, und da Jona keine Lust hatte, in die überfüllte Wohnung von Abdel und Linh zu gehen, war er spontan zu seiner Schwester gegangen.

»Ich finde es gut, dass ihr beide ausgezogen seid.«

Jona spielte am Tischtuch herum. »Du findest es nur gut, weil du unserem Vater eines auswischen willst.«

Raya lachte dumpf auf. »Glaubst du tatsächlich, dass ich so ein Unmensch bin? Unser Vater ist ein schwieriger Mensch, dennoch habe ich ihm viel zu verdanken. Und unsere Mutter liebe ich sehr, und es tut mir weh, dass sie jetzt nur noch einander haben.«

»Aber?« Jona sah seine Schwester streng an.

Seufzend entfernte Raya den Teebeutel aus ihrer Tasse. »Ich glaube, es tut euch gut. Adil ist ja nicht von Natur aus ein Arschloch, er wurde zu sehr von Vater beeinflusst. Adil wollte ihn unbedingt beeindrucken.«

Erstaunt sah Jona sie an. »Was ist aus deiner Aussage geworden, er sei es nicht wert, sich länger über seine Probleme Gedanken zu machen?«

Raya hob die Schultern. »Vielleicht habe ich mich getäuscht?« Sie erwiderte Jonas Blick und wurde leiser, als sie fortfuhr. »Ich habe mich immerhin auch in dir getäuscht.«

»Mmh«. Jona vergrub seine Hände in den Hosentaschen. Hatte Raya diese Erkenntnis wirklich gewonnen? Oder vermutete sie, dass hinter Adils Verhalten ein konkreter Grund steckte?

»Wenn er jetzt aus Vaters Einfluss ist, kann man ihn vielleicht noch in eine andere Richtung formen«, fuhr Raya fort.

»Du kannst Menschen nicht formen. Akzeptiere doch endlich, dass jeder Mensch einzigartig ist und jeder ein anderes Wesen hat«, erwiderte Jona und begann sich zu ärgern, dass er hergekommen war.

»Er ist frauenfeindlich, homophob und hängt mit den falschen Leuten rum«, zählte Raya energisch auf. Sie sah ihn an. »Das klingt nicht nach Charaktereigenschaften, die ich akzeptieren muss.«

Jona schüttelte den Kopf.

»Du weißt, dass ich recht habe«, betonte Raya.

»Adil ist einfach wie er ist.«

»Er war der jüngste von uns, als wir hierhergekommen sind. Das heißt, dass er länger in Deutschland gelebt hat als in Algerien. Trotzdem ist er derjenige, dem man den Migrationshintergrund am meisten anmerkt. Warum ist das so?« Raya sah Jona an, als würde sie tatsächlich darüber grübeln.

Genervt hob Jona die Schultern. Adil war altmodisch und lebte seinen Glauben verbissen aus. Anders konnte er sich seinen jüngeren Bruder gar nicht mehr vorstellen. Daran hatte er sich längst gewöhnt. Niemand würde ihn umformen können, weder Raya noch Abdels Versuch, es ihm recht zu machen.

»Und dir wird es ebenfalls guttun«, fügte Raya hinzu.

Jona hob ruckartig den Kopf. »Was ist denn an mir nicht in Ordnung?«, fragte er wütend. »Zu was willst du mich denn formen?«

»Du bist etwas verstockt. Vielleicht wirst du bei Abdel lockerer«, meinte Raya. Jona merkte ihr an, dass sie sich Mühe gab, mild zu klingen, es wirkte aber sehr herablassend.

»Abdel und du seid von einem anderen Schlag. Adil auch. Und ich bin irgendwo dazwischen«, wehrte Jona ab. »Ich bin aber nicht so wie ihr, und das liegt nicht nur an unseren Eltern. Du kannst nicht immer alles auf sie schieben.«

Raya seufzte und winkte ab, als hätte sie sich überzeugt, dass alle Hoffnung verloren wäre.

Jona machte das so wütend, dass er seine flache Hand auf den Tisch schlug. Raya blinzelte und wirkte überrascht. Mit leiser Stimme sagte Jona: »Ich bin schwul, und ich habe einen festen Freund. Also erzähl mir jetzt nicht, dass ich verstockt bin. Du hältst dich für unbesiegbar, weil du es durchgesetzt hast, dass du mit deinem Freund zusammen bist. Mach erst mal das durch, was ich durchgemacht habe!«

»Was?« Raya wirkte total verblüfft. »Wirklich?«, fragte sie, als Jona nicht reagierte.

Verärgert runzelte Jona die Stirn. »Das weißt du doch. Ich habe es dir und Moritz erzählt.«

»Ja, dass du auf Männer stehst, nicht, dass du eine Beziehung führst. Warum hast du das nie erwähnt?«, erkundigte Raya sich erstaunt.

Jona hob die Schultern. Er hatte kein Geheimnis daraus machen wollen, aber in den letzten Wochen hatten sich die Ereignisse überstürzt. »Tut mir leid. Das ist untergegangen. Er heißt Flo.« Bei dem Gedanken an ihn musste Jona lächeln.

»Oh!« Raya schüttelte den Kopf. »Wow! Wahnsinn! Mann, Jona!«

Dazu sagte Jona nichts. Er trank von seinem Kaffee und fühlte sich seltsam zufrieden. Endlich hatte er Raya mal gezeigt, dass nicht nur sie eine Freiheitskämpferin war. Er hatte ebenfalls seine Kämpfe auszutragen, und ja, vielleicht war er nicht ganz so weit wie Raya, dennoch brauchte er sich vor ihr nicht zu verstecken, denn auch er war seinen Weg gegangen. Er war stolz auf sich.

»Weiß es schon jemand?«, fragte Raya.

Jona runzelte die Stirn. »Einigen habe ich es erzählt.« Er blieb bewusst vage und hoffte, dass Raya das Thema nicht weiter vertiefte.

»Ich meine, nicht dass du schwul bist, sondern dass du mit diesem Flo zusammen bist«, konkretisierte Raya.

Sein Herz begann unangenehm in seiner Brust zu schlagen, und Jona konnte nur schwer seine Stimme beherrschen. »Ist das wichtig?«, hakte er nach.

»Ja. Ich finde, das ist wichtig.« Rayas Stimme überschlug sich.

Jona zögerte. »Hani, Abdel, Linh, Adil, ... unseren Eltern selbstverständlich nicht«, zählte er auf.

»Ich war also die Letzte, der du es erzählt hast?« Raya sah ihn schockiert an.

Das Gespräch ging in eine falsche Richtung. Jona nickte und fühlte sich schlecht dabei. Seine Schwester hatte das nicht verdient. Ja, sie hatte sich immer auf sich selbst fixiert, aber sie war nicht dazu verpflichtet, sich bei ihm zu erkundigen, ob es was Neues gab. Er hätte von sich aus etwas sagen sollen. Bald würde er so verschwiegen sein wie sein jüngerer Bruder.

»Sogar Hani weiß es? Und ... und Adil?« Raya schluckte hörbar und sah ihn mit großen Augen an.

»Adils Kumpel hat uns gesehen«, meinte Jona.

»Und er hat es nicht unseren Eltern erzählt?« Raya schien aus dem Staunen nicht rauszukommen.

»Nein, er wollte sie nicht beunruhigen«, meinte Jona.

»Und jetzt?«

»Was jetzt?« Jona runzelte die Stirn.

»Er weiß es, und er ...«

»Ich glaube, er ist noch dabei, sich daran zu gewöhnen. Wir sprechen nicht mehr darüber« Jona hob die Schultern.

Raya schüttelte den Kopf. Dann ging ein Ruck durch ihren Körper. »Warum hast du es mir nicht früher erzählt?«

Jona dachte darüber nach, weil ihm die Antwort nicht gleich in den Sinn kam. »Vielleicht, weil ich meine Zeit brauchte, bis ich mich öffnen konnte, und du es für deinen Freiheitskampf mit Moritz ausgenutzt hättest. Ich wollte nicht, dass du mich zwingst, mein Coming Out zu haben, damit ich die ganze Aufmerksamkeit auf mich ziehe und du seelenruhig ausziehst und so davonkommst.«

Raya sah ihn traurig an. »Also hast du mich vorausgeschickt? Hast mich meinen Kram durchsetzen lassen, damit du später einen leichteren Kampf hast?«

Nachdenklich starrte Jona auf die Tischdecke. Sein Gefühl von Triumph war vollständig verflogen, stattdessen fühlte er sich schäbig. Sie war seine kleine Schwester. Warum hatte er sie nicht mehr unterstützt?

»Sollten wir nicht alle an einem Strang ziehen?«, fragte Raya. »Ist es nicht das, was du immer gesagt hast?«

Jona seufzte. »Du hast gesehen, was passiert, wenn wir an einem Strang ziehen.«

»Nein, dass es mit unseren Eltern so eskaliert ist, ist nicht deine Schuld!«, betonte Raya. »Und darum geht es mir nicht. Mir geht es um dich und mich. Was ist passiert, Jona? Wann haben wir uns verloren?«

Jona wischte sich die feuchten Hände an der Hose ab. »Du bist manchmal so ... fordernd. Ich musste mich erst selbst an den Gedanken gewöhnen, mich von Flo berühren zu lassen. Ich wollte noch nicht mit jemandem darüber reden. Aber du ... Ich denke, du bist der Meinung, jeder sollte sofort einen Aufstand machen. Und ...«

»Vielleicht hast du recht«, unterbrach Raya ihn. »Das kann schon sein. Ich bin anders als du. Ich bin jemand, der vorprescht und handelt, bevor er darüber nachdenkt. Du dagegen traust dich scheu und unbemerkt nach vorne und ziehst dich zurück, wenn es dir zu viel wird. Mir stellt sich da die Frage ... Sollten wir in Kombination nicht das beste Team sein?«

Jona hob die Schultern. »Das kann sein ...«

Raya drückte sich gegen die Stuhllehne. »Erzähl mir von ihm.«

»Von Flo?« Jona war erleichtert, dass sie das Thema wechselte. Er hatte Einiges zum Nachdenken, aber er wollte das erst einmal für sich tun, bevor er mit Raya darüber sprach. Er war ihr dankbar, dass sie das offenbar spürte und akzeptierte. Er lehnte sich vor und zog sein Smartphone aus der Hosentasche. »Ich zeig dir ein Bild von ihm.«

»Oh ja.« Raya nickte begeistert.

♥

Auf den Abend hatte Jona sich schon seit einigen Tagen gefreut. Abdel und Linh gingen mit Freunden weg, Adil saß im Arbeitszimmer und würde ihn hoffentlich nicht stören. Er hatte sich zwei Filme von Flo ausgeliehen und kochte sich eine Kleinigkeit. Es war ein schönes Gefühl, endlich mal nicht von so vielen Menschen umgeben zu sein. Gerade als er die DVD in den Player schieben wollte, erschien Adil und lehnte sich gegen den Türrahmen.

»Was machst du da?«

»Ich schaue mir einen Film an. Ich habe Nudeln mit Chilisoße gekocht. Du kannst dir gerne was nehmen«, antwortete Jona und hoffte insgeheim, sein Bruder würde keine Diskussionen beginnen. Dafür war ihm sein freier Abend zu schade. Er wollte jetzt keinen Streit.

»Was willst du dir anschauen?« Adil trat in den Raum.

Er sah verändert aus, aber Jona brauchte einige Sekunden, bis er feststellte, was anders war. »Du hast dich rasiert«, sagte er überrascht.

»Ja.« Adil strich sich über die nackte Haut an der Wange und hob die Schultern. »Wozu sollte ich den Bart stehen lassen? Abdullah sieht es ja sowieso nicht.«

Jona musterte seinen jüngeren Bruder und konnte die Verbitterung in seiner Stimme nicht ignorieren. Er wusste allerdings nicht, wie er damit umgehen sollte.

Adil war der einzige von ihnen gewesen, der sich an die Vorschrift im Islam gehalten hatte, sich den Bart nicht abzurasieren. Das hatte nicht Abdullah verlangt, und auch Hani und dessen Vater hatten nie einen Bart getragen. Offenbar hatte Adil trotzdem geglaubt, Abdullah auf diese Art imponieren zu können.

»Und?« Adil sah ihn auffordernd an. »Hast du ein Problem damit? Sieht es so schrecklich aus?«

Jona grinste. »Nein«, sagte er. »Steht dir richtig gut«, meinte er schnell. Er ging einen Schritt zur Seite und betrachtete Adils Profil von dort. Dann nickte er zufrieden.

Verunsichert folgten Adils Augen seiner Bewegung.

»Ja, das sieht echt gut aus. Die Mädels werden drauf fliegen«, meinte Jona aufmunternd.

»Hör auf, Scheiße zu labern«, sagte Adil schroff. »Was ist das für ein Film?« Er zeigte auf den DVD-Player.

»Nichts Besonderes.« Jona ging einen großen Schritt nach vorne und griff nach den DVD-Hüllen. Eine beinhaltete eine Komödie, die Adil vermutlich ebenfalls gefallen würde. Oder auch nicht. Wer wusste das schon? So verstockt wie Adil war, würde er vielleicht nur Kinderfilme genießen können, in denen nicht mal eine Andeutung von Sexualität oder Alkoholgenuss zu finden war. In dem anderen Film ging es um ein schwules Pärchen, zwar nicht in der Hauptrolle, trotzdem waren sie auf dem Cover zu sehen. Flo hatte ihm den Film empfohlen, bisher waren sie aber nicht dazu gekommen, ihn sich gemeinsam anzusehen.

In dem Moment startete das Menü der DVD und zeigte neben anderen Szenen auch den Kuss der zwei Schwulen.

Adil verdrehte die Augen und streckte den Arm aus. »Zeig mal her. Was ist das für ein Mist?«

Nur mit Not konnte sich Jona ein genervtes Brummen verkneifen, er reichte seinem Bruder jedoch die Hüllen.

Adil betrachtete die zwei Cover interessiert und reichte Jona die Hülle mit der Komödie. »Den habe ich schon gesehen, ist ganz witzig.«

»Echt?« Jona nahm die DVD-Hülle erstaunt wieder an sich und legte sie auf den Tisch. Angespannt betrachtete er seinen Bruder, der viel zu lange auf das Cover des anderen Filmes sah. Es war ihm sehr unangenehm.

Zum Glück machte Adil keine blöde Bemerkung. Er legte die Hülle zu der anderen und meinte: »Den Film kenne ich nicht, klingt interessant.«

»Meinst du das im Ernst?«, fragte Jona überrascht und trat verwirrt einen Schritt nach vorne. Das Menü zeigte mittlerweile eine Gruppe von Menschen, darunter das schwule Paar, das sich innig im Arm hielt. Für einen kurzen Moment überlegte Jona, ob sein Bruder glaubte, es würde sich um gute Freunde handeln.

»Glaubst du wirklich, ich schau mir nicht auch ab und zu mal Filme aus Hollywood an?«, wollte Adil spöttisch wissen. »Und denkst du tatsächlich, ich hätte nie einen Film gesehen, in dem Schwule mitspielen?«

»Ich ... äh ...« Jona brach ab, weil ihm nicht klar war, was er eigentlich sagen wollte. Er war verwirrt.

Adil lachte leise. »Du denkst das echt.«

Jona hob schwach die Schultern.

»Ich könnte eine Pause von der Büffelei gebrauchen. Wollen wir uns den zusammen ansehen?« Adil zeigte auf den Fernseher.

Jona spürte, dass er rot wurde. Er war sich nicht sicher, ob er sich zutraute, mit seinem Bruder diesen Film anzusehen, auch wenn er nicht glaubte, dass es explizite Szenen geben würde. Dann wurde ihm bewusst, dass er sich gerade verstockter aufführte als sein Bruder. »Ich habe gekocht«, sagte er.

»Das hast du schon gesagt. Ich schau nur den einen Film mit dir, danach gehe ich wieder lernen, und du hast deine Ruhe«, meinte Adil und ging in die Küche.

Etwas beunruhigt sah Jona ihm hinterher und setzte sich auf das Sofa. Hoffentlich würde das ein guter Abend werden. Um seine zitternden Finger zu beschäftigen, strich er den Stoff des Sofas glatt, während er auf Adil wartete.

Als Adil zurückkam, ließ dieser sich lässig in den Sessel fallen, mit einem riesigen Berg Nudeln auf seinem Teller.

Obwohl Jona nie damit gerechnet hatte, dass es tatsächlich amüsant werden könnte, musste er zugeben, dass der Abend Spaß machte. Adil verkniff sich jegliche doofe Bemerkung über das schwule Pärchen, machte dafür umso mehr blöde Witze über die Handlung. Es war lustig, wie Adil versuchte, Wendungen zu erraten und damit fast immer falsch lag. Jona musterte seinen Bruder, der seine Füße auf den Tisch und den Arm lässig über die Lehne des Sessels gelegt hatte, und erinnerte sich an die Zeit, als sie beide noch nicht so gut Deutsch konnten und im Fernsehen jeden Nachmittag eine Serie namens »Unsere kleine Farm« angeschaut hatten. Es war lange her, dass sie sich gemeinsam etwas angesehen hatten, ohne ihre Eltern dabei sitzen zu haben. Jona hatte vergessen, wie unterhaltsam Adil dabei sein konnte.

Als der Film zu Ende war, waren sie sich einig, dass sie sich den anderen Film doch noch ansehen würden. Zwar war dieser Film etwas ernster, durch Adils zynische Bemerkungen wurde es dennoch lustig.

»Hätte nie gedacht, dass es so einen Spaß macht, mit dir Filme zu sehen«, meinte Jona, als der Abspann des zweiten Films lief.

Adil fläzte im Sessel und hob träge die Schultern. »Ich glaube, du kennst mich nur nicht so gut. Meine Kumpels und ich schauen uns gerne Komödien an. Wir gehen oft ins Kino.«

Jona nickte langsam. Vielleicht kannten sie sich wirklich nicht so gut. »Flo und ich gehen auch oft ins Kino. Am Anfang unserer Beziehung war es dort sicherer als anderen Orten. In der Dunkelheit kann uns keiner sehen.«

Adil hob die Augenbrauen.

Jona seufzte. Er hatte vergessen, dass er mit Adil nicht so offen über Flo reden sollte. Er hatte es einfach vergessen, war zu unbekümmert gewesen, doch der Abend war bisher so angenehm gewesen, und Jona fühlte sich wohl mit Adil. Die Erkenntnis, dass sich zwischen ihnen nicht viel geändert hatte, traf ihn unerwarteterweise heftig.

»Also seid ihr schon lange zusammen?«, hakte Adil nach und starrte auf seine Fingernägel.

»Ja«, bestätigte Jona. »Eine Weile.« Er nahm seinen ganzen Mut zusammen. »Das Kino war eine gute Möglichkeit, um Zweisamkeit zu erleben, als es draußen kalt war.«

»Du musst mir das nicht erzählen, Jona«, sagt Adil scharf.

Jona sackte in sich zusammen und nickte.

»Hab selbst oft genug mit einem Mädchen im Kino rumgefummelt«, fügte Adil hinzu und grinste ihn frech an.

Jona lächelte leicht und glättete die Chipstüte, damit seine Finger etwas zu tun hatten. Er konnte sich Adil nicht mit einem Mädchen vorstellen, aber natürlich war er volljährig, und natürlich war er nicht der fromme Moslem, den er die ganze Zeit vorgegeben hatte zu sein. Jona hätte es wissen müssen. »Okay«, sagte er.

»Eigentlich müsste ich noch lernen«, meinte Adil. Seufzend schälte er sich aus dem Sessel. »Aber ich geh lieber schlafen, damit ich morgen früh noch mal in die Unterlagen schauen kann.«

»Ich räume hier auf«, bot Jona an, als Adil Anstalten machte, nach den Gläsern zu greifen.

»Danke und gute Nacht«, meinte Adil.

Jona starrte zur Tür, die Adil hinter sich zuzog und hob verwirrt die Schultern. Die Situation zwischen seinem Bruder und ihm war merkwürdig vertraut gewesen.

♥

Als Jona Flo mitteilte, dass Abdel ihn zu seinem Geburtstag einladen wollte, reagierte er äußerst freudig. Flo beugte sich vor und küsste Jona. »Ich bin stolz auf dich«, flüsterte er und nahm ihn in den Arm.

Mit einem Anflug von schlechtem Gewissen rieb Jona seine Wange gegen die von Flo. »Es war die Idee meines Bruders.«

Flo drehte seinen Kopf und küsste Jonas Hals. »Egal. Du hättest seinen Geburtstag aber auch verschweigen können. Doch das hast du nicht getan.« Jona lächelte. Er wusste, dass Flo allen Grund hatte, stolz auf ihn zu sein. Endlich hatte er das Gefühl, langsam bei sich anzukommen, obwohl der Weg schwierig war. Das bedeutete noch nicht, dass er offen schwul leben konnte, aber er akzeptierte sich, und das war so viel wert.

Abgesehen von Flo lud Abdel noch Raya und Moritz ein, sowie die Schwester von Linh, deren Freund und einige andere Freunde. Weil das bedeutete, dass sie das ganze Wohnzimmer ausräumen mussten, kamen Flo und Moritz etwas früher und halfen bei den Vorbereitungen.

Während Jona zusah, wie Abdel, Flo und Moritz das Sofa in das Arbeitszimmer trugen und Linh und Raya gemeinsam den Sessel durchs Zimmer schoben, musste er grinsen. Er empfand Glück und war erleichtert, dass seine Familie ihn so nehmen konnte, wie er war. Jeder war freundlich zu Flo, und Flo fühlte sich wohl genug, dass er mit Abdel und Moritz Scherze machte. Wie eine echte Familie, schoss es Jona durch den Kopf. Wie in einer normalen Familie.

Ein Wermutstropfen blieb, denn seine Eltern würden niemals so unbefangen mit Flo umgehen, aber sie waren auch ohne Abdullah und Nadira eine Familie. Und weil Jona spürte, dass das Raya und Abdel genauso sahen, war da eine tiefe Verbundenheit.

Raya war entspannt und lachte viel. Sie sah so hübsch aus mit ihren offenen Haaren. Jona war froh, dass sie kein Kopftuch mehr trug. Ihre Haare waren immer kunstvoll frisiert, als würde sie alles nachholen, was sie verpasst hatte, während sie dazu angehalten worden war, das Kopftuch zu tragen. Es stand ihr.

»Was ist mit dir? Lässt du die anderen alleine schuften?«

Jona drehte sich um und bemerkte Adil, der mit verschränkten Armen hinter ihm stand. Er hob die Schultern und betrachtete seinen jüngeren Bruder, der wie ein Fremdkörper wirkte unter den gut gelaunten Geschwistern und Partnern.

»Soll ich dir helfen?«, bot Adil ruhig an.

Jona nickte und drehte sich zu dem zweiten Sessel um. Ob Adil sich der Tatsache bewusst war, dass sein Freund Flo und Moritz, gegen den er so lange so leidenschaftlich gekämpft hatte, ebenfalls hier waren? Dann versuchte er seine Ängste von sich wegzuschieben. Adil war auf ihn zugekommen, um zu helfen, und schien Anschluss finden zu wollen.

Als er ihm Flo vorstellte, wirkte er zwar etwas steif, doch er reichte Flo die Hand. Vor einigen Monaten noch hätte er niemals gedacht, dass er eines Tages mit all seinen Geschwistern und seinem Freund das Wohnzimmer für eine Geburtstagsparty vorbereiten würde.

Die ersten Gäste trafen ein.

Jona ging zu Flo, der etwas abseits mit dem Rücken gegen die Anrichte lehnte, auf der der Fernseher stand.

»Geht es dir gut?«, fragte Jona und schob seine Hand zwischen das Holz und Flos Rücken.

Flo grinste und drückte sich gegen Jonas Hand. »Deine Familie scheint echt nett zu sein. Selbst Adil wirkt nicht so schlimm, wie ich befürchtet habe.« Er nickte zum anderen Ende des Raumes, wo Adil alleine am Fenster stand und ein Glas Wasser in der Handfläche balancierte. Seine Miene war finster.

Jona betrachtete seinen jüngeren Bruder eine Weile und dachte an den Abend, an dem sie gemeinsam die Filme gesehen hatten. »Er kann ganz anders sein. Als wir Kinder waren, habe ich ihn immer zum Lachen bringen können.
Jetzt ist er meistens so düster und grimmig.«

»Vielleicht braucht er mehr Zeit?«, mutmaßte Flo.

Adil sah auf und runzelte die Stirn. Offenbar war ihm klar, dass sie beide ihn anstarrten und über ihn redeten. Er schüttelte den Kopf und wandte ihnen den

Rücken zu. »Ja, hoffen wir mal, dass es nur das ist«, sagte Jona und löste sich langsam von Flo.

Abdel klatschte in die Hände und hob sie fröhlich lachend in die Höhe, als seine Freunde jubelnd eine Rede verlangten. »Danke, dass ihr alle gekommen seid. Meine Freunde. Meine Familie. Alle zusammen. Das bedeutet mir sehr viel«, sagte Abdel und ließ seinen Blick über den Raum schweifen. Als er zu Jona und Flo sah, lächelte er, und seine Augen strahlten. Er wirkte so glücklich, dass Jona zurücklächeln musste. Ihm wurde bewusst, dass Abdel in den letzten Jahren seinen Geburtstag ohne Familie gefeiert hatte, und welche Bedeutung es für ihn haben musste, dass sie alle zusammen hier waren.

»Setzt euch. Bedient euch. Linh und ich versorgen euch mit Getränken«, fügte Abdel hinzu und schüttelte lachend den Kopf, als sein bester Freund rief, dass das die kürzeste Rede aller Zeiten wäre und Abdel unmöglich schon fertig sein konnte.

»Wo ist die Toilette?«, erkundigte Flo sich.

Die Wohnung war nicht so groß, dass er sich verirren konnte. Jona könnte ihm den Weg einfach beschreiben, doch er berührt Flo an den Schultern und drehte ihn zur Tür. »Da entlang«, sagte er und schob seinen Freund zum Gang hinaus. Als sie draußen waren, stolperten sie. Flo ließ sich gegen die Wand fallen und betrachtete ihn amüsiert. Davon unbeeindruckt trat Jona einen Schritt vor und presste Flo gegen die Wand. Er schaute seinen Freund von oben an, Flo sah zu ihm hinauf. Jonas Fingerspitzen kribbelten, als Flo seine Arme um seine Schultern legte, dann berührten sich ihre Lippen.

Einmal, noch einmal. Anschließend ging Jona einen Schritt nach hinten und legte beide Hände auf Flos Oberkörper. Sein Finger berührte die Stelle, wo das Piercing sich gegen den Stoff von Flos Hemd drückte. »Nicht so stürmisch, wir sind in der Wohnung meines Bruders«, meinte er.

Flo lachte. »Hey, wer hat mich eben so heftig gegen die Wand gepinnt?«

Jona küsste ihn erneut, danach löste er sich endgültig von ihm. Er zeigte auf die Tür, die zum Bad führte. »Da ist es.«

Als Jona zurück ins Wohnzimmer kam, saßen schon alle auf den Festzeltgarnituren, die Linhs Vater Abdel geliehen hatte. Abdel winkte ihn zu sich und bat ihn, sich neben ihn zu setzen. Jona folgte der Aufforderung.

»Ihr seid ein süßes Paar«, sagte Linhs Schwester, die an Abdels anderer Seite saß.

Jona starrte Abdel entrüstet an. »Erzähl es doch nicht einfach herum.«

Abdel erwiderte den Blick vergnügt. »Wenn du nicht willst, dass es jeder weiß, benimm dich nicht so verliebt.«

Jona senkte den Blick auf seinen Teller und schmunzelte. Er hob den Kopf, betrachtete Linhs Schwester und ihren Freund und antwortete: »Danke, ihr auch.«

»Wie schlagfertig«, kommentierte Abdel heiter.

Flo trat ein und sah sich um.

Ausgerechnet neben Adil war der letzte Platz frei. Das fiel Jona erst jetzt auf. Sofort stand er auf und wollte Flo zu sich winken. Aber Adil rutschte bereits etwas zur Seite und zeigte auf den Platz neben sich. Abdul zog Jona runter und dieser setzte sich wieder. Beunruhigt sah er zu Adil und Flo.

»Alles okay. Lass sie sich kennenlernen«, sagte Abdul leise.

Jona runzelte die Stirn. Kurz darauf atmete er erleichtert aus, als Flo die Hand ausstreckte, Adil ihm die Schüssel mit dem Nudelsalat reichte und beide sich zunickten. Sie würden klarkommen, zumindest während des Essens. Jona entspannte sich.

♥

Am nächsten Wochenende kam Hani nicht wie erwartet alleine zu ihrer Kneipenverabredung, sondern brachte eine junge Frau mit.

Es war nun ein fester Bestandteil des Wochenendes, dass sie sich alle trafen.

Jona, Flo, Luca und stets wechselnd Freunde aus Lucas riesigem Bekanntenkreis. Hani war ebenso oft dabei. Er genoss es sichtlich, unter Leute zu kommen und war sehr beliebt innerhalb der Gruppe. Vielleicht weil er unterhaltsam war und ständig witzige Geschichten erzählte, die er angeblich erlebt hatte.

Hani stellte die junge Frau als Zohra vor und holte für sie beide Getränke. Als er wieder an den Tisch trat, lächelte er Zohra an.

Während Jona Hani und sie beobachtete, wurde ihm klar, was los war. Er musste grinsen und schüttelte amüsiert den Kopf. Aber er war gleichzeitig ein wenig besorgt um seinen Kumpel. Wussten seine Eltern von der Frau? Hatte er die Hochzeit endlich abgesagt?

Während des Gesprächs am Tisch erfuhr er, dass Hanis Freundin eine junge Afghanin war, die ihre Freiräume auch erst hatte erkämpfen müssen, heute jedoch ein westlich geprägtes Leben führte und dennoch ein gutes Verhältnis zu ihrer Familie hatte.

Jona konnte es nicht erwarten, mit Hani unter vier Augen zu sprechen und sprang sofort auf, als dieser auffallend verkündete, auf die Toilette zu müssen. Vermutlich wusste er genau, dass Jona ihn sprechen wollte.

Jona schloss die Tür hinter ihnen und lehnte sich dagegen, damit sie ungestört blieben. »Hani!«, rief er und legte seine Hand auf Hanis Schulter.

Dieser grinste, sagte allerdings nichts.

»Nun erzähl schon!«, forderte Jona auf.

»Ich habe sie in der Moschee kennengelernt.«

»Und?« Aufgeregt musterte Jona ihn.

»Und sie ist perfekt.« Hanis Augen strahlten.

»Dass ihr verliebt seid, habe ich gesehen. Ihr konntet ja Augen und Hände nicht voneinander lassen. Was sagen deine Eltern dazu?«, hakte Jona nach.

Hani verdrehte die Augen. »Sie sind nicht so begeistert.«

»Aber sie ist Muslima. Ihr habt euch in der Moschee kennengelernt!«, rief Jona erfreut und boxte Hani übermütig in die Seite. »Das müssen sie einfach toll finden.«

»Na ja, sie ist ziemlich modern«, meinte Hani. »Und sie hätten es gerne gesehen, wenn wir gleich heiraten. Aber sie studiert noch und wohnt im Studentenwohnheim. Sie will das Studentenleben genießen, und ich kann es nachvollziehen. Ich unterstütze sie voll und ganz. Ich bin echt stolz auf sie. Sie studiert Medizin.«

Jona nickte anerkennend. »Und hübsch ist sie auch.«

»Ja.« Hanis Lächeln war strahlend.

»Hey, was ist mit deiner Verlobten?«, erkundigte Jona sich besorgt.

»Die Hochzeit ist abgesagt.« Hani seufzte. »Meine Eltern sind ziemlich sauer, weil es eine Schande ist, wie sie sagen. Mir tut es für die Frau leid. Sie hat sich auf Deutschland gefreut, und nun muss ihre Familie jemand anderen suchen, allerdings ...«

231

»Sie muss dir nicht leidtun.« Jona schüttelte den Kopf. »Sie hätte einen Fremden geheiratet. Einen, der sie nicht liebt. Das hat sie nicht verdient.«

Hani sah ihn zweifelnd an. »Meinst du?«

»Ja.« Jona nickte fest. »Ja, Hani. Sie wäre immer abhängig von einem Mann gewesen, der nichts für sie empfindet, hätte die Sprache nicht gekannt, wäre dir unterlegen gewesen. Aber wie geht es dir mit diesen Entwicklungen zu Hause?«

Hani hob die Schultern. »Du weißt, wie es ist.«

Düster nickte Jona. »Ja, ich weiß.« Er riss den Kopf hoch. »Ich kann dir versichern, dass es besser ist, wenn man erst mal draußen ist.«

»Ich muss wirklich ausziehen, Jona.« Hani sah ihn direkt an.

Jona konnte das so gut nachvollziehen. Er betrachtete den Kondomautomat an der Wand, der mit obszönen Zeichnungen von männlichen Genitalien bekritzelt war. Dann seufzte er und sah Hani ins Gesicht.

»Und du? Bei Abdel ist es zu eng, oder? Wir sollten eine WG gründen«, schlug Hani vor, doch er klang, als meinte er das nur als Scherz. Er lachte und streckte beide Arme zur Seite aus.

»Ja«, sagte Jona und nickte ernst. »Ja, sollten wir.«

Hani senkte die Arme und trat einen Schritt zurück, sodass er mit der Hüfte gegen das Waschbecken stieß.

»Es wäre die beste Lösung. Du wärst weg von deinen Eltern, und ich würde Abdel und Linh nicht weiter zur Last fallen. Zu zweit ist es besser, eine Wohnung zu mieten. Ich habe mitbekommen, wie lange Raya suchen musste«, fasste Jona zusammen. Zuvor hatte er nie darüber nachgedacht, die Idee bildete sich ganz spontan in seinem Kopf. Es kam ihm wie die beste Lösung vor.

»Willst du nicht bald mit Flo zusammenziehen?« Hani sah verunsichert aus.

Jona hob die Schultern. »Ja, bestimmt. Irgendwann auf jeden Fall. Es läuft so gut mit uns, aber ich will es echt nicht vermasseln, indem ich etwas überstürze.«

Hani drückte sich vom Waschbecken in Jonas Richtung. »Also meinst du ...«

»Ja«, rief Jona und berührte Hani am Arm. »Ja, Hani. Lass es uns versuchen.«

Jemand versuchte, die Tür zu öffnen. »Einen Moment noch«, rief Hani nach draußen und stellte den Fuß vor die Tür.

»Schiebt eure Nummer schneller da drin«, knurrte eine tiefe Männerstimme von draußen.

»Nur mit der Ruhe«, antwortete Hani und verdrehte die Augen.

»Also, suchen wir uns eine Wohnung?«, wiederholte Jona und ignorierte, dass das eigentlich der mieseste Ort der Welt war, um sich mit Hani zu unterhalten. Seine neue Freundin war ganz alleine bei den anderen, und der Kerl draußen würde nicht ewig warten. Sicherheitshalber lehnte er sich noch mit der Schulter gegen die Tür.

»Okay.« Hani grinste. »Das wird lustig. Ich hoffe, Frauenbesuch ist erlaubt?«

Jona nickte. »Natürlich. Wenn die Hausarbeit erledigt ist.« Er grinste und hielt inne. »Und Männerbesuch?«, fügte er amüsiert hinzu.

Hani hob den Finger in die Höhe. »Wenn die Hausarbeit erledigt ist.«

Freude stieg in Jona auf. Gut gelaunt nickte er. Ihm war es ein Rätsel, dass ihm der Gedanke nicht selbst gekommen war. Er freute sich auf die WG mit Hani.

Hani ging einen großen Schritt auf Jona zu. Er zog ihn ruckartig in seine Arme. »Danke«, flüsterte er hastig und ließ Jona wieder los. Seine Wangen waren gerötet.

»Für was?«, fragte Jona erstaunt. So vertraut gingen sie normalerweise nicht miteinander um. »Die WG war deine Idee.«

»Das meine ich nicht.« Hani schüttelte den Kopf.

Jona ging ebenfalls einen Schritt von der Tür weg, hinter der sich der Typ weiter beschwerte und sie aufforderte, sich besser ein Hotelzimmer zu nehmen, anstatt die einzige Toilette in der Kneipe zu blockieren. »Was meinst du?«, hakte Jona nach.

»Ohne dich hätte ich sie geheiratet. Ich wäre nicht glücklich geworden. Ich hätte Zohra nie kennengelernt. Und Steffi ... Das Gefühl, dass sie meine einzige Beziehung geblieben wäre, obwohl sie so unglücklich endete ... Das wäre einfach zu traurig.«

»Hey! Jetzt langt's aber!« Ruckartig wurde die Tür aufgestoßen. Zwei Männer standen davor.

Jona rieb sich den Rücken, wo die Klinke ihn erwischt hatte, und betrachtete den bulligen Typen, der sich an ihnen vorbeidrückte. Der andere Kerl runzelte die Stirn, als er sie sah.

»Passt doch auf«, sagte Hani und zog Jona zu sich.

»Wir haben gesagt, wir brauchen noch einen Moment«, fügte Jona hinzu.

»Ihr könnt nicht die ganze Zeit die Toiletten besetzen«, knurrte der Typ. »Wenn ihr Zweisamkeit wollt, geht heim.«

Der andere Kerl stimmte ihm hämisch lachend zu.

Jona verdrehte die Augen. »Komm, wir gehen zu den anderen.«

Hani musterte die Typen.

»Los geht's.« Jona zog seinen Freund am Arm.

»Treibt ihr beide es ebenfalls nicht zu wild«, meinte Hani grinsend zu den beiden Männern, dann folgte er Jona lachend. Unterwegs beschwerte er sich darüber, dass er tatsächlich auch auf Klo gemusst hätte, doch als Jona ihm vorschlug, er könne zurückgehen und den beiden Typen weiter auf die Nerven gehen, winkte Hani amüsiert ab.

♥

»Ich mag sie«, sagte Flo und stieg mit zügigem Schritt den Berg hoch. Obwohl er nicht so regelmäßig Sport machte wie Jona, verblüffte er mit einer guten Ausdauer. Er schwitzte nicht, er atmete nicht mal schwer. Andererseits musste Jona zugeben, dass er abgesehen von seinem Fußball genauso wenig tat, besonders in dem Winter, der hinter ihm lag.

»Wer?«, erkundigte Jona sich. Er wischte sich über die Stirn und blickte zurück. Der Weg war steil, und die Frühlingssonne war ungewöhnlich heiß heute.

»Zohra«, sagte Flo und winkte ungeduldig. »Komm schon, es ist gleich da vorne um die Kurve.«

Jona nickte und beeilte sich, zu Flo aufzuschließen. Jona war ratlos gewesen, was sie an dem schönen Sonntagnachmittag tun konnten, als Flo angekündigt hatte, ihm etwas zeigen zu wollen. Eine Wanderung durch den Wald. Einen Weg, den Flo mit seinem Vater immer gegangen war.

»Du bist echt fit«, sagte Jona, als er Flo eingeholt hatte, und betrachtete seinen Freund erstaunt. Nicht eine Schweißperle war auf Flos Stirn zu sehen.

Flo lachte. »Bevor ich mit dir zusammenkam, bin ich regelmäßig joggen gegangen.« Er nahm Jonas Hand und zog ihn die letzten Meter des Berges nach oben.

»Du gibst mir die Schuld, dass du jetzt zu faul zum Joggen bist?«, fragte Jona empört.

»Mein neuer Lieblingssport ist Bettgymnastik«, sagte Flo lachend.

»Nenn es nicht Bettgymnastik«, bat Jona mit heißen Wangen.

»Soll ich es Vögeln nennen?« Flo wich aus, als Jona ihn prustend in den Schwitzkasten nehmen wollte.

Sie rangelten einen Moment, dann zog Flo ihn an sich, und sie küssten sich so stürmisch, dass sie fast über eine Wurzel stolperten. Jona konnte sie vom Fallen abfallen und umschlag Flos Körper mit seinem Arm. Er küsste ihn erneut, dieses Mal fest auf die Lippen.

»Es ist egal, wie ich es nenne«, flüsterte Flo und drehte sich so, dass er direkt vor Jona stand. Er war etwas kleiner und musste hochsehen. »Ich mag es total.«

Jona drückte seine Lippen auf die von Flo. »Ich weiß«, hauchte er und atmete die ausgeatmete Luft von Flo ein. Sie schmeckte ganz leicht nach den Bananen, die Flo am Morgen im Müsli gehabt hatte. »Ich mag es auch.«

Flo blickte ihm tief in die Augen. Er legte seine Hand an Jonas Wange und strich mit dem Daumen über den Wangenknochen. »Ich werde die letzte Nacht niemals vergessen.« Seine Stimme klang rauchig. Die Zunge fuhr wie zufällig über seine Lippen.

Jona lehnte sich gegen ihn und verband ihre Lippen wieder miteinander, und jetzt drängte er mit seiner Zunge in Flos Mund.

Als sie sich voneinander lösten, war Flo genauso außer Atem wie er. Seine Augen glänzten, und sein Lächeln war wunderschön. Jona verspürte ein Kitzeln in seinem Bauch, und er strich Flo mit einem Finger sanft über die Wange. »Ich ... liebe dich«, sagte er und küsste Flo erneut.

Es war das erste Mal, dass er es Flo gestand, und er war so glücklich, dass er den tollen Moment abgewartet hatte, jetzt, wo er sich bereit dazu fühlte. Dass er es nicht zuvor gesagt hatte, nur weil er eine Art Verpflichtung empfunden hatte.

»Ich liebe dich auch«, sagte Flo und verschränkte seine Finger mit denen von Jona, anschließend zeigte er nach vorne zu einer Bank. »Hier ist es.«

Jona folgte ihm und fragte sich, welche Bedeutung diese Bank für Flo hatte. Er wusste lediglich, dass Flo einige Male mit seinem Vater hier gewesen war.

Flo setzte sich und streckte die Beine aus. Er faltete seine Hände ineinander und hob sie über die Schulter, um seinen Kopf darin zu betten, dann schloss er die Augen und atmete tief ein.

Etwas unsicher, was er nun machen sollte, setzte Jona sich daneben. Obwohl Flo ihm nie von der Lichtung und der Bank, die darauf stand, erzählt hatte, wusste er, dass der Ort eine große Bedeutung haben musste. Er sah Flo an, danach ließ er seinen Blick über die Landschaft schweifen. Die ersten Felder waren bestellt und wechselten sich ab mit Kuhweiden und Apfelwiesen, hinten am Horizont war ein Wald zu sehen. Die Luft war rein, und es war absolut still.

Nur der ruhige Atem von Flo war zu hören.

»Ich bin mit meinem Vater manchmal hier hochgewandert, als ich ein kleiner Junge war«, erzählte Flo und richtete sich erneut auf. Er betrachtete Jona. Seine Augen sahen feucht aus. »Immer sonntags, wenn andere zur Kirche gingen und meine Mama für uns kochte. Meine Eltern waren damals noch verheiratet. Mein Vater erzählte mir unterwegs Sagen und Legenden, und ich fand die alle super spannend.« Flo seufzte und presste seine Hände vor sein Gesicht.

Jona hob die Hand, und zog sie schnell wieder weg. Er war sich nicht sicher, ob es angebracht war, Flo jetzt zu berühren.

Der Ort hatte wohl eine große Bedeutung für Flo, das spürte Jona. Er wollte ihn nicht bedrängen, gleichzeitig wollte er mehr erfahren von der magischen Kraft, die dieser Ort für Flo bereithalten musste.

»Als ich älter war, haben wir das seltener gemacht. Meine Eltern ließen sich ja irgendwann scheiden. Ich verbrachte nicht jedes Wochenende bei meinem Vater und meiner Stiefmutter, wenn ich aber dort war, unternahmen wir immer eine Wanderung, die Stelle hier als Ziel vor Augen. Obwohl es seltener vorkam, blieb es für uns trotzdem wichtig. Wir haben nie viel miteinander geredet, doch die wirklich bedeutenden Gespräche fanden alle hier statt.« Flo griff zum Boden und zupfte ein Kleeblatt heraus.

Jona betrachtete wieder die Landschaft, um Flo Zeit zu geben, sich zu sammeln. Zwar weinte er nicht, aber seine Hände zitterten. Er musste innerlich aufgewühlt sein.

»Hier hat er mir gesagt, dass er meine Mutter verlassen wird. Ich habe ihm hier mal angedeutet, dass ich Mädchen gar nicht so interessant finde. Er hat mir hier von seiner Kindheit erzählt, und ich habe ihm schlechte Noten in der Schule gebeichtet. Und irgendwann hat er mir gesagt, dass er Krebs hat und nur noch wenige Wochen zu leben hat.« Flo griff hastig nach Jonas Hand und hielt sie fest. Er weinte weiterhin nicht, allerdings sah alles an ihm verkrampft aus.

Jona streichelte seinen Rücken. Als Flo sich enger an ihn presste, wusste er, dass er das Richtige gemacht hatte.

»Nachdem er gestorben war, bin ich oft hergekommen. Ich habe mich ihm hier nahe gefühlt und in Gedanken mit ihm gesprochen. Am Anfang häufiger, später weniger, aber ich wandere nach wie vor zwei, drei Mal im Jahr hier hoch«, berichtete Flo weiter. Er sah Jona an und lächelte, während sich endlich eine Träne von seinen Wimpern löste. »Ich dachte, ... er sollte dich kennenlernen.«

Jona fiel es schwer zu atmen, so ergriffen war er. »Du warst nie mit jemandem hier oben, oder?«

»Einmal schon.« Flo drückte seine Hand. »Mit meiner Stiefschwester, an seinem ersten Todestag. Sie wollten alle, dass ich zu seinem Grab gehe, ich habe mich geweigert, weil es mir nichts gebracht hätte. Weil es mir nie etwas gegeben hat. Damit sie beruhigt sind, habe ich ihr das hier gezeigt. Sie hat es verstanden und mit meiner Mutter und ihrer Mutter gesprochen. Mich hat nie wieder jemand überreden wollen, an sein Grab zu gehen.«

»Das ist deine Religion«, sagte Jona leise.

»Wenn es einen Gott gibt ...« Flo sah ihn an und hob seine Schultern. »... dann kann ich ihn hier spüren. Aber in erster Linie spüre ich hier meinen Vater. Er ist weiterhin da. Wenn auch nur in meinem Kopf.«

»Was es nicht unechter macht«, betonte Jona.

Flo nickte, und als er erneut lächelte, flossen weitere Tränen seine Wange hinab. »Spürst du es auch?«, erkundigte er sich.

»Ja«, raunte Jona leise. Er schmiegte seine Stirn gegen die von Flo. »Ich spüre es. Dein Papa ist hier. Und Gott ist es auch.«

Flo betrachtete ihn. »Ich habe dich angelogen, als ich dir gesagt habe, dass ich nie beten würde. Es ist nur nicht so offiziell wie bei dir, mit Gebetsteppich und vorbereitender Waschung. Und ...«

Jona legte den Finger auf Flos Lippen. »Das ist es bei mir ja auch nicht immer. Lass uns kurz innehalten.«

»Betest du jetzt?« Flos Stimme war leise.

»Ja.« Jona zog Flo enger in seinen Arm, schloss die Augen und ließ die Magie ihre Wirkung entfalten. Er spürte die Anwesenheit von Gott, und er spürte keinen Groll oder Zorn. Denn sein Gott, das wusste er schon länger, war ein Gott der Liebe, und ein Gott der Liebe begrüßte Liebe, egal, zwischen wem sie existierte. Nun hatte er nur noch die Bestätigung erhalten.

♥

Eines Tages stand Nadira überraschend vor Abdels Tür. Sie waren gerade beim Essen, Abdel, Adil und er. Linh war mit ihrer Schwester und ein paar Freundinnen unterwegs, weswegen die drei Brüder diesen Abend als ihren gemeinsamen Abend ausgerufen hatten. Zumindest Abdel hatte das entschieden, und Jona schloss sich an. Da sie Adil lang genug überredeten, gesellte er sich zu ihnen.

Nach dem Abendessen wollten sie Karten spielen. Ein einfaches Spiel, das sie als Kinder in Algerien oft gespielt hatten. Damals hatten noch ihre Eltern mitgespielt. Später war es lange Zeit die einzige Beschäftigung für die Geschwister gewesen, weil es im Flüchtlingsheim fast keine Spielsachen gegeben hatte.

Aus ihren Abendplänen wurde allerdings nichts.

Nadira weinte, als sie ihre drei Söhne gemeinsam sah, und wirkte sehr aufgelöst. Sie wiederholte ständig, wie leid ihr alles täte und wie einsam sie sich fühlte. Erst nachdem Abdel sie mehrmals aufgefordert hatte reinzukommen, trat Nadira ein. Sie umarmte Jona und Adil abwechselnd, danach ging sie zu Abdel und berührte vorsichtig seinen Arm, als hätte sie Angst vor ihm.

Abdel starrte sie an, dann half er ihr dabei, den Mantel aufzuhängen. Während Jona die beiden beobachtete, fragte er sich, was sie seinem Vater gesagt haben musste, wohin sie ging. Mit Sicherheit würde er sich wundern, wo sie war, da gerade Essenszeit war.

Als Nadira in das Wohnzimmer ging, begann sie erneut zu weinen. Offenbar löste der Anblick ihres gemeinsamen Abendessens etwas in ihr aus.

»Wie geht es euch?« Sie berührte Jonas Wange mit zitternden Fingern. Das war der Moment, in dem Jona bewusst wurde, dass er seine Mutter vermisst hatte. Nadira drehte sich rasch um und griff nach Adils Schulter. »Wie geht es in der Schule, Adil?«

Ein Anflug von Neid überkam Jona. Er sollte es gewöhnt sein, es überraschte ihn dennoch erneut, wie Adil die Aufmerksamkeit seiner Eltern regelmäßig auf sich ziehen konnte und er dabei vergessen wurde.

Ohne jedoch eine Antwort von Adil abzuwarten, wandte sich Nadira erneut zu ihm um. »Kommt heim.«

Das war der Punkt, wo Abdel sich vordrängte und eine Hand auf Jonas Schulter legte, mit der anderen Hand ergriff er Adils Schulter.

Abdel blieb zwar freundlich, allerdings bestimmt. Er erklärte ihr, warum er es gut fand, dass auch Adil und Jona ausgezogen waren und betonte, wie gut es ihnen hier ging, obwohl es in der Wohnung eng war.

Jona war es unangenehm, das Weinen seiner Mutter zu sehen, und er bemerkte, dass es auch Adil an die Substanz ging.

Nadira verabschiedete sich schon nach wenigen Minuten. Ihr musste bewusst geworden sein, dass sie weder Jona noch Adil dazu überreden konnte, zurück nach Hause zu kommen.

»Nadira.« Abdel hielt sie auf, als sie zur Tür ging. »Ich fand es gut, dass du gekommen bist. Komm bitte öfter vorbei.«

Nadira griff nach der Türklinke. Sie verabschiedete sich auf Arabisch.

»Bitte, Mama«, fügte Abdel hinzu. »Tu es für Adil und Jona.«

Kurz zögerte Nadira, dann nickte sie.

♥

Einige Tage ging es Adil schlecht. Er zog sich erneut zurück und sprach nicht viel. Er gab vor, viel lernen zu müssen, Jona war allerdings sicher, dass Adil einfach keine Lust hatte, über seine Gefühle zu sprechen.

Am Wochenende waren Linh und Abdel mit Freunden unterwegs. Flo wollte später am Abend vorbeikommen, vorher jedoch bei seiner Mutter essen, so hatte Jona noch mindestens eine Stunde Zeit, und die wollte er nutzen. In den letzten Wochen, seit sie bei ihren Eltern ausgezogen waren, hatte er Adil von einer neuen Seite kennengelernt. Er wollte ihn nicht aufgeben.

Also kochte er etwas und klopfte anschließend bei Adil an der Tür. Obwohl Adil ihn nicht hereinbat, öffnete er die Tür und stellte Adil die Spaghetti auf den Schreibtisch.

Wie erwartet lernte Adil gar nicht, sondern spielte ein Computerspiel auf dem Laptop.

»Danke«, sagte Adil, ohne vom Bildschirm wegzusehen.

»Was ist los?«, fragte Jona und setzte sich auf die Lehne des Sofas, auf dem Adil nachts immer schlief. Jona beneidete ihn nicht darum, auf der kleinen Fläche schlafen zu müssen, aber wenigstens hatte Adil in diesem Raum Privatsphäre und konnte sich jederzeit zurückziehen. Das war Luxus, und Jona fand, dass Adil undankbar war, wenn er das gegen die gerade aufkommende familiäre Gemeinschaft nutzte, indem er sich stundenlang, manchmal sogar tagelang abschottete. »Versteckst dich hier und tust so, als würdest du lernen.«

»Ich habe ja bis eben gelernt.«

»Weißt du, wie wichtig es Abdel ist, dass du dein Abi machen kannst? Er tut alles für dich, um sicherzugehen, dass es dir an nichts mangelt. Und du sitzt stundenlang hier rum, ohne dich mal blicken zu lassen und zockst!«

Adil verdrehte die Augen.

Jona zerrte an seinem Arm. »Verdreh nicht die Augen, wenn ich mit dir rede. Sag mir, was los ist!«

Adil hämmerte auf eine Taste der Tastatur.

»Komm schon.« Jona sah ihn wütend an. »Verkriech dich nicht in deinem Schneckenhaus. Was ist los?«

Seufzend beendete Adil das Spiel und drehte sich endlich um. »Was soll denn los sein?«

»Seit Mama hier war ...«

»Tut sie dir nicht leid?«

»Schon irgendwie.« Jona hob die Schultern. »Natürlich. Aber wir hätten es zu Hause nicht mehr ausgehalten. Sie hat uns nie geholfen und sich immer rausgehalten. Sie hat ihren Teil dazu beigetragen, dass unsere Familie zu der wurde, die sie jetzt ist. Warum hat sie sich nicht gegen Abdullah gestellt, statt sich unterwürfig und passiv zu verhalten? Früher war sie nicht so, früher war sie selbstbewusst. In letzter Konsequenz hätte sie sich von unserem Vater trennen sollen, wenn sich herausstellt, dass er sich nicht mehr ändert. Sie ist unsere Mutter und als diese hätte sie uns schützen müssen.«

»Wie hätte unsere Mutter das tun sollen?« Adil wurde wohl langsam wütend.

»Sie hätte gehen sollen oder ihm die Grenzen aufzeigen. Ja, er ist verantwortlich, aber sie ist es ebenfalls.« Jona seufzte und versuchte, die Bilder zu verdrängen, die sich ihm auftaten: Nadira alleine den Launen seines Vaters ausgesetzt. Oder wie ihr das Blut über das Gesicht gelaufen war, nachdem Abdel sie versehentlich geschlagen hatte. Oder Nadira, die ihre Söhne anflehte, zurück nach Hause zu kommen. Doch sie blieb bei Abdullah.

»Unsere Eltern haben so viel für uns getan. Für mich.« Adil wendete sich ab.

Jona runzelte die Stirn. »Ja, sie haben einiges für uns getan, das entschuldigt aber nicht, dass sie uns auch jahrelang eingeengt und nicht zugelassen haben, dass wir uns weiterentwickeln und Freunde finden. Sie sind hierhergekommen, sie haben allerdings nie dafür gesorgt, dass wir hier richtig ankommen.«

Adil stand auf und trat ans Fenster. Es war bereits dunkel, und die Sterne waren zu sehen. Mit der Faust pochte Adil gegen die Scheibe.

Ratlos betrachtete Jona ihn. »Was ist los?«, wiederholte er leise.

»Ich habe ein schlechtes Gewissen. Das ist alles.«

»Mir tut Mama auch irgendwie leid«, betonte Jona. »Aber ...«

»Mir tut selbst unser ... dein Vater leid.« Adil sagte es emotionslos und hob müde die Schultern, als wäre er zu erschöpft, um weiter wütend zu sein.

Jona kniff die Augen zusammen. *Unser ... dein Vater.* »Warum?«, hakte er nach. Er erinnerte sich an die Worte seines Vaters, als er sie rausgeworfen hat. *Und Adil war es nie wirklich.* War nie sein Sohn gewesen? »Sie haben alles verloren. Wir waren das Einzige, was sie hier hatten. Vater geht ja nicht mal mehr arbeiten und hat ständig Schmerzen. Unsere Mutter ... Sie hatten nur uns. Sie sind vollkommen fremd in diesem Land.«

»Sie sind hergekommen, weil sie sich ein besseres Leben erhofften. Das war der Grund«, erinnerte Jona ihn.

»Ja?« Adil lachte verbittert auf. »Glaubst du das echt?«

Jona dachte kurz nach. Er nickte.

»Du hast es nie kapiert, oder? Abdel weiß es, und Raya vermutet es. Aber du ... Du hast nicht mal den Hauch einer Ahnung.« Adil schüttelte den Kopf, während er auf die Straße starrte.

Jona biss die Lippen zusammen. *Unser ... dein Vater.* Konnte es möglich sein? Hatte er seine konservative, seine strenggläubige Art nur vorgespielt, um seinen Vater zu beeindrucken, weil ... Plötzlich kam es ihm logisch vor.

»Er ist nicht dein Vater«, flüsterte er und presste seine Hand gegen den Mund, obwohl das sicherlich klischeehaft war.

Adil nickte. Zwar nur leicht, trotzdem war es erkennbar.

»Seit wann weißt du es?« Jona war verwirrt.

»Ich habe schon immer gemerkt, dass ich anders bin.« Adil drehte sich endlich um. Er ließ sich auf die Sitzfläche des Sofas fallen und legte seinen Kopf hinten auf die Lehne. »Es war ständig ein dumpfes Gefühl, dass ich nicht wirklich dazugehöre.«

Jona nickte. Er wusste, was Adil meinte. Das waren genau die Empfindungen, mit denen er sich jahrelang herumgequält hatte. Irgendwas war da immer gewesen. Eine Ahnung, die irgendwann zu einer Erkenntnis geworden war.

Also war es Adil all die Jahre genauso ergangen. Die ganze Zeit? Sie hatten beide ein Geheimnis voreinander bewahrt, das ähnliche Emotionen in ihnen ausgelöst hatte, ohne jemals miteinander geredet zu haben?

Wann waren sie sich so fremd geworden?

»Mutter hat es mir dann irgendwann gesagt, als ich sie direkt gefragt habe. Abdel wusste es sogar schon länger. Er war ja zehn Jahre alt, als ich geboren wurde. Du und Raya, ihr habt es nicht mitbekommen. Ihr wart zu jung.« Adil sah müde aus. Nicht verzweifelt, sondern resigniert.

»Weißt du, wer dein Vater ist?«, erkundigte Jona sich.

»Ich weiß, dass er Samed heißt, ich habe allerdings weder ein Bild oder sonst was von ihm. Unsere Mutter hatte eine kurze Affäre mit ihm. Anscheinend war er irgendein Nachbar ihrer Freundin. Keine Ahnung. Ich weiß kaum was von ihm.« Adil hob die Schultern.

»Du ...« Jona brach ab und versuchte sich vorzustellen, wie es wäre, seinen leiblichen Vater nicht zu kennen. Kein Wunder, dass Adil ständig versucht hatte, Abdullah zu beeindrucken, ihm nachzueifern. Aber es hatte ihm nichts genutzt, und was blieb ihm jetzt? »Würdest du denn gerne mehr von ihm wissen?«, fragte er leise.

Adil sah mit einem stumpfen Blick zur Decke. Er hob die Schultern. Auch wenn er es nicht direkt zeigte, wusste Jona, dass er diese Frage bejahen wollte. Dass er schreien wollte, dass er es unfair fand. Dass er gleichzeitig einfach zu resigniert war, um zu schreien. Vermutlich hatte nicht einmal Nadira Kontaktdaten des Mannes, und es war nahezu unmöglich, ihn in Algerien ausfindig zu machen.

»Sind sie deswegen geflohen?« Ein Puzzleteil nach dem anderen fiel plötzlich an den richtigen Ort. Es stand ihm plötzlich ganz klar vor Augen.

»Wusstest du, dass unsere Mutter einige Tage im Gefängnis war? Das war vor meiner Geburt. Ihre Freundin hat sie angezeigt, weil sie von der Affäre erfahren hat. Unser Vater hat bereits die Flucht organisiert, doch kaum war Mutter endlich wieder zu Hause, ist er festgenommen worden. Ich wurde geboren, unsere Eltern waren nun bekannt als Ehebrecherin und Aufrührer. Vater wurde arbeitslos, weil niemand ihm Arbeit geben wollte. Jeder war der Meinung, er hätte unsere Mutter vor die Tür setzen und sich neu verheiraten sollen, aber er hat zu ihr gehalten. Für sie und für euch. Das war der Anfang vom Ende. Er wurde gesellschaftlich geächtet, kam ins Gefängnis und hat dort schreckliche Dinge erlebt. Erst acht Jahre später ist ihnen schließlich die Flucht gelungen. Es müssen schreckliche Jahre für ihn gewesen sein. Und alles nur wegen meiner Existenz.«

»Adil, das war das System, in dem sie gelebt haben, nicht du!«, betonte Jona.

Es war ihm wichtig, weil er Adil ansehen konnte, dass ein kleiner verborgener Teil in ihm genau das vergessen hatte und sich selbst die Schuld für das gab, was Abdullah und Nadira erlebt hatten.

Traurig hob Adil die Schultern. »Menschen wie ich sind nicht erwünscht. Nadira war in den Augen vieler eine Hure und Abdullah ein Weichei, weil er ihr verzeihen wollte«, ergänzte Adil verbittert.

Jona rutschte von der Seitenlehne hinab, sodass er nun direkt neben seinem Bruder saß. Im Gegensatz zu ihm lehnte er sich vor. Sein Herz pochte unangenehm heftig in seiner Brust. Alles ergab Sinn. »Ihnen blieb keine andere Wahl. Sie mussten gehen«, flüsterte er. »Und hier fiel es ihnen schwer, sich einzugliedern.«

»Unserem Vater ... deinem Vater fiel es schwer. Er war in Algerien schon jahrelang arbeitslos gewesen und hatte kein Geld mehr. Er war mehrmals festgenommen worden, unter anderem deswegen, weil ihm die erste Flucht nicht gelungen war. Hier hat er dann auch keinen richtigen Job gefunden«, fügte Adil hinzu. Er klang nun ruhiger.

»Und die Rückenschmerzen?«

»Ich glaube, es hat ihn schlicht kaputt gemacht. Er war am Ende, ausgebrannt. Er hatte vier Kinder durchzufüttern, eine Frau, die ihn betrogen hatte, kein Geld. Als er dann endlich hier war, ist er einfach zusammengebrochen und hatte keine Energie mehr, neu anzufangen. Seine Hoffnung war nur, dass wir irgendwie klarkommen. Doch wir wurden ihm mit der Zeit immer fremder.« Adil fasste alles zusammen, was Jona langsam stetig sichtbarer vor Augen wurde.

»Und Mama ...?

»Wie verlässt man einen Menschen, der daran kaputt gegangen ist, weil er sich geweigert hat, zu gehen?«, fragte Adil ratlos.

»Gar nicht«, flüsterte Jona. »Man bleibt. Man sitzt es aus, weil man ein schlechtes Gewissen hat.«

Abdullah hatte alles aufgegeben. Für sie. Er war arbeitslos geworden, war im Gefängnis gelandet, und schließlich war er in ein Land geflüchtet, in dem er nie hatte leben wollen. Natürlich konnte sich Nadira nicht vorstellen, ihn zu verlassen. Also war sie mit ihm untergegangen. Anstatt hier neu anzufangen, hatte sie ebenfalls aufgegeben.

Die Erkenntnis schmeckte bitter.

♥

»Hey, sag schon. Was ist los?«

Jona hob die Schultern. Er suchte nach den passenden Worten, fühlte sich aufgeregt und nervös, und das verhinderte, dass er auch nur ansatzweise denken konnte. Mit schwitzigen Fingern strich er sich über die Stirn und berührte mit zwei Fingern die Nasenwurzel. Dann starrte Jona auf den Boden des Wohnzimmers.

In den letzten Wochen war so vieles in seinem Leben passiert. Vieles davon waren tolle Entwicklungen, zum Beispiel, dass er nun tatsächlich mit Hani eine WG bewohnte. Manchmal ging Jona aber alles zu schnell. Er kam nicht hinterher, all die neuen Erfahrungen zu verarbeiten.

Es war eine kleine Wohnung mit zwei Schlafzimmern und einer geräumigen Küche, in der sie ein Sofa sowie einen Tisch mit zwei Stühlen unterbringen konnten. Dort befanden sie sich gerade. Zum ersten Mal hatte Flo bei ihm geschlafen, und nun saßen sie gemeinsam in der Küche und tranken ihren Kaffee. Von Hani war nichts zu sehen. Jona hatte festgestellt, dass Hani das lange Ausschlafen seit dem Auszug bei seinen Eltern auskostete. Das Leben mit Hani war ein Abenteuer. Bisher klappte alles gut, obwohl es regelmäßig zu Diskussionen wegen der Hausarbeit kam. Flo stupste ihn an, sagte aber nichts mehr. Jona wusste genau, dass das eine Aufforderung war, mit ihm darüber zu reden, was ihn bedrückte.

Er nahm einen großen Schluck Kaffee und sah zum Fenster hinaus. Der Ausblick war nichts Besonderes, eine kleine Straße gesäumt mit Birken und parkenden Autos.

Da sein Handy vibrierte, zog Jona es aus der Hosentasche und starrte darauf. Sein älterer Bruder hatte ihm ein lustiges Video gesendet.

Abdel hatte etwas enttäuscht reagiert, als er ihn informierte, dass er mit Hani in eine Wohnung ziehen wollte, aber er hatte auch eingesehen, dass Abdels Wohnung für sie zu viert viel zu klein war. Adil, der nach dem Abitur studieren wollte, würde ihm sicherlich länger erhalten bleiben.

Seit seinem Auszug hatte Jona nicht mehr mit Adil gesprochen. Wenn er sich bei Abdul nach seinem jüngeren Bruder erkundigte, kam stets die selbe Antwort: Adil würde in seinem Zimmer sitzen und lernen. Sie wussten beide, dass es ihrem Bruder nach wie vor nicht gut ging, Jona wusste nicht, ob er einfach anrufen und mit Adil reden sollte. Es war nicht leicht, an Adil heranzukommen, ihn so zu erwischen, dass das Sprechen über heikle Themen möglich war.

Flo richtete sich auf, sah sich das Video noch einmal mit Jona an und schmunzelte. Danach schob er das Handy auf den Esstisch.

Jona biss sich auf die Lippen. Er spürte Flos Blick auf sich, und er musste grinsen. »Setzt du mich unter Druck?«, vermutete er.

Gespielt unschuldig betrachtete Flo seine Fingernägel, grinste aber ebenfalls. »Nein, gar nicht«, sagte er.

Ein wachsendes Gefühl der Dankbarkeit durchflutete Jona. Das war das, was er sich früher gewünscht hatte. Zweisamkeit. Ein Morgen zu zweit auf der Couch, Kaffee trinkend. Einander im Arm liegend, sich neckend. Er lehnte sich zur Seite und presste seine Lippen auf die von Flo.

»Mmh«, meinte Flo genüsslich, dann schob er Jona von sich weg. »Lenkst du mich gerade ab?«, protestierte er.

Jona sah auf seine Fingernägel und wollte genauso unschuldig aussehen, es gelang ihm nur leider nicht. Es platzte aus ihm heraus. Er lachte und stellte die Tasse mit dem Kaffee sicherheitshalber auf den Tisch. Als Flo sich an ihn presste und ihn küsste und gleichzeitig kitzelte, japste er. Sie rangelten, küssten einander und lachten. Sie sogen den Moment auf.

Erst nachdem Jona Flo wegdrückte, um nach Luft zu schnappen, sah Flo ihn wieder ernster an. »Und?«, fragte er leise.

Eigentlich hatte Jona etwas Bedeutendes sagen wollen, etwas, das ihnen lange in Erinnerung bleiben würde. Darüber, dass er aus der Tragödie etwas lernen wollte, in die seine Eltern hineingeschlittert waren. Dass er nie aufgrund eines schlechten Gewissens auf etwas verzichten wollte. Weil es sowieso nichts brachte und nur zu Abhängigkeiten führte. Allerdings fiel ihm einfach nichts ein. Also sagte er nur: »Ich will, dass du meine Mutter kennenlernst.«

♥

Als Jona seinen Geschwistern erzählte, was er vorhatte, umarmte Raya ihn. »Ich finde das echt gut, Jona.«

Abdel klopfte ihm auf die Schulter. »Du bist sehr mutig. Ich bin stolz auf dich. Soll ich sie irgendwie vorbereiten?«

Eilig machte Jona eine abwehrende Bewegung. »Bloß nicht. Mischt euch ja nicht ein.«

»Darf ich dabei sein?«, erkundigte Raya sich und wippte mit ihrem angewinkelten Bein.

»Nein«. Jona schüttelte den Kopf.

»Schade.« Raya wickelte ihre Haare um den Finger und starrte Jona an. »Ich würde gerne ihr Gesicht sehen.«

»Dann erzähl ihr doch, dass du auf Frauen stehst, wenn du so heiß drauf bist, ihr Gesicht bei dieser Beichte zu sehen. Ich könnte drauf verzichten«, brummte Jona.

Abdel streckte seine Beine aus. Er hob die Schultern. »Ach, ich habe eigentlich kein so mieses Gefühl bei ihr. Sie macht sich gut. Kommt regelmäßig vorbei. Sie weiß, dass sie um uns kämpfen muss. Und sie weiß, dass sie uns alle verliert, wenn sie sich mit dir anlegt, Jona.«

Jona lehnte sich vor und stützte sich mit beiden Armen auf den Beinen ab. »Danke, dass ihr hinter mir steht.«

Es war schön, Abdel wieder mal zu sehen. Und sogar Raya war gekommen. Mit ihr traf er sich seltener, weil sie am anderen Ende der Stadt wohnte.

So recht glaubte er nicht daran, dass Nadira sein Coming Out gut wegstecken würde. Sie hatte zu lange den Predigten seines Vaters gelauscht und sich aus einem schlechten Gewissen heraus in eine Abhängigkeit zu ihm begeben. Aber sie hielt den Kontakt zu all ihren Kindern. Sie besuchte Adil und Abdel weiterhin und war in der letzten Woche bei Raya gewesen. Mittlerweile kannte sie auch Moritz. Sie ließ sich von Linh bekochen und von Moritz ihr Smartphone erklären. Das rechnete Jona ihr hoch an. Dass sie seine Einladung in die WG von Hani und ihm sofort angenommen hatte, zeugte in seinen Augen von Stärke.

Doch wie würde sie auf Flo reagieren?

Abdel hatte ihr deutlich gesagt, dass es ihre eigene Entscheidung war, ob sie um ihre Kinder kämpfen oder weiterhin von ihrem Mann und seinen Launen abhängig sein wollte. Sie hatte die Wahl getroffen, zu ihren Kindern zu stehen und sie und ihr Leben in Deutschland kennenzulernen. Zumindest ließ sie sich von ihrem Mann nicht davon abhalten, bei ihnen vorbeizukommen und ihre Partner kennenzulernen.

Vielleicht, so dachte Jona manchmal, war Abdullah einfach krank. Depressiv? Traumatisiert? Gebrochen? Vielleicht steckte er dermaßen in einer Sackgasse, dass er ohne Hilfe nicht mehr rauskommen konnte.

Zurzeit konnte er sich ein Treffen mit seinem Vater nicht vorstellen. Erstens hatte Abdullah im Gegensatz zu Nadira nie den Kontakt zu einem seiner Kinder gesucht, zweitens würde er Jona nur im Weg stehen, sich weiter zu öffnen. Abdel hatte einmal angerufen und ihm mitgeteilt, dass sie alle bereit waren, gemeinsam mit ihm zu sprechen, Abdullah hatte allerdings ohne Verabschiedung aufgelegt.

Nadira würde nun Flo kennenlernen, und es war ihre Entscheidung, ob sie bereit war, damit umzugehen oder ob sie abblocken würde. Wenn sie Zweiteres wählen würde, war Jona inzwischen selbstbewusst genug, seinen Weg ohne seine Eltern weiterzugehen.

Er war ja auch nicht alleine. Er hatte Flo, seine Geschwister, Hani, Freunde.

Er war es in seinem Leben nie weniger gewesen als jetzt.

»Wir ziehen an einem Strang«, sagte Raya und wackelte mit ihrem Fuß. »So wie du es immer wolltest.«

»Trotz allem, was passiert ist, ist es irgendwie schön, euch alle bei mir zu haben«, sagte Abdel. »Nach all den Jahren, in denen ich der Außenseiter der Familie war.«

»Wir sind nicht komplett. Wo ist Adil?«, fragte Jona besorgt.

Abdel zeigte auf das Arbeitszimmer und rief: »Adil, komm raus. Genug gezockt für heute.«

Tatsächlich öffnete sich die Tür einen Spalt weit.

»Komm raus, wir haben Süßigkeiten«, rief Raya und bewarf Adil mit einem der Schokoriegel, die Jona von der Arbeit mitgebracht hatte.

Der Schokoriegel traf Adil direkt an der Schläfe. »Hey, du Miststück!«, rief er und ließ sich neben Jona auf das Sofa fallen.

»Miststück?« Raya hob beide Augenbrauen und legte die Hand gespielt entsetzt auf ihren Mund. »Du sollst deine Schwester ehren, steht so im Koran.«

»Da steht außerdem, dass man seine Geschwister nicht mit Schokolade bewerfen soll«, erwiderte Adil, danach schob er Jona ein Papier zu, das auf dem Wohnzimmertisch lag.

Es war Adils Abiturzeugnis, und er musste selbst zugeben, er hatte nicht damit gerechnet, so gut abzuschneiden, nach allem, was in ihrer Familie passiert war.

»Ich möchte Informatik studieren«, sagte Adil. »Macht Flo nicht so etwas in der Art?«

Jona hob den Blick. »Ja, aber er hat nie studiert. Du kannst ihn ja anrufen, ihr könnt euch sicher darüber unterhalten.«

»Oder ich spreche ihn das nächste Mal an, wenn ich ihn sehe. Ich wollte dich sowieso bald in der neuen Wohnung besuchen.« Adil riss das Papier des Schokoriegelns auf und biss hinein.

»Gerne.« Jona widmete sich wieder dem Zeugnis und nickte anerkennend. Er hatte keine Ahnung, wie gut Adil in der Schule gewesen war. Er war stolz auf seinen kleinen Bruder. Er legte das Zeugnis auf den Tisch. »Meine Hochachtung dafür, dass du trotz der Zustände so gut gelernt hast«, sagte er.

»Dankeschön.« Adil schob sich den Rest des Riegels in den Mund. »Und ihr habt mich verdächtigt, dass ich immer nur zocke, wenn ich im Zimmer hocke.“

»Wie geht es dir?«, erkundigte Jona sich.

Adil hob die Schultern. »Will nicht so gerne drüber reden.«

Jona betrachtete ihn einen Augenblick und seufzte.

»Was wollt ihr von mir hören?«, fragte Adil und lehnte sich vor, um sich einen weiteren Riegel zu nehmen. »Ich meine, ich weiß es ja schon etwas länger. Ich muss damit irgendwie klarkommen.« Er biss genüsslich in den Riegel. »Ich bin nur etwas anders als ihr. Auf eine andere Weise, wie du anders bist«, sagte er zu Jona.

Jona schmunzelte.

»Sind wir nicht alle irgendwie anders?«, stellte Abdel in den Raum.

»Also ich bin normal – jetzt endlich«, antwortete Raya und schüttelte ihr Haar. Sie band es zu einem Pferdeschwanz zusammen, dann legte sie beide Arme über die Lehne des Sessels und grinste.

»Spielverderberin«, rief Adil und bewarf nun sie mit einem Schokoriegel.

Raya sprang auf und versteckte sich hinter Abdel. Sie lachte.

Wie eine normale Familie, dachte Jona zufrieden.

♥

Hani hatte sich bereit erklärt, an dem Abend als moralische Unterstützung zu Hause zu bleiben. Gemeinsam führten sie Nadira durch die kleine Wohnung. Sie bewunderte die kleinen Balkone an ihren jeweiligen Zimmern und kritisierte, dass es kein Fenster im Bad gab.

Schließlich gingen sie in die Küche, wo sie den kleinen Tisch für vier Personen gedeckt hatten.

»Kommt noch jemand?«, fragte seine Mutter und setzte sich zögerlich.

»Ja«, sagte Jona und sah auf die Uhr, die über der Tür hing. Er hatte Flo gebeten, etwas später zu kommen, damit er Zeit hatte, seine Mutter vorzubereiten, doch sie hatten zu lange damit zugebracht, die Wohnung zu begutachten.

Hani machte eine ausschweifende Bewegung mit den Armen, um Jona zu verdeutlichen, dass er jetzt von Flo erzählen musste. Zwar stand er so, dass Nadira ihn nicht sehen konnte, aber sie konnte den Windzug spüren und drehte sich erstaunt um.

»Was ist los?«, erkundigte sie sich und musterte Hani.

Jona verdrehte die Augen in Richtung von Hani. »Kümmer' du dich die Getränke«, bat er in seine Richtung, dann setzte er sich seiner Mutter gegenüber. »Ich möchte dir jemanden vorstellen.«

Nadira blickte zu den Händen in ihrem Schoß. »Ich dachte mir so etwas schon.«

»Echt?« Jona blinzelte überrascht. »Warum?«

Hani stellte die Gläser auf den Tisch.

»Weil Abdul mich vor einer Stunde angerufen und gesagt hat, dass ich nicht aufspringen, sondern abwarten solle, was du zu sagen hast«, antwortete Nadira und verteilte die Gläser. »Danke, Hani«, fügte sie hinzu.

Jona biss sich auf die Lippen. Er wusste nicht, ob er Abdul dankbar oder sauer sein sollte, weil dieser offenbar glaubte, er könne das nicht ohne Hilfe bewerkstelligen.

»Wasser? Apfelsaft?«, bot Hani an.

»Hat er dir gesagt, wer es ist?«, hakte Jona aufgeregt nach.

»Nein.« Nadira schüttelte den Kopf. »Ich nehme ein Wasser, Hani, danke.«

»Stell das Zeug doch einfach auf den Tisch«, bat Jona und nahm Hani die Flasche ab, um seiner Mutter einzuschenken.

»Wir hätten noch Orangensaft«, wandte Hani ein.

»Sie möchte Wasser«, entschied Jona und spürte, wie ihm der Schweiß ausbrach.

»So wie du dich verhältst, stelle ich mich wohl besser auf das Schlimmste ein«, meinte Nadira.

In dem Moment klingelte es.

Jona presste die Zeigefinger an die Schläfen und stöhnte. Sein Kopf drohte zu platzen, so sehr pulsierte sein Blut.

»Ich ... ähm ... Soll ich aufmachen?« Hani hörte sich an, als ob er wirklich in Erwägung ziehen würde, Flo draußen stehen zu lassen.

Nadira sah ihn an, dann seufzte sie. Sie legte eine Hand auf Jonas Arm. »Bringen wir es hinter uns. Mach der Dame auf und lass sie nicht unnötig warten. Das ist unhöflich.«

Jona stand auf. »Ich mache das«, sagte er zu Hani, der alarmiert in den Gang geeilt war, und straffte seine Schultern.

Vor einer halben Stunde hatte er geglaubt, er sei mutig, es wäre ihm egal, was Nadira davon hielt, aber nun zitterten seine Hände. Er war dankbar für die Sekunden, die er jetzt hatte, um sich zu sortieren.

Er öffnete die Tür.

»Alles okay?«, erkundigte Flo sich. Er hatte seine Schuhe bereits im Treppenhaus ausgezogen und stand in Socken vor ihm.

Jona schüttelte den Kopf und schlang seine Arme um Flos Hals. Er atmete hastig ein und presste seinen Kopf gegen Flos Brust, um dessen Herzschlag zu lauschen. Es beruhigte ihn.

Flo sagte gar nichts. Und dafür war Jona dankbar. Er hielt ihn nur im Arm und gab ihm somit Halt.

Schließlich löste Jona sich von ihm. »Ich konnte sie kein Stück vorbereiten. Sie meinte, sie würde sich auf das Schlimmste einstellen, und ich solle *die Dame* nicht zu lange vor der Tür warten lassen. Sie hat keine Ahnung, was das Schlimmste wirklich bedeutet«, erzählte er Flo hektisch und starrte den Flur entlang, an dessen anderem Ende Hani tapfer versuchte, seine Mutter mit Belanglosigkeiten bei Laune zu halten.

»Hey«, sagte Flo. Er strich sich über die Haare. »Ich habe mich sogar gekämmt.«

Jona schmunzelte.

Flo ergriff seine Hände und massierte die Handinnenfläche. Er sah Jona ernst in die Augen. »Soll ich gehen?«

Kurz überlegte Jona. Er schüttelte hastig den Kopf. »Wie soll ich dann meiner Mutter erklären, dass ich die Dame heimgeschickt habe? Sie wird mich für unhöflich halten.« Er zog Flo in die Wohnung und schloss die Tür. Danach atmete er tief ein.

»Es bedeutet mir viel«, flüsterte Flo. »Ich weiß, was für ein großer Schritt das für dich ist.«

»Diesen Schritt konnte ich nur gehen, weil du mir die Zeit gegeben hast und geduldig geblieben bist, aber trotzdem nie aufgehört hast, hartnäckig zu sein«, raunte Jona ihm zu. »Und jetzt habe ich Panik und das Gefühl, dass mein Hemd schon total durchgeschwitzt ist.«

Flo zog ihn in seinen Arm. »Atme tief durch. In wenigen Minuten ist es vorbei. Ich bin bei dir, und Hani ist auch hier. Es kann dir nichts passieren.« Er schob Jona von sich weg und betrachtete ihn ernst. »Schaffst du es?«

Jona nickte, er schob Flo zum Esszimmer.

Als sie eintraten, senkte Nadira das Glas und stellte es auf den Tisch zurück.

Plötzlich war es im Raum leise, und Jona räusperte sich. Er vertrug die Stille im Raum nicht. Sie gab der angespannten Situation zusätzlich Spannung.

»Hallo.« Flo ging zwei große Schritte in den Raum hinein.

Nadira nickte und räusperte sich ebenfalls.

»Hallo, Flo«, sagte Hani und wackelte mit dem Tetrapak in seiner Hand. »Willst du vielleicht Orangensaft?«

Jona trat vor, riss Hani die Packung aus der Hand und stellte sie auf den Tisch. »Niemand interessiert sich für Getränke, Hani.«

»Ich nehme gerne einen Orangensaft«, sagte Flo und trat etwas näher.

»Sie sind also ...«, begann Nadira.

»Flo«, sagte Flo und rückte den Stuhl zurecht. Er setzte sich Nadira gegenüber und griff nach dem Orangensaft.

Nadira folgte jeder seiner Bewegungen, danach ging ihr Blick zu Jona und Hani, nur um Flo anschließend erneut anzusehen. Sie atmete tief ein und nahm hastig ihr Glas. Sie trank es komplett aus. »Hani«, sagte sie.

»Klar.« Hani sprang vor und schenkte ihr ein.

»Sie sind also ... der Partner von ...«

»Jona«, sagte Flo.

»Mir«, sagte Jona gleichzeitig.

»Nun, daran muss ich mich erst einmal gewöhnen«, murmelte Nadira.

»Also, wenn Sie noch etwas zu trinken möchten, bin ich hier. Zumindest das sollte kein Problem darstellen«, sagte Hani.

Nadira sah auf ihr Glas, dann nahm sie es. Dieses Mal trank sie es nicht sofort leer, sondern nippte langsam daran. Flo trank ebenfalls seinen Orangensaft. Sie hielten beide Hani die leeren Gläser hin.

Hani öffnete die Wasserflasche und sah zu Jona. Er hob die Schultern. »Siehst du, ich bin sehr wohl hilfreich.« Zuerst schenkte er Nadira Wasser ein, anschließend Flo Orangensaft. Mit größer Sorgfalt schraubte er den Verschluss des Tetrapaks zu.

Jona musste grinsen. Auch er setzte sich. »Ich nehme einen Apfelsaft.«

»Jawohl«, sagte Hani und lehnte sich vor, um sich Jonas Glas zu angeln. Er machte eine riesige Show daraus, das Glas zu befüllen.

»Ich wusste gar nicht, dass du so ein Talent als Barmann hast, Hani«, sagte Flo und hob eine Augenbraue.

»Doch, das wusste ich. Er hatte schon immer ein Talent dafür, die Stimmung aufzulockern«, meinte Nadira leise.

Hani reichte Jona sichtbar zufrieden über sich selbst das gefüllte Glas.

»Trinkt jetzt, das lockert die Stimmung von selbst auf«, befahl Hani.

»Ich habe schon zwei Gläser getrunken. Ich brauche eine Pause«, erwiderte Nadira und schob das Glas von sich weg.

Immerhin saßen sie alle an einem Tisch. Alles war ein wenig befremdlich und peinlich, aber es war ein erster Schritt, wenn auch ein erster Schritt auf einem langen Weg. Jona sah Flo an, und Flo lächelte. Er lächelte zurück. Ein Anfang war mehr als kein Anfang.

♥

»Jona! Hier!«

Jona ließ sich nicht beirren, sondern rannte weiter. Er wusste, es waren nur wenige Minuten bis zum Abpfiff. Erst als er sich vom Spieler der gegnerischen Mannschaft freigemacht hatte, sah er sich um und winkte Luca zu, der den Ball tapfer verteidigt hatte. Es war ein perfekter Pass, und das machte es Jona leichter, sich im Laufen umzudrehen, den Ball im richtigen Moment abzupassen und sich vom Gegner abzuwenden, der ihn wieder eingeholt hatte.

»Jona!«, schrie der Stürmer seiner Mannschaft, Marcel. Jona sah zu ihm, ließ die Gegner nah genug herankommen, damit Marcel freies Schussfeld hatte, dann schoss er, und Marcel stürmte nach vorne, schoss ebenfalls und ... der Ball landete im Tor. Jona sah auf die Uhr. Zwei Minuten bis zum Abpfiff. Die gegnerische Mannschaft unternahm einen weiteren Versuch, und obwohl sie nah ans Tor herankamen, wurden sie von den Abwehrspielern abgeblockt.

Sekunden später warf sich Luca auf ihn und umarmte ihn von hinten. Jona strahlte übers ganze Gesicht und rannte mit Luca weiter zu Marcel, der von den anderen Spielern bereits gefeiert wurde.

»Das war klasse!«, schrie Marcel, als er Jona sah. Er befreite sich von dem anderen Spieler und hob beide Hände. Sie schlugen ein, und Marcel umarmte ihn und Luca.

Um Anstand zu wahren, spielten sie halbherzig die letzten 60 Sekunden weiter, aber es war ausgeschlossen, dass die gegnerische Mannschaft zwei Tore schießen würde. Jona war müde, und er schwitzte. Der Sommer hatte sich in diesem Jahr schnell gegen den Frühling durchgesetzt, und die Sonne hatte schon eine unbarmherzige Kraft. Seine Beine taten weh, doch er fühlte sich glücklich. Das hatte er im Winter vermisst, den Sport, die Jungs, das Kicken auf dem Feld an der frischen Luft.

Er sah zur Tribüne und freute sich, gleich zu seinen Leuten zu gehen. Heute war nicht nur Flo da, sondern all seine Geschwister und auch Hani mit seiner Freundin. Zwar war es kein besonderes Spiel, aber hatte Jona heute Geburtstag, und weil sie ihm alle gratulieren wollten, waren sie auch alle hergekommen.

Endlich pfiff der Schiedsrichter ab, und Jona ließ sich erneut von den Jungs seiner Mannschaft umarmen, bevor er endlich zur Tribüne stürmte. Freudestrahlend warf er sich Flo in den Arm und küsste ihn voller Freude. Flo zog ihn fest in seinen Arm und flüsterte in sein Ohr: »Du warst klasse. Und das an deinem Geburtstag, Süßer. Wirklich toll gespielt, Jona.«

Jona ignorierte, dass er total verschwitzt war und es ihm normalerweise unangenehm war, sich in dem Zustand von Flo besonders innig umarmen zu lassen, stattdessen zog er ihn enger an heran. Er drückte seine Stirn gegen die von Flo und entfernte sich mit ihm etwas von anderen, nicht, weil es ihm peinlich war, sondern weil er einen Moment mit Flo alleine haben wollte. Sie hatten sich am Vormittag nur kurz gesehen, weil Flo mit Raya und Moritz Essen für die anschließende Party besorgt hatte, während Jona sich für das Spiel vorbereitet hatte.

»Ich bin so froh, dass es dich gibt«, sagte Jona und packte Flo fester, so fest, dass es nicht fester ging. Er küsste ihn auf die Lippen, ein bisschen zu grob für seine Verhältnisse, aber die Emotionen überwältigten ihn in dem Moment. »Dass ich mit dir Geburtstag feiern kann. Mit dir und meiner Familie. Das ist wie ein Wunder für mich.«

Flo lächelte, dann küsste er ihn, dieses Mal sanft und zart. »Das Wunder hast du dir erkämpft. Du hast es dir verdammt noch mal verdient«, sagte er. Er sah Jona in die Augen und küsste ihn ein weiteres Mal. Als er sich entfernte, grinste er verschmitzt. »Mein Geschenk bekommst du heute Abend, wenn wir zusammen im Bett liegen.«

Jonas Wangen wurden heiß, und er spürte ein Prickeln in seinem Bauch. »Ich freu mich drauf«, flüsterte er heiser.

Mit der Zweisamkeit war es nun vorerst vorbei, denn zuerst stürmte Raya auf ihn zu, danach Hani. Beide gratulierten und umarmten ihn, seinen Protest ignorieren, dass er erst einmal duschen gehen wollte. Raya ließ sich von ihm sowieso nichts sagen, doch Hani trat einen Schritt zurück und zeigte zur Umkleidekabine. »Also Abmarsch«, sagte er grinsend.

»Hey.« Adil trat ihnen in den Weg. Er nahm Jona umständlich in den Arm. »Alles Gute zum Geburtstag, Jona.«

»Danke. Adil.« Jona klopfte Adil auf den Rücken, als dieser ihn loslassen wollte.

»Hey, Adil.« Flo streckte die Hand aus und reichte Adil einen kleinen abgerissenen Zettel. »In der Zeile hast du einen Syntaxfehler im Quellcode. Deswegen konnte dein Compiler den Code nicht übersetzen.«

Adil starrte auf den Zettel. Er schüttelte den Kopf. »Jetzt, wo du es sagst … Und ich dachte, es liegt am Parser. Danke, dass du dir das Konstrukt angesehen hast.«

»Gerne. Schreib mir einfach eine Mail, wenn du wieder Probleme hast«, bot Flo an.

»Die beiden verstehen sich ja echt gut«, sagte Raya, hakte sich bei Jona unter und begleitete ihn zu den Kabinen.

»Die reden eine andere Sprache, wenn sie sich unterhalten. Ich kapiere kein Wort«, gab Jona zu. Er grinste. »Aber es ist schön, dass sie gut miteinander klarkommen und dass Adil das Studium so gefällt.«

»Ja, ich erinnere mich an das kleine Ekel, das er vor einem Jahr noch gewesen ist.« Raya verdrehte die Augen.

»Lasst mich duschen gehen«, bat Jona erneut, als er mit seiner Schwester im Schlepptau an den anderen Zuschauern vorbeiging. Er drückte Moritz lachend Raya in den Arm, bevor er den Jungs seiner Mannschaft in die Kabine folgte.

Als sie gemeinsam duschten, sang seine Mannschaft ein peinlich schiefes Geburtstagsständchen für ihn. Jona, der so viel Aufmerksamkeit hasste, war rot im Gesicht, als er sich anzog. Draußen suchte er Flos Nähe und nahm dessen Hand.

Zusammen mit ihm ließ er sich von den anderen Gästen gratulieren und nahm Geschenke entgegen. Anschließend betrachtete er das kleine Buffet, das Raya, Moritz und Flo für ihn organisiert hatten. Sie hatten Stühle aus dem kleinen Vereinshaus nach draußen geholt und sogar den Tisch mit einer Kerze bestückt.

Er setzte sich und sah zufrieden zu seiner Familie und seinen Freunden. Adil war gekommen und schien sich gut mit Luca zu verstehen. Linh und Raya unterhielten sich, und Hani und Zohra standen am Buffet und verteilten selbstgemachte Zitronenlimonade an die Fußballer, die aus der Kabine kamen. Selbst die Jungs der gegnerischen Mannschaft setzten sich zu ihnen.

Alle waren da. Nur Abdel fehlte. Jona runzelte die Stirn und sah sich um. »Hast du meinen Bruder gesehen?«, fragte er und legte sein Kinn auf Flos Schulter ab.

»Adil steht da«, sagte Flo und küsste seine Stirn.

Jona lächelte. So schmusig war Flo sonst nicht, und Jona versuchte nach wie vor, es nicht zu übertreiben, wenn Hani und seine Geschwister in der Nähe waren, aber niemand beobachtete sie, niemand schien sich daran zu stören. Sie hatten sich schlicht daran gewöhnt. Einfach so.

»Ich meine Abdel.«

Flo sah sich um. Er hob die Schultern. »Keine Ahnung.«

Gerade als Jona ihn erneut küssen wollte, sah er Abdel. Er stand mit seiner Mutter am Rand des Feldes und schien auf etwas zu warten. Freudig stand Jona auf. Er zog Flo mit nach oben und zeigte in die Richtung. Dass seine Mutter vorbeikommen würde, damit hatte er nicht gerechnet. Zusammen mit Flo ging er auf seinen älteren Bruder und Nadira zu, um sie zu begrüßen.

»Jona, ich habe es nicht gewusst«, sagte Abdel warnend und ging einige Schritte vor.

Jona wusste erst nicht, was er meinte, dann sah er seinen Vater um die Ecke kommen. Wie angewurzelt blieb er stehen. Flo wollte seine Hand lösen, allerdings ließ Jona das nicht zu. Nicht jetzt, wo er Flos Halt benötigte. Sein Vater hatte den gewohnt gebeugten Gang, als er auf ihn zulief. Erst als er ihn vor sich sah, wurde ihm bewusst, dass er seinen Vater in den letzten Wochen vermisst hatte.

»Alles Gute zu deinem Geburtstag«, sagte Abdullah und gab ihm die Hand. Er starrte Flo an, zögerlich gab er ihm auch die Hand. »Sie sind also Florian, der Partner meines Sohnes.«

»Sagen Sie ruhig Flo«, bat Flo und nickte freundlich.

»Flo«, sagte Abdullah, und es sah so aus, als würde er dem Klang des Wortes lauschen, um festzustellen, ob er sich daran gewöhnen konnte.

Nadira betrachtete sie beide, anschließend umarmte sie Jona. Sie hatte Tränen in den Augen.

»Wir wollten nicht lange bleiben, nur kurz vorbeikommen, um zu gratulieren«, sagte Abdullah.

»Eigentlich wollte nur ich kommen, dein Vater hat sich erst in letzter Minute umentschieden«, fügte Nadira hinzu und sah ihren Mann an. Sie berührte seinen Ellenbogen. »Er vermisst euch. Euch alle. Alle vier. Er tut sich nur schwer damit, es zuzugeben.«

»Nadira«, mahnte Abdullah leise und tätschelte die Hand ihrer Mutter.

»Nun seid ihr schon mal da, da könnt ihr ruhig was trinken und eure anderen Kinder begrüßen«, sagte Abdel streng.

»Raya und Adil sind auch da?«, fragte Nadira aufgeregt.

»Nun, ich denke, wir könnten wirklich was trinken und Raya und Adil begrüßen«, antwortete Abdullah. »Danach gehen wir allerdings.«

»Wir wollen euch junge Leute nicht stören. Das ist nicht mehr unsere Welt«, fügte Nadira hinzu.

»Ja«, sagte Abdel schmunzelnd. »Danach könntet ihr wieder gehen. Oder auch zum Essen bleiben. Wir haben auf jeden Fall genug besorgt.«
Jona drückte Flos Hand und sah seinen Eltern irritiert hinterher, die sich von Abdel zu den anderen führen ließen.

»Das war also dein Vater«, sagte Flo.

»Ja, das war er«, antworte Jona erstaunt.

»Der war doch ganz nett«, meinte Flo und hob die Schultern.

Jona grinste und zog an Flos Hand. »Ja, scheinbar hat er einen guten Tag. Komm, ich habe Hunger.«

Gemeinsam schlenderten sie zu den anderen.

حبيبي حياتي

Danksagung

Ein Teil meiner Recherchearbeit begann bereits in meiner Jugend – ohne, dass ich wusste, dass es zu der Geschichte von Jona und Flo führen würde. Ece, ich danke dir für die Einblicke, die du mir in den muslimischen Glauben gewährt hast. Für die Besuche in der Moschee, für das gemeinsame Lesen des Korans und dein Interesse an meinem christlichen Hintergrund.

Vielen Dank erneut an Melanie, für deine Freundschaft, das gemeinsame Arbeiten an meinen Texten und die Kritik, die du auf deine humorvolle Art so direkt, aber nie verletzend an mich richtest. Du bist die Patentante von Jona und Flo.

Danke an meinen Mann – der sich seit Jahren bei Wanderungen unzusammenhängende Plotideen anhörte, das Cover erstellte und der erste Leser von Schrankgeflüster war.

Auch vielen Dank an meine Testleser*innen!

Den vielen Leser*innen danke ich aus tiefstem Herzen, denn ohne euren Zuspruch und die Begeisterung für meine Romanfiguren, hätte ich vielleicht nicht den Mut aufgebracht, die Geschichte von Jona und Flo zu veröffentlichen.

Dir möchte ich danken, dass du dir die Zeit genommen hast, um dieses Buch zu lesen und mir mit dem Kauf des Buches Vertrauen entgegengebracht hast. Ich freue mich, wenn du mir mitteilst, wie es dir gefallen hat. Kritik ist sehr erwünscht, ob als Rezension oder per Mail an mail@sonjabethke-jehle.de.

Weitere Informationen zu mir findest du unter: www.sonja-bethke-jehle.de. Du findest mich auch auf Facebook.

Wenn ihr noch nicht genug von Flo habt, dann schaut mal in meine Anthologie *Neubeginn*, in der es einen kleinen Einblick in Flos Vergangenheit gibt, bevor er Jona kennenlernte.

Alles Gute, *Sonja*.

Tango in der Dunkelheit

Wie eine Sehende einem Blinden das Tanzen beibringt

Felix und Fiona wollen bei der Hochzeit ihrer kleinen Schwester tanzen. Es gibt nur drei Probleme: Felix ist blind und hat zwei linke Füße. Das größte Hindernis aber ist: Die beste Freundin seiner Schwester soll die Tanzlehrerin sein, allerdings hat er sich nie gut mit ihr verstanden.

Aus über 200 Büchern wurde *Tango in der Dunkelheit* zusammen mit acht weiteren Büchern auf die Midlist des Skoutz Awards 2020 in der Kategorie Contemporary gewählt.

Umdrehungen

Gesamtausgabe

Ben und Zita sind frisch verliebt. Doch sie dürfen nur wenige Wochen der Unbeschwertheit erleben. Das Schicksal zwingt sie von heute auf morgen dazu, sich neu zu orientieren. Ein Unfall stellt sie auf eine harte Probe, als Ben schwer verletzt und mit einem Leben im Rollstuhl konfrontiert wird. Bei der Aussicht darauf, sich mit einer bleibenden Behinderung arrangieren zu müssen, reagiert er überfordert. Er zweifelt, ob Zita diese Herausforderung mit ihm bestehen und die Beziehung dieser Belastung standhalten kann. Zu seiner  Überraschung verspricht Zita, bei ihm zu bleiben. Allerdings ahnen die beiden nicht, welch steiniger Weg vor ihnen liegt, und was er ihnen abverlangen wird.

In dieser Gesamtausgabe sind die drei Romane *Das Leben steht still* (Band 1), *Das Leben geht weiter* (Band 2) und *Das Leben läuft gut* (Band 3) sowie sechs Kurzgeschichten enthalten.

Kontaktaufnahme

Sechs Personen. Vier Kontinente. Eine Verbindung.

Eine Astrobiologin in den USA entdeckt einen vielversprechenden Planeten, auf dem Wasser und möglicherweise auch außerirdisches Leben existieren könnten. Ein katholischer Pfarrer auf einer Nordseeinsel fühlt sich von einer Buddhistin angezogen, zögert jedoch, seine Gefühle zuzulassen. Eine Ärztin in Nigeria wird trotz Unfruchtbarkeit unverhofft schwanger. Ein schwuler Soldat beginnt während eines Auslandseinsatzes in Afghanistan eine Affäre mit einem Einheimischen, obwohl Homosexualität dort unter Strafe steht. Ein ehemaliger Maurer hadert mit seiner Berufsunfähigkeit, seit er im Rollstuhl sitzt. Ein Gefängnisinsasse hat Angst, nach der Entlassung wieder in sein Heimatdorf zurückzukehren, wo jeder ihn und seine Tat kennt.

Diese sechs Personen kommen sich immer näher, obwohl sie scheinbar nichts verbindet. Doch vielleicht können sie etwas voneinander lernen?

Neubeginn

25 Menschen in 12 Kurzgeschichten über das Aufstehen nach dem Fallen, inklusive einem Einblick in Flos Vergangenheit, bevor er Jona kennenlernte.

Nika erinnert sich an seine Kindheit und an **Tom**, der ihm damals geholfen hat. **Bobby** trifft in einer verhängnisvollen Nacht auf **Lena**. **Daniel** ist tief gefallen, aber sein Bruder **Nils** will ihm helfen. **Anna** besucht **Ben** in der Rehaklinik, doch der hat sich verändert, seit er auf den Rollstuhl angewiesen ist. **Vince** ist blind, **Paula** ist taub, das hält sie nicht davon ab, miteinander zu reden. **Jamie** erhält von **Matheo** einen geheimnisvollen Brief. Die Schwestern **Emma** und **Babsel** sind sich fremd geworden, finden

sie trotzdem wieder zueinander? **Signe** hat ein Geheimnis, und das hat was mit **Bastian** zu tun. **Oliver** und **Martin** haben sich nichts mehr zu sagen - oder doch? **Thorsten** und **Bea** glauben, ihre Beziehung sei zu Ende. **Lukas** trauert um seinen Bruder, vielleicht kann **Flo** ihm helfen, darüber hinwegzukommen? **Manuela** und **Marco** machen sich Sorgen um ihre Pflegetochter **Samia**.